U0919169

世界英雄
史诗译丛

列王纪

勇士鲁斯塔姆

[伊朗] 菲尔多西 著 张鸿年 宋丕方 译

译林出版社

目　录

译者序

《鲁斯塔姆》是从伊朗史诗《列王纪》中选取的有关勇士鲁斯塔姆的章节,是伊朗家喻户晓的民族英雄鲁斯塔姆一生光辉业绩的颂歌。

《列王纪》是波斯诗人菲尔多西(九四〇——一〇二〇年)以三十余年时间创作的一部卷帙浩繁、人物众多的民族英雄史诗。全书有六万联(十二万行)。史诗描写萨珊王朝被阿拉伯人推翻(六五一年)以前伊朗五十位国王统治时期的兴衰大事。按书中内容推算,时间跨度在四千五百年以上。

《列王纪》问世以后,直到十八世纪末,都被认为是伊朗的史书。十九世纪伊朗古代历史的真实面貌逐渐显现,这以后才确定了《列王纪》的民族史诗的地位。

伊朗古代历史从居鲁士大帝(卒于公元前五二九年)建立阿契美尼德王朝(公元前五五〇—公元前三三一年)时起到六五一年萨珊王朝(二二四—六五一年)被阿拉伯人推翻,实际上只有三个大王朝。但是菲尔多西在《列王纪》里却写了四个王朝。阿契美尼德王朝在《列王纪》里只字未提。第二个大王朝,即安息王朝(公元前二四七—公元二二四年)在《列王纪》中,有所叙述,但是非常简略。写这个大王朝只用了三十二个联句。此后虽以大量篇幅描写萨珊王朝,但与史实并不相符,且多侧重于游乐宴饮、轶闻趣事和战阵征伐。

诗人菲尔多西创作的《列王纪》不是同类作品的第一部,也不是最后一部,却是最好的一部。经过长年的考验,其他同类作品都因相形见绌而失传,只有菲尔多西的《列王纪》仍一如既往为人们所诵读并成为世界文学的珍品。

伊朗兴起于八世纪后的《王书》创作高潮有其反对阿拉伯人统治和要求民族独立的历史背景。伊朗地方王朝的统治者力图以此宣扬本民族古代君主的文治武功和悠久的文化传统,振兴民族精神,对抗异族的统治和占领。

菲尔多西的《列王纪》分三大部分:神话故事部分,勇士故事部分和历史故事部分。勇士故事部分是史诗的核心,而勇士部分的核心又是鲁斯塔姆一生出生入死的光辉业绩。

鲁斯塔姆家族故事是流传于伊朗东南部锡斯坦地区的勇士传说。这一家族众多勇士的传说故事的源头可以追溯到久远的古代。这一家族的萨姆(鲁斯塔姆的祖父)的传说在伊朗琐罗亚斯德教古经《阿维斯塔》中已有记载。但是在《阿维斯塔》中却找不到鲁斯塔姆和他父亲扎尔的名字。关于鲁斯塔姆的传说很可能出现于安息王朝时期。因为在一部安息王朝时期的巴列维语的诗集《迪拉赫特·阿苏立克》(*Derakht-e Asurik*)中已经可以看到鲁斯塔姆这个名字的早期形式:鲁特斯塔赫姆(Rutstakhm)。由此看来,关于鲁斯塔姆的传说故事也可能流传两千年之久了。

《列王纪》勇士部分从鲁斯塔姆出世开始,以其悲壮的殉难结束。由此也可以看出鲁斯塔姆在众多勇士中的突出地位。[①]

鲁斯塔姆英雄业绩的历史背景是伊朗与其敌国土兰的连绵不断的战争。这场战争是由于法里东国王分封不公引起的。他把土兰(阿姆河以北之地)分给次子土尔,把罗马分给长子萨勒姆,而把中心富庶之地伊朗分给幼子伊拉治。两个哥哥心怀不满,设计杀死伊拉治,从而引起伊朗与土兰间的无休止的战争。鲁斯塔姆就是伊朗的第一位勇士,是保家卫国的主将。他的一生充满了传奇色彩的冒险经历。

鲁斯塔姆未成年就力斩他人无法对付的白象,为人民除了一大害。青年时代,他从大山中寻回皇家之后哥巴德,拥立为王,解决了王位继承问题。他多次击败伊朗宿敌阿夫拉西亚伯,救出被敌军围困的伊朗兵将。他勇闯七关,克服各种艰难险阻,从妖魔手中救出卡乌斯后,和他化装深入土兰,救出被囚于枯井的小将比让,以及他临危受命,抗击进攻伊朗的小将苏赫拉布,是他充满传奇色彩的人生经历的最辉煌的业绩。

鲁斯塔姆勇闯七关的过程表现了他藐视困难一往无前的大无畏精神。他不仅要克服自然条件带来的困难,如干旱缺水和猛狮等,而且要战胜各种妖魔鬼怪。他的对手巨蟒在搏斗中可以随时隐身,女妖摇身一变,化作美女。鲁斯塔姆正是战胜了这些困难和妖魔才最终找到了马赞得朗国王,并战胜了他。当他把这个国王打倒在地时,发现国王突然不见了,出现在他面前的竟是一块巨石。原来国王隐身于石中。只是鲁斯塔姆把巨石搬回大营,威胁要动用斧头的时候,国王才从石中显现。诗人这

① 也有人主张勇士部分开始于古代明君法里东出世。

些亦真亦幻的描写在读者面前展开了一幅幅瑰丽多彩的幻想世界的画面。这些妖魔鬼怪都是现实中恶势力的代表。他们一个个都败在鲁斯塔姆手下。这些战斗向读者宣示了这样一个真理:邪不压正,代表恶的妖魔终究要被代表善的勇士战胜。

鲁斯塔姆救比让的故事情节颇似近现代的冒险小说。他化装成商队首领,贿赂土兰大将皮兰,打通关节,深入敌境,与比让暗通消息,后以篝火为号,把比让从枯井中救出并突袭阿夫拉西亚伯王宫,一系列情节扣人心弦,引人入胜,表现了诗人菲尔多西精心安排情节的巧妙构思和创造人物形象的高度的艺术才能。

如果说鲁斯塔姆救比让是喜剧的结局,他与苏赫拉布之战则是典型的悲剧。菲尔多西把老少两位勇士的搏斗描绘得有声有色。鲁斯塔姆的未见过面的儿子苏赫拉布率土兰大军进攻伊朗。但是他此行的目的实为寻父。他们父子二人战场相逢时,彼此并不认识。这二人在战场面对面奋力拼杀,生死搏斗。鲁斯塔姆第一天不敌对手,被打倒在地。但是苏赫拉布没有杀他,而是约定次日再战。第二天鲁斯塔姆趁苏赫拉布不防,一下把他打倒,并上前一刀刺死对手。就在这时他才发现苏赫拉臣手臂上的玉符。原来这玉符是他给妻子的信物。他杀死的竟是自己未曾见面的儿子。这是诗人菲尔多西在《列王纪》中创造的最撼动人心的悲剧,这一东方的悲剧故事在世界文坛上也产生了显著影响。英国诗人阿诺德(一八二二——一八八八年)依据这一题材创作了长诗《苏赫拉布与鲁斯塔姆》,俄国文学家茹科夫斯基(一七八三——一八五二年)也据此写了旭事诗。

这一悲剧发展到年轻勇士苏赫拉臣被杀时达到了高

潮。亲手杀死儿子的鲁斯塔姆陷于极度愧疚与悲痛之中,他仰天长叹,痛哭碑子:

孩子啊,你无比英勇,
出身名门,你在战场上凛凛威风。
日月经天,从未见过你这样的勇士,
但你却抛下盔甲王冠王座永远辞世。
谁像我如此不幸遭此厄运,
垂暮之年亲手杀死骨肉亲人。

母亲得知他被杀身死后的哭诉更是催人泪下:

儿啊,娘的心肝,
你地底何处栖身,黄沙血染?
我本等你的信息,望眼欲穿,
希望能得知你们父子平安。
我还以为你此番率队远征,
左冲右突到处抖擞威风。
我还以为你已经寻到生父,
正匆匆忙忙奔驰在归途。
孩子啊,我怎能想到传来的是凶信,
鲁斯塔姆手起刀落杀死亲人!
……
不曾想你如今倒卧在血地,
尸布缠身装裹成了你的外衣。
现在,我还能拥抱谁的身躯?
如今,还有谁能给我以慰藉?
我呼唤亲儿有谁上前应声?

有谁能了解我此刻的心情？
多么令人痛惜，你们青春闪光的生命，
告别了园林华殿在地下土掩尘封。
你勇冠三军率兵千里寻父，
寻父不成，等待你的竟是一座坟墓。

这一悲剧所传达的深沉的悲怆气氛，剧中人物的炽烈而深厚的亲情，凝重而哀婉的语言风格和它的巧妙的构思和谐地交织在诗人的笔下，使得它不仅成为伊朗文学中的光辉的一页，而且也应属于世界文学中不可多得的精彩篇章。

鲁斯塔姆这一形象最突出的特点是忠诚和勇敢。他对祖国的忠诚是毫不动摇的。忠诚是鲁斯塔姆的生命的灵魂，勇敢则是他忠于祖国高尚情操的体现。在任何情况下，他都赤胆忠心，忠贞不贰。面对任何敌人他都勇往直前，义无反顾。他是现实中的英雄，但又带有神话的色彩。他生活了六百年。他在任何战斗中都无往不胜，力克顽敌。当然他也遇到困难，甚至陷于绝境。但每逢这种时候，总有神灵相助，化险为夷。就连他的战马拉赫什也通人性，它能听懂鲁斯塔姆的话，在激烈的战斗中是他的得力助手。

鲁斯塔姆的忠是忠于民族，忠于祖国，而不是忠于国王。当他看到国王做事不对有害国家时，便直言不讳地提出批评，有时这种批评还是相当严厉的。当由于王妃苏达贝兴风作浪致使王子夏沃什丧身异域之后，鲁斯塔姆面见卡乌斯国王：

他对卡乌斯说:"你播种下毒草,
如今你的江山遭到恶报。
你宠着苏达贝这恶妇,昏庸无道,
这是你亲手把自己头上的王冠摘掉。
如今事态已然完全分明,
你这是身坐在波涛汹涌大海的浪峰。
国王行事刚愎自用,反复无常,
如今给伊朗招来大难一场。"

鲁斯塔姆具有勇士的自尊和骄傲。当伊朗王子埃斯凡迪亚尔秉承父命去责备鲁斯塔姆对国王不敬,提出在保证他的安全和地位的条件下,把他绑赴宫廷去陪礼致歉时,他断然拒绝。他不能接受这种无端的侮辱。

在战斗中,鲁斯塔姆不乏策略与狡黠。虽然两军相斗,兵不厌诈,但这毕竟与勇士所应具有的光明磊落的性格不完全符合。比如他在与苏赫拉布之战中,第一天被对手打倒在地,他以话激苏赫拉布说真正的英雄不杀落马之将。年轻气盛的苏赫拉布居然放了他。而第二天,他乘人不备,把苏赫拉布打倒时,便不容分说,一刀刺下,结果了对手。他性格中的狡黠的一面是造成这一悲剧的原因之一。他自己也说这是命运对他的惩罚。

菲尔多西的《列王纪》中的鲁斯塔姆是一位高大的民族英雄的形象。诗人为了塑造鲁斯塔姆的高大形象,不放过每一个细节。就连鲁斯塔姆的死也写得有声有色,悲壮动人。鲁斯塔姆的一个异母兄弟沙卡德与人合谋陷害他,在他经过的路上挖下了陷阱。他不慎落入陷阱之后,向异母兄弟提出最后一个请求:给他弓箭,以防野兽(按照传统,受害人的最后一个请求是不能拒绝的)。他拿到弓箭后沙卡德发现了危险：

沙卡德见这架势十分恐惧，
忙躲到一棵树的后面隐避。
原来在他身边有一棵梧桐，
这棵老树已有很长的树龄。
树干已经长空枝叶尚称茂密，
这歹徒见势不好便躲了过去。
鲁斯塔姆一见赶忙举起手，
端着待开的弓强忍着痛苦。
再一次瞄准梧桐树和兄弟，
就在他跑时一箭射了出去。
沙卡德尖叫一声十分凄厉，
倒也未受多少苦便断了气。

这就是鲁斯塔姆，在他的生命的最后一息也要与仇人同归于尽。

伊朗人民把鲁斯塔姆这位传说中的英雄引为民族骄傲。至今，鲁斯塔姆仍然活在人民心中。过去，每逢战争，送战士出发时，都要诵读《列王纪》中的描写鲁斯塔姆战斗的诗句，以壮行色。宫廷和大户人家都有《列王纪》朗诵人。时至今日，在一些公私集会上，有时也要朗诵《列王纪》。人们喜欢以鲁斯塔姆为自己的儿子命名。总之，作为高大的民族英雄的光辉形象，在波斯文明影响所及的广大地区，鲁斯塔姆已经深入人心，家喻户晓。

在伊朗现代诗人和文学家巴哈尔校订的《锡斯坦史》中，记载了一则诗人菲尔多西与加兹尼皇帝玛赫穆德（九九九——〇三七年统治霍拉桑地区）关于鲁斯塔姆的对话。据说,诗人菲尔多西写完《列王纪》后,献给玛赫穆德。在宫廷里读了数日之后,玛赫穆德表示:整部《列王纪》除了鲁斯塔姆故事之外,无何可取。[①] 而像鲁斯塔姆这样的英雄我的军中足有一千。诗人听了回答说:祝陛下万寿无疆,我不知道陛下军中有多少这样的英雄,可是我知道崇高的主只创造了一个鲁斯塔姆。说完吻地告别,扬长而去。

的确,像鲁斯塔姆这样的英雄人物,在丰富多彩的世界文学人物画廊中也只有一个。伊朗文学家赛义德·阿里·穆罕默德·萨贾迪说得好:伟大的诗人菲尔多西和鲁斯塔姆已经是密不可分的了。诚然,他的《列王纪》并不仅是鲁斯塔姆的故事,但是,如果没有鲁斯塔姆故事,《列王纪》也就不成其为《列王纪》了。[②]

---

① 玛赫穆德不欣赏《列王纪》有政治上(他是突厥人入主伊朗)和宗教上的原因(他与诗人菲尔多西教派不同)。此外,还可能由于其他宫廷诗人嫉妒菲尔多西的才能,进了谗言。

② 《列王纪》问世一千年纪念国际学术会议文集,第244页。

鲁斯塔姆是伊朗东部民间传说中的勇士家族中的最著名的英雄，是扎尔之子，萨姆之孙。扎尔有一次出使喀布尔王国，该国公主鲁达贝通过宫女向扎尔表达爱慕之情。两人私定终身。但此事遭到伊朗公卿的反对，因喀布尔国王有阿拉伯人血统。后扎尔之父萨姆上书伊朗国王玛努切赫尔，终于取得国王同意。扎尔与喀布尔王国公主鲁达贝成婚，婚后生下鲁斯塔姆。

一　鲁斯塔姆降生

不久，鲁达贝已经感到身体发沉，
体如松柏的美人已然身怀有孕。
明媚耀眼的鲜花①已经枯萎凋谢，
她强忍着身孕的折磨苦挨日月。
腹内胎儿过重使她感到十分忧愁，
痛苦难挨，双眼中涌出滚滚泪流。
随着日月流逝腹部渐渐隆起凸出，
红花般的面庞焦黄得如同黄土。
母亲对鲁达贝说道："我的姑娘，
你近日的脸色怎么变得如此焦黄？"
她回答说："我真难以忍受这种折磨，
感到身体不适，日夜在痛苦中挨过。
生不如死，夜夜都无法安然入睡，
这样的日月人怎么能不衰弱憔悴。

① 鲜花指鲁斯塔姆之母鲁达贝的容颜。

我感到好像我的死期已然来临，
我命行将告终，早晚死于我这身孕。”
越临近产期越需要安静与睡眠，
就这样痛苦忍受直到临产的一天。
临产时她感到腹内怀着的是一块石头，
又觉得那胎儿似乎是生铁铸就。
终有一天鲁达贝突然昏厥跌倒，
惊动了后宫只听得一片喊叫。
信杜赫特[①]闻听也失去了主张，
又抓头发又撕捋自己的面庞。
于是左右忙向达斯坦[②]报告消息，
说体如松柏的美人已昏厥在地。
扎尔·扎尔[③]当即来到鲁达贝枕边，
他脸上挂着泪水心中焦灼不安。
后宫的宫女也顾不得再蒙头巾，
她们撕捋头发脸上带着泪痕。
这时，扎尔心中闪过一个念头，
眼前一亮，他感到事情有救。
他突然想起那片神鸟的羽毛，
他忙安慰信杜赫特，脸上带笑。
他命人取过一个香炉燃起炉火，
在炉中把神鸟的那片羽毛点着。

---

① 信杜赫特是鲁达贝的母亲。

② 达斯坦是鲁斯塔姆之父扎尔的别名。扎尔·扎尔也是他的名字，第二个扎尔意为“年老的”，因他出生时就一头白发。

③ 扎尔出生时一头白发，其父萨姆认为不祥，把他抛入深山，后为神鸟所救并抚养成人。后萨姆把扎尔接回。临别时，神鸟以三片羽毛相赠，嘱其遇难时焚羽毛，神鸟会来相助。

顿时,只见四方无光天色转暗,
那指点迷津的神鸟立即在面前显现。
好像是从一堆乌云中洒落的珊瑚,
哪是珊瑚,是排忧解难的救世主。
扎尔一见忙向神鸟行了个大礼,
表示问候与感谢,向它殷勤致意。
神鸟问道:“可有什么灾难,
勇士为什么如此悲泣泪流满面?
如今,你的这位体如松柏的美人,
就要为你生下一个雄狮般的后人。
见到他,狮子得以头触地表示尊敬,
见到他,乌云也不敢掠过他的头顶。
他的声音使凶狠的豹子心惊胆战,
吓得浑身的豹皮都断裂成碎片。
如若有人看到他举起的大棒,
看到他的身躯他的双手与臂膀,
听到他的一声战斗时的呐喊,
纵让他浑身是胆也会魂丧胆寒。
论心胸与韬略他可与萨姆相比,
论胆量与气概他与雄狮无异。
他身躯挺立如同松柏力敌战象,
他的飞镖使两里外之敌命丧身亡。
他是盖世无双的英雄世代罕见之人,
他的出生乃是造物主的大恩。
不久,会有一位法师,他心明艺高,
他随身带着一把淬过火的钢刀。
到来后他先用酒麻醉美人的身体,
以免在施行手术时她惊慌恐惧。

你可以看到那高人如何施行法术，
他怎样把胎儿从母体中顺利取出。
他要用刀剖开美人的腹部，
但是，那美人并不会感到任何痛楚。
他从美人的鲜血淋淋的腹中，
取出胎儿，为如狮的孩儿接生。
然后，他再把开刀之处悉心缝合，
而美人也不必担惊害怕感到难过。
我告诉你一种草药你把它捣烂，
加上牛奶麝香三样东西在一起搅拌。
把拌好的药涂到开过刀的伤口，
伤口会立即愈合一丝痕迹不留。
然后，再拿我的羽毛在伤口拂拭，
从今以后保证伤口平安无事，
听了我的话你应该感到满足，
你应该感谢主宰人世的造物主。
造物主赐给你这皇家长青之树，
他命好运旺，他有无限光辉前途。
你不应为此事而心情沮丧难过，
这棵树的枝头会为你结出累累硕果。”
鸟儿说罢便从翅上拔下一片羽毛，
放下羽毛就展翅凌空飞上云霄。
鸟儿飞去扎尔便把羽毛收藏起来，
然后命人按它的话把一切安排。
上上下下都在静观事情如何发展，
担心此事后果心中充满忧虑愁烦。
信杜赫特更为此事而忧心忡忡。
哪里见过婴儿从母亲胁下出生。

一日果然来了位祭司,他手段高超,
他用酒使如月的美人失去了知觉。
在美人不知不觉中剖开她的腹腔,
找到婴儿的头把它摆正方向。
取出的是一个虎头虎脑的男婴,
这孩子身强力壮面貌俊秀玲珑。
不论男女谁看了孩子都感到惊奇,
他生得如同小象一般的庞大身躯。
产妇由于饮酒事先失去了知觉,
一觉睡去,对发生的一切全不知晓。
祭司又把她的伤口仔细缝好,
为免除疼痛又在伤口处给她敷药。
当她恢复了知觉渐渐清醒,
便请信杜赫特详细述说经过情形。
人们为表祝贺向她抛撒珠宝金银,
还衷心感谢造物主的盛德隆恩。
他们把孩儿抱来让她仔细观看,
好像是把天堂景象展现在她面前。
孩子降生一天就长得像过了一年,
像百合与郁金香一样水灵鲜艳。
鲁达贝见此子端庄俊秀心中欢畅,
发现他眉宇间还透露出王者之相。
她不禁脱口说道:“我可如释重负。”
于是,人们就给孩子取名叫鲁斯塔姆①。
她命用人以丝绢缝制了一个小人,
小人的形状大小如同新生的婴儿。

① 按波斯语鲁斯塔姆有“我可解脱了”之意。

丝绢小人体内以黑貂的毛填充，
小人的前额画上太阳与金星。
他的双臂上描绘着巨龙的形象，
他的双手画成狮爪的模样。
小人的腋下夹着一杆锋利的长枪，
一手高举大棒另一手拉着马缰。
最后，把小人安放在一匹快马马背，
有几个仆人随从伺候在他的周围。
当这一切都按照传统的风习，
一丝不苟，把该做的都安排就绪，
便选了使者骑上快马前去报信，
命人给使者多多带上川资金银。
让使者把手执大棒的鲁斯塔姆绢人，
送给统帅萨姆①借以传达喜讯。
扎别尔斯坦②举行了盛大的庆典，
从这里到喀布尔处处摆开欢宴。
大地上丝竹之音盈耳美酒飘香，
足足有百处集会，百处都喜气洋洋。
喀布尔的梅赫拉布③也春风得意，
他高兴得向贫苦人发放金币。
扎别尔更是兴高采烈全城欢腾，
到处是欢乐的人群到处是欢乐的歌声。
平民百姓再也无需回避公卿贵胄，
大家欢聚一处亲热得如同亲朋故旧。

① 萨姆是鲁斯塔姆的祖父。
② 扎别尔斯坦是今阿富汗坎大哈以西地区的古称，鲁斯塔姆之父扎尔的领地。
③ 梅赫拉布是鲁斯塔姆的外祖父。

人们把那丝绢制的鲁斯塔姆小人,
拿给萨姆观看,让他欣赏自己的后人。
当丝绢制的鲁斯塔姆送到萨姆身边,
他长久地仔细端详不禁喜在心间。
勇士萨姆从心中感到十分惊奇,
他不禁叹道:“这绢人长得与我无异。
此子生得身躯魁梧体格强壮,
长大挺直腰时会把头扬到天上。”
他命人把使者传唤到自己面前,
大加犒赏,赠给他大量银钱。
他还下令击鼓奏乐热烈庆祝,
把广场装饰起来,一片花团锦簇。
还吩咐在萨格萨尔与马赞得朗,①
也一起热烈欢庆摆开宴席共同举觞。
召来乐工歌手摆开盛大酒宴,
向贫苦百姓抛撒财宝银钱。
庆祝的欢宴整整持续了七天,
然后命人召来书人草拟信函。
召来书人给扎尔写一封回信,
优美的语言犹如天堂的园林。
信文的开头先赞颂造物的主,
主赐世人好运主赐世人欢乐幸福。
下文就开始把扎尔好言赞扬,
说他手执战刀高举狼牙大棒。
然后便赞扬送来的丝绢的小人,
说绢人显示出勇士气概和王者神韵。

① 萨格萨尔和马赞得朗是里海南岸一带,时为萨姆驻地。

他说:绢人制作得如此精致美妙,
宜细心加以保存,决不让它毁掉。
我这时日夜为此子祈告造物之主,
望造物主开恩见怜为此子降福。
他是你的爱子,他是我的爱孙,
希望有朝一日我能看到他本人。
我们如今有了称心如意的儿孙,
唯一的愿望就是他早日长大成人。
信使匆匆启程返回向扎尔回禀,
回禀他此次下书的经过详情。
他对扎尔说:“统帅闻讯喜不自胜,
他感到骄傲与满足摆酒欢庆。”
报告已毕,呈上萨姆的信函,
同时还向他转述萨姆的希望与心愿。
扎尔听到父亲这番殷殷情意,
十分感动,心中感到安慰与欣喜。
这真是好事成双喜上加喜,
他洋洋得意,头颅高高昂到天际。
光阴点滴流逝,日月来去匆匆,
万事皆由前定,该发生的依次发生。
喂鲁斯塔姆奶的是十位奶娘,
孩子高似成人,像狮子一样强壮。
断奶以后就吃平常的食物,
终日以大饼和肉类充饥果腹。
他一顿能吃十个壮汉的食品,
如此的食量惊呆了左右之人。
当鲁斯塔姆长到八岁的年纪,
体态端庄生得松柏一样的身躯。

双颊红润，有如星辰闪闪发光，
那双颊吸引了人们赞叹的目光。
论身材相貌论见识与心胸，
仿佛又是一个萨姆在世上出生。

二　萨姆亲自去看鲁斯塔姆

勇士萨姆得到这样的消息，
说达斯坦之子长得雄狮般强健有力，
人们还没见过一个小小后生，
竟长成身强体壮的少年英雄。
萨姆心中不由得闪过一个愿望，
他想动身前去把孙儿看望。
他把队伍交给军中的将军统领，
自己启程前去，身边只带些亲兵。
他率领亲兵向扎别尔斯坦行进，
此行目的是会见达斯坦——他的亲人。
达斯坦得讯后立即下令击鼓欢迎，
大军列队扬起的尘土遮蔽天空。
喀布尔之主梅赫拉布也做出安排，
准备了仪仗迎接贵客萨姆前来。
人们从四面八方聚拢到一起，
击鼓奏乐，欢呼声震动天地。
军士从一座山直排到另一座山上，
手执盾牌列队盾牌颜色有红有黄。
队伍中的骆驼与马不停地嘶叫，

骆驼与马的叫声传出五里之遥。
左右侍从装饰起了一头巨象，
把一个黄金宝座安置在象背之上。
扎尔之子鲁斯塔姆端坐在象背上，
他身躯如同松柏手臂粗壮坚强。
他头上戴着王冠绣带系在腰间，
前有盾牌护身，手上拿着弓箭。
当萨姆远远看到鲁斯塔姆，
立即传令：队伍分列成两路。
这时梅赫拉布与扎尔忙下马前行，
紧随他俩之后是年迈的贵胄公卿。
他们以头触地向萨姆深施大礼
口出颂词，向统帅表达自己的敬意。
萨姆见爱子威武英俊喜在心间，
勇士脸上露出春花般的笑颜。
抬眼又看到端坐在象背上的幼狮，
打从心里高兴欣喜得不能自持。
他拉过大象把鲁斯塔姆仔细端详，
看他头戴王冠坐在王座里的模样。
萨姆对鲁斯塔姆不住地连声夸奖，
说好个少年英雄，愿你长寿健康。
鲁斯塔姆连忙向祖父深施大礼，
口中忙唤祖父，向祖父衷心致意。
他说："威震天下的英雄愿你一切称心，
我是树的枝叶你是树干和树根。
我只不过是英雄萨姆的一个奴仆，
我不为享受而生注定终生奔波忙碌。
我需要的是甲胄头盔鞍鞯与战马，

我要手执强弓利箭与敌人厮杀。
我要依照主的意志与敌人恶战，
让敌人的人头纷纷落在我的马前。
既然我们的相貌与气概与你相像，
但愿我也有你的魄力与胆量。”
说完他便从象背上下来垂手站立，
大军统帅萨姆上前把他的手拉起。
他亲吻鲁斯塔姆的面颊与额头，
在旁又惊又喜的是牵象人与鼓手。
于是一行人直奔古拉别而去，
一路上有说有笑人人都称心如意。
左右在厅堂殿上摆满黄金宝座，
大家一一落座开怀畅饮，极尽欢乐。
欢庆的酒宴持续了一个月的时间，
无需为政务劳神上下终日饮宴。
日日传杯递盏伴着丝竹管弦，
夜夜兴高采烈对坐畅饮欢谈。
酒席上一边坐着扎尔·达斯坦，
鲁斯塔姆坐在对面，大棒放在手边。
开国功臣萨姆坐在酒宴的中间，
胡玛①的羽毛点缀在他的王冠。
祖父看着鲁斯塔姆自己的爱孙，
口中不断地感谢造物主的深恩。
他欣赏爱孙魁梧的躯干和臂膀，
欣赏他的细腰和宽阔的胸膛。
他的双腿强健有力似快马一样，

① 胡玛是伊朗古代传说中的一个神鸟名。

他有雄狮般的气概与猛虎般的力量。
他看着孙儿的相貌与有力的臂膀，
如此英俊与强壮真是盖世无双。
这时，他对扎尔说道："从古至今，
任凭你上溯百代，探询查问，
也从未听说过剖腹为婴儿接生，
医术如此高超，手术这样成功。
这还应该感谢神鸟鼎力相助，
当然毕竟还是主给了一条出路。
此乃人间喜事我们应一醉方休，
酒能荡涤愁肠，自古以酒浇愁。
人生苦短，方才登台旋即退场，
新老交替，后浪催拥着前浪。"
他们就这样饮酒作乐传杯递盏，
从鲁斯塔姆又说到扎尔·达斯坦。
那梅赫拉布饮下几杯头脑微醺，
他口出狂言竟然傲视他人。
他说道："扎尔·扎尔我并不惧怕，
萨姆和头戴王冠的国王也不在话下。
我与鲁斯塔姆只要有战马和长枪，
连乌云也不敢出现在我们头上。
我要跨上战马把整个大地荡平，
我要恢复佐哈克[①]的事业与传统。
我要为鲁斯塔姆打造可手的刀枪。"
他这是博人一笑言语近于荒唐，
萨姆与扎尔听了他的话感到开心，

① 佐哈克是梅赫拉布的先人，伊朗传说中的暴君，是阿拉伯人。

知道这是荒唐之言并未认真。
到了七月之头——初一这一天，
萨姆便告辞启程循原路返还。
统帅萨姆一声令下上路动身，
扎尔亲自相送他要在路上陪伴父亲。
坐在象背上的是孙儿鲁斯塔姆，
他与父亲一道欢送自己的祖父。
在路上萨姆对扎尔说道："孩子，
你应一生都生活得公正与正直。
你应随时准备执行王上的命令，
按照理智的标准检验自己的言行。
何时何地决不能违背主的教喻，
为人行事切切不可伤天害理。
有一个道理你应该牢牢记在心中，
不论何人都无法在世上永生。
我的良言劝告你应悉心听取，
行事要公平决不可背弃天理，
我心中常常惦记这事，我很清醒，
来日无多，我的生命行将告终。"
萨姆拥抱子孙二人谆谆教导，
说你千万不要忘记我这番劝告。
扎别尔大营门前响起答腊鼓声，
象背上乐手的喇叭声与鼓声争鸣。
萨姆临别千般叮咛万般嘱咐，
然后向西方而去登程上路，
扎尔鲁斯塔姆送出一程又一程，
脸上挂着泪花嘱咐记在心中。
他二人送萨姆直送出三站之路，

分别后萨姆独自踏上漫漫旅途。
萨姆走后扎尔率领部下向东走去，
他又回到锡斯坦，他的领地。
他日夜与幼狮鲁斯塔姆饮酒作乐，
觥筹交错，欢乐中把日夜度过。

三　鲁斯塔姆杀死白象

且说有一天扎尔鲁斯塔姆二人，
与亲朋好友在果园欢聚小饮。
丝竹声伴着他们起伏的心潮，
故人相聚小酌个个兴致颇高。
亮晶晶的杯中倾入宝石红酒浆，
且饮且谈，人人心中激情荡漾。
席间扎尔对儿子鲁斯塔姆说道：
"孩子，你如太阳光照人间万人景仰。
你对身边出众的勇士与战将，
应赠送快马与锦袍，给予封赏。"
鲁斯塔姆果然便赏赐了金银财产，
以及阿拉伯骏马配以华美的鞍鞯。
每位勇士都得到了他的赏赐，
酒阑人散，客人们纷纷起身告辞。
统帅扎尔也起身回到内殿，
像往常一样结束了忙碌的一天。

塔赫姆坦[①]酒席上贪杯头脑发昏，
他回到自己的寝室准备就寝。
他随即躺倒便昏昏然睡下，
突然间听到有人高喊，人声嘈杂。
人们喊：大帅的白象挣脱了锁链，
白象跑了出来可给人们带来危险。
鲁斯塔姆听到了这个消息，
热血沸腾，他身上立即产生了一股勇气。
他连忙起身，抓起祖父的大棒，
立即要冲出门去制服白象。
这可吓坏了守护房门的侍从，
他们阻拦住他，站立在道路当中。
对他说道："我们不问过大军统帅，
不敢擅自做主把门给你打开。
现在天色漆黑白象挣脱了锁链，
你此时贸然出去实在过于危险。"
塔赫姆坦一听此言勃然大怒，
一拳便打到说此话人的头部。
那人的头上立即肿起一个血块，
这时鲁斯塔姆又向其他人回过头来。
众人见他动怒吓得沉默不语，
勇士迈开大步径直朝院门走去。
到了门边他把手中的大棒高举，
用足了力气向门锁狠狠砸去。
打碎了门锁便迅风般夺门而出，
肩扛大棒一往无前无所畏惧。

---

① 塔赫姆坦是鲁斯塔姆的绰号，意为"壮士"。

他纵身一跳冲上前去直扑白象，
一声高喊，似尼罗河涛声在空中回荡。
他见那白象迎面扑来似一座火山，
象脚下的土地也似乎断裂崩陷。
鲁斯塔姆见武士们都魂飞胆丧，
似绵羊猛然间在面前发现了恶狼。
但鲁斯塔姆对白象却毫不畏惧，
他大喝一声勇敢地冲上前去。
当发狂的白象看到他奋力向前，
也迎面而上像压下来一座大山。
白象把自己的长鼻子高高卷起，
又猛地一扫给鲁斯塔姆狠狠一击。
鲁斯塔姆趁势举棒朝象头猛击，
象头立时低垂象身也变得弯曲。
白象疼痛难忍已然支持不住身体，
象身猛然一颤，无力地瘫倒在地。
发狂的白象就这样被鲁斯塔姆制服，
鲁斯塔姆见状便从从容容回屋。
他回屋又睡，直睡到日上三竿，
朝阳升起，似情人的娇艳的容颜。
这时早有人向扎尔报告昨夜详情，
说鲁斯塔姆与白象有一番激烈拼争。
鲁斯塔姆向白象狠击了一棒，
白象便立即倒地不动当场身亡。
大军统帅听着左右报告的详情，
才得知昨夜有这样一件事发生。
他不禁叹道：“可惜呀，我的白象，
冲锋时一往无前似尼罗河波涛一样。

它曾在两军厮杀的战场向前冲锋，
一次猛冲就把敌人消灭尽净。
它虽然在战场上抖擞威风所向无敌，
但是如今却命丧在鲁斯塔姆手里。”
他命令左右把鲁斯塔姆唤到身边，
吻他的头，用手抚摸他的双肩。
对他说：“孩子，你如今已然长大成人，
你勇敢得像头狮子，膂力过人。
小小年纪如此英勇可谓盖世无双，
命运助你，你生得多好的身躯与臂膀。
现在，趁着你尚未天下闻名，
敌人还不会采取对付你的行动，
你要前去踏平斯潘德山①头，
披挂出征，为纳里曼去报仇。
山上的寨子一直顶到云彩，
展翅的雄鹰也不敢在它上方徘徊。
那山寨是四个法尔散格②的高山，
山间空地也纵横四个法尔散格长宽。
山寨中有各种动物也有人烟，
有丰茂的水草也有金银丝绢。
有各种各样的树木和庄稼作物，
世界上还没有人见过这么好的去处。
有各种各样的资源和丰盛的果品，
一切都是造物主创造嘉惠世人。
山寨人在下山通路上筑起寨门，

① 斯潘德山是一伙强人占据的山头，鲁斯塔姆的曾祖父纳里曼死于攻山之战。
② 法尔散格是长度单位，相当于 6.24 公里。

寨门好像一面盾牌拦阻外人。
纳里曼这位勇士群中的英雄，
曾奉玛努切赫尔国王之命率军出征。
纳里曼领军出征直奔山寨而去，
一路上居民见到大军纷纷回避。
我军攻击山寨日夜连续苦战，
兵不厌诈，千方百计歼敌攻山。
不料久攻不克战斗累月经年，
纳里曼的人马陷入重围处境危险。
敌人凶狠，突然用巨石砸下山冈，
大军统帅被石击中一命身亡。
我方队伍失去统帅群龙无首，
只得去报告国王，夺路逃走。
当人们向萨姆报告了战场消息，
说雄狮般的统帅已在战场为国捐躯。
萨姆悲痛难忍不禁痛哭失声，
父子情深，他的悲痛与日俱增。
为纳里曼治丧整整用了七天时光，
七天过后萨姆调集兵力奔赴战场。
他率领大军去进攻那座山寨，
到山寨下便在旷野把队伍展开。
他们在山下驻兵过了很长时间，
但是，苦于进击无路无法登山。
寨中人一意固守并无一人出战，
他们束手无策上下交通完全隔断。
交通隔断山寨中人毫不动摇，
自给自足，都不需要外人一棵稻草。
最后，萨姆对攻山感到失望，

无法为父报仇心中十分沮丧。
孩子啊,现在轮到你为曾祖父报仇,
你要想一条妙计攻占那座山头。
你要率领一队客商从容前去,
要使寨中守军不明你的去意。
你要设计亲自登上那座高山,
从山顶到山门把它全部捣烂。
趁现在人们还不知道你的名声,
或许你现在攻山能马到成功。”
鲁斯塔姆对扎尔说:“谨遵父命,
让我报仇雪耻结束这种伤痛。”
扎尔对他说:“孩子,你干练聪明,
我有一计你要牢牢记在心中。
你要把自己打扮成一个商人,
率领骆驼队在旷野中跋涉行进。
骆驼背上不驮别物只驮咸盐,
你自己的真实身份要小心隐瞒。
因为在那一带盐是稀罕之物,
商人高价买卖咸盐有利可图。
山寨中人长年无盐烧菜做饭,
所以他们的菜饭不香味道颇淡。
若是见到咸盐运到他们山寨,
不论男女老少都会跑出来买。”

四　鲁斯塔姆攻打斯潘德山寨

鲁斯塔姆听了扎尔的话立即行动，
做好各种准备去进行一场战争。
少年小将选了一条搏斗的大棒，
把大棒在货物咸盐下面隐藏。
又在左右亲随中挑选了几名兵丁，
一个个都英勇善战精明机警。
小将鲁斯塔姆吩咐把兵丁的兵器，
也全都藏在骆驼驮着的盐包里。
为攻取山寨他们设下了圈套，
逶迤行来,不禁自己也心中好笑。
他们接近寨时哨兵早已发觉，
于是便反身回寨去向寨主报告。
说有一支商队正向山寨靠近，
在商队前面走的是一批商人。
大王若问他们运来什么物品时鲜，
小的猜想他们驮来的多半是咸盐。
山寨大王立即向山下派出一人，
命他前去找商队首领打听询问。
那人领命从寨中匆匆下山，
到了山下来到鲁斯塔姆面前。
他对鲁斯塔姆说你是商队首领，
你们带来什么货物快快向我说明。
我还要赶回山上向寨主回禀，

把实情报告寨主看他有什么命令。
鲁斯塔姆对山上来人如此回答，
说你到山上去对大王这样回话，
你就说商队的货物只有一种，
除了咸盐其他物品他们概不经营。
那人立刻上山面见山寨大王，
向大王报告他探得的情况。
说山下确有一支商队来到寨前，
他们讲贩来的货物只有咸盐。
山大王一听他的话站立起身，
他唇边带笑，不禁喜在内心。
他立即吩咐兵丁把寨门打开，
快放那支商队到山寨上来。
鲁斯塔姆得知山寨大门已然开启，
便迈步上山直奔大寨而去。
当他走到山寨的狭窄门口，
见山寨中人早已出来在此等候。
鲁斯塔姆看到山寨的寨主，
便躬身施礼以口亲吻黄土，
也向与他同来的人们施礼寒暄，
把驮上的盐卸下给他们观看。
寨主一见便说：祝你不老长生，
你们像日月一样给山寨带来光明。
你们是造物主的儿子善良之人，
我请你们在此交易，我感谢你们。
于是年轻人与他同来的客商，
一起来到山寨内的交易市场。
只见男女老少从四面八方，

聚拢起来，纷纷奔向寨中的市场。
有的拿出衣裳有的拿出金银，
争相买盐全不恐惧也未起疑心。
眼看着天色转暗夜幕降临，
鲁斯塔姆与众勇士早已准备停当。
他迈步直奔山寨大王的住处，
他身后众勇士相随向那里猛扑。
当守卫院墙的小卒见有人偷袭，
便立即与鲁斯塔姆厮杀到了一起。
鲁斯塔姆手举大棒向他头上猛击，
这一棒几乎把那小卒打入地底。
全寨之人闻听有人前来偷袭，
倾寨出动个个要与对手一决高低。
漆黑的暗夜只见兵器闪闪的寒光，
大地血染得似巴达赫尚[①]红玉一样。
这真是一场凶杀恶战血染大地，
似红艳的朝霞映照在天际。
鲁斯塔姆以刀棒弓箭全力奋战，
敌人的头颅滚滚落在他的面前。
当红日从夜幕中升起放射出光芒，
灿烂的阳光把环宇照得晴朗明亮。
整个山寨已鸦雀无声空无一人，
有的人被杀有的人战败逃遁。
勇士们又在各个角落进行搜索，
见人就杀决不让一个人存活。
鲁斯塔姆在一个狭窄的山角去处，

① 巴达赫尚为一城名。此城在阿富汗东部，以产红宝石出名。

发现了一座花岗岩建的石屋。
那花岗岩屋有一扇铁制的门，
铁门造得精巧坚固颇具匠心。
他一棒打去顿时把铁门打烂，
然后迈步前行进到石屋里面。
他发现了一座满目琳琅的宝库，
第纳尔金币充满了整个石屋。
鲁斯塔姆一见感到十分惊异，
他牙咬下唇，惊奇得沉思不语。
过了一会儿他对勇士们说道：
“谁能想象这山寨库中有这么多的财宝！
这里好像储存了所有金矿采出的黄金，
这里储存了一切海底的宝物奇珍。
他们定然年年月月把黄金运到这里，
他们定然年年月月把珠宝往这里汇集。”

五　鲁斯塔姆修书告捷

鲁斯塔姆给父亲立即修书一封，
向父亲详细报告这场战斗情形。
信中首先赞颂创造世界的造物之主，
造物主创造了蛇蚁创造了万物。
造物主创造了太阳金星和土星，
造物主创造了头顶上的晴空。
颂毕造物主便把统帅扎尔赞扬，
他是扎别尔的英雄，盖世无双。

他是保卫伊朗勇士们的后盾，
他是保证卡维国旗永远飘扬之人。[①]
他是国王的护卫朝廷的重臣，
他一声号令如日月经天天下遵循。
我领了统帅的命令来到斯潘德山，
这里山势险峻山峰高接青天。
当我们一行人来到山寨的寨门，
寨主便派人下山前来表示慰问。
我们按照寨主的吩咐登上山去，
他让我们上山这正合我们心意。
我与勇士们趁着夜色浓厚深沉，
闯到寨中一举消灭了全部敌人。
敌人死伤无数还有的四散逃窜，
丢盔卸甲，盔甲就抛弃在路边。
我们缴获了大量的白银与黄金，
白银与黄金的总重足有几十万斤。
此外还缴获了大量的衣物被服，
还搜罗到堆积如山的其他财物。
这些财物的数目简直无法清点，
要点清不知要清点到何月何年。
如今，统帅的命令已然顺利执行，
我们在此待命请统帅指示如何行动。
下书人执信登程上路疾走如风，
迅即赶回，把信交到统帅手中。
大军统帅把交来之信看了一遍，

① 卡维是伊朗传说中的起义首领，曾率众起义反对暴君佐哈克。他是铁匠，起义时以自己的围裙作为旗帜，后伊朗国旗就称“卡维国旗”。

不禁脱口而出:此子真值得称赞。
他得到这一捷报心中喜不自胜,
似乎老年人转瞬间又变得年轻。
他立即吩咐左右书写一封回信,
信文很长,鼓励称赞词切情深。
信的开头先把造物主颂赞,
然后才转入主题,正式开篇。
说你传来的捷报我已全然知情,
得此佳音我感到由衷地高兴。
你真争气,这样小小的年纪,
像勇士一样克敌制胜英勇无敌。
纳里曼在天之灵定然感到欣慰,
他的敌人都会因此而沮丧心灰。
我现在就派出成万峰骆驼,
听你调遣,去驮你们缴获的财物。
望见信后你即刻率领大队返程,
我盼望早日见面我准备热烈欢迎。
你把财物装好让驼队驮回,
然后放一把火把山寨焚烧成灰。
鲁斯塔姆读罢父亲给他的回信,
得意洋洋,喜悦之情充满内心。
他马上命人把贵重物品拣选,
诸如帽子和腰带,印章与刀剑。
还有名贵的宝石和大颗的珍珠,
有中国的织锦,锦面上花团锦簇。
组成一支驮货的驼队启程上路,
驮着运给统帅的缴获的财物。
然后放一把火焚烧斯潘德山,

只见山上浓烟滚滚直冲青天。
烧山后心满意足便登程返回，
行走如风，心中因得胜而感到陶醉。
当尼姆鲁兹[①]的勇士得到报告，
说威震天下的将军已班师回朝，
扎尔连忙传令准备热烈欢迎，
大街小巷都布置起来结彩悬灯。
号角嘹亮各种乐声在空际飞扬，
有铙钹喇叭还有印度的答腊。
鲁斯塔姆这位凯旋的将军，
首先登上大殿去拜见自己的父亲。
然后去拜见鲁达贝他的母亲，
向母亲恭行大礼拜倒在尘埃。
母亲见他得胜夸他的强健的身手，
拥抱着他吻他的两个肩头。
扎尔也把爱子紧紧抱在怀中，
吩咐犒赏兵将为胜利庆功。

六　鲁斯塔姆挑选战马

扎尔命人牵来扎别尔的战马，
也牵来一些喀布尔斯坦的马匹，
让他看哪匹骏马感到中意，
左右高声读每匹马身上的印记。

① 尼姆鲁兹是伊朗东南地区锡斯坦的古称。

鲁斯塔姆拉过一匹匹战马，
只用手在马背上用力一压。
没有一匹马背不被压得下弯，
匹匹马腹都被压得触到地面。
有个从喀布尔来的人聪明干练。
他赶来一群马，马的毛色五彩斑斓。
一匹白马轻捷地走过他的面前，
马身如雄狮但马尾却非常短。
马的双耳似淬过火的匕首，
胸颈粗壮但马的腰身精瘦。
马身后的马驹与母马相仿，
马驹的臀部与腰身同样粗壮。
马驹生了一条牛尾一双黑眼，
生了四个铁蹄和黑色睾丸。
马驹全身布满了许多红色斑点，
像藏红花的底色上撒满红色花瓣。
这马夜晚在两个法尔散格之地，
能够发现伏在黑色锦缎上的蚂蚁。
这马有大象般体力骆驼般身躯，
有比斯通①山雄狮的一往无前的勇气。
当鲁斯塔姆的目光触到那马驹，
当他看到马驹的大象般的身体，
便把手中的套杆向前一伸，
套杆落下便把那驹套出马群。
年迈的牧马人上前对鲁斯塔姆说：
“将军啊，这马群中的马请勿任意捕捉。”

① 比斯通是伊朗西部与伊拉克交界的高山。

鲁斯塔姆见有人干预便问:“马属何人,
为何不见这马有烙印在身?”
牧马人答道:“将军不必寻找印记,
关于此马的传言颇多而且离奇。
它名为拉赫什,它红毛上有白点,
活泼如同流水,奔腾时如同烈焰。
这马的主人是谁我们不知,
但我们称它为鲁斯塔姆的拉赫什。
这马驹配鞍驮人已有三年,
对此良马人们无不交口称赞。
马驹之母若见捕它的套杆,
定会像狮子一样猛冲向前。
著名的壮士啊,不知是何缘故,
这其中一定有什么隐秘之处。
壮士啊,万请注意多加小心,
万勿接近这似龙的马匹之身。
这匹马驹若到战场上参战,
一定会撕裂豹皮使狮子胆寒。”
鲁斯塔姆听了老牧马人的话语,
知道他说的是实话句句不虚。
鲁斯塔姆扬手把套杆抛出,
套杆立即把马驹的头套住。
这时母马似一头大象猛扑向前,
张口就想把鲁斯塔姆的颈项咬断。
鲁斯塔姆如同狮子一般大喝一声,
震耳的吼声使母马大吃一惊。
随后他照母马的头颈狠击一拳,
把母马打倒在地它全身瘫软。

但又立即跳起从壮士身边逃窜，
消失躲藏在远处的马群中间。
鲁斯塔姆双脚用力蹬紧套索，
为的是不让那套住的马驹逃脱。
壮士猛地探出自己的巨掌，
探出巨掌压在红色的马驹背上。
那马驹毫无反应纹丝不动，
巨掌压背它似乎毫不知情。
壮士心中暗忖这才是我的战马，
有了好马才可以驰骋在天下。
这时他嗖的一声跳到马背上面，
那赤兔马顽皮地在他身下撒欢。
鲁斯塔姆说道这真是一匹龙驹，
可有谁知这龙驹价值几许？
牧马人答道："若将军就是鲁斯塔姆，
便骑上此马去为伊朗争取荣誉。
此马之价与整个伊朗相等，
愿将军跨此战马把天下荡平。"
壮士笑逐颜开，唇如珊瑚般红润，
口中连说："感谢耶兹丹①佑助世人。"
于是他给这赤兔马配好马鞍，
训练那马逐渐成熟适于征战。
那马奔驰如飞不需束缚的缰绳，
它坚强而且自尊深通人性。
训练它惯于驮载勇士的身躯，
以及他的甲胄头盔大棒和兵器。

① 耶兹丹意为造物主，或天神。

夜晚还命人为赤兔马焚烧云香，
以防瘴气把那马的双眼熏伤。
把骏马调理得左腾右闪尽如人意，
战场上像小鹿一样奔腾或疾或徐。
马嘴边总挂着唾液生气勃勃，
臀部滚圆深通人性步伐轻快洒脱。
扎尔见得好马知这是吉祥之兆，
他满面春风不禁开心地欢笑。
下令大开库门取出钱财犒赏全军，
他一切全然释怀似乎再无需忧心。
骆驼身上响起欢快的串铃，
几个米尔[①]外都听到欢乐的铃声。

① 米尔为长度单位。1米尔相当于4000个由人的指尖到肘的长度。

伊朗国王玛努切赫尔死后,其子努扎尔继位。敌国土兰国王帕山得知伊朗新君登基,派其子阿夫拉西亚伯领兵攻伊朗。伊朗国王在战斗中被俘,后为阿夫拉西亚伯所杀。伊朗人立一皇族中人扎夫当政,五年后病死。其子戈尔沙斯帕继位。戈尔沙斯帕当政九年,后病逝。扎尔在率军征战土兰途中与众将商议立新君。他曾听一位祭司(伊朗古代琐罗亚斯德教)说古代君主之后哥巴德隐居深山,于是派鲁斯塔姆去寻皇家后人哥巴德。哥巴德登基后,伊朗众将请求去征讨土兰。

七　扎尔出兵征讨阿夫拉西亚伯[①]

战鼓号角声伴着印度答腊鼓声,
威武的象队整齐排列即将出征。
扎别尔斯坦简直像是末日来临,
如同在召唤地下死者赶快起身。
从扎别尔斯坦启动的出征大军,
像凶猛的狮子,爪上鲜血淋淋。
勇士鲁斯塔姆行进在大队之前,
年长的勇士们紧跟在他的后面。
大军威威赫赫行进在田野之上,
乌鸦吓得不敢在他们头上飞翔。
大军过处战鼓的轰鸣动地震天,
日日夜夜鼓声隆隆响成一片。

① 阿夫拉西亚伯是土兰国王子,后为国王。

这正是花儿含苞待放的阳春时光，
出征的大军开出了扎别尔斯坦。
阿夫拉西亚伯得知扎尔领兵来战，
不禁内心焦急忧虑寝食不安。
他忙率军进驻到雷依[①]的哈尔地方，
那里的河中有芦苇是一片牧场。
伊朗的大军一批一批地开来，
他们穿过平原在战场上排开。
两军距离有两个法尔散格之远，
扎尔把见多识广的谋臣唤到面前。
他说："列位都足智多谋见过世面，
都为人正直都有处理事务的经验。
如今我们动员重兵来此作战，
我们都希望能夺取胜利扭转局面。
重兵无主便群龙无首见解分歧，
令出多门战场上如何能夺取胜利？
当初给人带来幸福的扎夫登基，
世界上四面八方为此而欢声四起。
我们应找一位凯扬家族之人为君，
他应继承凯扬家族之位治国牧民。
有一位祭司曾经把我启发指引，
说他知道有一位凯扬家族的后人。
此人乃法里东[②]之后勇士哥巴德，

① 雷依为伊朗古城，遗址在德国黑兰以南。

② 法里东是伊朗古代传说中的俾什达迪王朝的第六位国王，有道明君。凯扬家族是伊朗古代大家族。

他有灵光[①]佑护为人公正心胸广阔。”

鲁斯塔姆从厄尔布尔士山[②]寻回哥巴德

吉星高照的扎尔催鲁斯塔姆出发，
说：“带上大棒跨上你的战马。
你跨马直奔厄尔布尔士山中，
随身还要带上一支精选的士兵。
此去万勿拖延应从速行动，
找到哥巴德向他表示衷心欢迎。
你要日夜兼程不要延误时间，
限两周内找到他立即返还。
你对他说全军上下等他统领，
他们要拥你为王请你去主政。
无人比你配得上凯扬王冠，
除你以外谁也不能救我们于危难。”
当扎尔·扎尔吩咐完这番话语，
鲁斯塔姆伏身拜倒以眉触地。
随后他满怀兴奋跨上拉赫什，
去找哥巴德，一路快马疾驰。
他在路上遭遇一伙土兰兵丁，
他们穷凶极恶地向前冲锋。
鲁斯塔姆高举大棒满腔愤怒，
手起棒落高声怒吼左冲右突。

① 灵光是传说中的来自天神之光，象征着神的佑护。灵光可幻化出各种形状，与谁结为一体，谁就逢凶化吉，遇难呈祥。

② 厄尔布尔士山是伊朗北部沿里海的山脉。

土兰的兵士们不敌，双臂瘫软，
一个个吓得胆战心惊魂飞魄散。
他们与鲁斯塔姆战了几个回合，
终于不是对手纷纷夺路逃脱。
他们赶去报告阿夫拉西亚伯，
眼中满含泪水心中懊丧痛苦。
他们向主帅报告战斗的详情，
主帅对此败绩感到忧心忡忡。
他立即传令要卡隆马上来见，
那卡隆是军中上将身手不凡。
他对卡隆说："你挑选一队骑兵，
去剪断伊朗主将所经过的路径。
你应勇敢战斗也要谨慎警惕，
用心筹划指挥万勿疏忽大意。
伊朗人是鼠狼之辈不义之旅，
向我军发动了一场突然袭击。"
卡隆出了阿夫拉西亚伯大营，
他随即挑选了一队精兵出征。
他在勇士们前进的道路之上，
布置好手下的人马和战象。
再说那出色的勇士鲁斯塔姆，
他辞别了伊朗主帅踏上征途。
到了离厄尔布尔士山一米尔之地，
见一去处着实令人心旷神怡。
树木郁郁葱葱，小河流水淙淙，
一群青春少年在那里游玩宿营。
一把座椅放在小河的岸上，
座椅上喷洒香水散发着芳香。

小河岸上阴凉处坐着一位青年，
他面如满月容光焕发精神饱满。
他身边有一队壮士排班站立，
一个个紧束腰身穿戴整齐。
那群人透露出尊贵的皇家气派，
也似天堂一样显示出特殊的光彩。
当他们看到一群勇士来到近前，
便迎上前去与来人搭话开言。
他们上前说:“尊贵的勇士英雄，
前面已然无路，再往前无法通行。
你们远路而来就是我们的客人，
请下马歇息让我们略表寸心。
让我们以酒会友请饮上一杯，
欢迎尊贵的勇士万请开怀一醉。”
鲁斯塔姆对他们这样回答:
“尊贵的主人请听我一句话。
我现在有一件紧要的使命在身，
我们此去厄尔布尔士山意在寻人。
我们有重任进山不便在此迟延，
前途曲折崎岖此行山高路远。
如今伊朗边境遭到敌人进攻，
那里是家家举丧户户传出哭声。
又兼如今伊朗王廷虚位无君，
我们怎可在此耽搁与你们畅饮?”
河边之人回答:“尊贵的勇士们，
如若你们进这山里前去寻人，
可否请求你们对我们实言相告，
去厄尔布尔士山把什么人寻找?

我们这些人久居这葱郁的山区，
愿以酒宴招待贵客略表地主之谊。
你们去寻人我们可做向导引路，
你们来此我们愿倾全力相助。”
鲁斯塔姆闻听这样回答主人：
“有位贵人住在山中他出身名门。
这位贵人的名字叫凯哥巴德，
他是法里东之后秉承了皇家仁德。
请告诉我们如何才能找到此人，
你们中可有人知道他的行踪音信？”
那首领说道：“我知道此人音信，
我可以把哥巴德行踪告诉你们。
可是你们要下马与我们共饮酒浆，
能招待你们我们才感到荣幸欢畅。”
鲁斯塔姆听有了凯哥巴德的消息，
他立即翻身下马站到了平地。
他紧走几步来到小河的岸边，
端坐在树阴之下欣然赴宴。
那位年轻的首领坐在黄金宝座，
他拉起鲁斯塔姆的手亲切迎客。
他一只手把盛满酒的杯儿高举，
高举酒杯向豪爽的壮士们致意。
他递给鲁斯塔姆另一只酒杯，
开言说道：“可敬的勇士你高尚尊贵。
你向我们打听凯哥巴德的下落，
可是此人之名你们从何处听说？”
鲁斯塔姆回答说：“我的壮士英雄，
我把凯哥巴德的事说给你听。

如今伊朗王廷已然虚位以待，
公卿贵人正等着把他登基大典安排。
扎尔·扎尔他本是我的父亲，
无人不晓他乃是贵人中的贵人。
父亲吩咐我身边带上一队人马，
去厄尔布尔士山寻哥巴德来坐天下。
还告我见到他要施以君臣大礼，
从速返回切不可路上耽搁迟延。
我要告他勇士们切望他去为王，
国君的王冠已然为他准备停当。
如若你知道哥巴德的行踪音讯，
请速告我我接他去为伊朗的国君。”
那年轻人等鲁斯塔姆把话说完，
微微一笑说：“壮士啊，请听我一言。
我就是哥巴德，是法里东的后人，
辈辈相传我与法里东本出自一门。”
鲁斯塔姆闻言连忙离座起立，
向哥巴德躬身俯首深施一礼。
他说道：“天下之王世界之主，
贵人靠你支持勇士靠你庇护。
伊朗王国的王位正等你去登基，
在你面前战象也落入陷阱力尽筋疲。
你理应登上众王之首的王位，
理应君临天下享受荣华富贵。
勇士之首统帅扎尔把我派遣，
派我前来向天下之王祝福请安。
如若王上向你的臣民颁下旨意，
臣理应使众人服从不得另有异议。”

满心欣喜的哥巴德也站立起身，
用心倾听鲁斯塔姆带来的佳音喜讯。
这时鲁斯塔姆再次开口讲话，
把伊朗统帅的问候之情向他转达。
众军之主听了鲁斯塔姆转达的好意，
兴奋得满怀激动内心欣喜。
他立即吩咐左右取来美酒甘醇，
为鲁斯塔姆的到来而开怀畅饮。
鲁斯塔姆接过酒来一饮而尽，
祝贺寻到凯扬家族之后伊朗新君。
王上本出身自法里东高贵门庭，
鲁斯塔姆寻到他心中感到高兴。
他说："愿你永戴凯扬王冠永居伊朗王位，
愿世界由你做主直至千秋万岁。"
人们兴高采烈不禁齐声欢呼，
掩饰不住喜悦之情内心深受鼓舞。
王上向鲁斯塔姆提起昨日一梦，
说那梦境犹在眼前历历分明：
"我梦到两只白鹰来自伊朗方向，
两只鹰带来一顶王冠闪闪发光。
这两只白鹰轻轻落在我的面前，
然后就给我戴上了那顶王冠。
当我醒来后心中便充满希望，
想那白鹰与王冠预示着如意吉祥。
于是我就命左右在这小河岸边，
布置好你们都看到的这份酒宴。
那白色的鹰就应该是鲁斯塔姆，
他给我带来喜讯带来了王冠。"

鲁斯塔姆听到国王讲到梦境，
和那闪闪发光的王冠和白色的鹰。
他对勇士之主国王这样说道：
“你的梦乃是上天启示的吉兆。
现在让我们奔赴伊朗立即启程，
立即启程去支援我们的勇士英雄。”
哥巴德闻言便立即准备出发，
他翻身跨上了一匹枣红骏马。
鲁斯塔姆随后匆匆紧束腰身，
上马与哥巴德一同向伊朗前进。
他们一行人日夜兼程不敢怠慢，
路上见有敌方兵丁在前方出现。
国王此时把情况完全看在眼里，
做好了准备拼死一战上前迎敌。
鲁斯塔姆一见对他如此劝说：
“王上亲自与敌拼杀于理不合。
有我在和我这战马大棒与甲胄，
量他来人再强也不是我的敌手。
我凭的是大棒臂膀凭的是勇气，
此外我只求主保佑赐我以胜利。
有我这双臂有我这枣红的坐骑，
有我这战刀看哪个敢与我为敌。”
说话间他一催胯下拉赫什战马，
霎时已把对方一个骑士斩于马下。
他一个接一个把敌人纷纷击毙，
鲜血与脑浆从他们鼻孔向外流溢。
他探出手臂把敌人一个个抓起，
抓起后又狠狠地抛到平地。

他把敌人抛到马下全凭强劲手臂，
用手臂打烂他们头颅颈项和脊椎。
那卡隆一见战场上形势凶险，
他抓起大棒挽好套索跨上马鞍。
他如同一阵狂风向鲁斯塔姆扑来，
一枪刺去把鲁斯塔姆的铠甲挑开。
鲁斯塔姆把他的长枪抓在手中，
这一招吓得卡隆胆战心惊。
鲁斯塔姆顺势把长枪夺到手里，
随即大吼一声那吼声撼山震地。
卡隆落马，他中了鲁斯塔姆一枪，
然后鲁斯塔姆便把长枪扎到地上。
阵上的人们一个个看得分明，
那卡隆似一只寒鸦坠落在水中。
拉赫什一见立即猛扑到他身上，
可怜卡隆在马的乱蹄下命丧身亡。
卡隆的兵士见状纷纷四散溃逃，
这真是两军阵上兵败如同山倒。
敌人溃逃鲁斯塔姆率军乘胜追击，
然后又转到一个山坳觅地休息。
到了一个山坳英雄们下马停住，
那里有水有草的确是个理想去处。
他们在山坳一直休息到夜幕降临，
鲁斯塔姆又让收拾行装准备动身。
勇士们收拾好自己的战衣战袍，
收拾好冠冕也把国王的战马备好。
等到夜色漆黑英雄担心节外生枝，
催促伊朗国王早走，好事不宜延迟。

他们乘着夜色带哥巴德到扎尔驻地，
一路上都保持肃静沉默不语。
为此事祭司们召集会议讨论七天，
七天中他们会商发表意见。
因为此前谁也不知有人叫哥巴德，
他为何一朝当政为王率军治国。
然后又是一连七天表示衷心祝贺，
摆下欢宴啜饮美酒表示庆贺。
众臣又准备了一个象牙宝座，
一顶象牙王冠也献给国王哥巴德。

伊朗出兵征敌国土兰。两军交锋后,伊朗将军卡兰在战场所向无敌。鲁斯塔姆见状,要求他也去战阿夫拉西亚伯。

八　鲁斯塔姆与阿夫拉西亚伯之战

鲁斯塔姆见卡兰在战场英勇,
冲锋陷阵两军厮杀中大获全胜,
他立即调转马头向扎尔奔去,
说:"父亲,我要与阿夫拉西亚伯决一高低。
你可知那帕山之子是不仁不义之人,
他现在何方,在战场上何处可寻?
他的军旗何在他穿何色的征衣,
他在阵上可是高擎着紫色军旗?
我今天决心抓住他的腰间束带,
我要面对面把他擒下马来。"
扎尔对他说:"孩子,我有一言相告,
你应谨慎行事切莫轻率焦躁。
那土兰人在战场有如一条巨龙,
他似一片灾难之云仇恨充满心胸。
他擎的是黑色军旗穿黑色征衣,
生铁护肘生铁头盔披挂整齐。
生铁的披挂表面镀着一层赤金,
高擎着黑色的军旗催军前进。
与他交手你可得千万小心谨慎,
他是一员勇将又兼正交好运。"

鲁斯塔姆说:“我的统帅我的父亲,
你无需多虑你无需为我担心。
造物之主自会助我一臂之力,
我凭借的是钢刀是臂膀和勇气。”
说话间他便催动胯下的铁骑,
把牛头大棒在空中高高举起。
他霎时间冲入土兰军阵之中,
如同狮吼震天动地地大吼一声。
阿夫拉西亚伯见他在战场出现,
感到惊奇不已,心想此子乳臭未干。
他对身边勇士说:“你们看这来将,
似蛟龙出水竟如此得意洋洋。
是何许人也,我怎不知他的姓名?”
有人答是达斯坦之子新上阵的后生。
将军只见他使的是萨姆的大棒,
年少气盛,争的是个天下名扬。
阿夫拉西亚伯策马驰到军前,
似航行在水面上的一艘巨舰。
此时鲁斯塔姆也看到了来将,
便向前催马大棒高高举到头上。
当二人在战场距离渐渐缩短,
鲁斯塔姆反把大棒挂在马鞍。
他一把抓住对手征衣的腰带,
用力把阿夫拉西亚伯扯下马来。
心想把他拖到哥巴德面前,
让他成为初战获胜的纪念。
对手越挣扎鲁斯塔姆越加用力,
腰带挣断阿夫拉西亚伯倒地。

阿夫拉西亚伯一头栽倒在地，
土兰骑士一拥而上把他救起。
见阿夫拉西亚伯从手中挣脱，
鲁斯塔姆空自后悔无可奈何。
他自言我怎么只抓住他的腰带，
为什么不把他夹在腋下拖将过来？
这时在战象后响起了号角之声，
从数里之外传来战鼓的轰鸣。
人们向国王报告得胜的消息，
说鲁斯塔姆已然冲乱敌人的阵地。
他已经接近土兰主将的近旁，
再也不见对方军旗在高空飘扬。
他抓住那主将腰带把他拖倒在地，
霎时间土兰军中惊恐之声响起。
土兰勇士们立即上前把他护住，
然后徒步从阵上把主将救出。
土兰主将在阵上不敌对手，
便找过一匹马来匆匆夺路逃走。
他策马急速奔驰，落荒而逃，
把自己的队伍抛在旷野荒郊。
当哥巴德听到这一胜利的消息，
便下令全军急速前进奋勇出击。
说要一鼓作气冲击土兰溃军，
一定要全歼敌人斩草除根。
哥巴德似一团烈火冲杀在前，
他号令全军像风在海上掀起狂澜。
另一翼率军的是扎尔和梅赫拉布，
他们都威风凛凛如狼似虎。

战场之上人喊马嘶响成一片，
羽箭飞驰如梭，明晃晃刀光闪闪。
纵然是金盔金盾保护身躯和头颅，
但盔盾却挡不住那劈下的巨斧。
战场上乌云翻滚两军苦战仇杀，
血肉横飞似香橼皮上涂了层朱砂。
厮杀竟日双方兵丁有退有进，
血雾直逼双鱼宫，月亮也蒙上灰尘。
开阔地上战马掠过似一阵狂风，
好像大地上变成六国，青天变为八重[①]。
扎尔·扎尔见爱子如此骁勇剽悍，
有如此强劲的身躯臂膀如此善战，
见爱子战斗中显示出高超的武艺，
心儿欢快地怦怦跳跃在胸腔里。
雄狮般勇士只是头一次出阵，
便杀死一千一百六十个敌人。
敌人从玛冈平原撤出了全部兵力，
他们悉数向达玛冈方向逃去。
从达玛冈又逃向阿姆河方向，
狼狈逃窜牢骚满腹兴败心伤。
兵器折损无数兵士满身伤痕，
战鼓不响一片死寂号角声喑。
伊朗兵将获胜全军收兵凯旋，
他们从厮杀的战场来到国王面前。
不论是兵是将人人奋勇杀敌，
凯旋时把一群俘虏带回驻地。

① 按伊朗古代传说世界有七国，天有七重，这里的诗句意为战场上一片混乱。

当得胜之师回到本军的驻地，
高声欢呼向世界之主深致敬意。
鲁斯塔姆血战之后也随军回阵，
随军回阵立即朝见伊朗国君。
国王让鲁斯塔姆在身旁落座，
天下闻名的扎尔则坐在另外一侧。

伊朗国王哥巴德死后，其子卡乌斯继位。卡乌斯一次听一歌人(为妖怪所变)演唱马赞得朗风光秀丽，景色宜人，遂起意出征马赞得朗，众臣劝阻无效。卡乌斯出兵后，马赞得朗国王请白妖相助。白妖施行法术，使卡乌斯及全军双目失明。卡乌斯写信向扎尔及鲁斯塔姆告急。鲁斯塔姆驰援，在路途上连闯七关。终于战胜白妖及马赞得朗国王，救出卡乌斯。

九　鲁斯塔姆勇闯七关

第一关　拉赫什与狮子之战

这位旷世英雄告别了老父，
从尼姆鲁兹登上漫漫长路。
急如星火，两天路并作一天。
昼夜兼程，黑夜也当作白天。
晴朗的白昼，漆黑的夜晚，
有拉赫什相伴闯关越险。
当他走到一地要把食物寻觅，
正好见地里跑着成群的野驴。
勇士决心要将一只野驴捕到，
那野驴见有人追赶死命奔跑。
有拉赫什骏马和手中的套索，
不论什么野兽也难逃难躲。
勇士用力抛出御赐的套索，

套住野驴的脖子,野驴被捉。
立即用箭搭起支架生起火来,
火上不住地添加野草和干柴。
熊熊烈火把野驴里外烤透,
一只活驴转眼变成一堆熟肉。
英雄吃了驴肉,骨头远抛一边,
好难得的佳肴,好丰盛的野餐。
这时英雄松开了骏马的缰绳,
任它在地里吃草,任它去驰骋。
自己倒头在一个苇塘边成眠,
本是危险地方,却自以为安全。
有一头狮子就在这苇塘附近,
就是大象见了也都怕它三分。
夜色沉沉大概是一更天刚过,
那狮子傲然返回自己的老窝。
发现眼前躺着个庞然大物,
还有匹烈马在他身边守护。
狮子自忖:“得先把这马解决,
然后再把这个骑马人活捉。”
想到此处就向那马跃身扑去,
烈马也腾空扑来如烈火卷地。
这马烈性大发照狮头猛踢,
又用利齿猛咬狮子的背脊。
狮子倒卧地上,浑身血肉模糊,
一匹烈马就这样把狮子制服。
英雄鲁斯塔姆这时一觉睡醒,
见狮子被制服着实有些心惊。
对拉赫什说道:“我聪明的朋友,

哪个要你与狮子去拼争搏斗。
你若是不幸在它爪下身亡,
我孤身一人如何去马赞得朗。
孤身一人怎样拿甲胄和战袍?
怎样拿得这牛头大棒和弓刀?
我若是知道你竟和狮子作战,
断然不会允许你这样蛮干。"
这位知名的英雄举世无双,
说完又躺下,再次进入梦乡。
当太阳从朦胧的山后冉冉上升,
英雄才从甜梦中慢慢苏醒。
把马身擦洗净,把马鞍安置好,
又对主做了一番虔诚的祈祷。

第二关　鲁斯塔姆寻找水源

鲁斯塔姆艰难地向前赶路,
走啊走,越向前走越感到恐怖。
干热的荒原炎热得让人难熬,
连飞鸟都想脱掉身上的羽毛。
茫茫大地炽热得就像蒸笼,
仿佛有团地火在向上升腾。
骑士口干舌燥,拉赫什也累,
都被炎热折磨得全身疲惫。
鲁斯塔姆无奈下马,手持长矛,
活像个醉汉,走起来一步三摇。
勇士此时此刻已经感到绝望,
不由得高抬望眼,面对着上苍。

口中念念有词:“啊,仁慈的主!
为何降到我头上这么多痛苦?
莫非你为我遭受痛苦而高兴,
存心让我尝尽这人间的不幸。
可知我为什么这样风尘仆仆,
我是为搭救卡乌斯祈求救主。
使伊朗人能摆脱恶魔的手掌,
望主救他们免遭恶人的祸殃。
他们有罪,他们都是你的罪人,
他们崇拜你,是你忠实的子民。”
鲁斯塔姆说完了这一番祷言,
已干渴得全身无力,意乱心烦。
他颓然倒地,地是烤人的热土,
勇士的唇舌已渴得裂开血口。
此时有一只非常漂亮的山羊,
忽然出现在这位勇士的身旁。
山羊的出现顿使他倍加兴奋,
想必有一个水源就在这附近。
这岂不是造物主慈悲的惠赠?
羊在此时降临使人绝处逢生。
他右手握紧了利剑一跃而起,
造物主使他平添了许多力气。
沿着山羊的脚印,利剑提在右手,
骏马的笼头紧紧攥在左手。
山羊行走在前,英雄尾随在后,
果真发现前面有水源一处。
勇士这时两眼凝望着苍天,
长呼一声:“主啊,公正的裁判官!

如若这水源旁没有羊的足迹，
荒野茫茫，我何处把水源寻觅。
除了徒唤奈何我还能怎么办，
除了纯洁的主我能向谁呼唤？
不论何人如果违逆了造物主，
他就不会有智慧，结果必定吃苦。”
对山羊也是说不完声声称赞：
“祈愿它能永避灾殃，永避危难。
祈愿这里牧草肥嫩，泉水清清，
凶恶的灵猩别到这里来逞凶。
不论谁若企图对你弯弓射箭，
叫他箭头偏飞，叫他弓折弦断。
是你使得一个英雄绝处逢生，
不然堂堂勇士早已身亡命终。
要么，早被一条巨蟒吞入腹中，
要么，也许会落入饿狼的口中。
或者被争食的野兽撕成碎片，
敌人会交口相传我已经遇难。”
鲁斯塔姆说完了这声声赞语，
给拉赫什松缰解鞍细细刷洗。
这骏马洗后愈显得膘肥毛亮，
仿佛天空的太阳熠熠生光。
喝足了水，又往箭袋里把箭装上，
打算捕捉些猎物填一填饥肠。
正好捉了只身大如象的野驴，
赶忙开膛破肚，截肢后又剥皮。
就地捡来了许多干柴和野草，
先用清水洗净，后用烈火烧烤。

收拾停当就动嘴美美地享用，
剩下的驴骨也剔得干干净净。
又走到清澈的水旁喝足了水，
吃饱喝足后觉得昏昏欲睡。
勇士一再嘱咐这不安分的烈马：
“不能寻机配对，也不得同谁厮打。
若是有敌来犯，找我寻求保护，
不得轻易同恶魔或猛狮争斗。”
说毕便侧身入睡，紧闭上双唇，
任拉赫什去吃草直到午夜时分。

第三关　鲁斯塔姆与巨蟒之战

这时从地下钻出一条巨蟒，
大象遇见它怕也无力抵挡。
原来这地下面有一个蟒窟，
恶魔怕它，从不敢在这里驻足。
巨蟒见地上横躺着一条大汉，
还有一匹骏马站在大汉身边。
那蟒想何物竟如此不知高低，
胆敢躺在我的地段安然歇息。
还从未见谁胆敢从这里经过，
不论大象雄狮，也不论恶魔。
谁敢来犯，休想从此地逃跑，
休想逃出我这巨蟒的利爪。
巨蟒打量着眼前这匹骏马，
纵身扑去想把它一口吞下。
骏马用包钢的蹄子狠狠蹬地，

忽而又将尾巴摆来扫去。
英雄这时从睡梦中醒来，
心想一定是有什么敌人袭来。
他强睁睡眼向四下里观看，
巨蟒的身影立即消失不见。
他生气地将战马厉声责备，
为何总吵醒他不让他安睡。
鲁斯塔姆见无事再次入眠，
那巨蟒从暗中又来到面前。
拉赫什对鲁斯塔姆头枕乱拱，
又刨地又尥蹶想把主人唤醒。
鲁斯塔姆再次从梦中醒来，
这次气得脸色都开始发白。
再次强睁睡眼向四下环顾，
什么都不见，只见漆黑的夜幕。
鲁斯塔姆这一回真动了肝火，
向警醒的骏马开口高声斥责：
“你不睡犹可，干吗也不让我睡，
你好像是存心不让我成寐。
要是下一次你还这样捣乱，
看我不一刀把你脖子砍断。
我一人徒步前往马赞得朗，
自己拿着盔甲、刀剑、牛头大棒。
早跟你说过，如果有狮子来犯，
我会来保护你，我会同它作战。
何曾对你说过要你吵闹出声，
动不动就把我从甜梦中闹醒。”
勇士刚说罢倒头又去睡觉，

身上的虎皮战袍也未及脱掉。
这时巨蟒口发嘶嘶声再次出现，
如一团熊熊大火喷射出烈焰。
拉赫什这时已到远处吃草，
免得再把英雄的甜梦打扰。
这骏马倒是一直都提心吊胆，
生怕巨蟒再来，唯恐英雄遭险。
对英雄的处境这马着实不安，
像一阵狂飙急驰到英雄身边。
他嘶叫咆哮掀起了阵阵灰尘，
大地被踏破，出现了道道裂纹。
鲁斯塔姆的美梦再次被打破，
一股怒火上升要对骏马发作。
造物主这时显示了他的神灵，
没让这个庞然大物再次潜形。
鲁斯塔姆暗中将巨蟒发现，
嗖的一声从剑鞘抽出利剑。
高呼一声仿佛春雷般震响，
天地间忽然闪出雷电火光。
英雄怒问巨蟒：“你究竟是谁？
我要你从此再不敢为所欲为。
既然你今天已经落入我手，
再厉害也休想轻易地逃走。”
巨蟒也口出狂言不甘示弱，
说：“谁落入我手也休想逃过。
这方圆百里都是我的领地，
悠悠苍天也得听我的旨意。
天上鹰鹫不敢从这里经过，

天边明星不敢向这里闪烁。
你姓甚名谁快快对我言讲，
你母亲马上要来为你哭丧。”
“达斯坦是我父，尼拉姆是我高祖，
谁不知大名鼎鼎的鲁斯塔姆。
我是去报仇身边没什么兵丁，
只和勇敢的拉赫什相伴出征。
你若胆敢犯我就走上前来，
看我会怎样让你头落尘埃。”
话音刚一落彼此立即开战，
你比我高强，我比你更凶悍。
拉赫什见巨蟒那庞大身躯
向社稷重臣跃身扑将过去。
这骏马两耳竖起像发了狂，
用坚齿凶猛咬啮蟒的脊梁。
又咬蟒的全身，凶得像头雄狮，
此情此景惊呆了无敌的勇士。
鲁斯塔姆举剑刺向巨蟒的头，
巨蟒当即被刺得鲜血涌流。
它巨大的身躯将大片土盖住，
从它的身上有一股血泉涌出。
鲁斯塔姆向那巨蟒看了一眼，
从颈项到尾巴全身尽被血染。
在那荒野的黑褐色的土地上，
巨蟒的热血不停地汩汩流淌。
这时英雄手脚无措感到茫然，
开口又把造物主的名字高喊。
英雄用水把头和全身沐浴，

只有造物主能助人逢凶化吉。
他向主念道:“啊,我的主在上,
是你给我智慧、灵光和力量。
有主在我不怕狮子魔鬼和大象,
不怕干旱的荒原,尼罗河的恶浪。
不论坏人来多少,我都视如无物,
我怒火上来把他们一一铲除。”

第四关　鲁斯塔姆斩杀女妖

鲁斯塔姆对主发出一番赞誉,
随后便给拉赫什装备好马具。
他登鞍上马再次踏上了征程,
气宇轩昂进入妖魔出没之境。
人马只顾急匆匆往前赶路,
转眼间红日偏西天色将暮。
满目树木花草,又见细水涓涓,
这惬意的地方实在叫人留连。
有一股泉水汩汩地流个不停,
旁边有只酒杯,杯中美酒鲜红。
还有松软的面饼,肥嫩的烤羊,
以及盐巴和蜜饯摆放在近旁。
鲁斯塔姆见此心中暗自诧异,
于是翻身下马决定看个仔细。
那原是妖魔所为,英雄刚一走近,
妖魔听到人声便立即消遁。
他在泉边坐定,心神有些迷惘,
红宝石的酒杯里有美酒飘香。

精美的冬不拉放在酒杯旁边，
这哪是野地，分明是华屋盛筵。
英雄将冬不拉轻轻放在胸前，
心中千言万语一一付诸琴弦：
无止息的流浪啊，是我的经历，
我此生何曾享过片时的欢娱。
我生命的舞台啊，始终是战场，
我美丽的园林啊，是野地山冈。
我不停地同魔鬼与巨蟒较量，
置身无边的沙漠险些命丧。
命运之神何以对我如此小气，
不给我香花美酒，不给我草地。
刚同巨鲸斗罢，又同花豹作战，
真是历尽千般艰险，万般苦难。
这声音传到了女妖的耳际，
那是英雄的悲叹，感伤的旋律。
女妖的面目本来是丑陋不堪，
这时却变得如同鲜花一般。
她走近英雄身旁，满身的妖艳，
慢慢凑近，意欲同英雄攀谈。
英雄未曾答话先赞颂造物主，
向主祈祷能为他解除痛苦。
说在马赞得朗喜见羔羊美酒，
不期而遇又邂逅了这位酒友。
他哪里知道这原是一个女妖，
是花容掩盖着她妖魔的面貌。
鲁斯塔姆擎起了大杯美酒，
感戴主的惠赠赞声不绝于口。

英雄这边正高声把主恩歌唱，
女妖那里却一下子露出本相。
女妖哪里有心将造物主赞颂，
她的口舌哪有这赞颂的功能。
一听到主的名字，她脸色大变，
英雄这时也看出了不少破绽。
他迅速地把手中的套索一抛，
不偏不斜恰好套住那女妖。
英雄高声呵斥："快说你是何物，
快快显现出你本来的面目。"
套索中立即现出一个枯朽妇人，
满脸的吓人凶相，满脸的皱纹。
英雄举刀将她一刀斩成两截，
这女妖从此再也休想作孽。

第五关　鲁斯塔姆捉拿乌拉德

鲁斯塔姆整装踏上新的征程，
好一个披坚执锐的排险英雄。
他风尘仆仆走到了一个地方，
那里漆黑一片终年不见阳光。
夜黑得简直是伸手不见五指，
不见月亮的形象，星星的影子。
太阳仿佛被捆住了不能再转，
星星好像被束缚住难得动弹。
前面一片黑暗，高低难得看清，
只好缓辔而行缰绳紧握手中。
人马终于走到一个光亮之处，

绿油油的禾苗如同一片锦绣。
世界似从老境重又步入青年，
望不断的绿草如茵，流水潺湲。
汗水早已湿透了英雄的衣背，
人昏昏然需要好好休息安睡。
英雄从身上脱下虎皮战袍，
甲胄被汗水湿透，像被水浇。
他把战袍晾在阳光下的土地，
然后便一头躺倒自己休息。
他解开了马的缰绳由它而去，
任它啃吃禾苗，任它逍遥在草地。
湿漉漉的甲胄这时已经晾干，
英雄和衣而卧像头狮子一般。
这匹马被守青人远远地看到，
守青人边跑边扯着嗓子大叫。
大步流星跑到鲁斯塔姆身旁，
抡起棍子狠狠打在英雄腿上。
他将酣睡的勇士一棍子打醒，
大骂一声："你是谁？你这个杂种！
你为什么放马践踏我的禾苗？
你可知道我付出了多少辛劳？"
听了这话勇士气得心里冒火，
跳起来一手抓住他一只耳朵。
勇士同守青人并未口角争辩，
只是一用劲将他的耳根拧断。
守青人的两耳被齐刷刷揪掉，
两手捂住伤处疼得嗷嗷直叫。
就近有个名叫乌拉德的英雄，

是一个年轻的勇士，远近闻名。
守青人号叫着向那勇士跑去，
脸上手上到处是鲜血淋漓，
说："不知哪里冒出来一个黑鬼，
身披豹皮战袍，头上顶着铁盔。
那人是一个地地道道的恶魔，
肯定是一条披着盔甲的毒蛇。
我只是想去把他那匹马赶走，
哪曾想他却对我下如此毒手。
他跳起身来就把我耳朵揪掉，
什么话没说，掉转身又去睡觉。"
乌拉德正同一帮人闲步草地，
想捕捉猎物野味打一打牙祭。
乌拉德听完守青人这番诉怨，
似在猎场把猎物的足迹发现。
他意气骄横把头颅扬得高高，
纵马驰向英雄——他猎取的目标。
要亲眼看看那是何等样人物，
如此心狠手辣究竟为了何故。
一帮人前来向鲁斯塔姆寻衅，
鲁斯塔姆也向自己的马靠近。
勇士跳上马抽出锋利的剑，
挥剑生风真像是雷鸣闪电。
两人眼看就要交手打在一起，
又都想先摸一摸对方的底。
乌拉德率先开口："你是什么人？
你是哪一位国王治下的臣民？
这地界并非每个人都能光顾，

只有勇敢的狮子敢在此过路。
你怎敢将守青人的耳朵拧下?
怎敢在此地放马把禾苗践踏?
看我怎样打你一个昏天黑地,
怎样把你的头盔打落在平地。”
鲁斯塔姆答道:“我名字叫乌云,
名叫乌云,斗雄狮可膂力过人。
多少回舞动我的快刀与利剑,
多少颗头颅当即被利刃斩断。
至于我的真名你或许曾经耳闻,
一听这名你会吓得落魄丧魂。
还有英雄的套索,英雄的弓箭,
谅你没有听说过,更无缘亲见。
哪个母亲生下你这样的孽子,
我定让她早早为你痛哭殓尸。
看你这帮人一个个弯腰驼背,
也敢跑到我面前来兴师问罪。”
英雄从刀鞘中抽出一把战刀,
又把套马索系在马背的鞍鞒。
仿佛一头雄狮闯入了羊群,
一气杀得非死即伤没有完人。
一刀刺去两三个立即倒下,
像一把钳子把头从脖子上拧下。
多少颗人头已被他打落在地,
多少个狂徒又被他踩在脚底。
这一干人哪是英雄的对手,
转眼便被英雄打得仓皇逃走。
马蹄杂沓而过扬起尘土弥漫,

尘土弥漫在荒野，弥漫在山涧。
鲁斯塔姆像头野性发作的大象，
挥动着长长的套索紧追不放。
拉赫什紧追在乌拉德的后边，
这狂徒的末日就在顷刻之间。
英雄把长长的套索撒手甩出，
一下就把那狂徒的脖子套住。
拉下马来立即把他双手捆紧，
自己立身马上将他严加盘问：
“我要你实话实说决不能说谎，
有半句谎言我叫你命丧身亡。
你告诉我那白妖[①]家住在哪里，
普拉德甘迪和比德藏在何地。
卡乌斯国王又被关押在何处，
他们作恶的地方你要一一指出。
你说的每句话必须都是实言，
不许几句实话里掺杂许多谎言。
我要从马赞得朗国王的手上，
夺回来冠冕甲胄和牛头大棒。
假如你告诉我的全都是实话，
到时候这块土地交给你管辖。
你说的话里若是有半句谎言，
我让你双眼立即血流如泉。”
乌拉德说道：“英雄你且息怒，
请不要这样对我圆睁怒目。
只要你不下毒手加害于我，

① 白妖、普拉德甘迪和比德都是马赞得朗国王请来对付伊朗国王卡乌斯的妖怪。

你问我的我一一都对你说。
我告诉你卡乌斯关在哪里，
每一条街衢我都讲个仔细。
你既然已给了我种种许诺，
我告诉你比德和白妖的老窝。
从这里到卡乌斯被拘押之地，
约有一百多法尔散格的距离。
从卡乌斯处到白妖处路途坎坷，
两地相距也有一百法尔散格。
一个险要之处横在两山当中，
连神鸟都难飞越过那片天空。
那个地方还有一百口深坑，
坑有多深从来没人能说清。
善战的妖魔共有一万二千，
夜里死死看守着那座大山。
普拉德甘迪是他们统兵之人，
机警的三吉则专司战事治军。
妖魔的总头目就是那个白妖，
他能使山岳摇动像一根柳条。
你再看他那山岳一样的巨躯，
看他那腰身有十匹马的力气。
他是如此膀大腰圆，身强力壮，
你还是放下你那刀剑和棍棒。
看了他那身躯，再看他那动作，
同这个白妖交手绝不是上策。
从那里再往前走是乱石遍地，
就是羚羊都很难从那里过去。
过了那里以后前面是一条河，

河面宽得足足有两法尔散格。
有魔鬼凯那伦将这条河守护，
所有的恶魔都听从他的吩咐。
对岸有个叫博兹古什的地方，
房舍相连三百法尔散格之长。
从博兹古什再到马赞得朗城，
路途更遥远，而且崎岖难行。
在马赞得朗到处都布有骑兵，
成千上万，你想数也数不清。
这支部队拥有钱财，装备精良，
你找不到哪支部队比它更强。
城里足足有一千二百头战象，
散布在城内的每条大街小巷。
若一人进去，任你是铜铸铁造，
怕也经不住这些恶魔的锉刀。”
鲁斯塔姆听罢不禁哈哈大笑：
“听了你这话，倒想去领教领教。
我要你看看我这个孤胆英雄，
带给这一个恶魔怎样的创痛。
我凭借造物主无敌的力量，
凭借我的运气、智慧和刀枪，
让他们见识见识我的膂力，
领教领教我狼牙棒的威力。
我让他两腿抽搐，全身发抖，
让他们战马不认得自己的骑手。
你告诉我卡乌斯国王押在哪里，
告诉我每一条道路，随我前去。”
英雄说罢便立即快马加鞭，

乌拉德跟着快跑如旋风一般。
他扬鞭策马不分黑夜与白天，
不多时便跑到阿斯普鲁兹山。
这里就是卡乌斯王被押之处，
他受到魔鬼百般折磨与凌辱。
那是漆黑的夜，大约已是夜半，
忽听得叫声四起人声纷乱。
只见马赞得朗城火光映天，
到处点起蜡烛如同白昼一般。
英雄质问乌拉德："那是何地？
为什么前后左右火光四起？"
乌拉德说："那便是马赞得朗，
夜间你就别想安歇在睡床。
名叫阿尔让的魔鬼就在那里，
他不停地嚎叫，叫声阴森凄厉。"
英雄未说一句话便去睡觉，
直睡到灿烂的太阳东方高照。
起身将乌拉德拴在一棵树上，
又用套索紧紧地将他捆绑。
将祖传的大棒放置在马鞍，
飞马而去，像吃了壮胆金丹。

第六关　鲁斯塔姆与魔鬼阿尔让之战

鲁斯塔姆戴上头盔披上甲胄，
身上的虎皮战袍散发着汗臭。
飞身径直向魔鬼阿尔让奔去，
不多时便来到魔鬼隐身之地。

英雄闯入魔群猛地一声高叫，
仿佛是山崩地裂，大海咆哮。
阿尔让闻听鲁斯塔姆高呼，
一跃而起跳出了他的魔窟。
一见魔鬼出洞，英雄催马前趋，
如同圣火径直向那妖魔扑去，
伸手将魔鬼的耳朵紧紧揪住，
手起刀落，那恶魔便身首异处。
魔头被砍下，浑身鲜血淋淋，
血糊糊的魔头旋即被抛向魔群。
众妖魔见这英雄膀大腰圆，
一个个都吓得心惊胆寒。
被打得不辨东西，天旋地转，
父不顾子，争相夺路逃窜。
英雄挥起手中复仇的利剑，
向魔群杀去，进行血的清算。
光辉的太阳此时已至中天，
英雄奏凯回到阿斯普鲁兹山。
他解开捆绑乌拉德的绳索，
在那棵高高的树下席地而坐。
英雄再次向乌拉德追问道路，
卡乌斯到底关押在城中何处。
听到回答，马上起身催马迅跑，
命令乌拉德在前面充当向导。
拉赫什驮着主人刚刚跑进城，
一声长嘶仿佛春日的雷鸣。
卡乌斯国王听到那骏马嘶叫，
心想苦难结束，光明即将来到。

这位国王告诉他的伊朗随从：
“我们苦难的日子即将告终。
我听到了拉赫什的萧萧长鸣，
马叫声又重新唤醒我的心灵。
想当年哥巴德同土兰人对峙，
我就听到过拉赫什萧萧长嘶。”
随从们都说国王卡乌斯
因这长期囚禁早已经心死。
丧失了智慧也丧失了灵光，
他这些话真如同梦呓一样。
身陷囹圄我们有何计可施，
仿佛福星已远离我们而去。
说话间英雄突然出现在面前，
善战的勇士像带着火的光焰。
他急步走到卡乌斯面前打躬，
随从国王的贵人纷纷围拢。
有古达尔兹、图斯、巴赫拉姆，
有格乌、席都什、古斯塔哈姆。
又欢呼又祈祷，热烈非常，
对英雄百般抚问，问短问长。
卡乌斯国王把英雄抱在怀里，
问扎尔的近况，问英雄的遭际。
又百般叮嘱：“行动千万要隐蔽，
还要看好拉赫什，你战场上的坐骑。
万一要让那凶恶的白妖得知，
那阿尔让已被你活活杀死，
知道了你已同卡乌斯相见，
恶魔一定会齐集向你开战。

倘若他们再向我们动刀兵，
你百般辛劳岂不完全成空？
你要不辞辛苦再挥剑操刀，
直捣那白妖老巢活捉白妖。
若圣洁的耶兹丹助你一臂之力，
你就能把妖魔的头砍落在地。
然后还要再穿越七道大山，
有成群的恶魔在山前守关。
那山前有一个无底的深洞，
提起它简直是可怕的噩梦。
道路上布满了凶残的恶魔，
一个个都像雪豹那样凶恶。
那山洞里面就是白妖的住地，
众妖对他既抱期望又怀畏惧。
白妖乃是这山中重兵的总管，
你应一举歼之,叫他难逞凶残。
我兵将内火攻心眼不能见，
我也是双眼失明,一片黑暗。
医生说要眼睛复明重见天光，
就得靠白妖的鲜血和脑浆。
这医生学识渊博头脑聪慧，
说那白妖的鲜血如同眼泪。
只要用三滴滴入人的眼睛，
失明的双目马上就能复明。
愿你能凭靠创世主的佑助，
将那凶恶的白妖一手捉住。”
英雄将兵器一一准备就绪，
匆匆离开,急急向目标奔去。

行前对伊朗人口吐肺腑之言：
“我早已决定同白妖决一死战。
我深知白妖如象，身手不凡，
又有一支重兵守围在身边。
我万一不幸在他面前折腰，
不知你们还得受多少煎熬。
愿主能助我，让我交逢好运，
幸运的福星在我头上降临。
我们就能夺回疆土，夺回宝座，
皇家的绿树就会结出硕果。”

第七关　鲁斯塔姆斩杀白妖

鲁斯塔姆装备停当再度出征，
复仇的怒火舔啮着他的心胸。
英雄仍将乌拉德带在身边，
紧催骏马拉赫什如飞箭离弦。
拉赫什飞奔进入七座山地方，
那里妖魔确实一群连着一帮。
人马走近那深不见底的黑洞，
魔鬼的兵卒，他一一看得分明。
他对乌拉德说：“行前你曾交待，
是谎言是实话眼看都会明白。
现在时机已到，需要立即上去，
你要给我指路，讲出一切秘密。”
乌拉德说：“要等头上红日高照，
这些妖魔才会躺下安生睡觉。
你要想在战斗中稳操胜券，

劝你稍等片刻，不宜匆忙蛮干。
等到那里的妖魔大部分走掉，
只剩三五个在门前站岗放哨，
再加上万能的主暗中助战，
到那时你一定能稳操胜券。”
鲁斯塔姆依计把行动放慢，
静待着太阳渐渐浮出海面。
时候一到把乌拉德手脚捆上，
然后认镫攀鞍翻身骑在马上。
从剑鞘中嗖的一声抽出利剑，
高喊魔鬼的名字如雷鸣闪电。
闯入敌营左突右奔，剑起剑落，
手刃敌人的首级一个接一个。
刀光剑影下无人是他的敌手，
仓皇逃命，在英雄面前大丢其丑。
英雄得手急奔向白妖的方向，
真像高天的红日锐不可当。
终于发现了那个洞，像个地狱，
这地狱般的黑洞深不见底。
一时间他只是把剑紧握在手，
这地方是既不能战也不能走。
英雄揉了揉恍惚蒙眬的眼睛，
对着那深洞想看出一个究竟。
他蒙眬看到眼前仿佛一座山，
仅白妖身体就占了洞的半边。
它发长似鬃毛，脸面黑如炭，
山一般的巨躯真是举世罕见。
英雄见白妖在洞里渐入梦乡，

并未乘机对他下手,慌里慌张。
静待它一觉醒来缓睁开睡眼,
才猛然一声天摇地动的呐喊。
白妖也猛压过来像一座黑山,
一顶铁盔、一双铁臂、一对铁肩。
它顺势把一块巨石抓在手中,
向着英雄鲁斯塔姆这边猛冲。
勇士不备被惊吓得毛发直竖,
一闪身跳到旁边一个斜坡处。
这勇士就像一头猛狮被激怒,
一剑刺去正中那白妖的腰部。
鲁斯塔姆凭仗着超人的力气,
将他一只脚一条腿打断在地。
受伤的白妖扭住英雄哪里肯放,
如发狂的狮子碰上发疯的大象。
那独腿白妖仍同英雄力战,
把山洞上下搅了个天昏地暗。
英雄顺势扭住了白妖的双胯,
猛然用力要把白妖按在地下。
我抓掉你块肉,你撕下我块皮,
脚底下不知是血水还是稀泥。
鲁斯塔姆此时心中暗自琢磨,
今天保住性命我定会永远存活。
白妖更是心里嘀咕暗自思量,
我这条命看来已没什么希望。
就算今天能从巨蟒身边逃命,
怕也是臂断肢残伤势惨重。
这马赞得朗城中的老老少少,

谁人还会理我,谁不将我耻笑?
白妖想到这里便横下一条心,
管他是死是活且再拼他一拼。
于是白妖与英雄战事再起,
直杀得大汗淋漓,血染遍体。
英雄凭借造物主给予的力气,
怀着满腔仇恨拼出死力搏击。
英雄这时越战越猛怒火中烧,
终于死死抱住这凶残的白妖。
猛力将他一提使他脚不沾地,
然后再揪住脖子往地上掼去。
就像雄狮把羊羔扑倒在地上,
转眼功夫这白妖便气绝命丧。
英雄执刀一下捅入白妖腰间,
从粗壮的体内剜出他的心肝。
此时山洞空空已除掉了妖魔,
但见洞中尽是血,已流成小河。
英雄走过去解开了乌拉德,
又在马鞍上系好御赐的套索。
将那心肝往乌拉德手中一放,
转身奔向卡乌斯所在的方向。
乌拉德叫道:“雄狮,你暂且止步,
你已用刀剑把这世界征服。
屡屡捆缚已使得我皮开肉绽,
你的套马索将我的筋骨勒断。
你答应我的诺言是否背弃?
须知那可是我的寄托和希冀。
看你一副狮子之胆,王者之相,

想不至于把对我的承诺遗忘。”
鲁斯塔姆言道:“我再说给你听,
我会把马赞得朗交到你手中。
只是眼下还有件事没有完成,
要完成它路途坎坷困难重重。
马赞得朗国王眼下还在宫中,
我定要将他捉拿投之于深坑。
但等我杀尽这里所有的妖魔,
把他们的头颅一个个砍落。
到那时再把城池交给你掌管,
否则就不能指望我能兑现诺言。”
说罢转身走向卡乌斯国王被囚之处,
一副猛狮模样,一派英雄气度。
忽听得左右一阵人声吵嚷,
原来是统帅走来神采飞扬。
大家高声赞叹齐拥到他面前,
一片称颂之声,一番赞美之言。
英雄说:“陛下容我向你禀报,
当庆幸那妖魔已然被我杀掉。
我用尖刀劈开那白妖的胸膛,
他的国王再也不能对他有所指望。
我已将他的心肝剜出胸膛,
你还有何吩咐,我尊敬的国王?”
卡乌斯国王发出声声赞语,
说:“我的王冠和军队不能没有你。
哪位母亲生下你这样的儿郎,
这位母亲不能不受到齐声赞扬。
多谢你父亲那个高贵的扎尔,

此外还应当赞扬整个扎别尔。
是他们造就了你这样的英雄，
这真是全国之福，万民之幸。
有你父子俩更是孤王之大幸，
如同大象和雄狮互相比拼。”
国王夸完父子二人，转了话头：
“幸运的英雄，听朕一声吩咐：
你马上把妖血滴入我的眼睛，
目盲的伊朗人全靠这血复明。
我若能重新看见你的英姿，
我要向造物主给你祈求恩赐。”
他遵命将妖血滴入国王的眼睛，
原来满目黑暗，蓦然一片光明。
身后重新安放好象牙的宝座，
镶着象牙的金冠在头上闪烁。
他登上宝座要在这里称王，
鲁斯塔姆和贵胄肃立两旁。
有图斯、古达尔兹和鲁哈姆，
有格乌、古尔金和巴赫拉姆。
一起欢歌狂舞共七个昼夜，
卡乌斯非常满足极尽其乐。
七夜的歌舞，七天的狂欢，
七天过后将士全登上马鞍。
你拿起刀剑，我提着棍棒，
要杀向马赞得朗的大街小巷。
大军奉卡乌斯的王命而来，
就像熊熊烈火又加了干柴。
这熊熊烈火无人能够抵御，

整个城区转眼间火光四起。
又有多少妖魔火战中被斩，
城中每寸土地都被血污染。
浓密的黑幕笼罩，黑夜漫漫，
勇士们停止了一天的鏖战。
卡乌斯国王这时发出号令：
“罪恶的敌人终于受到严惩。
既然顽敌已经受到了惩罚，
就应该停止这流血的砍杀。
聪明人办事从来行止有度，
分得清孰急孰缓孰先孰后。
要立即捉拿马赞得朗国君，
砍掉他的头颅，剜出他的心。”
扎尔之子闻言高兴地遵从，
还有许多勇士愿与他同行。
立即写战书给马赞得朗国君，
战书一下，便触动了他的黑心。

十　卡乌斯向马赞得朗国王下书

一封战书写在洁白的丝帛上，
丝帛方寸却系着恐惧与希望。
聪明的书记官战书写得很妙，
何去何从反复论说详密周到。
信的开头自然是赞颂创世主，
是主教给了众人武艺与技术。

主给人以智慧，主创造了苍穹，
主赋予了人们爱与恨的感情。
主使我们的头脑能分清善恶，
主驱动着高空运行的日月。
你若是心地虔诚处事公正，
你听到的就全是赞扬与歌颂。
你若是存心不良行为乖戾，
你受到的定然是上天的责备。
一国的君王如果是贤明公正，
还有什么人会违抗他的命令。
你看那造物主怎样惩罚罪人，
他使魑魅魍魉都成了齑粉。
你若明白人世间事都有定数，
那就放聪明些，别不识时务。
你可继续作马赞得朗国君，
但对本王一定要俯首称臣。
同鲁斯塔姆开战谅你没这能力，
劝你赶快称臣纳贡别再犹豫。
若想让马赞得朗能安全保住，
除此之外再没有别的出路。
否则，我会粉碎你的一切幻想，
阿尔让和白妖就是你的下场。
书记官把劝降信书写完毕，
信上加盖麝香龙涎香的钤记。
卡乌斯立即召见法尔哈德，
这英雄一根铁杵手中紧握。
他也是伊朗的一位名将，
经历过南征北战，艰苦备尝。

国王说道:“劝降信现已写妥,
你就亲自送给那漏网的妖魔。”
法尔哈德聆听王命十分开心,
俯身吻地后便持信立即动身。
这里有支古民双腿细软如同柳条,
善于骑射,可把钢铁在口中咀嚼。
你看见的人都软得像条皮带,
“软腿人”的称号已叫了许多代。
这里就住着马赞得朗的国王,
这国王的臣民都勇敢而刚强。
法尔哈德先找到了一个向导,
对他说明来意让他先去报告。
当对方知道这是卡乌斯来使,
又见他仪表堂堂头脑机智,
便派出一批要人前来欢迎,
来的是马赞得朗的勇士和英雄。
又从军中挑出来精干的兵士,
要求他们表现出自己的本事。
还说:“今天的事情都不能蛮干,
要表现出应有的气概和勇敢。
要显露出金钱豹一样的威武,
还要表现出聪明和高雅风度。”
出迎者的表情都是一脸阴沉,
仿佛有一场暴风雨就要降临。
欢迎者刚走近法尔哈德身边,
迎者群中立即有一个抢先。
使足劲狠狠攥住来使的手,
想让他尝尝皮肉筋骨之苦。

可法尔哈德依旧神态自若，
脸上未露出丝毫疼痛与难过。
当他被迎者带到国王面前，
国王问卡乌斯好，问他一路风寒。
然后把信函交到书记官手上，
信函还散发着麝香的芳香。
大祭司接过信当即给国王念，
字字咄咄逼人，句句都是挑战。
国王得知鲁斯塔姆与妖魔之战，
急得两眼血红、气得浑身打战。
国王想：当太阳隐没，黑夜一到，
那时所有的人都已安然睡觉，
鲁斯塔姆会闹个地覆天翻，
好从此名扬天下誉满人间。
国王为失去阿尔让与白妖难过，
更兼痛失普拉德甘迪和比德。
国王静静听着没说一句话，
只把带血的眼泪默默吞下。
他允许客人在这里逗留三天，
并吩咐左右人等不得纠缠。
三天过后下达逐客令："请你快走，
快去禀报你那位昏庸的国主。
回去告诉你们的卡乌斯国王，
我们的海水像醇酒一样芳香。
有我在不得加害我国百姓，
不得破坏我王宫中的宁静。
你的宫廷怎能比我的宫廷，
有成万的军人做我社稷干城。

凡是我的大军挥戈所到之处，
不会留下一砖一石一草一木。
你就准备着别想得一天安生，
我将要发动一场浴血的战争。
我手下大兵个个有雄狮之勇，
会让你们从迷梦中得以清醒。
一千二百头战象我掌握在手，
这样的战象你连一头都没有。
我要让你城池化作堆堆焦土，
我要将你高丘变成座座坟墓。”
法尔哈德感到他的这番言辞，
高傲嚣张、锋芒毕露、不可一世。
法尔哈德刚刚把回信拿到手，
没敢稍作迟疑，扬鞭催马便走。
将那边的所见所闻一一道来，
就像一块幕布如今全都已揭开：
“此人盛气凌人气焰比天还高，
不管什么言词都难令他折腰。
我说了很多，他一概置之不理，
真是无法无天，谁都看不起。”
国王把鲁斯塔姆呼叫到面前，
法尔哈德的话对他一一明言。
英雄说：“只要有我鲁斯塔姆，
我就要洗刷他对我们的羞辱。
送信的差事就请交给我来办，
话不投机我就跟他兵戎相见。
信的字字句句必须露出锋芒，
就像刀剑的雪刃要闪出寒光。

我当了信使只要同他一见面，
一开口说话就让他鲜血喷溅。”
卡乌斯听了这话真乐开了怀：
“玉玺和王冠将因你大放光彩。
你充任信使，真像猛虎下山，
复仇的时刻如同雄狮一般。”
国王下令书记官前来宫殿，
手中的芦管笔就是他的刀剑。
信的开头先赞颂一番创世主，
再写：“你们这帮离经叛道之徒，
口中不离报仇又有什么用？
聪明人不做这种愚蠢的事情。
你若放弃在这地方坐大称雄，
你若对我的命令表示服从，
不再为非作歹招致国家危难，
并乖乖地向我交出王冠，
我保证你在马赞得朗高高兴兴，
能在鲁斯塔姆手下保全性命。
如若不然我要对你兴兵开战，
大军从这岸一直摆到那岸。
我要血洗整个马赞得朗，
要你大小首领个个命绝身亡。
到那时你再来求饶又有何用？
鲁斯塔姆会让你们全都丧命。
他一旦下定决心要打这场仗，
一定把你这个魔头彻底埋葬。
像他这样的伟男子世间稀有，
打起仗来没有谁是他的对手。

这个复仇的英雄一到了战场，
他就勇往直前，无人能够阻挡。
打起仗来他是个无敌的英雄，
斑豹和雄狮都会吓得逃命。
那个可恶的白妖失败得多惨。
你们的脑浆也将成为兀鹰的美餐。”

十一　鲁斯塔姆给马赞得朗国王送信

写好信再印上卡乌斯的钤记，
勇敢的鲁斯塔姆便持信离去。
将那牛头大棒在马鞍上放好，
转眼间便抵近马赞得朗城堡。
那本地国王迅速得到了报告：
“卡乌斯派的新信使已然来到。
这个信使就像头雄狮一样，
长长的套索系在拱形马鞍上。
胯下的坐骑是一匹高头大马，
好像一头大象威风而又潇洒。”
马赞得朗统帅得知这一情况，
立即选调了一支精兵良将。
命令他们迅速集结在一起，
准备迎接这雄狮般的来使。
这军队排成整齐的阵容，
径直前去迎接这无敌的英雄。
英雄鲁斯塔姆放眼四下观望，

见路边一棵大树又粗又壮。
他伸手抓住两条粗大的枝干,
一用力将树枝咔嚓一声折断。
旋即将树身拔起,连根带泥;
自己竟没有擦破一块肉皮。
英雄高擎起树干作为标枪,
众军人见此情景吓得发慌。
待敌人刚接近,他便用力投去,
好几个人被这投枪击倒在地。
这时候他见那边有一个大汉,
此时正居身于众将士的前面。
那人摩拳擦掌很想出一出风头,
同英雄鲁斯塔姆比一比身手。
英雄见他那副样子仰天大笑,
那群兵将都被这笑声吓了一跳。
笑声刚一停,英雄便动起手来,
把那人的皮肉撕下一块一块。
那匹夫被这英雄吓破了肝胆,
糊里糊涂地翻身滚落下马鞍。
这时一人跌跌撞撞去面见国王,
把经过情形原原本本讲个端详。
有一个勇士名叫卡拉胡尔,
全马赞得朗可说无人不知。
这人的性情活像一头山豹,
除了打仗再没有别的爱好。
国王把他召到了自己身边,
说他武艺超群把他捧上了天。
对他说:“你前去迎接那位来使,

你的本领也向他显示显示。
你要让他无颜,使他羞愧,
你要让他双眼流出热泪。”
卡拉胡尔像雄狮迈步前行,
去迎接那位威震天下的英雄。
阵前三言两语说完,脸色一变,
就向来将动手开始了搏战。
他伸手抓住巨象般勇士的手
拼命紧攥,自己的手反而发抖。
鲁斯塔姆毫不为意岿然不动,
他的勇敢有太阳为他作证。
英雄抓住卡拉胡尔的手一攥,
那手便一下被攥得皮开肉绽。
卡拉胡尔的手臂被打脱了臼,
掌上断了指头,臂上掉了皮肉。
他带着残肢断指向国王哭诉:
“这撕心的剧痛实在无法忍受。
依我之见你就快快同他休战,
别再心存侥幸,快去议和谈判。
你敌不过他,就老老实实称臣,
老老实实纳贡,去做一个顺民。
我们就请他君临这马赞得朗,
这里的男女老幼就尊他为王。
这样做我们也可得几天安静,
免得一天到晚老是惊魂不定。”
说话间鲁斯塔姆突现在面前,
像头大象威风凛凛神情泰然。
国王一眼瞥见英雄鲁斯塔姆,

曲意向卡乌斯问安,向英雄道声辛苦。
英雄的答对既得体而又从容,
讲路途如何艰险又崎岖不平。
国王又说:"谁人不晓鲁斯塔姆,
看你那臂膀就知你十分勇武。"
英雄说道:"我不过奴仆的身份,
做个奴仆,我倒也还可以胜任。
我不过是我们国王的一名侍从,
他才称得上是个盖世的英雄。"
鲁斯塔姆说罢即把信函递上,
信的口气咄咄逼人寸步不让。
英雄述说他随身携带着利剑,
他身边的勇士个个身手矫健。
听了这番言词又读罢了来信,
马赞得朗国王突然脸色一沉。
对鲁斯塔姆说:"真是目中无人,
你我双方何必如此激烈争论。
你转告他:'你是伊朗的国君,
纵然你有狮子的利爪和雄心,
我也是马赞得朗的一国之王,
也有大军、宝座,王冠闪着金光。
你竟随意想把我召到你那里,
哪有王者心怀,哪懂为王之礼?
奉劝你休要对王位痴心妄想,
否则会落个可耻可悲的下场。
还不快掉转马头回你伊朗去,
当心我的尖矛挑下你的首级。
我若是率领大军从这里一动,

你那里就很难保得住性命。
你要放聪明点当心惹我动怒，
否则让你不知脑袋滚落何处。
看你现在头脑发昏失了理智，
倘若是聪明人就快放下弓矢。
我若是真的同你面对面上阵，
那时你就不会如此出言不逊。’”
鲁斯塔姆无言向四下观看，
仔细看这个对手和他的宫殿。
对手这一番话使他反复思忖，
这狂言相辱尤使他异常气愤。
对方还为他做了华丽的锦袍一件，
这礼袍送到了鲁斯塔姆面前。
他拒收对方的马匹、衣服和黄金，
若收下这重礼觉得有伤自尊。
他怒气冲冲离开国王的宫殿，
仿佛月亮和星星都变得黑暗。
离开马赞得朗沿来路往回奔，
刺耳之言使他觉得头都发沉。
他飞奔而至来到卡乌斯住处，
热血涌流复仇的心充满愤怒。
将马赞得朗国王的满口狂言，
对卡乌斯一一相告毫不隐瞒。
国王安慰说：“你不必胡思乱想，
谁胜谁败同他相见在战场。
就他那点军队就他那几个勇士，
我全然未把他们放在眼里。
他们哪里配与我军对阵较量，

我牛头大棒一抡就让他命丧。”

十二　卡乌斯大战马赞得朗国王

鲁斯塔姆那边刚离开马赞得朗，
为备战忙坏了这边众魔之王。
国王的营帐支在马赞得朗城外，
漫野被黑压压大军密密覆盖。
大军调动，只见漫漫尘埃干云，
一眼望去不见阳光，只见战尘。
看不见平地，看不见丘山，
只见成群的战象步履蹒跚。
到处都是辎重，到处都是兵丁，
到处人马拥挤得水泄不通。
卡乌斯国王得知那边军情，
那恶魔在城外正集结大兵。
立即吩咐扎尔之子鲁斯塔姆，
为复仇快抓紧时间整顿队伍。
又命图斯、古达尔兹和古尔金，
以及格乌、卡什瓦德及其他人，
赶快把部属一齐装备起来，
准备好尖矛和防身的盾牌。
卡乌斯国王带领其他首领，
也在马赞得朗城外支起帐篷。
努扎尔之子图斯部署在右路，
嘹亮的军号声响彻整个山谷。

古达尔兹、卡什瓦德部署在左边，
那严整的军容真像一堵铁山。
统帅卡乌斯国王坐阵中心，
左左右右部署起路路大军。
鲁斯塔姆处于前锋，身如巨象，
他历经战阵从未打过败仗。
这时过来一个马赞得朗的战将，
脖子上挂着根沉甸甸的大棒。
此人名叫朱亚，也是名不虚传，
手中大棒一抡着实令人胆寒。
有道是各为其主，他奉命而来，
急如风火来战卡乌斯统帅。
身披着铠甲，铠甲闪闪发亮，
手执着刀剑，刀剑放着寒光。
他来了，同伊朗人面对着面，
他一声呼啸山野为之震颤。
“哪个有胆量就出阵比试比试，
我倒真想领教，亲眼见识见识。”
朱亚一番叫阵，真无人敢出头，
仿佛心都停止跳动，血也停流。
这个场面卡乌斯全看在眼中，
忙叫道：“怎么啦，我的诸路英雄？
魔鬼一挥臂，你们就六神无主，
魔鬼一声号，你们就面色如土。”
尽管国王这样说，仍是一片沉寂，
部下像经霜的败叶已经萎靡。
就在这时鲁斯塔姆一抖马缰，
手中的长矛立时闪出了亮光。

说声:“陛下,发令吧,我去应战,
看我收拾这不知高低的蠢汉。”
国王说:“这一仗正是非你莫属,
我军虽众,却少有人是他对手。
你出战吧,造物主会给你庇护,
让这些恶魔都成你手中猎物。”
英雄一扬鞭,拉赫什腾身离地,
英雄手擎长矛向着敌人冲去。
如同疯狂的大象直逼向战场,
似要撂倒山豹,似要手捉巨蟒。
他紧收起马缰马蹄扬起尘土,
整个山野都在震颤,都在发抖。
他对朱亚说:“听着,你这无赖狂徒,
休得这样无理,休得这样自负。
眼下你只有求饶方保得性命,
否则你难得片刻舒心与宁静。
我让你老娘同你再难得相见,
让她一天到晚为你以泪洗面。”
朱亚说:“别太自负说这种大话,
说什么刀剑一举就砍倒朱亚。
你的老娘会为你而肝肠寸断,
看着你的铠甲刀剑而泪流满面。”
鲁斯塔姆等他把话刚刚说完,
便呼名唤姓发出一声呐喊。
仿佛一座大山向对手压下,
对手见状心中十分惧怕。
这对手拨动马缰转身要走,
不敢恋战,不想同鲁斯塔姆交手。

鲁斯塔姆如狂风紧跟在背后，
一矛刺去正中了对手的腰部。
一枪扎断了朱亚铠甲的扣襻，
那铠甲顿时散落成一片一片。
然后使劲将他从马鞍上拽下，
像用叉子翻动烧烤着的鸡鸭。
朱亚终于被英雄推落到深壕，
口里流出鲜血，甲衣刀痕条条。
这情形马赞得朗人看在眼里，
一个个瞪大双眼，异常惊惧。
这时军心沮丧，人人面如灰土，
乱哄哄一片从战场掉头逃走。
马赞得朗国王立即发出军令：
全军上下从北到南从西到东，
都得要昂首阔步齐奔向战场，
显出军威，表现出狮子的模样。
于是双方又挥起复仇的刀剑，
相互打在一起，一片喧嚣混乱。
双方的军营中霎时号鼓齐鸣，
大地为之变色，天上一片愁容。
像惨淡愁云间闪烁的电光，
刀剑相击迸发出道道火光。
各样的枪矛各色的旗帜，
空中忽而发红，忽而发紫。
勇士的呐喊，魔鬼的号叫，
战鼓声咚咚，战马声萧萧。
山为之抖动，地为之开裂，
这样的仇杀谁曾经见过？

听飞箭嗖嗖,闻刀剑锵锵,
勇士的鲜血像小溪流淌。
眼前大地似黑色的海洋,
刀剑飞动汇成滚滚波浪。
奔驰的战马似水中飞舟,
犹如追波逐浪忽隐忽出。
大棒挥舞,头盔纷纷滚落,
像凛冽的秋风扫下落叶,
一连七天这样死杀死拼,
打来打去,胜负始终难分。
到第八天,这位卡乌斯王,
摘下凯扬王冠托在手上。
恭恭敬敬对着引导世人的造物主,
肃然站立脸上双泪长流。
继而俯下身来以脸贴地,
叫声:"纯洁的主听我哀祈。
这些可恨的恶魔无所畏惧,
连天地的造物主都不放在眼里。
祈求你让我得胜,赐我灵光,
靠你的福佑使我御座重光。"
祈祷完毕把头盔戴到头上,
缓步来到众将士的身旁。
只听得欢声阵阵鼓角声声,
英雄鲁斯塔姆起身相迎。
统帅给勇士图斯下了命令,
把战象战鼓备好准备出征。
有沙瓦朗之子赞格和古达尔兹、
鲁哈姆、古尔金等一批勇士。

古拉兹出场一派英雄气度，
八亚兹[①]长的大旗高举在手。
法尔哈德、胡拉德、伯尔金和格乌，
个个亮相个个是赳赳武夫。
众英雄都决心去冒死赴难，
再去进行一场复仇的血战。
站在最前面的是鲁斯塔姆，
他誓让敌人个个血溅黄土。
古达尔兹和卡什瓦德在右翼，
带着大批辎重和各类兵器。
从大军的右翼到大军左翼，
格乌像一只老狼所向无敌。
从清晨一直打到太阳偏西，
死伤者的血流成条条小溪。
兵丁们怒容满面仇恨似狂，
看棒起棒落，棒棒似从天降。
看地上，地上满眼死伤枕藉，
看草木，草木溅满脑浆血迹。
忽然又响起雷鸣般的战鼓，
太阳也遮上了黑色的帷幕。
那边走出来马赞得朗国王，
这边出来鲁斯塔姆带着兵将。
那国王寸步不让坚守阵地，
奋力苦撑迎接对手步步进逼。
国王率领他的战象和妖怪群魔，
与对手厮杀竟毫无惧色。

① 亚兹为长度单位，即人双臂平伸左右指尖的距离。

紧接着双方军队挥舞刀剑，
立即变成两军间大的混战。
英雄这时仍然心系着国王，
赶忙把长矛递到国王手上。
英雄手持大棒与敌死战，
天地间只听得喧嚣呼唤。
英雄的喊杀声实在是吓人，
吓得魔鬼丢命，战象失魂。
长鼻子大象被他大棒击毙，
横七竖八的尸体倒了满地。
英雄这时要过来一条长枪，
径直扑向马赞得朗国王。
两边发出的杀声震耳欲聋，
一边是魔王，一边是英雄。
魔王向着长枪扫了一眼，
几乎被长枪吓破了肝胆。
英雄一见仇人分外眼红，
像雄狮怒吼如天边雷鸣。
一枪刺向那魔王的腰部，
穿透了铠甲，扎入了筋肉。
魔王倒在地上变成一堵山，
引得伊朗兵将纷纷围观。
鲁斯塔姆也是惊魂未定，
长枪握在手里，呆住不动。
卡乌斯国王此时来到这里，
随后是战象战鼓和军旗。
国王问："出了什么事，英雄，
你为何在这里呆呆地发愣？"

英雄忙答:“这真是一场恶战,
多亏胜利的命星向我们闪现。
当时马赞得朗国王发现了我,
淬火的利矛在我手中紧握。
我紧催拉赫什向他冲了过去,
一枪正刺中那魔王的腰际。
本以为一枪把那魔王打翻,
眼看那魔王就要滚下马鞍。
却见一块石头在眼前出现,
这情形前所未闻,前所未见。
我要马上把它搬回营帐,
迫使他走出石头,现出本相。”
英雄说罢,国王向众人示意,
将这块大石搬回自己营地。
军队中当然不乏有名的壮士,
都摩拳擦掌想去试上一试。
岂料那块巨石纹丝不动,
原来那魔王就隐身在石中。
最后还是鲁斯塔姆张开双臂,
无需去试,他自知有过人之力。
一用力就将那块巨石搬起,
周围的人见状都惊讶不已。
英雄搬着石头走向七座山,
身后人声鼎沸闹声震天。
众人同声向造物主祈祷,
并向英雄抛撒金银珠宝。
英雄把巨石带到国王帐前,
一撒手扔到伊朗将士面前。

对着大石一声吼:"快现出形迹,
停止这种玩弄妖术的把戏。
否则要你尝尝我利斧的厉害,
一斧子就能将这巨石劈开。"
这一声吼着实把那魔王吓坏,
他铁盔铠甲在身乖乖地出来。
英雄一伸手便揪住了那魔王,
笑逐颜开转身面向卡乌斯王:
"报告陛下,这魔王已俯首就擒,
是我手中快斧令他丧胆失魂。"
卡乌斯国王向魔王冷眼观望,
这国王的冠戴他哪里配得上?
身子又瘦又长面貌丑不堪睹,
那张脸活像青面獠牙的野猪。
他的桩桩恶行现入国王脑际,
心里伤痛难言,长嘘一口冷气。
传令刀斧手快快取来刀剑,
立即将这个恶魔碎尸万段。
英雄一把将恶魔的胡子拽住,
推推搡搡将他推离此处。
既然国王发令英雄领命照办,
将他一刀一刀砍得一段一段。
然后移师到了魔王的大营,
让大家拿取战利品和辎重。
有各样珠宝,有王座,有王冠,
有一匹匹战马,一把把刀剑。
魔王的军队此时早做鸟兽散,
抛弃下的堆堆东西随处可见。

有人遭受恶魔之苦实在太深，
敌人留的财物他就比人多分。
恶魔的一些爪牙罪恶极大，
人人见了都感到十分惧怕。
这样的爪牙全被依命斩首，
一具具尸体被抛掷在路口。
这时卡乌斯面对造物主自语：
“主啊，公正的裁判你圣洁无比。
神圣的救世主，感谢你赐福，
人世的宿愿一一使我满足。
是你赋于我战胜恶魔的力量，
摆脱衰老的命运，迎来青春时光。”
一连七天就这样赞颂造物主，
时而面向高天，时而额贴厚土。
七天之后，打开了仓库的库门，
将库中丰富的财宝悉数赠人。
就这样又过了一周，一天不停，
按照人们的所需一件件分赠。
到第三周事情全部办理妥善，
美酒飘香，玉杯琳琅，尽情欢宴。
又整整七天不停地饮宴享乐，
还巍然登上了马赞得朗宝座。
卡乌斯国王宝座上刚刚坐定，
叫了声：“鲁斯塔姆，高贵的英雄！
你真是英雄盖世无双，
你的英雄气概为天下增光。
若不是你，我如何获得这王座，
愿你永受敬重永享安乐。”

英雄说道:“陛下,我的至尊!
做什么事就需要什么样的人。
我的成功得益于乌拉德其人,
每条道路都是靠他一一指引。
我已答应让他治理马赞得朗,
他对我的许诺抱着满心希望。
头件事先为他制作王袍黻衣,
履行诺言还要给他刻制印玺。
就让乌拉德统治这马赞得朗,
让这里的上下一律尊他为王。”
卡乌斯听完了英雄这番言语,
把手一拍表示完全同意。
随将本地的名人贵胄们请来,
把乌拉德为王之事做了安排。
最后赏给乌拉德一顶王冠,
终于离开此地向波斯凯旋。

十三　卡乌斯返回伊朗重赏鲁斯塔姆

卡乌斯国王一行返回伊朗,
人马扬起的尘埃遮住太阳。
欢呼声阵阵一直冲上云天,
男女老少齐向着国王呼喊。
伊朗都城装饰得五彩缤纷,
张灯结彩,嘹亮的乐声入云。
新王的驾临使得万民庆幸,

庆幸伊朗出现了一颗新星。
新王登基高兴得神采飞扬，
吩咐打开库门要施行重赏。
国王命令管理钱粮的官员，
要给有功的兵将分发赏钱。
这时传来鲁斯塔姆的呼叫，
军中的勇士英雄一起来到。
人们的脸上都洋溢着笑颜，
高高兴兴来到了国王驾前。
只见鲁斯塔姆整齐的衣冠，
恭恭敬敬地坐在国王身边。
英雄开口请求国王能够恩准，
回家看望扎尔，英雄的父亲。
卡乌斯国王决定给英雄重赏：
赏赐他荣誉礼袍要他穿上。
一把坐椅用绿松石嵌镶，
一顶王者之冠闪烁着珠光。
一幅帝王之家的金丝锦缎，
一副名贵的手镯一条精美的项链。
一百个美女腰带闪着金光，
一百个美女乌丝喷着麝香。
一百匹骏马装配着金鞍鞯，
一百峰骆驼口衔着金嚼环。
一匹匹灿烂夺目的皇家织锦，
俱是罗马、中国和波斯的精品。
一百袋第纳尔[①]装得满满当当，

① 第纳尔为金币。

华美的物件一应俱全各种各样。
红宝石器皿装满纯净的麝香，
蓝宝石酒杯装满玫瑰琼浆。
一行行赞词写满洁白的丝帛，
写字的墨水用麝香、沉香调和。
国王将这帛书交给了英雄，
这是尼姆鲁兹的一大光荣。
“国王封你荣登那里的王位，
那王位除了英雄谁都不配。”
国王接着又对他倍加赞扬：
“亏了你我们才得重见阳光。
愿众心因你而倍感温暖，
愿你谦逊与忠心的美名流传。”
英雄亲吻王座，别情依依，
马上离开国王去打点行李。
送行人敲起鼓倾城出动，
国王的赠品他转手向人赠送。
不论大街小巷全都悬灯结彩，
答腊鼓与号角高声吹奏起来。
鲁斯塔姆走了，卡乌斯称尊，
在新国王治下国政有条不紊。
贵胄名将征战马赞得朗有功，
国王将疆土向他们一一分封。
让勇士图斯当上了伊朗统帅，
说：“保卫伊朗的大军由你挂帅。”
将伊斯法罕交古达尔兹统领，
那一方土地就由他发号施令。
国王举杯痛饮心情无比欢畅，

功成名就成为无敌的君王。
他把愁与恨付与正义之剑，
心中消除了关于死的忧患。
无边的大地一片绿水青山，
真像是花园，美如天堂一般。
诚信和正义使他变得更强，
凶恶的魔鬼再也不敢逞狂。
世人得知他攻下马赞得朗，
却不要王冠，无意在那里称王。
他这番业绩使天下人慑服，
从而名声大震成了天下之主。
人们因此都对他恭敬有加，
常常夹道欢呼抛来贡物鲜花。
国家变成了一座人间天堂，
世上充满了正义，充满了希望。
马赞得朗之战到此已经说完，
下面的故事是大战哈马瓦兰。

卡乌斯从马赞得朗返回以后，又去征哈马瓦兰(非洲阿拉伯人聚集地区)，并提出要求娶哈马瓦兰国公主苏达贝为妃。哈马瓦兰国王不允，并联合柏柏尔人(非洲土著民族)拘禁卡乌斯及其将官。伊朗军队群龙无首，大部分退回伊朗。阿拉伯人追击。土兰国王阿夫拉西亚伯趁乱进军伊朗，形成土、阿、伊三军混战局面。伊朗败军向驻守在扎别尔斯坦的鲁斯塔姆求救。鲁斯塔姆致信哈马瓦兰国王要求释放卡乌斯。

十四　阿夫拉西亚伯奔袭伊朗

贪心的国王押在哈马瓦兰，
他那支大军只得折师返还。
先是从海上乘坐船舸舟楫，
然后再弃舟离船登上陆地。
当这支无帅之军回到伊朗，
消息便不胫而走纷纷扬扬：
说厄尔布尔士的青松已经折断，
说王中之王的宝座已经塌陷。
黄金的宝座上国王既已不见，
群雄四起都来追逐这顶王冠。
从土兰，从长矛兵驰骋的平原，
从四面八方有各路大军来犯。
阿夫拉西亚伯动员一支大军，
要霸占这块沃土，要美梦成真。
伊朗到处可听见凄厉的叫喊，

到处可见熊熊的战火和兵燹。
此时阿夫拉西亚伯杀气腾腾，
首先同阿拉伯军队开战相争。
两军相争持续了整整三个月，
为争一顶王冠多少人头跌落。
阿拉伯人败北，土兰军得胜，
为了争得上风也损失惨重。
伊朗军队已溃散，早不堪一击，
伊朗的男女老少已沦为奴隶。
人们常说天道，天道到底何如？
过分的贪欲最终会遭致痛苦。
良好的开局难免有坏的终场，
只知道猎取最后会猎得死亡。
伊朗的军队这时早已大乱，
伊朗的黎民眼前是一片黑暗。
三分之二的人奔扎别尔斯坦，
求助于一个人求助于达斯坦：
“只有靠你把我们拯救出苦难，
卡乌斯国王的灵光已经不见。
我们的人民正遭受极大不幸，
现在的事态已经是非常严重。
忍见伊朗山河破碎田园荒芜？
让它变成个猎场任虎狼征逐？
黩武的骑士正把它变成屠场，
各路头目都企图在这里称王。
到处都是灾难到处遭受痛苦，
到处都见蛇蝎为害，群魔狂舞。
事不宜迟，得赶快找一条出路，

使我们的心从这苦难中获救。
正有一个人他有着狮魂豹胆，
唯他才能帮助我们摆脱凶险。
必须派一个人去找鲁斯塔姆，
担当如此重任怕是非他莫属。”
派了一个祭司即刻登上路程，
去见达斯坦之子，复仇的英雄。
当来人把所见所闻一一述说，
鲁斯塔姆闻知此事怒不可遏。
英雄的双眼热泪滚滚涌流，
他急不可待内心充满忧愁。
说：“我和我的大军决不会怠慢，
为报这深仇我准备迅速出战。
我要先探听卡乌斯国王的消息。
然后再将土兰人从伊朗赶出去。”
说罢便派人到各地去搬兵，
各地闻讯之后都纷纷响应。
从扎别尔、从喀布尔、从印度，
成队的大军来见鲁斯塔姆。
响起号声，响起印度答腊鼓声，
从广大的地区一齐起兵。
英雄的心中如烈火在燃烧，
起动的大军似卷地的狂飙。

十五 鲁斯塔姆致信哈马瓦兰国王

英雄随即派了个精干的人，
去找卡乌斯国王向他报信：
“我已前来，有支重兵跟在后面，
就是要跟哈马瓦兰国王开战。
你善加珍重，不必担惊害怕，
我威武之师马上兵临城下。”
另选了个勇士，也是个有名之人，
派他去给哈马瓦兰王送信。
信写得态度强硬，口气严厉，
字里行间透出刀剑声和杀气：
“你使用圈套将我国王拘禁，
你佯装议和却包藏着祸心。
用兵时使用诡计决非丈夫，
这样的作为有失武士风度。
即使你心中怀有深仇大恨，
也不能在两军对阵时设计害人。
卡乌斯国王倘能安全获释，
我和你彼此可以相安无事。
否则就只好战场刀兵相见，
舞起干戈，我同你决一死战。
不知是否老人曾说给你听，
我如何赢了马赞得朗战争。
普拉德甘迪怎样被我除掉，

我又怎样杀死比德和白妖。”
信写好，工工整整盖好钤记，
使者持信登程快马如风而去。
马不停蹄迅速抵达哈马瓦兰，
把英雄的信交到国王面前。
哈马瓦兰统帅接信粗粗读过，
知道自己的行为招来大祸。
待他把来信从头至尾读完，
眼前一片昏黑顿觉头晕目眩。
说：“不正是你们卡乌斯国王
践踏了我们的平原和山冈？
你们何时敢向柏柏尔进犯，
我的勇士便何时跃马应战。
套索和牢房已经准备完毕，
不知这样做法合不合尊意？
你们何时来打，我们何时应战，
这是我的军队历来的习惯。”
使者听了国王这样的回答，
立即赶回向鲁斯塔姆回话。
把情况向鲁斯塔姆详细报告，
说：“我看他好像是鬼迷心窍。
他那些话哪里是正面答复，
倒像是中了魔，执迷不悟。”
英雄听完了使者的报告，
一声令下各路大军齐到。
激扬的号角声随之而起，
英雄也跨上自己的坐骑。
此次奔袭要远行千里之距，

先过大海才能到敌国腹地。
于是大军先登上大小舟船，
舟船扬帆直逼近哈马瓦兰。
决意进行一次掠夺与杀戮，
雪洗哈马瓦兰带给的羞辱。
哈马瓦兰统帅获知了军情，
军中有鲁斯塔姆复仇的英雄。
他着手迅速准备立即应战，
时间不允许他有半点怠慢。
形势骤变边境上混乱一片，
掠夺与屠杀激起天怒人怨。
统帅立即引军出城去抗敌，
战尘把白昼遮得昏天暗地。
号声与答腊鼓声乱作一团，
整个世界一下子似地覆天翻。
大军左右两厢都部署妥善，
点名叫鲁斯塔姆出阵应战。
英雄应声而出，说："我在这里，
勇士上战场从不仓促出击。"
英雄说罢立即顶盔披甲，
又飞身跨上拉赫什骏马。
沉甸甸的大棒扛上了肩，
对身下的坐骑扬手一鞭。
对手见英雄身材伟岸粗壮，
一手钉头锤，一手狼牙大棒。
一个个见此都失魄丧魂，
密集的人群吓得四散逃奔。
他们望风披靡纷纷逃走，

英雄大军前没有一个对手。
国王坐下来问计于谋士，
从众人中又叫出两个青年男子。
派两人做信使十万火急，
一封送柏柏尔[①]，一封送埃及。
两人各自把信拿在手中，
字字句句尽是血泪写成。
哈马瓦兰离两国都不算远，
彼此间同享欢乐，共担风险。
“你们若能同我并肩御敌，
对付鲁斯塔姆就毫无问题。
否则谁也难躲开这个灾星，
他定会各个击破，四处用兵。”
信函刚刚送到他们手中，
鲁斯塔姆也已大兵压境。
到处人心惶惶，恐慌万状，
三个国家一起调兵遣将。
各国兵都集向哈马瓦兰，
人马把平地变成了山峦。
人从这座山排到那座山，
战尘蒙蒙，不见日月蓝天。
鲁斯塔姆见这情形不妙，
悄悄派了人向国王报告：
“三国国王个个英勇善战，
三方合拢要对我军开战。

① 柏柏尔泛指非洲土著人居住之地。从这里上下文看当属与哈马瓦兰、埃及鼎足而立的一国。

我这里只要手脚稍稍一动，
多少勇士就会立即丧命。
血的仇杀可能使陛下遭难，
敌人铤而走险什么都会干。
到头来若使国王遭罹不幸，
柏柏尔的宝座到底有何用?”
国王回话说:“英雄此言欠妥，
开疆拓土不仅仅是为了我。
天道过去这样,现在仍是这样:
爱连着恨,毒药伴着蜜糖。
何况造物主会把我保护，
他的恩惠是我防身的护符。
撒开你的骏马去驰骋疆场，
挥起你手中长矛,让矛头闪光。
你就长驱直入向敌人杀去，
杀个片甲不留不得彷徨犹豫。”
英雄闻听此言神情一振，
精神抖擞决心走马上阵。
一扬鞭驱动了骏马拉赫什，
观看眼前的对手哪个能敌。
骤然间立马阵前怒目圆睁，
逼视着眼前群敌,何等威风。
英雄趋身向眼前敌人叫阵，
对方一群勇士这边是英雄一人。
这边喊,那边没有一人出来，
英雄只好在这里原地徘徊。
直到通红的太阳隐到山后，
无边的夜空蒙上一层黑幕。

这位威风凛凛的孤胆英雄，
才掉转马头回自己的军营。
时间缓缓流过，夜悄悄隐去，
直到光辉的太阳离开平地。
英雄哪能恬恬静静地安睡，
他要披甲起身部署军队。

十六　鲁斯塔姆力战三王救出卡乌斯

第二天两军都把阵势摆开，
双方的军旗在空中摇摆。
鲁斯塔姆把军队开赴前线，
见三国的联军部署在前面。
英雄高扬起头对三军发话：
“你们今天都要把双眼睁大。
你们看我骏马的漂亮鬃毛，
再看看我手中锋利的长矛。
任你有千军万马又有何用，
打仗靠的并不是人多势众。
有圣洁的造物主给我助力，
我要让你们个个人头落地。”
对方三位国王都骑着战象，
两米尔的阵势更威武雄壮。
柏柏尔有大象一百六十头，
冲锋陷阵像尼罗河的洪流。
哈马瓦兰的大象也有一百，

军队的阵法一排接着一排。
第三支军队是来自于埃及，
庞大的队伍遮盖了上天下地。
这世界仿佛都是生铁铸就，
厄尔布尔士山仿佛披上了甲胄。
勇士的阵中五色旌旗飞卷，
见一片赤橙黄绿,色彩斑斓。
英雄的呼喊声使山岳摇撼，
战马扬蹄飞驰令大地震颤。
雄狮见了雄狮会为之胆怯，
鹰鹫见了羽毛会吓得抖落。
战火把天上云彩烧得通红，
没有哪个敢在这里止步稍停。
军队整齐排列在左右两边，
勇士心中燃起复仇的火焰。
勇士古拉兹处在军之右翼，
军队的辎重已送到了那里。
勇士扎瓦列①坐镇军之左边，
像狮子般凶猛蟒一般勇敢。
达斯坦之子居于军之中央，
稳稳坐在拱形的马鞍桥上。
只听英雄鲁斯塔姆一声将令，
鼓角声四处响起,大军起动。
鼓角声中闪烁着剑影刀光，
像从天上撒下红色郁金香。
飞马跑过来的是鲁斯塔姆，

① 扎瓦列是扎尔之子,鲁斯塔姆之弟。

好像一条火龙在空中飞舞。
鲜血像渗渗泉[①]水遍地流淌，
哪是英雄挥刀舞剑的战场？
人头连盔被砍下，四处滚落，
甲衣到处散落填满了沟壑。
英雄紧催拉赫什迅如疾风，
不理那些无名的小卒小兵。
只跟着叙利亚王[②]紧追不舍，
要一下子将他从马上打落。
英雄一抛套杆套住国王的腰，
国王越挣扎那扣就越牢。
然后像球一样将他拉倒在地，
又甩出长杆径直向他击去。
巴赫拉姆遂将他紧紧捆住，
显赫一时，此时却束手就缚。
鲜血染红了平原和山冈，
尸体狼藉双方各有死伤。
柏柏尔王落入古拉兹之手，
四十个兵将同他一起被俘。
哈马瓦兰国王全看在眼里，
战死者尸体盈野无边无际。
他看到大批勇士非死即伤，
还有众多的人被牢牢捆绑。
见鲁斯塔姆还手持着刀剑，
在战场上挥舞好一片混乱。

① 渗渗泉是麦加清真寺的圣泉。
② 上文未提到叙利亚王，从上下文看这里似应为埃及王。

预感到今天已是身罹大祸，
只好向鲁斯塔姆俯首求和。
答应把卡乌斯和大小头目，
从哈马瓦兰送交鲁斯塔姆。
营帐、财物、金腰带、各色珠宝，
宝座、王冠和从人一个不少。
全部车载马驮让国王带走，
三国军队也撤回各自本土。
哈马瓦兰国王这时退回城中，
在前呼后拥之下走进王宫。
马上派了人把卡乌斯放出，
凡是他的东西都物归原主。
既然从古堡中放了卡乌斯，
也放了格乌、古达尔兹、图斯。
三国的兵器和国王的珍藏，
王冠、王座以及军用的行帐，
凡他能清点出的各种财物，
一概交伊朗统帅作为贡物。
卡乌斯神情如初升的朝日，
用罗马锦缎做了金饰乘舆。
红宝石镶冠、蓝宝石镶坐椅，
黑色马衣上也缀满了珠玉。
他那匹宝马稳健而又迅速，
也用黄金制作了马的辔头。
乘舆底座用的是新沉香木，
上面还镶嵌几颗上好珍珠。

他对苏达贝[1]说:“你坐在这马上,
要避开众人,像被云雾遮住的太阳。”
卡乌斯从城里带出一支队伍,
是他得胜之后收编的俘虏。
收编进去的有柏柏尔骑兵,
还有埃及哈马瓦兰人十万名。
他的军队扩展到了三十多万,
有步兵有骑手都饱经阵战。

① 苏达贝为哈马瓦兰公主,卡乌斯求婚,哈马瓦兰国王不允,但苏达贝同意,国王一怒把她与卡乌斯同囚一牢。

卡乌斯国王受魔鬼诱骗,异想天开,要飞上天。他命人制作了一副木架,木架的四角绑上四杆长矛。矛尖各挂一条羊腿。羊腿下面拴好四只鹰,借鹰想吃羊腿向上飞腾之力,飞上高空,后栽到一个丛林中。鲁斯塔姆把他救回。

十七　魔鬼唆使卡乌斯上天

一天,黑暗的夜色渐行消退,
伊卜里斯[①]便召来群魔聚会。
他对群魔道:“都是我们不幸,
这国王带给我们多少苦痛。
多需要一个能干的鬼精灵,
口才好,行止有度,机敏聪明,
能诱使那卡乌斯意迷心乱,
不再对我们这些鬼魅发难。
让他再不能求助于造物主,
让他的王气灵光委于尘土。”
这些话众魔鬼虽记到心中,
因惧怕卡乌斯谁都不出声。
有一个恶鬼这时霍地起立,
说:“干这事是我的拿手好戏。
我要他再难借重主的神灵,
这件事除了我哪个都不行。”

① 伊卜里斯意为妖怪。

他乔装打扮成个翩翩少年，
看起来才华出众善于言谈。
他等了多时机会终于出现，
国王要外出狩猎出了宫殿。
少年先吻地然后快步趋前。
将一束鲜花送到国王面前：
“看你这一身王气,一身灵光，
完全配登上天宫步入仙乡。
在这世上你是高傲的牧人，
下面都是任你放牧的羊群。
有一件事看来你不能不做，
别让你的英名在世间湮没。
这红日每天都是东升西匿，
它对你究竟藏着什么秘密?
这日夜交替如此变幻不定，
天地运转是谁在发号施令?
如今大地已掌握在你手中，
今后,你应该凌驾整个天空。”
听了魔鬼之言国王昏了头脑，
已完全失去理智,神魂颠倒。
自以为这变动不居的世界，
都是为他而设为他而存在。
不知道茫茫宇宙本无根基，
星星无其数,造物主才是唯一。
自以为天上人间唯他是命，
穷通祸福全都得由他决定。
从此他已不再需要创世主，
他所需要的只是高天厚土。

一个疑问突然出现在心中：
难道身无双翼就不能升空？
到处召集占星家问卦求签：
从大地到月宫需多少时间。
占星家念念有词，絮絮叨叨，
国王灵机一动真有了高招。
吩咐一干人等到夜幕笼罩，
偷偷摸摸去抄鹰鹫的老巢。
从鹰巢一下摸来许多雏鹰，
一个两个地分放每个房中。
多少个日夜啊，多少个晨夕，
香喷喷的烤肉，鲜嫩的肥鸡。
个个鹰雏被喂得翅硬毛丰，
像雄狮能把山羊吞入口中。
命人用伽罗木做了副乘架，
座位用金饰玉雕十分豪华。
乘架的四边捆上几杆长矛，
一切装备都想得齐全周到。
国王的主意真是高妙奇诡，
每个矛尖上挂了一条羊腿。
然后挑来四只鹰，只只雄健，
四只鹰紧紧绑在乘架四边。
卡乌斯稳稳坐在乘架当中，
面前摆放了一只精美酒盅。
鹰鹫这时都已经饿得难受，
想飞起来争吃上面的羊肉。
振翅一飞乘架骤然离了地，
带国王腾云驾雾升空而去。

只要这四只鹰的力气还够，
就一直争吃上面那块羊肉。
听说国王在天上遨游不疲，
听说还追逐过天上的仙女。
还有人说他这次飞到天上，
想同那天箭星去打上一仗。
各种各样的传说无奇不有，
真知道底细的只有造物主。
却说鹰飞得太久已经很累，
贪欲太盛了自然难免受罪。
四只鹰此时都已力尽筋疲，
它们再也无力鼓起沉重的双翼。
便从高高的云端齐头栽下，
连同长矛和卡乌斯的乘架，
栽到阿姆尔的一个丛林里，
上天不成，终于又回到大地。
国王能大难不死也算奇迹，
需知这表面背后藏着秘密。
原来是夏沃什①以后要出生，
国王哪能到此就结束一生？
但没了往日的尊荣与威风，
只落得满腹悔恨满身伤疼。
丛林里艰难度日含辛茹苦，
只能含泪祷告祈求造物主。

① 夏沃什是卡乌斯的儿子，曾率军拒敌，获胜后停战。卡乌斯命其再战，终于投奔敌国土兰，后被阿夫拉西亚伯杀害。

十八　鲁斯塔姆接回卡乌斯

国王卡乌斯这里向主求饶，
部将那边则四处将他寻找。
当他们得悉国王困在丛林，
鲁斯塔姆、格乌、图斯立即去寻。
古达尔兹这时说出真心话：
“自从母亲用奶汁把我喂大，
我见过世上多少宝座、王宫，
见过多少有名的君主公卿。
有多少男男女女老老少少，
卡乌斯这样的人却从未见到。
没有智慧，没有见识，没有心术，
行为乖僻，头脑简单，心里糊涂。
好像光长了脑壳，没长脑子，
他的想法总那么怪诞离奇。
古往今来的名人何止万千，
见过谁想入非非要去登天。
就像一个失去理智的狂人，
来一阵微风就想乘风入云。”
英雄们找到他，走到他面前，
纷纷对他进上逆耳的忠言。
老英雄古达尔兹最为气恼，
说：“你进疯人院比王宫更好。
刚得的地盘你又拱手让人，

莫非有什么想法不可告人？
你前后三次落得走投无路，
教训不算少，你却执迷不悟。
你把大军开到了马赞得朗，
苦头没有吃够，你还想再尝？
接受宴请充当敌方的客人，
想当佛结果倒当了拜佛的人。
不是纯洁的主，你早已没命，
就你那点枪法能顶什么用？
地上，你今日北伐，明日西征，
又坐上乘架要去遨游天空。
你在一个地方刚刚占了点优势，
又要发难挑起别的争执。
想一想你都遭过什么不幸，
若无造物主，几次险些送命。
你就不怕百年后遭人非议，
说曾有个国王要飞上天去。
他要就近看看天上的日月，
数数天上的星星共有几个。
你真该学学世间贤主明君，
能为人师表，有颗善良的心。
应当忠于主、不要忘乎所以，
做出种种可笑的愚蠢之举。”
卡乌斯国王此时愧悔交并，
不敢正眼看那一个个英雄。
终于嗫嚅道：“你说的话没错，
恨当初没像你说的这样做。
你说得在理，这样说也公平，

我面对你们感到无地自容。”
说着说着眼泪扑簌簌下掉，
心里对着造物主默默祷告。
稍稍打点一下便登车动身，
悔恨与痛苦一直交织在心。
当卡乌斯重新走近了宝座，
为他的所作所为深感难过。
下决心四十天清心寡欲，
对主表示忏悔，以额贴地。
从此闭门思过，居宫不出，
这次真要来个脱胎换骨。
不断地流着带血的眼泪，
哀告指路的主能够恕罪。
他羞与英雄见面，能躲就躲，
停了豪奢的饮宴，宫门紧锁。
郁郁寡欢以一种负罪之心，
将身边财物送给人们去分。
把脸紧紧贴着地上的黑土，
虔诚地祈祷至上的造物主。
过了多少日月，流了多少眼泪，
主终于被打动恕了他的罪。
大军有的从北，有的从南，
从四面八方聚集到国王面前。
主的宽恕是照亮黑夜的火，
国王的苦修终于有了结果。
国王戴上王冠，登上黄金宝殿，
库门大开，财物向军民分散。
国家在他治下又重新复苏，

上上下下又开始受惠得福。
国君有道好一片锦绣江山，
国王端坐在堂皇的宫殿里边。
著名的王公贵胄四方来朝，
都头顶着峨冠身穿着衮袍。
鱼贯而入到卡乌斯宫晋见，
不是滋事，更不是制造动乱。
时来运转兴盛如初，国事亨通，
国王像沐浴着和煦的春风。
所有的人都是国王的臣民，
恭恭敬敬地甘做他的仆人。
他又坐上珠玉生辉的宝座。
头戴着王冠，权杖手中紧握。
上面的故事乃是我的耳闻，
知道这故事的再没有别人。
这就是世界之王的曲折经历，
这就是勇士之冠的动人事迹。
只要国君有道一切便无所需求，
再无需担惊受怕四方求救。
有道是害人者害己，施仁者得仁，
且把人世繁华看成轻烟浮云。

十九　七勇士之战

面对死亡时不能心想遁逃，
不妨听听鲁斯塔姆的信条。

这位英雄能同雄狮拼搏，
对此且听听英雄是怎么说：
“你若想得到勇士的名声，
就不惜用鲜血染红长缨。
有朝一日你若面临苦战，
莫惧怕凶险，莫逃避危难。
如果你真赶上时乖运背，
灾难不因你胆怯而后退。
作战时思前顾后过分计较权衡，
在好汉眼中就算不上英雄。
深邃的理性与虔诚的信仰，
并不适于搏斗击杀的战场。”
下面就说鲁斯塔姆勇士，
讲讲他扣人心弦的故事。
据说有一天我们这位英雄，
置酒设宴招待诸位高朋。
设宴的城市名叫内温德，
城里到处都是危楼琼阁。
城中燃起了明亮的圣火，
这火直到今天长明不灭。
赴宴的全都是伊朗名流，
不是沙场名将就是显贵公侯。
卡什瓦德之子古达尔兹和巴赫拉姆，
图斯和正直的勇士格乌。
古尔金和沙瓦朗之子赞格，
还有古斯塔哈姆和胡拉德。
骁勇的伯尔金善使长矛，
无敌的古拉兹是众将之骄。

每人又有一群勇士带在身后，
勇士们个个都功勋卓著。
好一个热闹非凡的欢宴，
或玩球对酒，或走马射箭。
就这样过了不知有几天，
大家欢歌狂舞尽兴尽欢。
一天格乌喝得昏昏沉沉，
对鲁斯塔姆说："我的主人！
不知英雄是否有此雅趣，
我们一起去猎场打猎去。
趁阳光灿烂，冷暖正相宜，
去闯闯阿夫拉西亚伯的猎区。
带上你的苍鹰，牵上你的猎狗，
带上长矛穿过飞扬的尘土。
让野驴钻进咱投出的套索，
让狮子身中飞箭被我捕获。
标枪投向野猪，苍鹰捕捉山鸡，
要从清晨猎到日头偏西。
我们狩猎在土兰的猎地，
名声能很快就传扬开去。"
鲁斯塔姆说："这主意甚妙，
愿幸福之星在你头上高照。
明晨一早就去土兰，说做就做，
这样的美事决不能错过。"
大家异口同声赞成这一动议，
没有人提出任何别的主意。
早晨大家刚从梦中醒来，
就为此盛事进行悉心安排。

你手上架鹰他身边牵狗，
急忙向舍赫德河方向奔走。
好一个阿夫拉西亚伯猎场，
一面靠坡，一面河水流淌。
猎场附近的水边长满水草，
羚羊与野猪成群到处乱跑。
遍地搭着帐篷，有大有小，
羚羊麋鹿好像惊弓之鸟。
狮子已从这里销声匿迹，
这里的飞禽也早获得了消息。
飞禽在猎场里乱飞乱窜，
纷纷死于猎人手中的飞箭。
这段狩猎生活过得实在甜美，
人人都喜形于色合不拢嘴。
这种日子一共过了七天，
大家兴高采烈斗酒尽欢。
第八天早上英雄鲁斯塔姆，
有一个主意对大家说出：
“我的各位骑士，各位英雄，
你们功劳卓著远近闻名。
我想那个阿夫拉西亚伯，
这里的情形肯定已然听说。
决不能让那个可恶的东西，
同他的心腹们商量主意。
到这里来同我们打一仗，
把我的猎狗害死在猎场。
我们要在路上设下岗哨，
有一点动静能马上知道。

发现异常立即来报告信息，
免得敌人使我们措手不及。”
古拉兹得令系紧了弓弦，
立即赴命没敢有半点迟延。
只要把军队交给他带领，
敌人什么花招都不会得逞。
部署停当又去猎场驰骋，
把战事竟忘得一干二净。
事情果然被阿夫拉西亚伯知道，
那是一个深夜人们正在睡觉。
他把英勇善战的人召到面前，
将鲁斯塔姆情况对他们详谈。
他详细讲了七勇士的情况，
说他们个个都像雄狮一样。
他说:“诸位英勇善战的英雄，
军情紧急不能再这样从容。
现在必须赶紧想个主意，
乘其不备给他个突然袭击。
如能把他的七个勇士生俘，
就等于把卡乌斯送上绝途。
像猎人发现猎物悄悄进逼，
然后突然打他个措手不及。”
他挑选了刀剑手人多至三万，
个个是精兵强将能征善战。
令他们立即出发片刻不停，
令他们披星戴月日夜兼程。
大军领命便立即奔赴战场，
都决心挺起胸膛血战一场。

大军四面散开后紧紧包围，
让敌人欲逃无路有来无回。
军队未用多时便到了战场，
复仇心似箭人人怒火满腔。
古拉兹一眼看到这个阵容，
真像是山雨欲来，黑云压城。
见大军扬起的尘土遮满青天，
鲜艳的军旗在天空中飞翻。
古拉兹调头回营像一阵旋风，
边跑边发出震耳的呼喊声。
当他来报告消息说敌人出现，
鲁斯塔姆却还在纵情饮宴。
忽听得大呼一声："鲁斯塔姆，
大事不好，你还不赶快逃走。
来了支大军多得难于数计，
黑压压到处是人铺天盖地。
那歹徒阿夫拉西亚伯的军旗招展，
在战尘中只见亮光闪闪。"
鲁斯塔姆闻听放声大笑：
"我已胜券在手，何必逃跑？
那么一个国王，那么几个战将，
怎么竟把你吓成这般模样？
他顶多不过那十万官兵，
那么几个剑手那么几名骑兵。
披上我的盔甲，乘上我的坐骑，
有我一人当关，让他万夫不敌。
他阿夫拉西亚伯能把我怎样，
这么一帮人你何需放在心上。

战场有我们一个人就不用害怕，
那群乌合之众根本不在话下。
这种小接触我完全能够对付，
用不着伊朗大部队出来援助。
我七个勇士谁不是以一当十，
个个刀法精熟这点谁人不知？
我们一人顶他五百，两个顶一千，
我们的勇士人人名满世间。
酒友们且痛饮扎别尔酒浆，
来吧，让咱喝净面前这个酒缸。”
一碗方才饮尽，一碗立即送来，
总是英雄多海量，豪情满胸怀。
闪光的酒杯在手中高擎，
口里高喊着卡乌斯的姓名。
“我王在上，祝您洪福无边！”
然后以嘴吻地将酒一口喝干。
再次以嘴吻地又要来一杯，
高喊道：“为了图斯，满饮此杯！”
众英雄酒酣耳热酒兴正浓，
一个个站起身来面向英雄。
“论酒量我们谁能同你相比，
魔鬼易卜利斯也喝不过你。
无论战场斗法，或酒宴斗酒，
没有何人称得上是你的对手。”
鲁斯塔姆斟满一杯，芳香甘洌，
走向前一饮而尽并敬扎瓦列。
你来我往扎瓦列也举起酒盏，
对尊敬的国王表示良好祝愿。

随后一饮而尽,再俯身吻地,
夸赞他有勇士的豪气。
一个兄弟劝酒,一个兄弟尽觞,
像狮子饮水一缸酒很快喝光。

二十　鲁斯塔姆与土兰人之战

格乌对鲁斯塔姆说:“我的英雄!
你是国王的骄傲,勇士的光荣。
我要去拦截那阿夫拉西亚伯,
不能让他轻易便涉水渡河。
我要先发制人,先行占下桥头,
把这个歹毒的人阻在桥那头。
一旦让他战场得手占了上风,
我们再难兴高采烈谈笑风生。”
勇士格乌说罢转过身便走,
上紧弦的雕弓紧紧握在手。
当英雄向桥头边刚刚走近,
一眼便看到敌旗和敌阵。
敌人的大队人马已经过河,
打头的人便是阿夫拉西亚伯。
英雄鲁斯塔姆战袍穿在身上,
纵身骑上拉赫什——凶猛的战象。
上前直取那位土兰的统帅,
一声高喊像翻江倒海的水怪。
土兰王看到战马和英雄其人,

一下没了神气就像失了灵魂。
只见英雄肩宽臀肥虎背熊腰，
肩上扛一把令人胆寒的大刀。
图斯、古达尔兹长矛闪闪发亮，
格乌、古尔金更是两员骁将。
巴赫拉姆、沙瓦朗之子赞格，
战将伯尔金和勇士法尔哈德。
众勇士人人经过浴血苦战，
个个手中使的都是印度利剑。
一个个冲上前去奋勇杀敌，
那英雄气概全都同狮子无异。
阵里突然杀出来勇士格乌，
像一头雄狮在平原上逐鹿。
那格乌左冲右突挺枪舞剑，
大批敌人全被他拦腰斩断。
不少土兰头目也剑下丧生，
是兵是将这次都遇上灾星。
中国[①]兵将见势想溜之大吉，
土兰统帅见此情形更是着急。
阿夫拉西亚伯立即扬鞭策马，
气急败坏要亲自上阵前拼杀。
这情形鲁斯塔姆全看在眼里，
抓起牛头大棒策动身下坐骑。
英雄飞身霍地从军中冲出，
跟着发出狮子一般的怒吼。

① 在菲尔多西的《列王纪》中有时土兰与中国不分。综合多处文字，可以看出，这里的中国(Chin)是指边疆一带土兰人控制的地区，而不是指中国内地(Machin)。

卡什瓦德之子紧随他身后,
身披着铁甲,手里舞着铁杵。
伊朗勇士这时一齐往前冲,
你举着大棒,我持飞箭雕弓。
土兰军只见眼前黑暗迷茫,
鲁斯塔姆的高冠直指天上。
土兰王无奈亲自出来点将,
叫声:“皮兰,机敏善良的干将!
土兰英雄中你的名声最高,
你东征西战是军中的英豪。
拢紧你的马缰快走马上阵,
杀向敌人以解我心头之恨。
你一旦得胜,伊朗就归你治理,
你有狮子的勇猛,象一般的躯体。”
皮兰闻听阿夫拉西亚伯此言,
如拔地而起的狂风冲到阵前。
身后紧紧跟着那万名雄兵,
这些土兰勇士都气势汹汹。
他像烈火朝鲁斯塔姆扑去,
仿佛只有他俩能决定战局。
英雄鲁斯塔姆咬紧牙关,
仿佛要把太阳抓到手间。
这英雄驱动战马一声呼啸,
就像海上的怒涛奔腾咆哮。
一只手举盾,一只手挥刀,
大半数敌人都被他杀掉。
阿夫拉西亚伯见如此惨状;
调过头去面向他的兵将:

“这样打法不用等到日落，
我们的兵将就剩不下几个。
甚至我们的人剩不下一个，
依我看赶快休兵方是上策。
我们长途奔袭伊朗勇士，
本以为我们都会成为雄狮。
当不成雄狮，我看倒像狐狸，
灰溜溜毫无所得，一场败绩。”

鲁斯塔姆外出打猎消遣,来到土兰属国萨曼冈境内。他吃过猎物后熟睡,战马被萨曼冈人捉走。他为寻战马找到萨曼冈国王。国王热情接待,答应代为找马。当夜,鲁斯塔姆留宿在萨曼冈宫廷。入夜,萨曼冈公主塔赫米娜慕名求婚,鲁斯塔姆告知国王,国王极为赞成,安排他们成婚。婚后,鲁斯塔姆即回伊朗。塔赫米娜生一子名苏赫拉布。苏赫拉布长到十四岁时,膂力过人,武艺超群。他得知自己的身世后,率军进攻伊朗,实为寻父。由于他与鲁斯塔姆从未见过面,所以酿成父子大战和鲁斯塔姆杀子的悲剧。

二十一　鲁斯塔姆与苏赫拉布的故事开端

现在,其他故事你已听完,
请听鲁斯塔姆与苏赫拉布之战。
这段故事凄凉悲惨催人落泪,
心软的人都把鲁斯塔姆责备。
恰似狂风一阵平空卷起,
把鲜嫩的香橼扫落平地。
你说它[1]狂暴无道还是正直公平,
是巧意安排还是粗鲁昏庸?
若把死亡称作公平那什么是不公?
既然公平合理因何还有不平之鸣?
你的心智无法明了这一秘密,

[1] 这里的它似指命运。

帷幕后深藏的大谜无由寻觅。
谁若一意在世上争名逐利，
这玄秘之门对他就不会开启。
你去了，可找到更适意的地方？
到了彼世是否能够平静安详？
如若死神前来把人造访，
无论年老年幼一律土中埋葬。
正像烈火一团猛然喷吐火舌，
火舌自然会把一切吞没。
让烈火高烧吧，万物在火中诞生，
枯枝上抽出嫩芽郁郁葱葱。
死期若至如同腾起烈焰，
年老年幼哪个也休想幸免。
难道注定年轻人在世上得意洋洋？
难道注定年迈的命丧身亡？
当死神一把将你拖上马鞍，
这时命运不许你片刻迟延。
你要懂得这是天公地道而非不公，
既是公正裁决何必无谓抗争。
在死神面前本不分老少，
待到清算时历历分明不爽分毫。[①]
如若信仰的光辉照彻你心底，
默默承受吧，你本就是个奴隶。
向造物主祈拜吧或向他忏悔，
这一切都是为末日预做准备。
耶兹丹的安排对你本不属秘密，

① 这一段是诗人借苏赫拉布年轻战死而发的感慨。

但鬼迷心窍你便与主离异。
你在世上切勿虚度终生，
临走时留下虔诚正直的美名。
现在让我叙述苏赫拉布的征战，
看他们如何刀兵相见父子相残。

二十二　鲁斯塔姆外出打猎

我把德赫甘[①]讲过的一则传说，
与古代的故事缀联组合。
一位祭司把一段往事忆起，
说一早鲁斯塔姆起身梳洗。
他心中烦闷想去打猎消遣，
整理行装箭囊中装满利箭，
他带过自己的拉赫什战马，
跨上体壮如象的战马即刻出发。
他骑着马向土兰边界前进，
像一头怒狮去把猎物搜寻。
当他来到土兰国境附近，
见荒野中野驴往来成群。
朝廷重臣不禁开颜欢笑，
紧催战马拉赫什向前迅跑。
他搭弓射箭以及棒打索套，

① 德赫甘是波斯语词，在古代，词意为“贵族”，阿拉伯人入侵后（公元 651 年）这一阶层仍不屈服，宣扬波斯文明。

一连把数个猎物捕获打倒。
他拣得些杂草拾些树根荆棘，
把一堆大火熊熊燃起。
当那堆大火高烧劈劈啪啪，
他选了个树枝做烤肉支架。
他把一只公驴挂在支架上，
公驴在他手上好像全无分量。
驴肉烤熟便是一顿饱餐，
连脊骨中的肉也剔净嚼烂。
然后又漫步向一个水塘走去，
喝足了水顿觉困倦无力。
他进入沉沉梦乡忘却了世事，
拉赫什在草地觅食他全然不知。
这时见七八个土兰人骑在马上，
他们行路穿过那个牧场。
他们发现拉赫什踩下的蹄迹，
顺着河岸把马的行踪寻觅。
在一片平地拉赫什被他们发现，
要捕捉骏马他们急步向前。
骑手们四面八方一拥而上，
皇家的套索在空际高扬。
当拉赫什一见骑手们的套索，
便像怒狮一样跃起挣脱。
它扬起马蹄一连踢倒二人，
一个人的头被撕咬得脱离躯身。
那一班骑手一连折损好汉三个，
但仍无法把骏马拉赫什捕获。
后来，他们从四面八方抛出套索，

终于把烈马拉赫什活捉。
他们捉住骏马立即带它回本城，
人们见此马不凡纷纷前来配种。
人们把拉赫什牵入马群之中，
盼望早日交配产下良种。
听说此马曾与四十匹母马配种，
四十匹母马只有一匹怀孕受精。
再说鲁斯塔姆酣睡一觉起身，
这才想起把通人意的战马找寻。
他举目四望在丛林中寻找，
那马的踪迹却遍寻无着。
找不到坐骑心头感到抑郁，
于是迈步向萨曼冈国[①]走去。
他自言自语说现在徒步走路，
真是命运不济我能走到何处？
手携箭袋大棒，腰带束腰，
有头盔与战刀身穿虎皮战袍。
岂能在这漫荒野地行走赶路，
路遇强敌叫我如何对付？
拉赫什被捉这岂不让土兰人耻笑，
说鲁斯塔姆睡死全然不觉。
如今别无良策只好徒步行路，
自作自受被迫忍受痛苦。
我要紧束腰身手执武器，
或许能找到这马的踪迹。
他且行且想心中充满辛酸，

① 萨曼冈为阿姆河上游一古城。

烦恼压抑心头身体感到疲倦。
他伏身背着马鞍与马具,
一边赶路一边这样自言自语:
这本是乖戾的人世不易之理,
有时你骑在鞍上,有时鞍骑着你,
他循着马的蹄印逶迤前行,
百感交集,心里上下翻腾。

二十三　鲁斯塔姆到达萨曼冈

当鲁斯塔姆接近了萨曼冈,
早有人把消息报告了国王。
说徒步走来一位保卫江山的勇士,
他在牧场丢失了自己的拉赫什。
满朝文武与殿上的贵胄公卿,
都纷纷出来对他表示欢迎。
人们一见不禁惊呼:这是鲁斯塔姆,
还是黎明的一轮红日喷薄欲出?
国王紧走几步赶到他的面前,
勇士与兵丁簇拥在国王身边。
国王动问:“发生了什么事情,
哪个胆敢对你桀骜不敬?
我们全城上下对你十分景仰,
甘愿为你效劳,你有话请讲。
我们的身家财产全归你所有,
你可下令指挥全国公卿贵胄。”

鲁斯塔姆听了他这番话语，
心中早已消了三分怒气。
他对国王说:“在那片草地，
拉赫什未备鞍鞴离我而去。
打从那边的小河和一片树林，
我来到萨曼冈追寻马的蹄印。
你晓得利害,快为我找到坐骑，
找到后,定然重重答谢于你。
如若找不到我的拉赫什骏马，
我就要把你们君臣人头砍下。”
国王连忙答道:“我尊贵的将军，
对你的吩咐谁胆敢抗命不遵。
你是我们的贵客请勿着急，
保证一切照办使你满意。
今晚先饮一杯我们设宴，
美酒能驱散我们心上愁烦。
遇事切勿心烦焦躁大发雷霆，
细言慢语能够引蛇出洞。
骏马拉赫什可谓天下无双，
鲁斯塔姆的坐骑谁敢隐藏?
饱经征战的勇士你天下无敌，
我一定设法找到拉赫什还你。”
鲁斯塔姆一听喜在心头，
因此就不再烦恼也不再忧愁。
他觉得应该到国王宫中做客，
却之不恭,拒绝邀请于礼不合。
国王安排鲁斯塔姆坐定，
自己则恭立一旁照料侍奉。

他召集治下的首领文武群臣，
一齐陪宴把盏款待客人。
他下令御厨快备办酒宴，
把酒宴备齐供勇士们一餐。
顷刻间备好丰盛席面，
让中国突厥姑娘侍酒把盏。
传杯递盏高奏丝竹清音，
伴酒的是黑眸红颜塔拉兹[①]美人。
鲁德琴[②]奏起轻柔欢快的曲调，
乐曲使鲁斯塔姆忧烦顿消。
酒过数巡头脑昏沉思眠，
力不胜酒身体困倦发软。
于是安排他到清幽之处安眠，
卧室喷洒香水点燃香烟。
鲁斯塔姆路途劳顿又增几分睡意，
倒头便人事不省昏然睡去。

二十四　萨曼冈国王之女塔赫米娜夜访鲁斯塔姆

入夜，差不多临近了二更，
月儿悠然掠过回转的苍穹。
只听似有人悄悄低声私语，
到了勇士住处似把声音压低。

---

① 塔拉兹为今乌兹别克斯坦费尔甘纳附近的古城。
② 鲁德琴是伊朗的一种弦乐器。

有个使女手执芳香蜡烛，
蹑手蹑脚走近醉酒人卧铺。
使女后是一位如花似玉美女，
她光彩照人散发芬芳的气息。
发辫似套杆双眉弯弯如弓，
亭亭玉立体态如翠柏青松。
面颊红润如也门的美玉，
小口似恋人的心深锁紧闭。
双唇如两片花瓣红白相映，
两条发辫散发着天国的幽香。
两个耳轮映出晶莹的光彩，
双耳戴着的耳环低垂下来。
唇含蜜露话语如糖样甘甜，
口中两排美玉似珍珠镶嵌。
她美得如同宝石般的星星，
她与太白金星是至爱亲朋。
她慧心灵性丽质天生，
她有似仙女不似地上生灵。
勇如雄狮的鲁斯塔姆无限惊异，
赞叹主创造这绝代美人姿色艳丽。
鲁斯塔姆忙请她通报姓名，
问她深夜来访有何事情。
公主答道:“我名叫塔赫米娜，
愁锁心胸,有件事在心头牵挂。
我本是萨曼冈国王的公主，
出身高贵是英雄虎将名门之后。
世上王公无人配做我伴侣，
普天之下无人能与我相比。

我深居内闱无人目睹我颜面，
连我的声音普通人也未曾听见。
说来也怪我见过的人都曾讲过，
都对我把你的业绩述说。
说你对虎豹狮魔全然不惧，
手臂强劲天生超凡的膂力。
夜色昏黑你只身深入土兰，
左冲右突无人敢于阻拦。
你一人用餐就烤了一只野驴，
你挥动利刃苍天也降下泪雨。
每当你挥动大棒出现在猎场，
能把狮心惊破把豹皮打伤。
苍鹰若见你的钢刀出鞘，
便无心追逐猎物立时遁逃。
雄狮见你套索也胆战心惊，
乌云见你枪尖也痛哭失声。
我耳闻你的这些英雄业绩，
不禁内心赞叹倍感惊异。
早就渴慕会面看你臂膀身躯，
天公作美你做客来到此地。
今晚，望将军成全我一片苦心，
此事无人得知这里没有外人。
实是因我苦苦把你思恋，
理智怎敌过我心中的爱焰？
其次，也许你会留下一个后人，
今夜以后我或许身怀有孕。

要他[①]像你一样矫健魁梧膂力过人，
愿苍天保佑他交逢好运。
第三我要设法为你找回骏马，
让整个萨曼冈全处在你治下。”
美女侃侃而谈倾诉心胸，
鲁斯塔姆在旁悉心倾听。
他见公主姿色娇艳楚楚动人，
又见她颇有见识，灵性慧心。
而且，她还说把拉赫什交还，
真是天作之合难得的良缘。
于是他把体如翠柏的公主召唤，
公主款款而行来到勇士面前。
英雄把一个博学大臣唤到住处，
大臣依命前来听候他的吩咐。
他委托大臣向美女父亲问讯，
请他代自己向国王求婚。
那大臣前去到了国王面前，
一一转述了鲁斯塔姆的传言。
当萨曼冈国王闻听这一消息，
兴高采烈，他感到荣幸满意。
与鲁斯塔姆结亲他喜出望外，
他感到骄傲登时挺起胸来。
他把女儿嫁给好汉鲁斯塔姆，
一切遵照礼仪并无半点疏忽。
国王乐不可支传下命令，
婚礼仪式要办得热闹隆重。

① 这里是指她未来的儿子。

当他把女儿嫁给那位英雄，
不论老少都喜笑颜开额手称庆。
众人兴高采烈个个开颜，
齐向鲁斯塔姆表示良好祝愿。
愿这如月的美人与你吉祥如意，
让你的对头背运低头垂泣。
然后新人双双进入洞房，
两情相娱，这夜分外漫长。
晨露催开乍绽的花蕾，
红宝石花托上闪烁珍珠的光辉。
水珠滴滴向蚌壳徐徐灌注，
蚌中蕴孕使一颗水珠变成珍珠。
鲁斯塔姆得知公主已然受孕，
打从心底更加爱怜自己的新人。
当苍穹之上升起光辉的朝阳，
驱散夜的阴霾把天际照亮。
鲁斯塔姆从臂上取下一个玉符①，
这玉符乃是天下传说的宝物。
他对公主说："玉符你好生保管，
如若新生的是一女孩来到世间，
你就把玉符系上她的发辫，
取其吉利之兆愿她事事如愿。
若得一子你就系上他的手臂，
说这就是他生身父亲的标记。
愿他像纳里曼之子萨姆一样矫健，

---

① 玉符是玉石制的长方形牌状物，一般面上有家族象征标记，带在身上以示出身家族，一说可以避邪。

论勇气心胸堪比奇士先贤。
让他从云际掠下雄鹰的翎毛，
让太阳的光辉永把他照耀。
谈笑间能把雄狮战胜降伏，
临阵时能把战象屈服捕获。”
鲁斯塔姆这夜与如月的公主，
卿卿我我，衷肠低低倾诉。
当光辉的太阳照彻环宇，
阳光灿烂沐浴着人间大地。
他又一次拥抱公主深情亲吻，
吻她的面颊与眼睛告别亲人。
公主洒泪与他依依别离，
她满怀凄苦心中无限抑郁。
这时尊贵的国王问候鲁斯塔姆，
问候起居问他住处可称心舒服。
问候已毕告他拉赫什已然找到，
社稷重臣闻讯喜上眉梢。
他走上前去轻抚马身备好马鞍，
感谢国王，看到骏马喜笑开颜。
他启程赶回伊朗迅如轻风，
这段良缘时时记在心中。
从伊朗他又回到扎别尔斯坦，
他对谁都未提起这段姻缘。

二十五　苏赫拉布降生

公主怀孕，整整过了九个月，
产下一子貌美如同皎月。
这孩子简直又是一个好汉鲁斯塔姆，
他酷似纳里曼和雄狮勇士萨姆。
塔赫米娜给此子取苏赫拉布为名，
小脸儿笑时似花儿一样白中泛红。
刚过满月就长得一岁般光景，
颇似扎尔之子鲁斯塔姆的身形。
三岁时就已经能搏击厮斗，
五岁时雄狮般勇士已不是对手。
长到十岁已经是国中无人匹敌，
无人是他对手浑身力大无比。
他身壮如象面色泛着血红，
两条臂膀壮得如两棵劲松。
狩猎时他力大能把雄狮捕获，
捕获雄狮不在话下轻松自如。
他脚步敏捷能似骏马样飞奔，
他能抓住马尾拖住马身。
一天，他来见母亲讯问一事，
望母亲原原本本说与他知。
他说："我与伙伴们相比略胜一筹，
我感到自豪向上天高昂起头。
我是何人之后是哪家出身，

我告诉人家谁是我的父亲?
你如若不把此事对我讲明,
可不要怪我对你这母亲不敬。”
当塔赫米娜听了孩子的话语,
内心不禁泛起一阵恐惧。
母亲忙说让我说给你听,
但你不应莽撞听后你会高兴:
“勇士鲁斯塔姆乃是你的父亲,
你是尼拉姆与萨姆的后人。
你贵比天高完全应该自豪,
你是名门之子家族地位崇高。
自从创世主创造世上万物,
还没出现一个勇士比得上鲁斯塔姆。
他生有象般身躯狮子般雄心,
从尼罗河中能把鳄鱼生擒。
像纳里曼之子萨姆也是世上罕有,
苍天也无法使他俯首低头。”
说完,她取出鲁斯塔姆一封书信,
悄悄地向苏赫拉布念那信文。
还有三颗宝石三袋黄金,
父亲从伊朗托人带给亲人。
当苏赫拉布降生到世界的时候,
他父亲命人送来表示问候。
母亲说:“这些东西你一一看清,
是父亲带来的,体现父子之情。
这些东西要留在身边作为纪念,
或许日后有用你要加意保管。”
然后又叮嘱:“此事不可声张,

千万不能对阿夫拉西亚伯言讲。
阿夫拉西亚伯是鲁斯塔姆的死敌，
他治下的土兰百姓都愁苦忧郁。
他也许由于与你父为敌，
会对你狠下毒手置你于死地。
你父若得知你生得一表人材，
勇士群中也显出特有的风采。
他定然会把你召到他身边，
让你我母子分别郁郁心酸。”
苏赫拉布答道:“在世界之中，
岂能永远隔断父子之情。
因何长久不告我门庭世系，
这长时间隐瞒是何用意?
既然我出身高贵门庭显赫，
这乃是好事又何必瞒我?
人们交口称颂古代勇士英雄，
当今,人们都把鲁斯塔姆称颂。
如今我要率领一支土兰的兵丁，
组成大队人马启程出征。
我要征讨伊朗统率复仇大军，
让我马蹄下的征尘蔽日遮云。
我要把卡乌斯驱赶下他的王座，
砍断图斯双腿使他无法厮杀拼搏
要杀尽古尔金、古达尔兹与格乌，
努扎尔之子古斯塔哈姆和巴赫拉姆。
宝库宝座王冠要交给鲁斯塔姆，
让他成为卡乌斯的江山之主。
然后挥师北向从伊朗打到土兰，

与土兰的国王决一死战。
我要夺取阿夫拉西亚伯的宝座,
挥动长矛把天际的太阳挑落。
我要请你做伊朗的王后,
横扫宇内征服天下荡平九州。
有鲁斯塔姆与我父子二人,
看哪个胆敢在世上为王称尊。
当环宇之中充满日月的光焰,
那里还显出天际的星星点点。”

二十六　苏赫拉布挑选战马

勇士苏赫拉布一天告诉母亲,
说人生在世应开创事业建立功勋。
我现在需要一匹飞奔的坐骑,
坚硬的花岗石也承受不了它的铁蹄。
这马应力敌战象扬蹄如同飞禽,
水中如鱼,平原上如鹿样飞奔。
这马要能驮动我的狼牙大棒,
我这魁梧的身躯也要骑在马上。
为将无马岂能搏杀进击,
徒步而行岂能与对手比试高低?
当母亲听了儿子的这番话语,
面现光彩,不禁心中暗喜。
她当即传话给牧马的兵丁,
说把马全牵来听候命令。

苏赫拉布需要一匹合意骏马，
跨上战马才能在战场拼斗厮杀。
那马群平日放牧在高山与平原，
现在都牵来供苏赫拉布挑选。
赶马入城后雄狮般的苏赫拉布，
便扬起套索把马匹拣选捕获。
他捉住一匹马便试验它的体力，
奋力用手把马头向下压低。
只要他伸手把马背向下一压，
马就支撑不住登时卧倒在地下。
也不知他压断多少骏马背脊，
并无一匹马使他感到满意。
勇士找不到合自己心意的坐骑，
十分扫兴,内心感到愁闷抑郁。
最后有位勇士讲了一段内情，
他向如象的勇士把内情讲明：
“有一匹拉赫什配种的马驹，
体壮如狮似风一般迅跑扬蹄。
那马身形高大有如一座山，
奔跑时如同飞鸟掠过平原。
四蹄强劲有力奔跑如一道闪光，
这样的快马可称举世无双。
陆上的牛海中的鱼也惧怕它的铁蹄，
有闪电般神速山岳般躯体。
奔驰上山时有如飞鸟展翼，
入水前行时如同海中游鱼。
奔跑在原野恰似飞箭离弦，
奋击追敌使歹人胆战心寒。”

苏赫拉布听了这位勇士之言，
愁闷为之一扫不禁喜笑开颜。
好一匹骏马，毛色多么鲜艳，
人们立即把马牵到勇士面前。
苏赫拉布用力试试马的筋力，
那马力壮如同骆驼他十分中意。
他轻抚马身然后备好马鞍，
勇士跨腿上马骑到马背上面。
他端坐马鞍势如比斯通山，
手执粗大长矛无比威严。
苏赫拉布说："这真是天合人意，
如今我找到了可心的坐骑。
我要跨马驰骋启程出征，
我要杀得卡乌斯的日月晦暗不明。"
他表示这个决心便回家而去，
回家备战准备向伊朗进击。
从四面八方汇集了一支大军，
来参战的都英勇无比又出身名门。
他又前去朝见自己外公，
请求支持，要求允许他出兵。
说我要出兵伊朗请求恩准，
我要去寻找我的英雄的父亲。
当萨曼冈国王得知他的心意，
极表支持，拨给他各类辎重武器。
有头盔腰带有王座与王冠，
有骡马牲畜有金银细软。
有罗马的甲胄战斗的利器，
一应俱全使孩子感到惊异。

凡征战所需一概归他调用，
分配给各项器物支持他出兵。

二十七　阿夫拉西亚伯把包尔曼及胡曼派至苏赫拉布军中

早有人向阿夫拉西亚伯报告军情，
说苏赫拉布即将率军出征。
他已调集一支数目可观的劲旅，
统率全军似翠柏挺立在草地。
他乳臭未干小小的顽童，
竟然舞刀弄剑率军出征。
他手执短刀势欲血洗大地，
心想厮杀向卡乌斯举起战旗。
如今一支大军按他将令聚齐，
踌躇满志把谁也不放在眼里。
无庸赘述何必把话头扯远，
这叫作青出于蓝而胜于蓝。
阿夫拉西亚伯听了这个消息，
微微一笑，心中暗暗得意。
他从中挑选出得力的将军，
要能征惯战之士武艺超群。
如将军胡曼与将军包尔曼，
他们上阵雄狮也败在阵前。
此外还选出一万二千名精兵，
派给苏赫拉布在他帐下听令。

临行时特别叮嘱胡曼包尔曼，
说："有要事一桩可要秘而不宣。
全靠两位将军多多费心关照。
想出万全之策把此事办好。
就是设法不使他们父子相认，
不让他们知道对手原是亲人。
我派一支大队在他麾下听令，
全军由他统领赴伊朗出征。
当他们二人在战场上相逢，
鲁斯塔姆定然竭尽全力取胜。
或许那年高的勇士老态龙钟，
在这雄狮般勇士手中送命。
失去鲁斯塔姆的伊朗唾手可得，
卡乌斯的国家随之即衰亡败落。
然后我再从容对付苏赫拉布，
趁深夜睡熟时把他捕获。
如若在战斗中儿子死于父亲之手，
做父亲的心头也会郁积忧愁。"
两名将军衔命动身前去，
去到苏赫拉布帐下效力。
还带着国王对苏赫拉布的馈赠，
十马十骡都满驮着礼品辎重。
礼品中有翡翠宝座镶琥珀的王冠，
座腿用象牙制成，王冠上珠宝镶嵌。
他还给那高贵的勇士带去一信，
信文委婉亲切态度热情殷勤。
说如若你把伊朗王座夺到手中，
从此便再无纷争，天下永享太平。

从我国到伊朗便再无阻隔，
萨曼冈、土兰与伊朗变为一国。
我补充了你所需的将士兵丁，
你坐镇中军他们听从你的将令。
还派去土兰的胡曼包尔曼将军，
这二位都英勇善战智谋过人。
突厥的王公①外加上三万精兵，
都饱经征战惯于陷阵冲锋。
我把他们都派到你的大营，
作为客军但服从你的将令。
你要进击他们为你阵前效力，
杀得歹毒小人无立锥之地。
国王所赐的一袭锦袍和这书信，
放入骡马的驮包一路载运。
当这个消息传到苏赫拉布耳中
这勇士连忙整装起身相迎。
他与外祖父出迎胡曼一行人等，
见来了浩荡大军心中高兴。
胡曼见到他的臂膀与身躯，
不禁暗暗称奇心中惊异。
来人首先献上国王的书信，
然后献上骡马驮来的礼品。
两位将军亲自拜见苏赫拉布，
还转告了国王对他的叮咛嘱咐。
征服天下的勇士读罢信函，

① 突厥王公原文为中国的“塔尔汗”，塔尔汗为突厥王公意。这里中国也应指突厥而言而不是指中国内地。

立即离开驻地出师征战。
开疆拓土的善战的军士将军，
一个个跨上战马威风凛凛。
把战鼓擂响宣告大军出动，
雄狮远征发出震天动地的吼声。
不论是雄狮也不论是巨鲸，
无人能阻拦大军奋勇前行。
他催军前进直驱伊朗国境，
放把烈火烧毁一切毫不容情。

二十八　苏赫拉布进袭白堡

有座堡垒人称它为白堡，
是伊朗人的屏障险关一道。
坐镇的有一位身经百战的将军，
名叫哈吉尔胸有韬略武艺超群。
白堡的主将是戈日达哈姆将军，
将军已两鬓斑白,出身名门。
他有一个妹妹是巾帼英雄，
是有名的女将骑射样样精通。
当哈吉尔得知敌兵压境，
披挂整齐像雄狮一般悍勇。
当苏赫拉布来到白堡附近，
英勇善战的哈吉尔也看到来人。
他跨上战马如一阵旋风翻卷，
冲出堡垒来至两军阵前。

他到阵前面向土兰军队高喊，
将门之后这样高声开言：
“说来的是哪路英雄何方好汉，
想必是出众的勇士能征惯战。
看你们军中这些不怕死的将官，
哪个敢出阵与我较量一番？”
见敌阵中并无人出阵与他较量，
他越发势盛挥舞兵器逞强。
善战的苏赫拉布见他喊叫，
勃然大怒嗖的一声马刀出鞘。
他从阵中冲出猛似雄狮一般，
威风凛凛出现在哈吉尔对面。
他对饱经征战的哈吉尔高喊：
“为何你阵内只你一人出战？
你一人出战未免势微力单，
本将有海鲨之力你这是冒险。
你姓甚名谁报上你家门世系，
你死后你父母要为你哭泣。”
哈吉尔闻言也不相让，
说：“我出阵作战从不要人相帮。
你问我是何人有何手段，
告诉你雄狮见我也似狐狸一般。
我本是堂堂的哈吉尔将军，
我马上使你的头颅离开躯身。
我要把你的头颅给国王观看，
你的身躯可供兀鹰一顿美餐。”
苏赫拉布闻言哈哈大笑，
催马向前对哈吉尔举枪便挑。

两人枪来枪往厮杀奋战，
两位勇士分不清你我打成一片。
巨象般的勇士搏斗似霹雳烈焰，
战马在战场奔驰如山崩地陷。
哈吉尔挺枪刺向苏赫拉布腰间，
但未刺中，苏赫拉布身形一闪。
苏赫拉布立即回敬了一枪，
那枪尖狠扎在哈吉尔腰上。
他伸臂把哈吉尔拖落马鞍，
一串动作只发生在转瞬之间。
哈吉尔被打倒在地似大山崩陷，
他心知此番难免一场灾难。
苏赫拉布下马把哈吉尔压倒，
要取他首级伸手鞘中抽刀。
这时哈吉尔一滚把右手举起，
他这是求饶向苏赫拉布举手示意。
苏赫拉布立即起身把他饶恕，
战胜心喜又给哈吉尔指条出路。
这时早有军士把他全身绑紧，
绑紧后立即送交胡曼将军。
胡曼见苏赫拉布如同天将无人能敌，
轻取对手，不禁心中暗暗称奇。
这时，白堡内早已得知详情，
说哈吉尔战败被带入敌营。
白堡内喊声一片男女都忧愁伤心，
说刚刚初战就折损了哈吉尔将军。

二十九　苏赫拉布大战古尔德法里德

戈日达哈姆之女听到消息，
说军中大将被人俘虏而去。
她痛苦大呼一声深感忧虑，
从内心深处发出一声叹息。
她虽为女流但也是马上英雄，
日夜不解战袍远近驰名。
她名字叫作古尔德法里德，
这样高超身手人们还未见过。
她感到羞愧，哈吉尔为何如此行动，
姑娘的双颊气得花样飞红。
形势紧急顾不得深思细想，
即时披挂飞身冲向战场。
她把发辫束在盔甲下隐藏，
选一顶罗马头盔戴在头上。
骑了匹快马四蹄如风似电，
她像狮子一样冲到堡垒外面。
如同一阵旋风扑到两军阵前，
以雷霆万钧之力猛然高喊：
“你们有哪些勇士，主帅是何人？
何人阵前迎战何人辅佐中军？
哪个敢出阵与我决一死战，
是英雄好汉阵前较量一番。”
这边虽有众多勇士侍立军前，

但并无一人出阵迎接她的挑战。
那雄狮般的苏赫拉布见她叫阵，
微微一笑，牙齿紧咬下唇。
说这来将又是一只野驴，
不晓得我的厉害分明是送礼。
他穿好铠甲全身披挂整齐，
头戴中国头盔紧束征衣。
他全速冲到古尔德法里德面前，
惯使套杆的姑娘抬头观看。
她撑满了弓嗖地射出一箭，
鸟儿也休想在她箭下逃窜。
她急似暴雨嗖嗖连发数箭，
箭箭不离苏赫拉布头侧耳边。
苏赫拉布一见心中不满，
他紧催战马迅速猛扑向前。
他用盾牌护住脸面头颅，
赶上前去想把对手捉住。
姑娘见对手猛地向她冲来，
像一团烈火躲也躲闪不开。
弓不卸弦顺手背到身后，
急把长枪一扬高举过头。
她枪尖一抖向苏赫拉布刺去，
连冲带刺足有千钧之力。
苏赫拉布见对手出此毒招，
怒不可遏像一只发狂的斑豹。
他一勒马缰顺势向旁躲闪，
身手敏捷动如烈火一团。
如狮小将也愤怒地刺出一枪，

那枪向前刺去直取姑娘。
哪知他那向前夺命之枪乃是虚晃，
然后向身后刺去才是实枪。
这一枪正刺中对手腰间，
枪尖到处铠甲也被刺穿。
他轻舒双臂似击球的球杆，
眼看就把对手掠下马鞍。
女将在鞍上还在挣扎抵抗，
从腰间抽出匕首执在手上。
她用匕首砍断对手的长枪，
登时策马而逃一阵尘土飞扬。
她自知不是苏赫拉布的对手，
急忙勒马回城转身败走。
这边苏赫拉布策马向前追赶，
他怒火冲天天地为之晦暗。
呐喊声中战马追上了战马，
他探出手去把她的头盔摘下。
她束在盔下的青丝披散而下，
衬出她的面颊似一道红霞。
小将发现对手原是一位姑娘，
她的秀发本在盔下隐藏。
他极为震惊说在伊朗军中，
这样的姑娘也能陷阵冲锋。
那他们的勇士若上阵较量，
岂不要杀得天昏地暗日月无光。
伊朗女流之辈尚且如此英勇，
那他们的勇士该个个是好汉英雄。
他从后鞍韂上把套索取出，

扬起套索把她的身腰缚住。
他对姑娘说:“今日你休想脱逃,
你这如月的姑娘何必舞枪弄刀。
我捕获的野驴没有一只像你,
你不要挣扎我岂让你逃逸。”
姑娘见已被对手逼入绝地,
露出颜面,转瞬心生一计。
她面向对手说:“勇士啊,
你身强体壮真像一头雄狮。
双方军队都在看你我厮斗,
看你来我往各显身手。
如今我在战场上抛头露面,
军中难免对你有讥诮之言。
说看他用尽力气大显身手,
可是对手原来竟是女流。
我们切不可这样再加迟延,
以免流言蜂起你我失尽颜面。
现在的上策是你我暗中罢兵,
贵人做事仔细思考多方权衡。
现在双方大军眼睁睁观看,
我岂能有半丝儿行为不检?
我方堡垒归你,军队听你将令,
愿讲和以后永远不动刀兵。
堡垒仓库与守将全都归顺,
你来至此哪个敢抗命不遵?”
苏赫拉布看到姑娘的颜面,
听到小枣般的口中温柔语言,
如同面前出现一座天堂之园,

姑娘体如翠柏稀世罕见。
她生了一双鹿眼,眉似弯弓,
面色如花含苞欲放一片嫣红。
苏赫拉布答道:“你不能花言巧语,
你看到战场上我力大无敌。
你不要自恃堡垒难攻壕深墙坚,
难道你这堡垒还能高过苍天?
到厮杀时我要挥舞我的大棒,
纵使你有长枪也无法抵挡。”
古尔德法里德拨转马缰,
急忙奔驰向着堡垒的方向。
苏赫拉布也与她并马前行,
这边戈日达哈姆已在堡门接应。
只见堡门一开姑娘猛向前冲,
带伤冲到门前进入堡垒之中。
堡中人们紧闭大门内心忧伤,
他们一个个担忧眼泪汪汪。
他们见哈吉尔及姑娘不是来将对手,
男女老少都为此而心中忧愁。
戈日达哈姆来到女儿跟前,
他身后紧跟着一班勇士好汉。
父亲说孩子你是巾帼英雄,
你上阵厮杀人人为你受怕担惊。
你奋战一番还施了条妙计,
没侮辱门庭没毁坏声誉。
应感谢苍天之上的造物之主,
敌人未能加害也未把你捕获。
古尔德法里德闻言嫣然一笑,

她马上察看军情登上碉堡，
当看到苏赫拉布还在马上仰看，
便喊了一声："喂，土兰的好汉。
你还在傻等，也该收兵回营，
两军阵前岂可如此动情。"
苏赫拉布说："美人啊，你听我说，
我发誓，凭日月光芒，凭王冠宝座。
我要把这堡垒夷为平地，
我要把你这妖精擒到手里。
当你被我捕获无计可施，
那时再想今日花言巧语已经太迟。
到那时悔恨懊丧又有何益，
是回转的苍穹降罚于你。
你忘记了你信誓旦旦的诺言？"
古尔德法里德一闻此言，
微微一笑以此向他表示抱歉，
说："土兰人与伊朗人难结良缘。
命中注定你不能娶我为妻，
对此你不必耿耿于怀内心忧郁。
看到你并不是土兰的血统，
你一定出身皇族高贵门庭。
凭你这副身手这双臂膀，
勇士群中哪个敢与你较量？
可是当消息传到我们国王耳中，
说你从土兰大动干戈出师兴兵。
国王与鲁斯塔姆定会率兵迎战，
交兵时你一定败在鲁斯塔姆面前。
你军上下不会有一人生还，

那对你肯定是一场大灾大难。
看你这魁梧身躯这强劲臂膀，
何必曝尸田野填饱虎豹饥肠。
你切勿自以为蛮勇有恃无恐，
你这是一步一步把自己断送。
如今上策是你立即下道命令，
师返土兰你应赶紧收兵。”
苏赫拉布一听感到受了侮辱，
以为拿下这堡垒如囊中取物。
在堡垒附近有一处村庄，
村庄在下方堡垒在村庄上方。
他要率领军队把那村庄荡平，
以此把与他为敌的对手严惩。
然后他说今日天色已晚，
天色昏黑不宜继续恋战。
明日一早我要率军再上战场，
誓把碉堡荡平把敌人一扫而光。
说完，他掉转马头反身回营，
不再恋战，立即回师收兵。

三十　戈日达哈姆上书卡乌斯

戈日达哈姆见苏赫拉布收兵，
连忙传令快把文书官相请。
请他给国王书写书信一封，
选派个下书人立即启程。

信中开头先向国王致以敬意，
然后通报近日的事件消息。
说："现在我们遭重兵进攻，
来将个个是英雄好汉惯战能征。
敌军中有一位万夫不当之将，
看模样年纪并不在十四岁以上。
他身材魁梧头高过翠柏，
面如日月有一派照人的风采。
他身形如同猛狮高大雄壮，
在伊朗也找不到这样的勇将。
当他手执印度钢刀厮杀搏斗，
大海为之颤抖山也吓得低头。
他的喊声赛过震撼天地的迅雷，
钢刀也敌不过他强劲的手臂。
在伊朗与土兰找不到这样的好汉，
勇士英雄一个个都要败在他面前。
这位勇士之名叫苏赫拉布，
他不惧妖魔能使狮象屈服。
冷眼看去他简直就是鲁斯塔姆，
难道这位英雄竟出自纳里曼家族？
当这位主帅率军奔袭进击，
指挥他的复仇大军来到这里，
哈吉尔将军连忙整束披挂，
翻身跨上他的飞奔的战马。
他奔到阵前向苏赫拉布扑去，
但三招两式就看出他无法匹敌。
那将军占了上风只在转瞬之际，
迅速得如同一阵香气入鼻。

苏赫拉布轻舒两臂把他擒下马鞍，
旁边的人都惊异不止呆呆观看。
如今哈吉尔被俘身陷敌营，
皮肉受苦内心想必十分苦痛。
看来世上无人能敌这员小将，
除非巨象般光荣的将军[①]走上战场。
能抵挡这小将的当今只有一人，
就是要请扎尔之子鲁斯塔姆出阵。
土兰的将官我也见识过许多，
但像这样的将军还未见过。
两军阵上只要这员小将出阵，
再勇猛的战将也会被他生擒。
我不想与他旷日持久地较量，
花岗石的山峰也难把他阻挡。
战斗厮杀时他会催马猛冲，
那威武的气势足以压倒山峰，
如若陛下只知议论推迟派兵，
不急图良策不遣将出征，
伊朗的江山社稷则危在旦夕，
朗朗乾坤会被扫荡血洗。
他会自恃力强令我们纳贡称臣，
因为天下没有能与他匹敌之人。
谁都没见过这样的马上将军，
或许萨姆将军能与他相提并论。
他的大棒厉害身手确实不凡，
我们军中再无人能与他交战。

---

① 指鲁斯塔姆。

这是天不助我们恰逢厄运，
这小将却红星高照气势凌云。
今夜，我要收拾行囊与辎重，
趁昏黑撤离堡垒退至内地国中。
如若我们拖延数日作无谓牺牲，
不向陛下报告前线的实情，
这堡垒也同样会被他攻克，
连狮子遇到他也感到畏惧惶惑。”
书信写就又加盖了印信，
天黑启程，频频叮嘱下书之人：
说：“派你下书你赶紧动身前往，
安全通过敌营明晨送交国王。”
送走下书人携信动身而去，
戈日达哈姆立即安排撤离。
他知道暗中有退路一条，
路在堡垒下是条秘密通道。
他收拾一切钻入暗洞，
在那秘密通道中消失了身影。
戈日达哈姆和他的军旅家人，
当夜都从那地道中撤离脱身。

三十一　苏赫拉布进占白堡

当太阳从山后射出阳光，
土兰人披挂整齐奔向战场。
主帅苏赫拉布手执一杆长枪，

纵身一跳坐到神驹快马背上。
他们意欲生擒驻守堡垒之人，
把他们捆绑起来如同牲口一群。
但到了堡下却不见一个人影，
他们似雄狮般发出震天吼声。
走到近前他们用力把堡门打开，
这时仍不见一人迎上前来。
堡中民众昨夜乘夜色离去，
大批将士也随戈日达哈姆撤离。
当苏赫拉布率军进驻白堡，
才得知戈日达哈姆早已遁逃。
但是那些尚未撤离的军民，
便无辜受累成了他们的替身。
苏赫拉布传令叫他们来见，
个个心惊胆战都想把性命保全。
他仍要找到古尔德法里德，
仍不忘情，对她依依不舍。
他长叹一声说千错万错，
皎月一轮却被云封雾遮。
我的命星不明时运不济，
到手猎物命运又从我手中掠去。
我捕获到一头罕见的幼鹿，
她挣脱了套索我却被爱索套住。
天仙般的美人突然展现容颜，
掠走我心给我留下满腹愁烦。
她乍一显现迅即倏忽不见，
把我抛入痛苦之中备受熬煎。
她使用了一条骗人的诡计，

自己平安脱身我却在血泊中悲泣。
不见她容颜我的生活暗淡愁苦，
我的身心如今成了她的俘虏。
我不知她对我有什么魅力，
见了她我就木然发呆不能言语。
她那样身手那样姿容那样言语，
这样的人儿再叫我何处寻觅。
我心头充溢着无限愁烦，
或许我与她根本不应见面。
我只有独自忧愁暗自悲泣，
谁能给我以体贴给我以慰藉。
他越思越想心头越加忧愁，
自己的心事不愿向人披露。
但爱情无论如何也无法隐瞒，
揭穿隐秘的就是情人的泪眼。
内心焦灼自然长吁短叹，
不管情人多么慎重善于隐瞒。
苏赫拉布思念那高贵英勇的女郎，
他面无血色变得苍白焦黄。
胡曼虽不知主帅的心情底细，
不知他为什么而痛苦忧郁，
但他毕竟是有心人已猜到几分，
如此神魂颠倒必然事出有因。
他定然是陷入爱情的折磨，
成了美人青丝套索的俘虏。
虽竭力掩饰但内心充满焦虑，
心欲举步前行双足陷入污泥。
胡曼找了个机会与他对坐谈心，

说:“骄傲的勇士,你有雄狮般的胸襟。
古圣先贤心有理想品德崇高,
他们自重自尊并且洁身自好。
他们的心从不为俗念所累,
爱情之酒永远不能使他们沉醉。
他们有时会把一百头鹿生擒,
但没有一头鹿能迷惑他们的心。
纵然让妙龄少女千娇百媚,
真正的英雄也不为之陶醉。
三军的主帅天下的英雄,
连宇宙的太阳也对他俯首尊敬。
你本是雄狮勇士降魔的将军,
岂能因爱情而如此丧魄失魂。
如若为一个女子如此儿女情长,
岂能兴兵远征做世界之王。
阿夫拉西亚伯把你视为亲生,
你身为主帅海陆都飞传你的将令。
我们从土兰出兵前来征讨,
就是纵身跳入鲜血滚滚的波涛。
我们大军闯进了伊朗国境,
白堡轻而易举落入我军手中。
虽然初战得胜但不可大意,
前面还有苦战前途艰险崎岖。
卡乌斯与图斯定然前来迎战,
鲁斯塔姆是力敌雄狮的勇将一员,
还有元帅古达尔兹勇士格乌,
法拉玛兹、巴赫拉姆狮子鲁哈姆,
古尔金、米拉德、法尔哈德英勇豪爽,

古拉兹身躯高大赛过巨象。
这些钢筋铁臂般的英雄，
定然束装披挂迎接这场战争。
他们会一齐前来向我军猛扑，
谁能预卜我们的前途吉凶祸福。
你应准备迎敌与他们决一死战，
岂可心恋美女如此情意缠绵。
你应精神振奋斩断情肠，
以便明日不致兵败在战场。
年轻的勇士啊，你自恃英勇善战，
把一桩重任揽在自己的双肩。
你或许能专心致志取得成功，
或许兵败沙场断送性命。
凡一事费时艰难不易成功，
真的办成才确实使人扬名。
你刚做一事尚停在半途，
因何意马心猿分心旁顾？
你应征服天下凭男子汉的臂力，
把国王的宝座王冠夺取到手里。
当你据有国家加冕登基，
天下美女都会前来膜拜顶礼。
谁若是儿女情长心低志短，
财富与权力便完全与他无缘。
谁若征服天下成为世界霸主，
平民与贵族都会拜倒表示折服。”
胡曼恳切进言一片苦心，
是非利害对他一一理论。
苏赫拉布猛醒回心转意，

又一心扑在战事筹划军机。
他对胡曼说:“中国[①] 将官的首领,
你的话是金石良言句句是实情。
你这番话对我是及时提醒,
你所说的一切我定然听从。
我一定听从阿夫拉西亚伯的命令,
把世界海洋陆地全夺取到手中。”
他说到做到对那美女不再钟情,
起身迈步在高高的帅位坐定。
然后给阿夫拉西亚伯修书一封,
报告攻占了白堡及行止军情。
土兰之王见信内心极为欢畅,
苏赫拉布得胜他备加赞扬。
在伊朗方面霍斯陆见到书信,
看到信中所说情形忧在内心。
他下令召军中将军与谋臣上殿,
问计于臣属看他们有何高见。
于是一班文武应召而至,
来后坐在国王下手恭敬陪侍。
图斯、古达尔兹、格乌及卡什瓦德,
英勇的古尔金、巴赫拉姆和法尔哈德。
国王把信文向他们宣读一遍,
也提及对方阵中新来小将一员。
国王对众将说:“形势不妙,
此事颇费周折看如何是好?
你们看戈日达哈姆写的这信,

① 参见本书128页注①。

分明是无计可施为敌所困。
如今我们有什么对策方法，
伊朗何人能与此将厮斗拼杀？”
众口一词说格乌要走一趟，
去扎别尔请英勇统帅走上战场。
把这一消息向鲁斯塔姆传递，
说形势不好皇家京师告急。
应当赶快把他召向战场，
他是伊朗的支柱伊朗的屏障。
于是谋臣与文书官修书一封，
说请你速来有紧急的军情。

三十二　卡乌斯致信鲁斯塔姆

国王传旨文书官修书一封，
写信给鲁斯塔姆通报军情。
开头先向勇士表示慰问之情，
说：“你有睿智的头脑开阔的心胸。
你可知土兰军队前来进犯，
统帅中军的乃是小将一员。
他率领军队进占了白堡，
截断退路不让堡中军民外逃。
这员战将能征惯战举世无双，
他勇猛如同雄狮体如战象。
在伊朗找不到何人与他匹敌，
只有你才能与他交战一试高低。

你是将门虎子有雄狮之勇，
马刀举处使敌人胆战心惊。
你是光荣的勇士四海扬名，
你是骄傲的将军威震天庭。
你是著名的统帅战象般的英雄，
勇士中的魁首众将中的明灯。
世界上有谁能与你相比，
对人对国扶危济困急公好义，
你是伊朗勇士心目中的依靠，
你强劲的手臂如同雄狮巨爪。
你曾攻克马赞得朗城池，
你曾砸开哈马瓦兰牢狱①。
你的大棒一挥太阳为之哭泣，
你钢刀一举火星也为之战栗。
拉赫什蹄下灰尘能搅浑尼罗河水，
巨大的战象也不敢与你为仇作对。
你抛出套索能使雄狮低头，
你刺出一枪能把山石刺透。
你几次三番救伊朗出于危难，
勇士们因有你而感到光荣体面。
感谢末日清算定人善恶的造物主，
他加惠于戈尔沙斯帕②、尼拉姆及萨姆。
让他们有你这样的后代儿孙，
有狮子般的勇敢和一颗纯洁的心。
我愿命运相助能与你见面，

① 卡乌斯在马赞得朗及哈马瓦兰两次遇难都是鲁斯塔姆把他搭救。
② 戈尔沙斯帕是鲁斯塔姆的高祖。

愿你永远如意心安体健。
因为平空遭到一场灾难，
想到此事我便心头愁烦。
现在，勇士们都在殿上议论，
读了戈日达哈姆告急的信文。
众位勇士都献计献策异口同声，
说让格乌送信把你相请。
现在请格乌把信传送给你，
信中通报如今形势十分危急。
信到之时不论是白天还是夜晚，
不必细问详情以免耽搁迟延。
接信后万请即刻启程动身，
哪怕手上有花也不要去闻。
纵令信到之时你已安眠，
也快快起身片刻也勿迟延。
现在就需要你率领你的精兵，
开出扎别尔为国家兴师出征。
我们从戈日达哈姆信中的消息，
得知除你以外无人与此将匹敌。
再一次请你见信后火速出征，
率兵赶赴战场切勿贻误军情。”
写好书信在信封上盖印加封，
芬芳的香料早已调和到印泥之中。
加盖印章后把信交给格乌，
让他火速前往片刻不得延误。
国王对格乌说：“你千万紧赶，
跨上坐骑后就快马加鞭。
当你赶到扎别尔见到鲁斯塔姆，

不要歇息停留不要耽误。
你若夜里赶到天明便应回程，
对他讲这是十万火急的军情。
他若不如期赶到这小将定然进军，
顽敌压境切不可掉以轻心。”
格乌取过书信即刻启程，
马上餐饮中途也不宿营。
日夜兼程似迅风一样紧赶，
忘却饥渴飞马穿越关山。
当他快要到达扎别尔之际，
早有探马向鲁斯塔姆报告消息。
说从伊朗方向飞驰来一人一骑，
他胯下战马一路奋飞扬蹄。
鲁斯塔姆连忙率众前来欢迎，
身后是一群头戴冠缨的武士英雄。
格乌一见立即跳下战马，
众勇士也一个个下马寒暄搭话。
鲁斯塔姆也下马站到平地，
问询国中情形问候国王起居。
一行人前后来到鲁斯塔姆的大殿，
落座后互相致意彼此寒暄。
格乌寒暄后递上书信，
把苏赫拉布描述一番说是位新人。
他告知鲁斯塔姆国中消息，
然后又把带去的各种礼品呈递。
鲁斯塔姆听了他的话把信看毕，
放声大笑但同时感到惊奇。
他说：“居然有位勇士出现在世上，

论相貌身躯与萨姆一模一样。
他若生在伊朗勇士中本非意外，
但土兰竟有这般人物令人奇怪。
不知造物主造就此人是何用意，
不知这土兰勇士出自何家门第。
无人得知哪里是他的家乡。
我也不知此将来自何方。
我与萨曼冈公主结亲有一子降生，
但此子尚幼未到成人年龄。
我那孩子还不懂作战兴兵，
也不能决定进退把利害权衡。
我曾托人为他捎去珠宝金银，
捎去财物礼品交给他的母亲。
细算起来我那心肝宝贝，
还不到领兵作战沙场搏斗的年岁。
苍天日夜回转，岁月悠悠，
他总共在世上度过十四个年头。
这小小年纪还不能与对手交锋，
也不能觥筹应酬饮酒行令。
他如今真可谓乳臭未干，
定然是喜怒无常幼稚冥顽。
当他成年以后似雄狮样来到这里，
众多的勇士都要在他面前屈膝。
但按你所述这新来的小将，
现在率兵前来进攻伊朗。
他居然能把哈吉尔马上生擒，
用套索把他身体牢牢捆紧。
这样的事我儿尚不能完成，

虽然他定然是膂力超人的少年英雄。”
格乌听了鲁斯塔姆的话这样回答：
“说不定这番前来的小将是他。
他身躯高大有如翠柏一棵，
手持大棒，马鞍挂一副套索。
他臂膀强劲浑身力大无穷，
伸出手去能摘取天上星星。
这次如若是他倒无何可惧，
这分明是真主要把敌人置于死地。”
这时鲁斯塔姆对格乌提议，
说：“勇敢的将军你万夫不敌，
来，来，让我们去到大殿的月台，
到达斯坦的大殿痛饮开怀。
让我们议论有何应对之方，
看土兰这位是哪里来的大将。”
他们一行人来到达斯坦厅堂，
勇士鲁斯塔姆感到光荣心情欢畅。
他与格乌来到尼拉姆宫殿，
暂忘紧急军情得到片刻安闲。
格乌对鲁斯塔姆重新叙礼，
说：“你是天下英雄所向无敌。
江山社稷全仗你鼎力辅佐，
靠你之力皇冠才不致滚落。
卡乌斯国王对我早已有言在先，
说到了扎别尔千万不得迟延。
夜间赶到拂晓就应回程，
要切记这里的紧急的军情。
现在，光荣的勇士自豪的英雄，

我们应该赶赴伊朗立即出兵。”
鲁斯塔姆说:“你何必如此来去匆匆,
到头来我们都长眠在黄土之中。
今日既得欢乐权且欢乐开心,
何必系念卡乌斯与他的将军。
让我们享受一时清闲对叙畅饮,
啜饮几杯滋润干裂的双唇。
然后我们再一同去晋见国王,
前去伊朗奔赴两军的战场。
除非命运不济不得天时,
否则这区区小事何足挂齿?
烈火虽然喷吐熊熊的光焰,
但当大海波涛袭来也会化作飞烟。
人们只要远远看到我的战旗,
欢宴上的宾客也会愁烦忧郁。
那貌像扎尔之子鲁斯塔姆的小将,
他善使刀枪与挥舞狼牙大棒。
他像勇士萨姆一样英勇善战,
机智剽悍像山石一样威严。
他决不会如此迅速地推进,
因此,我们不必为此事担心。”
于是他们开怀痛饮举杯在手,
耳闻丝竹之声把国王忘到脑后。
次日清晨鲁斯塔姆昏沉中起身,
还要备办酒宴下令给治膳的近臣,
那天也是整日沉醉欢歌畅饮,
第二天仍无意启程动身。
鲁斯塔姆仍命人准备酒宴,

顷刻间美酒佳肴一一备全。
酒足饭饱众勇士一道畅叙，
清音悦耳乐工把丝竹调理。
眼看这时间又过去了一天，
仍然是美馔豪饮传杯递盏。
这第三天也是从早到晚杯酒斟酌，
忘掉了卡乌斯，只顾寻欢作乐。
到了第四天格乌一早起身，
开言劝告那神勇的将军。
说："卡乌斯性格暴躁刚愎自用，
此事不小，他要责你我贻误军情。
他会极端不满暴跳如雷，
责备我们在此恋盏贪杯。
我们在扎别尔斯坦多留一天，
卡乌斯的日子就多一分艰难。
国王陛下就会对我们严加究问，
满腔愤怒也会转变为仇恨。"
鲁斯塔姆说此事不必多虑，
在世上还无人敢对我们乱发脾气，
于是他下令把拉赫什鞍鞯备好，
大军启动号手吹响号角。
军士们听到启动的号声响起，
赶来集合全身披挂整齐。
鲁斯塔姆率领重兵出征，
勇士扎瓦列在军前领兵先行。

三十三　卡乌斯怒责鲁斯塔姆

鲁斯塔姆率领重兵赶来勤王，
这边众勇士奔驰一日迎候在路上。
图斯及卡什瓦德家族的古达尔兹，
见到鲁斯塔姆立即下马迎接勇士。
鲁斯塔姆一见也弃马离鞍，
与众勇士致意问候寒暄。
他们一行人前来晋见国王，
为王分忧,心中安然欢畅。
他们见到国王便上前行礼问安，
国王竟勃然大怒不搭一言。
卡乌斯双眉紧蹙怒气难消，
像一头怒狮一般高声吼叫。
他开头向格乌一声高喊，
不顾礼节也不顾国王的尊严。
说:“鲁斯塔姆究竟是什么人，
胆敢见旨不行傲慢欺君。
如果现在我手边有一把钢刀，
我会手起刀落把他人头砍掉。
你们把他捉住活活送上绞架，
从此任何人也不要向我提他。”
国王的话刺得格乌的心灼痛，
他竟要下此毒手结果勇士性命。
国王对格乌、鲁斯塔姆大发雷霆，

左右人等都哑口无言感到震惊。
国王真对图斯下了一道命令，
说快把这二人拉上绞架送终。
卡乌斯说完起身拂袖而去，
如火烧苇丛立时浓烟四起。
图斯一把抓起鲁斯塔姆的手臂，
此举使在场勇士感到十分惊奇。
他是想拉开鲁斯塔姆暂时躲避，
以免国王盛怒之下再受委屈。
谁知鲁斯塔姆也义愤填膺，
他对国王说："你且慢发怒逞凶。
你的举措行为一桩不如一桩，
凭才干你本不应称君为王。
你虽头戴王冠但你根本不配，
与其戴在你卑微之头不如扣在蛇尾。
我是著名勇士扎尔之子鲁斯塔姆，
像你这样的国王我不屑一顾。
有本事何不去绞死苏赫拉布，
何不去阵前把袭来的顽敌截堵。
埃及、中国与哈马瓦兰，
罗马、萨格萨尔与马赞得朗，
都屈服我钢刀与弓箭的威力，
见到我的拉赫什都纷纷低头回避。
在世上你靠我之力才得生存，
如今为何心中对我充满仇恨？"
他举手往图斯手上猛击一掌，
这一掌有千钧之力，他真似一头怒象。
图斯被打突然跌倒在地，

鲁斯塔姆跨过他身体扬长而去。
他出门跨上自己的战马拉赫什，
口中说："江山靠我打下，我力敌雄狮，
我怒来时不把卡乌斯放在眼里，
图斯也要抓我他算什么东西。
真主佑助我成功造物主赋予我神力，
我的力量不靠国王也不靠军旅。
头盔是我王冠拉赫什是我宝座，
大棒是我权杖大地是我王国。
我的伴侣乃是长枪与大棒，
我是国王的依靠国王的臂膀。
我钢刀闪光把黑夜照亮，
钢刀举处人头纷纷落在战场。
他因何责我我不是他的家奴，
我鲁斯塔姆只是主的奴仆。
勇士们也曾要求我为王登基，
授我以王冠宝座让我主宰社稷。
但我对王位从来不存野心，
我恪守为臣之礼遵循古训。
如若我登上宝座称帝为王，
岂容你今日如此暴躁逞狂。
上面所说一切我都当之无愧，
你本应感恩知德报答我的恩惠。
我曾力保凯哥巴德登上王座，
卡乌斯岂可轻易发怒如此对我？
哥巴德在厄尔布尔士山处境悲惨，
是我前去把他救出厄尔布尔士山。
如若不是我把他带到伊朗，

如若不是我为他效力挥舞刀枪，
你也不会像今日如此作福作威，
把萨姆与扎尔的后人怪罪。
如若当初我不去马赞得朗，
不去斗妖魔和挥舞手中大棒，
谁去为你搏斗把白妖击毙，
谁给你带来希望带来转机？”
鲁斯塔姆如此侃侃而谈，
又回过头来把勇士们规劝。
他说：“勇士苏赫拉布向伊朗进军，
大军到处不分贵贱玉石俱焚。
你们每人都应自寻万全之策，
聪明人为何自投灾难网罗？
这伊朗从今后我永不返回，
你们愿意在此我要远走高飞。”
他挥鞭催马从他们身旁驰过，
五内生烟气得皮肤都要炸破。
勇士们见此情状痛苦难以描述，
他们似畜群鲁斯塔姆把他们放牧。
众人对古达尔兹说：“此事仍需你成全，
瓶儿摔碎得你使它再次复原。
你的话语国王愿意采纳，
你去说项国王一定听你的话。
你应去规劝那邪了心的国王，
晓以利害，劝他不要暴躁发狂。
你劝说他要好言好语入情入理，
或许他能及时醒悟回心转意。”
众勇士面面相觑围坐不动，

面对此情此景心潮起伏难平。
格乌、古达尔兹和狮子般的巴赫拉姆，
勇敢的骑手古尔金和鲁哈姆，
他们互相低声窃窃私语，
说国王早已忘记勇士们的功绩。
是鲁斯塔姆这顶天立地的英雄，
拯救了卡乌斯国王的性命。
他赴汤蹈火救驾于危难，
这样侠肝义胆稀世罕见。
我们跟随国王出征马赞得朗，
那里的妖魔把我们及国王捆绑。
他为救国王历尽千辛万苦，
撕碎魔鬼的心肝把他们铲除。
他救出国王兴高采烈辅佐他登基，
毕恭毕敬向他行君臣大礼。
另一次在哈马瓦兰又遭灾祸，
国王被敌人监禁备受折磨。
为救国王他杀了多少当地贵胄，
危难当头他连眉头都不皱一皱。
他又一次辅佐卡乌斯登基，
又一次在他面前恭行大礼。
如此赫赫功勋竟以绞刑作为封赏，
我们怎能不退步抽身，还报效国王？
但是今天正是国家用人之际，
前线军情一阵比一阵紧急。
我们不能眼看敌军长驱直入，
在他们面前无兵将去截堵。
如今鲁斯塔姆受屈负气，

向扎别尔斯坦奔驰而去。
没有他我们怎么出兵征战，
出兵征战也会败在敌人面前。
现在最好有人出面去解劝，
劝解勇士暂消怒气再次返还。
卡什瓦德之子古达尔兹出面，
去见卡乌斯国王当面陈言。
他说:“鲁斯塔姆可有何过错？
这岂不是把伊朗断送折磨？
难道陛下忘记了哈马瓦兰？
也忘记了群魔乱舞的马赞得朗？
你为何说把他活活押上绞架，
君无戏言你岂可口出此话？
你如此对待鲁斯塔姆实为不公，
一国之君此举实在不近人情。
他拂袖而去敌方重兵压境，
敌人气焰高涨似豺狼般无情。
两军相遇你派何人奔赴战场？
哪员将官能把顽敌阻挡？
戈日达哈姆已详告前方军情，
众将官也已一五一十听清。
军情报告说我方千万要小心，
不要与敌方那位勇士对阵。
这时，谁责备鲁斯塔姆这样的将军，
那他一定缺心少智头脑发昏。
国君应睿智多谋明察事理，
遇事应该制怒暴躁于事无济。”
国王听了古达尔兹一番劝说，

知道他见解高超腹有良谋。
他十分悔恨自己出言不慎，
由于脾气暴躁而头脑发昏。
对古达尔兹说："这全是金玉良言，
老者开口劝人胸有真知灼见。
请你速去把鲁斯塔姆追赶，
赶上后好言好语宽慰解劝。
劝他不要因我出言不当而气愤，
劝他多想我们往日君臣的情分。
千万把他追回带到我面前，
这样我心头的乌云才能驱散。"
古达尔兹领命马上前去追赶，
循踪而去力劝勇士息怒返还。
军中将军都与他一道前往，
行色匆匆奔驰在追赶勇士的路上。
当远远看到巨象般勇士身影，
便立即赶上前去把他围在当中。
他们对鲁斯塔姆开口赞扬，
说："愿你内心充满光辉长活世上。
愿天下都在你治下万民顺从，
愿你统管四方天下太平。
你本深知卡乌斯是无头脑的君王，
遇事暴躁如雷行止全无主张。
他说了那番话登时便感悔恨，
他希望你不要介意把旧情重温。
如若国王得罪了你鲁斯塔姆，
但伊朗的百姓可无何错处。
人们会想他一走抛下伊朗都城，

退步抽身不再理会人世纷争。
如今他已深悔自己讲话失当，
自己暴躁无理把你冲撞。”
鲁斯塔姆闻言这样回答：
“卡乌斯与我何干我无需理他。
头盔是我王冠战马是我宝座，
铠甲是我皇袍一死忠心报国。
在我眼中卡乌斯不啻一把黄沙，
他暴跳如雷我就感到惧怕？
国王既然已经对我口出不逊，
就不应责我言语无礼胆大欺君。
是我几番奋力救他出于灾难，
辅佐他登基为王主宰江山。
我曾力战马赞得朗的妖魔鬼怪，
也曾在哈马瓦兰把国王战败。
当我看到他为敌所执身陷敌手，
是我救他脱离险境重获自由。
他冥顽不灵又兼专横暴戾，
胸无点墨完全不懂人情道理。
如今我心灰意懒情绪厌倦，
我只敬造物主，对谁也不婢膝奴颜。”
古达尔兹等他把话讲完，
然后开言这样把他解劝：
“你愤而出走当然是事出有因，
但国王与勇士们难免有所议论。
他们会说这是否害怕土兰小将？
人们会窃窃私语说短道长。
说人们听了戈日达哈姆的叙述，

一个个不敢交战吓得面色如土。
连鲁斯塔姆也惧怕与他作战，
你我之辈见到他如何能上前？
人们见国王态度无礼举止傲慢，
也是内心不满私下颇有微言。
提到苏赫拉布都面现恐惧，
此时此刻你不应把伊朗国王背弃。
形势危急你千万不要拒不回程，
返回伊朗人们会更加赞扬你的英名。
敌军逼近国事已到危难之秋，
千万不能抛弃这江山不效力出谋。
土兰人给我们带来羞耻屈辱，
按纯洁的信仰也不能袖手不顾。”
他滔滔不绝地对鲁斯塔姆苦苦相劝，
鲁斯塔姆低头沉吟不发一言。
后来他对古达尔兹这样说道：
“我也曾东走西闯南征北讨。
你深知我从来不会临阵脱逃，
现在是国王对我无理粗鲁暴躁。”
鲁斯塔姆见众人解劝不能不听，
于是他只好返回国王王宫。
他强压下愤怒掉头回程，
大模大样步入国王的王宫。
国王见他前来立即起身相迎，
连声致歉出语冒犯态度不恭。
说：“我这是天生的粗暴脾气，
禀性难移常常对人失礼。
又兼听到土兰来将恶劣凶顽，

我心紧缩得如同新月一般。
于是下书请你前来出阵拒敌，
不期你来迟一步我动了怒气。
我岂忘记你是我大军的依靠，
我登基为王你是我王朝的骄傲。
我日日举杯遥祝你平安健康，
你的深恩我日夜铭记不敢或忘。
我称君为王全凭你鼎力辅佐，
我们本为同宗先人乃是贾姆席德。
你赴汤蹈火临危慨然赴难，
只要你一人为臣我也感到心安。
勇士啊，今天确实对你有所冒犯，
悔之不及，让泥沙把我这嘴填满。”
鲁斯塔姆闻言说：“陛下是天下之君，
我们谨遵王命是陛下阶前之臣。
我在陛下阶前只是一名臣仆，
能为陛下臣仆我便心满意足。
现在我来到殿前请陛下颁令，
陛下君临天下我甘心服从。”
卡乌斯一听连忙说：“我的勇士，
愿你的心中永远充满理智。
我意今天我们摆开宴席，
待到明日我们再共议军机。”
于是顷刻间布置了宫廷酒宴，
大厅中气氛似热闹的春天。
请来公卿贵胄出席酒宴，
添彩助兴遍撒珠宝银钱。
美妙的笛音伴奏着阵阵歌声，

如花的美女在国王面前舞步轻盈。
传杯递盏直饮到半夜时分，
且饮且谈人们高兴地谈古论今。
夜幕低垂人们已酒足饭饱，
王公贵人一个个直饮得昏头昏脑。
一个个酩酊大醉起身回家，
只剩下巡夜值更人不得闲暇。

三十四　卡乌斯与鲁斯塔姆率兵迎敌

当太阳撕破蒙头的黑纱，
顿时放射出漫天的彩霞。
卡乌斯给格乌与图斯传令，
战鼓绑到骆驼背上准备出征。
他下令打开库门犒赏三军，
备好辎重粮秣分兵列阵。
指派将官又选了十万精兵，
一个个武艺高强惯战能征。
大军浩浩荡荡开到城外，
马走灰扬尘土把阳光遮盖。
大军开出两米尔之地扎营，
战马骆驼往来空际尘土飞腾。
鼓声阵阵把田野震撼，
烟尘蔽日遮得天昏地暗。
大队启动一站接一站前行，
阳光被遮蔽天地晦暗不明。

尘埃中飞镖闪闪发出光芒，
似蓝色的帐幕后的火光。
各色战旗中掩映着各种长枪，
金色盾牌与金色靴鞋闪着黄光。
恰似一团乌云翻滚在天际，
把金黄色的雨点遍洒在大地上。
入夜灯火齐明照得亮如白昼，
分不清哪里是灯火哪里是星斗。
大军一路行来接近白堡寨门，
铺天盖地到处是军马人群。
这边瞭望兵士一见大喊一声，
连忙向苏赫拉布报告军情。
苏赫拉布听到士卒的喊声，
忙跨上战马出来观察动静。
他指点着敌军对胡曼开言，
说看这众多的军旅无际无边。
胡曼遥见开来这么多大军，
心中一震吓得他低头沉吟。
苏赫拉布一见连忙把他鼓励，
说:“不必担心,此事毫不足虑。
你看来人虽然将广兵多，
但我看真正的好汉没有一个。
纵然他上苍降恩日月相助，
也不见得有人能与我战场比武。
休看他刀枪如林人多势众，
但来人中未必有一个知名英雄。
我托阿夫拉西亚伯洪福，
让他们兵败战场血流漂杵。”

苏赫拉布见了敌军毫无惧色，
他跳下战马越发开心欢乐。
他让侍酒官摆下酒宴，
泰然自若似乎尚未遇敌迎战。
摆开酒席大营中觥筹交错，
文官武将陪伴他饮酒作乐。
这时对方已经扎下了国王的皇营，
皇营四周布置好守卫的亲兵。
大军连营一座紧接一座，
远山近水全被座座军营淹没。

当天色将晚太阳落山，
暗夜的皂裙把日月之光遮掩。
鲁斯塔姆来到国王面前，
渴望征战搏斗紧束腰带衣衫。
他说请陛下传令派我前往，
不戴冠冕我愿微服私访。
去看这新来之将究系何人，
何人挂帅何人辅佐中军。
卡乌斯说此事悉听尊便，
将军晓畅军机体格强健。
只求天神保佑你如意平安，
顺利完成使命速去速还。
鲁斯塔姆换了一身土兰衣裳，
暗暗前行接近对方哨兵近旁。
当他一步一步来到堡门之下，
听到土兰兵卒高喊与讲话。
勇敢的好汉侧身潜入堡垒之中，

像雄狮步入鹿群毫不心惊。
他看到高坐在上的众多将领，
神采飞扬面似鲜花般殷红。
正看之际勇将苏赫拉布走出，
有时还走近鲁斯塔姆隐蔽之处。
出征时苏母曾嘱托让德拉兹姆，
因为他在酒席宴上见过鲁斯塔姆。
他本是萨曼冈国王之子，
论辈份还是苏赫拉布的舅父。
苏母对让德拉兹姆叮咛嘱咐，
说:“请你与外甥一起上路。
当他率军到达伊朗国境，
遇到伊朗国王与敌交兵。
当厮杀之时两军彼此接近，
你要指给孩子谁是他的父亲。”
此时，鲁斯塔姆见苏赫拉布端坐上方，
让德拉兹姆陪坐在他身旁。
此外作陪的还有勇士胡曼，
著名勇士包尔曼也在近前。
苏赫拉布气盛群雄谈笑风生，
他身材魁梧如一棵高大青松。
双臂粗壮如同骆驼的双腿，
腰如雄狮面孔气血充沛。
他身边还有一百名土兰勇士，
个个昂首挺胸有如雄狮。
五十名美女翩然跳起环舞，
欢畅的勇士面前飞旋着轻盈舞步。
人们乘兴高谈啧啧称赞，

称赞苏赫拉布身材高大身手不凡。
鲁斯塔姆把身形隐蔽在暗处，
坐在地上看着土兰人的酒席歌舞。
这时让德拉兹姆起身离席前去方便，
猛抬头见面前出现一个树般的大汉。
他寻思这军中还没有这样之人，
于是走上前去把他询问：
“你是什么人？快快对我说，
到亮处来,让我看清你是哪个。”
鲁斯塔姆一拳把他击倒在地，
他登时丧命灵魂飞离了躯体。
让德拉兹姆直挺挺地躺在平地，
再不能搏斗也无法出席宴席。
苏赫拉布等了好长的时间，
只见让德拉兹姆离席再不见他返还。
他命左右快快去查看一番，
因何让德拉兹姆一走不见回还？
左右见让德拉兹姆僵直地倒在地上，
从此告别了酒宴告别了战场。
他们喊叫着急忙赶去回禀，
见他死去都动了思念之情。
人们对苏赫拉布说出了大事，
让德拉兹姆被打倒在地已死多时。
苏赫拉布闻言大惊起身离席，
站起身来飞也似的来到出事之地。
他身后跟着执烛的仆人与乐工，
见让德拉兹姆躺在地上直挺僵硬。
苏赫拉布见状十分惊奇，

他连忙把众勇士召集到一起。
苏赫拉布对勇士嘱咐叮咛，
说:“列位个个是勇士人人是英雄。
今夜你们可不能安然睡觉，
要机警清醒枪尖儿高挑。
这似乎是豺狼潜入了羊群，
见猎人与猎犬正作乐开心。
那豺狼从羊群掠走一只羔羊，
这样悲惨地把他打倒在地上。
愿造物主冥冥之中把我佑助，
让我的战马踏平敌人国土。
我要从鞍韂摘下套索向空高抛，
抛出套索为让德拉兹姆雪耻报仇。”
说完,他又坐在自己的帅位，
召唤勇士文臣两厢作陪。
说虽然让德拉兹姆从我帐中离去，
但我们不要因此而罢宴撤席。
且说鲁斯塔姆返回面见国王，
正赶上格乌在阵前率兵巡防。
格乌远远只见一个身影走近，
便伸手拔出匕首等候来人，
突然,他怒象一般一声大吼，
伸手把盾牌高举过头。
鲁斯塔姆心知已到伊朗军中，
今晚是格乌当班巡视大营。
他哈哈一笑便高声答话，
格乌听到声音知道是他，
慌忙下马走到他的近前，

说将军深夜至此有何贵干？
夜色已深将军何故徒步而来，
鲁斯塔姆开口解释说请勿见怪。
他把始末情由讲了一遍，
说在敌营一拳打死一个将官。
格乌对他连声赞扬称颂，
说你是我们军中不可或缺的英雄。
鲁斯塔姆告别去向国王回禀，
禀告亲见的土兰人及欢宴情形。
说到苏赫拉布魁梧的身躯，
强劲的腰身及坚强的双臂。
并且说我看他不像土兰之人，
长得似翠柏一般挺直的腰身。
伊朗土兰实在无人与他相比，
酷似勇士萨姆,不差毫厘。
还提到一拳把让德拉兹姆击倒在地，
拳下命丧,让德拉兹姆登时倒毙。
他们边说边饮鲁德琴奏出乐曲，
通宵达旦欢饮畅叙毫无倦意。

三十五　苏赫拉布向哈吉尔讯问伊朗将官姓名

当太阳高举起金黄色的盾牌，
在天际放射出夺目的光彩。
苏赫拉布收拾停当全身披挂，
一跃便翻身跨上青色战马。

一把印度的战刀系在腰间，
一顶皇家王冠金光闪闪。
盘了六十圈的套索挂在马鞍韂后，
他面色威严紧皱一双眉头。
他来到一处陡峭的山坡上，
在这里能把伊朗军情瞭望。
他下令把哈吉尔带到面前，
说："要有问必答不能胡说谎言。
箭靶要放正，不偏不倚，
箭靶歪歪扭扭箭头难于中的。
为人处世要紧的是坦诚正直，
坦诚正直之人才不受损失。
我讯问什么你要实言以对，
万勿狡猾骗人播弄是非。
你若希望我能放你回去，
在众勇士面前不致名声扫地，
我问伊朗情况你应告以实情，
万勿徒施诡计自作聪明。
如若你坦诚相待句句是实话，
那时，我决不负你定然报答。
我会赏你无数的金银珠宝，
你会因此得到无数财产与锦袍。
你若说谎骗人要弄阴谋诡计，
那牢狱便是你永远栖身之地。"
哈吉尔对苏赫拉布这样回答：
"将军若向我询问伊朗军情，
我定然实言相告尽自己所知，
决不弄虚作假自讨苦吃。

我这人从来不讲假话骗人，
讲假话骗人不符合我的良心。
世间人情事理诚实最为可贵，
虚假是万恶之首惹是生非。”
苏赫拉布说：“我问的伊朗军情，
有关国王的一切以及文武公卿。
我要问到对方一个个知名人物，
像图斯、古达尔兹以及格乌。
像勇士古斯塔哈姆、巴赫拉姆，
还有著名的英雄鲁斯塔姆。
凡我问的你都要一一作答，
否则你休想活命推出便杀。
你看那五色斑斓的锦帐，
帐上绘有花斑豹的图样。
有战象百头拴在帐篷之内，
有一个青翠色宝座青中泛黑。
帐外一杆黄旗中有太阳图样，
紫色旗杆一弯金月点缀在杆上。
那是何人端坐在中军大帐，
你可知此人姓名快对我讲。”
哈吉尔说：“那便是伊朗国王，
为他守卫的乃是雄狮与战象。”
苏赫拉布又说：“看那右路大军，
有无数辎重战象和骑马之人，
那里营帐颜色一派青黑，
营帐外排列着士卒的方队。
中军帐外又有无数帐篷，
后有战象前有雄狮等待号令。

大帐外竖起的是一杆象旗，
足登金靴的勇士穿梭来去。
这位伊朗将官姓甚名谁，
他是哪方将领率哪方军队？”
哈吉尔答：“那是努扎尔之子图斯，
他的军旗上有战象的标记。
这名统帅原本是皇家之后，
光荣的勇士有能征善战的身手。
雄狮与他对阵也力不能敌，
王公都惧他三分纷纷向他献礼。”
苏赫拉布又问：“你看那红色营帐，
一彪军士在大帐前后往来奔忙。
帐前紫色大旗上有狮子图像，
旗上缀着珠宝闪闪发光。
大帐后面也有众多的兵丁，
一个个手执长枪盔甲严整。
你对我说那位将官的姓名，
弄虚作假我可决不容情。”
哈吉尔说：“此将乃是高贵勇士之光，
是卡什瓦德之子古达尔兹营帐。
他善于用兵临阵勇冠三军，
有八十如狮似象之子个个是嫡亲。
他身手不凡能力敌战象，
野虎山豹见他也无法抵挡。”
苏赫拉布又说：“你看那绿色大营，
伊朗的将官都在那帐下听令。
营中有一宝座富丽堂皇，
有一杆卡维军旗帐前飘扬。

在宝座之上有一位勇士端坐，
他身高体壮相貌威武仪表堂堂。
他坐着也显出身材高大魁梧，
比身旁站立的还高一头长相突出。
一匹战马在他身旁伺候站立，
这样的马天下找不出第二匹。
他开口讲话有如震耳的洪钟，
似波浪滔滔的大海咆哮翻腾。
他面前还有许多披甲战象，
这勇士似急不可待摩拳擦掌。
在伊朗这样的好汉举世无双，
他的套索从马背直拖到马掌。
他的旗上绘的是一条巨龙，
一头金狮点缀在他旗杆之顶。
你要告诉我这位勇士的姓名，
他开口讲话如同雄狮发出吼声。”
哈吉尔这时心中暗暗盘算：
我若指出鲁斯塔姆告他真言，
我若把鲁斯塔姆指给这位小将，
灾难或许降到鲁斯塔姆身上。
因此我最好对他隐瞒实情，
列举众将但不告他鲁斯塔姆其名。
他对苏赫拉布说：“这是中国将官，
近日来报效我王协助作战。”
苏赫拉布又问：“此将叫何名字？”
哈吉尔推说此人姓名我实不知。
苏赫拉布仍然紧追不舍，
说既如此你把他中国名字告我。

哈吉尔此时只好虚应支吾，
说将军明鉴在下确有难处。
前些日当此将来到我王宫廷，
我一直驻守在白堡之中。
我只猜想他是中国来的将官，
因见他辎重与兵器崭新耀眼。
苏赫拉布一听此言心中忧郁，
至此他还未得到鲁斯塔姆的消息。
他母亲曾向他描述父亲的相貌，
但父子无缘相会虽已远远看到。
他仍让哈吉尔报上敌将姓名，
或许有一个名字正符合他的心情。
但是命运早已把一切般般铸定，
铸就的命运无人能减无人能增。
命运好坏本系上苍安排决定，
世人只能俯首帖耳一切遵从。
稍停苏赫拉布又说:“你看旁边，
又有一座大营营中大将一员。
无数骑手与战象往来奔跑，
声声激越是号手吹起了号角。
他的战旗上绘有狼的图像，
黄色旗帜迎风高高飘扬。
在那营中安放了一个宝座，
成群仆役在主将四周来往穿梭。
你告我这员伊朗将官的姓名，
他家乡在何处出自何人门庭。”
哈吉尔说道:“他是古达尔兹之子格乌，
人们都称他为无敌勇士格乌。

他本出自高贵的古达尔兹家族，
他在伊朗军中地位显赫突出，
他是鲁斯塔姆的东床娇婿，
论地位在伊朗无人与他可比。”
苏赫拉布又说:“太阳升起的东方，
那里支起一座白色的篷帐。
那帐篷的质地都是罗马锦缎，
帐前骑手往来穿梭人数近千。
此外还有许多执枪的步兵，
营前营后还驻扎着大量兵丁。
一位将军端坐在象牙宝座上面，
宝座上还放了个柚木坐垫。
宝座四周装饰着华丽的锦缎，
一队队仆人伺候在他近前。
这位将军他叫什么姓名?
出身哪一个显贵的世系门庭?”
哈吉尔说:“他名叫菲里波尔兹，
是勇士中精英国王之子。”
苏赫拉布说:“我看这员将官，
确像凤子龙孙仪表体面威严。”
又说:“你看那边有一座黄色帐篷，
帐篷前一杆大旗招展迎风。
大营四周还竖起许多旗帜，
旗分红黄五色其中也有绛紫。
勇士前面的战旗有野猪图像，
他面如皓月生就高大臂膀。
你可知这位勇士的姓名?
你讲一讲他有什么特征。”

哈吉尔说:“这位勇士名古拉兹,
他骁勇无畏可力敌群狮。
他足智多谋是格乌之后,
逢伤痛艰难他从不皱眉头。”
一个意在寻父但不明言,
一个不讲实情有意隐瞒。
何必苦争,世上一切早经铸就,
吉凶祸福都是出自造物主之手。
铸就的命运处处违逆人意,
世人只有服从命运定而不移。
谁若在这逆旅般人世满怀期望,
他便处处碰壁辛苦备尝。
苏赫拉布又一次向哈吉尔提问,
问他想寻找的自己的亲人。
问到那好汉在绿营中端坐,
他的高头大马和盘绕起的套索。
哈吉尔回答说:“元帅明鉴,
我已尽所知相告未敢隐瞒。
如若有一中国将官我未报告,
那是因为他的名字我不知道。”
苏赫拉布说:“你在耍弄诡计,
鲁斯塔姆之名你尚未提起。
他是天下有数的好汉英雄,
大军出征岂可不闻他的姓名?
你说过他是军中一员主将,
何处御敌他总要走上战场。
既然卡乌斯国王亲自率兵来战,
用战象驮来他的宝座与王冠,

当田野上出征的鼓角齐鸣，
天下闻名的好汉理应做大军先行。”
哈吉尔这样回答苏赫拉布，
说：“对方军中或许找不到鲁斯塔姆。
他现在可能正在扎别尔斯坦，
寻欢作乐在明媚的花园。”
苏赫拉布说：“此言不近情理，
当国王陛下率兵亲赴军机，
勇士们都争先恐后赶来勤王，
勤王出战他们来自四面八方。
天下闻名的英雄岂能袖手旁观，
上下老少怎会不把他责难？
今天，我要你说话一言为定，
无需多费唇舌好汉之言明确坦诚。
如若你指出谁是鲁斯塔姆，
我定然有赏保你高官厚禄。
我赏你一生用不尽的财产，
打开库门任凭你亲自拣选。
但是如若隐瞒这应说出的秘密，
你执意不讲对我不透露消息，
那么我就下令把你开刀问斩，
两条道路由你自己权衡挑选。”
有位贤哲对一个国王说出言宜慎重，
当人开口讲话揭示一事真情，
他说话语未出口贵似珍珠，
一颗天然的珍珠尚未从蚌中取出。
当珍珠被取出剥离了蚌壳，

虽仍晶莹玉润但已不是无价之宝。[①]
哈吉尔对苏赫拉布这样开言，
说："将军想必对王冠宝座感到厌倦。
因此，你才会找这样的勇士作战，
他搏斗时能把怒象一举打翻。
你若领教过他强劲的手掌，
见识过他的气概和有力的臂膀，
就会知道见到他谁也休想逃脱，
不论是狼虫虎豹还是恶鬼妖魔。
当他挥舞千钧之力的大棒，
二百名武士在他面前也无法抵挡。
谁若是能与鲁斯塔姆较量一番，
他会骄傲得把头扬到青天。
在世上战象都不能与他匹敌，
他马蹄下的灰尘能把尼罗河遮蔽。
他身强力壮有百条好汉的膂力，
扬一扬头与大树比试高低。
当他战斗在疆场乘兴厮杀，
兽中狮象人中好汉个个惧怕。
纵然他的对手是顽石花岗，
在战场上也不能把他阻挡。
鲁斯塔姆的身手天下闻名，
世上的英雄好汉个个知情。
当他把印度的战刀愤然高举，
凭将军之力无法与他匹敌。
世界上还未见谁有这样的膂力，

① 这三个联句是诗人的感慨。

能把那沉重的大棒高高舞起。
中国的统帅阿夫拉西亚伯，
有一群土兰的勇士把他辅佐。
但当鲁斯塔姆举起复仇的钢刀，
他们便似头上着火四散奔逃。”
苏赫拉布闻言这样回答，
说："卡什瓦德古达尔兹着实不幸。
他竟生了你这样的儿子，
是个无能之辈无勇无智。
你哪里见识过好汉英雄，
你哪里听到过骏马的蹄声。
你喋喋不休地吹捧鲁斯塔姆，
一项一项历数他的长处。
见到鲁斯塔姆时想起你今日之言，
我的心似风吹大海掀起波澜。
你吹嘘鲁斯塔姆似一团烈火，
那是因为大海未掀起巨浪洪波。
当蔚蓝的大海掀起洪波巨浪，
一团火焰岂能再逞凶狂。
当太阳放射出灿烂的光焰，
黑夜就藏头缩尾收敛气焰。”
勇士苏赫拉布气势汹汹，
内心忧郁嘴上说个不停。
哈吉尔缺少经验犹疑不定，
心想我若把鲁斯塔姆特征讲明，
如若我把鲁斯塔姆指给了他，
就凭他这矫健的身手和战马，
他定然率一支兵前去进击，

攻击鲁斯塔姆大营出其不意。
他有这样的膂力与身手，
鲁斯塔姆怕在他手下遭殃。
到那时我们军中便感空虚，
到战场上便再无人与他匹敌。
伊朗军中再无足以对阵的将官，
他伸出手去便直取卡乌斯王冠。
哈吉尔心想我宁可光荣牺牲，
也不愿为敌效劳苟且偷生。
如若我死在苏赫拉布手中，
白日不会变黑河水不会变红。
我死了古达尔兹还是儿子成群，
还有七十九个如狮的后人。
还有勇冠三军的大将格乌，
危难之际他出阵拼斗左冲右突。
巴赫拉姆鲁哈姆光荣的勇士，
有英勇善战的猛狮席都什。
我死后他们还会为国效力，
奋不顾身搏斗抵御顽敌。
古达尔兹以及他的八十个勇士，
他们都愿尽忠国家疆场效死。
我若死去伊朗会损失什么？
我曾听一个贤哲这样说过：
当青草坪上长出巍巍劲松，
山鸡便不再光顾杂乱的草丛。
这样一想他便说："此事真正离奇，
你为何屡次把鲁斯塔姆提起？
你与他究竟有何种仇恨？

我实难奉告你徒然苦苦追问。
鲁斯塔姆在何处我确不知情，
你可以一怒断送我的性命。
你不应一心渴望拼斗厮杀，
而且还托词掩饰不讲实话。
与鲁斯塔姆相逢你不会取胜，
此事不易你不应想得过于轻松。
你还是不要寻衅向他挑战，
否则你会惨败在他面前。”

三十六　苏赫拉布袭击卡乌斯大营

听哈吉尔之言近于无理，
勇士之首便不正面看他背过脸去。
他转脸不语一言不发，
对方隐瞒了实情没讲真话。
突然，他举起拳头朝哈吉尔猛击，
打倒哈吉尔他立即回营而去。
他思绪繁多心中充满忧愁，
反复思索想着即将到来的战斗。
他心中充满愤恨整装披挂，
把一顶黄金王冠从头上摘下。
全身穿好甲胄防备敌人刀枪，
拿一顶罗马头盔戴到头上。
他带好强弓套索与长枪，
还拿上神鬼惧怕的大棒。

他义愤填膺双颊涨得通红，
跨上战马立即向前奔腾。
战马呼啸而去如山崩地陷，
直扑战场如同怒象一般。
他奔驰而出渴望厮杀征战，
马蹄下的灰尘直冲霄汉。
转眼间他已冲到敌营之中，
眼看威胁了卡乌斯大营。
接近大营之后高举长枪，
枪尖儿挑起中军大帐。
这边的勇士如狼见狮子一般，
个个面现惧色不敢上前。
伊朗的勇士们在旁观望，
无人敢上前把他抵挡。
人们见他手执马缰足踏马镫，
都惧怕他神力与长枪的威风。
伊朗的勇士围聚在一起，
都说此将与鲁斯塔姆无异。
无人胆敢上前正面阻拦，
无人胆敢挺身而出与他争战。
这时苏赫拉布高喊一声，
叫一声卡乌斯历数他的罪行。
他说："呔，你听着卡乌斯国王，
你也配领兵来到两军战场？
你怎么配叫凯卡乌斯①，
战场上你无法力敌雄狮。

① 凯卡乌斯即凯扬王朝国王卡乌斯。

我只消抖动我手中长枪，
就让你手下兵将四散逃亡。
当让德拉兹姆被害在酒席宴前，
那晚我已当众立下誓言：
我要斩尽伊朗的将官兵丁，
我要用绞架给卡乌斯送终。
伊朗勇士哪一个手段高强，
来来来，与我在战场比武较量。
英勇的格乌、古达尔兹、图斯，
古斯塔哈姆、菲里波尔兹，
骑士鲁斯塔姆天下的名将，
还有赞格勇士举世无双。
他们如今安在？何不来逞一逞威风，
让我们在这战场上一决雌雄。”
他这厢声声喝喊高叫挑战，
伊朗方面鸦雀无声无人搭言。
这时苏赫拉布又驱马前行，
眼看逼近伊朗的中军大营。
他一探身枪尖只轻轻一拨，
大营的七十颗地钉颗颗松脱。
那营帐的一角已经倒塌倾斜，
四面号角嘶叫声声不歇。
卡乌斯一见大惊失色高声喊叫，
说高贵的勇士们大事不妙。
快去人告知鲁斯塔姆，
说这个土兰人谁也无法对付。
我手下勇士无人与他匹敌，
伊朗无人能把他阻挡抵御。

图斯领命去向鲁斯塔姆传递消息，
向那勇士传达国王的心意。
鲁斯塔姆说凡是国王传唤，
不是命我去搏杀就是召我赴宴。
但卡乌斯国王却与他人不同，
他下令必然是命我领兵出征。
于是他下令备好拉赫什骏马，
又命令兵丁儿郎准备上阵厮杀。
鲁斯塔姆从帐中向外观看，
只见格乌驰马飞掠过草原。
鲁斯塔姆整一整拉赫什的马鞍，
古尔金在旁催促不要迟延。
鲁哈姆把他的大棒紧紧绑牢，
图斯也已把他的铠甲穿好。
他们彼此催促说刻不容缓，
鲁斯塔姆在帐中已听到叫喊。
心想这岂不是去斗魔鬼阿赫里曼，
只一个人便吓得全军乱作一团？
他迅速穿好自己的虎皮战袍，
用御赐的腰带紧束起身腰。
他跨上战马拉赫什冲上前去，
扎瓦列留守营中代理军机。
鲁斯塔姆说你任留守不可轻动，
等我派人向你驰报军情。
兵丁高擎战旗，战旗高高飘扬，
鲁斯塔姆威风凛凛奔赴战场。
鲁斯塔姆见苏赫拉布身躯臂膀，
像勇士萨姆一样魁梧雄壮。

他对苏赫拉布说我们到那边战场，
那边是块空地平坦宽敞。
苏赫拉布心中不禁怒气冲冲，
听了来将之言催马向前移动。
他掠过敌兵队伍直奔战场，
一心要拼斗不住地摩拳擦掌。
他对鲁斯塔姆说:“我们去到一旁，
找个地方你我二人比武较量。
伊朗土兰双方都不派兵将，
一个对一个看谁手段高强。
战场之上可不是你逞强之地，
我手起拳落你未必经受得起。
别看你身躯魁梧膀大腰圆，
但已年迈体衰步入老年。”
鲁斯塔姆趁机把来将打量，
见他手臂强劲有力镫低腿长。
鲁斯塔姆说:“黄口小儿出言休得无礼，
你可知地上阳光温暖地下阴风凄凄。①
我虽年迈但我饱经征战，
多少兵将被我击溃打翻。
多少妖魔鬼怪断送在我手中，
两军阵前我还从未败在下风。
交手之前你要把我仔细看清，
若不死在我手下便可力战恶鲸。

① 这一个联句的意思可能有两种理解，一解为任何事情均有顺利之时与困难之时，鲁斯塔姆意在警告苏赫拉布可能失败。一解为如苏赫拉布不败则是幸福的，如失败则被埋入地下。

我一生征战跨过江海攀过高山，
也曾与土兰勇士几番决战。
我的业绩群星可以作证，
抖抖威风世界在我脚下震颤吃惊。
人们见我拼斗厮杀无比欢畅，
还以为我开怀畅饮在酒席宴上。
我从心中泛起对你的怜悯，
使你身首异处我于心不忍。
土兰国找不到你这身躯臂膀，
在伊朗你这身材也是举世无双。”
听了鲁斯塔姆这番话语，
苏赫拉布似有些回心转意。
他开口说:“我有句话问你，
你可要如实相告心口如一。
请你告我你的亲族世系，
实言相告我才感到满意。
我猜想你准是鲁斯塔姆，
你定然出身尼拉姆家族。”
鲁斯塔姆答道:“我不是鲁斯塔姆，
我并不出身尼拉姆家族。
我是无名小卒他是英雄好汉，
我身下无宝座头上也无王冠。”
苏赫拉布的希望变为失望，
朗朗白日顿时变为一片昏黄。

三十七　鲁斯塔姆与苏赫拉布之战

苏赫拉布手执长枪向战场奔去，
想起母亲的嘱咐感到惊异。
他们二人来到一片不大的平地，
开始搏斗先用的是短小兵器。
后来打得长枪都剩下枪杆，
战马相逢时都把马头拨向左边。
后来他们都抽出印度战刀，
刀锋相撞霎时火星乱冒。
二人激烈搏杀刀刃变成锯齿，
杀得天昏地暗似乎到了世界末日。
刀战之后又挥舞沉重大棒，
棒来棒往棒棒飞舞在头上。
厮杀多时二人都气喘吁吁，
战马奔腾但勇士仍满腔怒气。
激烈的战斗中击碎双方铠甲，
败鳞残甲纷纷洒落在马下。
战马力竭两位勇士也力竭精疲，
他们臂膀手掌也松软无力。
汗透征衣嘴里充塞着灰尘，
口干舌燥发出沙沙的声音。
激战稍停，二人远远对望，
父亲心中痛苦儿子满怀悲伤。
人世啊，你阴错阳差不如人意，

祸福难测成也在你败也在你。
此刻这二人刀兵相向四目圆睁，
失却了理智也毫无父子之情。
即使是牲畜也认得自己的幼崽，
不管野驴在草原鱼儿在大海。
而人却由于私欲也由于贪心，
嫡亲互不相认彼此视为敌人。
鲁斯塔姆心想此人勇如巨鲸，
在战斗中从未遇到过这样的英雄。
我曾轻而易举地战胜白妖，
但遇到今天的对手看来不妙。
此人不过是一个无名小辈，
一无震耳名声，二无显赫高位。
但是今天在两军阵前众目睽睽，
我确实已无心再战，意冷心灰。
这二人暂时罢手拉开一段距离，
他们的战马也因此而得以喘息。
老少二人突然张弓搭箭彼此对射，
羽箭在战场纷飞往来穿梭。
箭矢纷飞噗噗落在地面，
似秋风乍起横扫落叶一般。
他们都身披铠甲内有虎皮征衣，
箭虽锋利但并未触及躯体。
箭战不分胜负二人心中焦急，
忽又揪作一团彼此抓住征衣。
鲁斯塔姆平素有移山之力，
战斗时乘势能把高山举起。
英雄神力无穷力可移山，

在他手中坚石也蜡样松软。
他一把抓住苏赫拉布的腰带，
想把他从马鞍上拉拽过来。
但那小将身躯却纹丝不动，
鲁斯塔姆反变得力竭计穷。
无奈他只得把双手松开，
小将腰带牢靠使他感到奇怪。
此时，两位勇士都已力尽筋疲，
激烈搏斗后心想罢战喘息。
但苏赫拉布又从马鞍抽出大棒，
手执大棒催马奔向前方。
一棒狠打在鲁斯塔姆肩头，
鲁斯塔姆中棒浑身疼痛难受。
苏赫拉布见状说："喂，勇士，
这棒打下我看你已力不能支。
你胯下战马还有点驴子的力气，
然而勇士已经体力不济。
你鲜血如注染红了大地，
一股怜悯之情从我心中泛起。
你虽然是一位身躯魁梧的将军，
但如今年迈体衰失却了青春。"
鲁斯塔姆对他只字也未回答，
感到惊异与疼痛所以不愿回话。
这二人谁也无法在搏斗中得胜，
虽酣战多时谁也无法占据上风。
他们各自拨转马头摆脱对方，
两人都默默地深思细想。
突然，鲁斯塔姆催马冲向敌军，

似一头豹子冲入了兽群。
苏赫拉布见状也抖一抖缰绳，
紧催战马冲入了伊朗军中。
冲入伊朗军中一阵乱砍乱杀，
多少伊朗将士惨死在他手下。
他人马到处兵卒们纷纷逃散，
左冲右突如狼入羊群一般。
鲁斯塔姆猛然想到自己失算，
卡乌斯国王可能陷入危险。
这土兰凶悍的小将冲杀过去，
他全身披挂又有坚强的手臂，
岂不太险，于是他掉头冲回本营，
担心苏赫拉布在营中逞凶。
他见苏赫拉布在他营中大杀大砍，
地上一片片殷红血洒平川。
小将似一头雄狮冲入众兽群中，
手臂与铠甲都被鲜血染红。
鲁斯塔姆见他浑身血迹，
不禁大喝一声冲将过去。
他说："土兰人，你也太为猖狂，
伊朗军中无一人向你举起刀枪。
你为何不与我比试较量，
却狼一般驱赶与虐杀群羊？"
苏赫拉布闻言也不相让，
说："土兰军卒何罪？他们也只是观望。
我方士卒并无一人前来伤你，
是你拨转马头先冲杀过去。"
鲁斯塔姆说："今日天色已晚，

明日太阳升时你我前来再战。
明日一早我们再决胜负，
看哪方军士为他们将官痛哭。
如今大地上早已是星光洒遍，
到明天有人兵败疆场有人高堂华宴。
你刀法出众又兼箭术纯熟，
或许不会遭难不会败在他人之手。
今天我们血战竟日暂且收兵，
看明天造物主为你安排什么命运。”

三十八　鲁斯塔姆与苏赫拉布各自回营

天色已晚他二人收兵回营，
苏赫拉布的神威震惊了天庭。
他仿佛生来就是为了征战，
时时驰骋疆场永远不离马鞍。
他的骏马是永不疲倦的铁骑，
他有坚强的意志与纯钢般的身体。
他趁着夜色回到自己大营，
暂罢刀兵获得短时的轻松。
他对胡曼说：“今日从早到晚，
真正经历了一场凶杀恶战。
对方将官实在武艺高强，
他手如狮爪还有一副雄劲的臂膀。
他与我在战场上不分上下，
来我军营何干说了什么话？

我看此人的本领举世无双，
他冲击我军把多少人杀伤。
虽是一员老将但却有雄狮之力，
厮杀争斗从不感到力竭神疲。
即使在世上寻访把天下踏遍，
也找不到任何人比他能征善战。”
胡曼回答向他讲述详情，
说:“将军有令军士不要轻举妄动。
我们的队伍整齐严阵以待，
在战场上把队伍阵势排开。
突然见一个将官策马狂奔，
愤怒地直冲我军的方阵。
看他的举动神情颇似醉汉，
旁若无人不停催马向前。
突然他拨转马头回奔原来方向，
从这里直奔伊朗军士的营帐。”
苏赫拉布连说:“幸运，幸运，
双方搏斗他未曾杀我一人。
可是我却杀死了伊朗将士兵丁，
黄沙土地都被鲜血染红。
原来此将前来只是观察一番，
他未逞凶当然你们也无需迎战。
如若有一头雄狮向我猛扑，
也不必担心我的大棒足以对付。
我能压倒虎豹的凶恶气焰，
我一箭能把天火从云中引向人间。
勇士们如若突然见我出现在面前，
他们吓得浑身的铠甲也裂成碎片。

明天决定胜负还有一场恶战，
明天还要会一会那无敌的将官。
愿创世之主多多佑助降恩，
助我把天下勇士个个杀尽。
现在请为我摆上一桌酒席，
用美酒把心头愁烦冲洗。”
在伊朗这边鲁斯塔姆回到军中，
便与格乌议论战况军情。
他问格乌今天苏赫拉布来冲我营，
如何在我营中作恶逞凶？
见鲁斯塔姆发问格乌连忙回答，
说此将与众不同勇冠天下。
他闯入我军之中似一阵旋风，
催马奔驰直奔图斯大营。
他手执长枪策马向前飞奔，
时而端坐马上时而镫下藏身。
他见图斯手执长枪迎面而立，
似雄狮一般扑上前去。
他从侧面向图斯猛刺一枪，
便把图斯的头盔挑到地上。
图斯力不能敌拨马回避，
众勇士也一个个败下阵去。
勇士中并无一人能与他争斗，
除非将军你这样的身手。
我谨遵古老的规则与传统，
并未派兵参战向他进攻。
由于我方并无一将能够迎敌，
只好任他战场驰骋我们回避。

他长驱直入无一人单身迎战，
他冲杀中军后又袭击右军营盘。
他左右冲杀未遇任何反抗，
耀武扬威在战马鞍上得意洋洋。
鲁斯塔姆闻言内心感到不安，
他担心卡乌斯国王是否安全。
卡乌斯国王见勇士前来探望，
忙让了个座位请他坐在身旁。
鲁斯塔姆与国王把苏赫拉布谈起，
讲到他的手臂与他的身躯，
说:“从未见过世上有这样的少年，
如此武艺高强如此英勇善战。
他身材高大伸手足以摘下星星，
他体格粗壮大地都承载不动。
他的双手和双腿如同大象，
强劲有力,如同象腿一样结实粗壮。
我们今天酣战竟日难解难分，
刀枪大棒弓箭套索一一用尽。
我自忖在我与他交锋以前，
曾把无数勇士擒下马鞍。
这次我曾用力抓住他的腰带，
想一把把他拖拉过来。
我也想双手把他从鞍上举起，
像对别的将官把他摔下平地。
可是,纵使狂风吹动一座山峰，
这小将在马上也巍然不动。
因为黑夜没有月光昏暗不明，
我只好与他暂时罢战休兵。

明日天亮我再赴战场迎战，
到时要想方设法把他打翻。
我们罢兵时已经双方约定，
到明天疆场上再决雌雄。
我尽力而为但不知谁占上风，
这结局只看造物主如何决定。
造物主创造了月亮与太阳，
人间搏斗的胜负也决定在他手上。”
卡乌斯说:“圣洁的造物主自有明鉴，
他会使卑劣之徒碎尸万段。
我今晚要虔诚地为你伏地叩首，
向天神祈求把你保佑。
保佑你成功交逢好运，
战胜这土兰来的卑劣小人。
保佑你在战场上重振雄风，
保你功高日月四海扬名。”
鲁斯塔姆说:“仰仗陛下德威，
我会旗开得胜。”
他说完以后便起身告退，
直奔自己大营身心十分疲惫。
他回到营中闷闷不乐，
心中不服对手苦思对策。
这时扎瓦列轻轻迈步上前，
问今日交锋可是场凶杀恶战?
鲁斯塔姆劈面先要食物酒席，
进餐后一切都可从长计议。
席间他谈起与苏赫拉布之战，
从头到尾详细历数一遍。

说完又对兄弟嘱咐叮咛：
“你要有个准备要机警清醒。
明日一早我还要奔赴疆场，
去斗那土兰的骁勇的小将。
你要集合队伍安排好旗仗，
还有宝座及金黄色官靴一双。
安排好一切直等旭日东升，
你们在营前候命等我回营。
我如若在战斗中旗开得胜，
我定然立即回身片刻不停。
但若大事不好风云突变，
你切勿哭泣也不要慌乱。”
鲁斯塔姆桩桩件件叮咛嘱咐，
待事到临头看如何对付。
又说：“出什么事都是天神旨意，
也许一条性命断送在这少年手里。
那时，你千万不能鲁莽从事，
不要为我出战去报仇雪耻。
你要率领全军赶赴扎别尔斯坦，
从这里动身去见父亲达斯坦。
你要去设法安慰我母亲的心，
说这一切都是天意不取决于人。
你对她说不要为我悲伤，
不要为我郁结百转的愁肠。
世上并无一人能获得永生，
我也是死期已至走尽了行程。
多少妖魔鬼怪多少狼虫虎豹，
在与我搏斗中都被一笔勾销。

多少堡垒多少城池被我踏平，
在战斗中我从未居过下风。
谁若是久涉疆场饱经争斗，
如同常叩死亡之门难免一时失手。
纵然一个人的寿命长至千年，
他的路途与事业也只在瞬间。
你看尊贵的国王贾姆席德[①]，
还有塔赫姆列斯力克妖魔。
如今这些伟大君主都已不在人世，
服从命运安排他们都已长逝。
论勇敢威严谁能比戈尔沙斯帕，
但苍穹回转把他的岁月消磨。
就是纳里曼与萨姆两位勇士，
也无法长留世上永生不死。
他们这些人都一个个远离，
我自然也应随他们而去。
这样劝解或许她的悲痛平息，
你应一心为国王陛下尽忠效力。
如若刀兵再起你不应退避，
要疆场效命听从陛下旨意。
不论老少世人都将奔向归宿，
谁也无法在世上久留长驻。”
二人谈论苏赫拉布直至深夜，
夜深人静二人后半夜方才安歇。

① 贾姆席德是伊朗古代传说中的国王，他统治时国家繁荣兴旺。

三十九 苏赫拉布打倒鲁斯塔姆

当光辉灿烂的太阳伸展开翅膀，
乌鸦似的黑夜忙把头埋藏。
鲁斯塔姆连忙穿好虎皮征衣，
翻身跃上自己的骏马龙驹。
这一夜军中并无一人解带宽衣，
因对方大军就近在咫尺之地。
他又把铁的头盔戴到头上，
策马直奔昨日搏杀的战场。
人间痛苦全来自贪心不足，
清心寡欲能立时摆脱痛苦。
那边苏赫拉布与众位将官，
在乐曲声中畅饮摆开酒宴。
他对胡曼说:“这雄狮般将军，
在战场与我打得难解难分。
他生了与我一样高大的身躯，
激烈厮杀他并不感过分吃力。
他的臂膀身躯与我一模一样，
似乎造物主曾经两相衡量。
我一见他就感到亲切激动，
从内心深处泛起一阵亲情。
我临行时母亲曾告我父亲特征，
我心里狐疑不定但未对他言明。
我猜想他一定是鲁斯塔姆，

像他这样的勇士屈指可数。
千万别让我与父亲对阵厮杀，
父子对阵可是天大的笑话。
在创世主面前我还有何颜面，
我会羞愧难当痛苦无颜。
为人之子决不能与生父为敌，
那样到彼世也无容身之地。
在世界王公贵族面前我会丢尽颜面，
伊朗与土兰两军将士都会口出怨言。
人人都要指斥我忤逆弑父，
今生与彼世再不会有我立足之处。
这场厮杀使我永远无法抬头，
糟就糟在父子拼斗鲜血迸流。”
胡曼说:“过去我也曾有几番争斗，
有机会与鲁斯塔姆交手。
你想必听说他在马赞得朗，
如何英勇地挥舞他的大棒。
此将的战马倒是颇似拉赫什，
但并不像拉赫什那样狂奔飞驰。”
夜色已深眼看到了二更，
营外值更哨兵的喊声传入耳中。
勇士苏赫拉布满怀战斗豪情，
起身离席直奔自己的大营。
次日一早当太阳升起在东方，
壮士一觉醒来神清气爽。
苏赫拉布穿戴好战袍与征衣，
头脑里想着战斗心中又有些犹疑。
他高声呼叫着冲向战场，

手中挥舞着他的牛头大棒。
见到鲁斯塔姆他面带笑容，
似乎昨夜他二人同宿一营。
“昨夜将军可曾睡好？今晨起身可早？
今日如何比试将军可曾想好？
让我们放下弓箭与仇恨的钢刀，
捐弃前嫌握手言归于好。
让我们弃鞍下马席地而坐，
用美酒驱散仇恨与不和。
让我们在创世主面前立下誓言，
从此永罢刀兵不再交战。
要厮杀让其他将领厮杀拼斗，
你我开怀畅叙共饮美酒。
我一见到你便感到与众不同，
从心底泛起一股脉脉的亲情。
你定然是勇士之子门庭显赫，
你应把你的门庭世系如实告我。
我曾经一再询问你的姓名，
别人未曾告我你自己应该讲明。
你既然走上战场与我交战，
自己的姓名因何对我隐瞒？
我猜想你一定是勇士扎尔之后，
扎别尔的天下知名的鲁斯塔姆。”
鲁斯塔姆答道：“你一心寻求荣誉，
今天这番话又从何提起？
昨天你我已有一番凶杀恶战，
今天我怎会受你巧言欺骗。
你还年轻但我已不是孩童，

我已准备好与你做一番拼争。
让我们较量争斗分出个胜负，
胜负分明才符合创世主意图。
这里本是你死我活的战场，
不必细问姓甚名谁何处是家乡。
我征战一生历尽了沧桑，
决不会轻信人言受骗上当。”
苏赫拉布对鲁斯塔姆说：“老将啊，
我良言相劝你却执意不听。
我心中本来抱有一个愿望，
当你面临末日魂飞命丧，
好有个后人为你举哀送终，
把你的遗体葬入坟茔。
既然你的性命掌握在我手中，
我就按造物主意旨给你送行。”
说话之间二人翻身下马，
站到地上依然是全身披挂。
他们各自把战马拴到石上，
然后走到场上内心悲怆凄凉。
他们像两头狮子纠打到一起，
热汗混着鲜血从身上下滴。
从黎明时分直打到烈日当头，
难解难分你有一招我还一手。
苏赫拉布像发情的象猛一探身，
伸开巨掌一下子抓住敌人。
抓住鲁斯塔姆腰带往怀中一拽，
用尽力气似要把大地撕裂。
他猛然发力愤怒地一声吼叫，

竟把雄狮般的鲁斯塔姆撂倒。
他似一头怒象扑到对手身上,
把他提起来又摔到地上。
然后,他以膝头抵住对手胸腹,
鲁斯塔姆浑身与脸上沾满泥土。
像是雄狮捕捉住一只野驴,
挥拳便打打得野驴濒临咽气。
然后,他又拔出一把雪亮的匕首,
想把头颅割下结果对手。
这时鲁斯塔姆方才张口开言,
说:“有个规矩不能对你隐瞒。
你是一位力搏雄狮的勇将,
你精通套索刀枪以及大棒。
我们这里原本有一规则,
这规则与你们的习惯或有差异。
如若一位勇士与人搏斗,
他武艺高强战胜了对手,
当他把对手首次打倒占了上风,
但不应立即下手结果对方性命。
如若二人起身从头再斗,
他第二次又打倒了对手。
这第二次就可下手结果对手性命,
时至今日这一规则我们一直奉行。”
他为求得活命逃脱巨龙之爪,
才杜撰出这个规则施展巧计一条。
勇敢的年轻人居然信以为真,
那老将讲的一切他完全相信。
一是自恃勇敢无敌二是命运决定,

三是由于慷慨豪爽的勇士之风。
他放开对手纵马来到田野之上，
田野上麋鹿成群来来往往。
他忽然兴起开始追逐猎物，
完全忘掉与他搏斗的鲁斯塔姆。
胡曼见天色已晚苏赫拉布尚未回营，
他跨马赶来探询战斗详情。
苏赫拉布把鲁斯塔姆战场之言，
详详细细向胡曼转述一遍。
胡曼听罢便说:“唉,你太年轻，
或许为此你要断送自己性命。
像将军如此臂膀如此身躯，
这样的骏马这样高超的武艺，
制服他像把一头狮子装入牢笼，
但捉了又放行事未免草率莽撞。
这是行事不慎一朝失策，
看此举在战场上带来什么后果。
国王陛下曾经有过一句名言:
‘敌人无论多么弱小也不应小看。’”
他说完此话便沉默不言，
对苏赫拉布的命运有不祥预感。
苏赫拉布反而劝慰胡曼，
说:“区区小事何必心头愁烦。
当下次他再来与我搏斗交锋，
我一定把枷锁套在他的项颈。”
胡曼不发一语回到自己营帐，
心中埋怨苏赫拉布行事鲁莽。
再说鲁斯塔姆从小将手下死里逃生，

又挺立起来似一座钢铁山峰。
他步履蹒跚走到一条河边，
饱饮河水吮吸生命的甘泉。
饮水后痛痛快快洗了个澡，
然后又向造物主虔诚祷告。
口中念念有词向造物主祈求，
祈求造物主降恩把他保佑。
请造物主赐给他胜利与幸运，
但天知道日月赐福给何人。
或许命运不济苍天并不相助，
摘掉王冠剩下他光秃的头颅。
听说鲁斯塔姆在孩提时期，
造化便赐给他超凡的神力。
如若他的双脚踏上一块石板，
石板上便有两个脚印深陷。
他的巨大神力曾使他感到麻烦，
他本心并不希望力大无边。
那时他曾向造物主苦苦祈求，
祈求造物主应允他一项要求：
从他身上减掉些力气，
让他做事行路轻松顺利。
当他向造物主讲明了难处，
巨大的身躯便立即轻松自如。
可是今天又正需要膂力，
与苏赫拉布搏斗担心力不能敌。
他开口祈求说："万能的主！
万请开恩把你的奴仆佑助。
我希望你仍赐我原来的膂力，

希望你使我像当初一样力大无敌。”
于是造物主满足了他的愿望，
把当初减掉的力气又加到他身上。
他离开河边，又一次回到战场，
仍然是忧心忡忡脸色蜡黄。
只见苏赫拉布箭一般前冲，
套索挽在手臂手执一把强弓。
他耀武扬威发出狮子般的吼声，
他的黄马奔腾大地为之震动。
看着这小将如此英雄豪勇，
鲁斯塔姆不由得心头一惊。
他暗自思量心中细加盘算，
自料不敌惊愕之外又添愁烦。
苏赫拉布看到鲁斯塔姆的模样，
少年气盛仍不把他放在心上。
当他走近鲁斯塔姆仔细端详，
见他浑身是力头上似有灵光。
他开口说：“勇士，你已败在下风，
此番回来莫非仍要拼争？
你心不诚出言句句失真，
你应讲明此番回来的原因。
莫不是你已经厌倦了人生，
又来与雄狮搏斗白白断送性命。
我可以再一次向你保证，
看你年迈体衰再饶你一命。”
鲁斯塔姆闻言回答苏赫拉布：
“你虽力敌千军但万勿过于自负。
在这战场上你不要大言欺人，

你无非凭血气之勇傲视我军。
雄狮啊,你与我老将再次较量,
看你会得到一种什么下场。”

四十　苏赫拉布惨死于鲁斯塔姆手下

他们二人又一次把战马系牢,
厄运此时在他们头上笼罩。
命运不济一个人处处为难,
花岗石也变得如同蜡样松软。
他们二人重又搏斗厮杀起来,
双方都紧紧抓住对方腰带。
苏赫拉布统帅有矫健的身手,
但天不作美气数到了尽头。
鲁斯塔姆怒从心起探出巨掌,
一把抓住那战豹的项颈臂膀。
他用力把年轻勇士腰身压弯,
也是命中注定小将全身瘫软。
鲁斯塔姆猛地把他打翻在地,
提防着他会奋力挣扎站起。
刷地从腰间拔出一把匕首,
在聪明的儿子身上划开血口。
每当你心起杀机恶生胆边,
你的匕首就会被鲜血沾染。
如若天命意欲置人于死地,
你身上的汗毛也根根竖立。

年轻人身躯一挣一声长叹，
与人间善恶从此永远绝缘。
他对对手说：“我这是自作自受，
我命当绝不过是假你之手。
不应怪你要怪伛偻的苍天，
它让我出生又匆忙把我送入黄泉。
我的同龄人还在优游嬉戏，
我这样力壮身强却要葬身地底。
母亲让我把父亲信物带在身边，
此生无缘再不能与父亲见面。
我想见生父到处把他寻觅，
如今一死带走对他的情意。
我身躯虽亡但心中怀有遗恨，
临死也无缘见到生身父亲。
纵然你变为海洋中的游鱼，
或者化为黑夜的漆黑的阴影，
或者离开大地升上高空，
变为高挂苍穹的一颗星星，
当我父发现我已黄土掩身，
也定会前来为我报仇雪恨。
那些公卿贵人朝中的文武，
会把这信物带给鲁斯塔姆，
告他苏赫拉布已被打翻在地，
临终时还把他探听寻觅。”
鲁斯塔姆闻听此言大吃一惊，
登时眼前昏黑人事不省。
他只觉得身躯一软跌倒在地，
失去了知觉当场昏死过去。

等恢复了知觉时开口动问，
声音颤抖话语中伴着呻吟：
“快告我你有什么鲁斯塔姆信物，
他不配为勇士真是奇耻大辱。
我就是鲁斯塔姆让我不要活在世上，
让萨姆之子[①]为我送终举丧。”
他撕捋着头发不住地号叫，
胸中热血沸腾痛苦心焦。
苏赫拉布见他如此激动，
也猛然身向后仰人事不省。
醒来后他说：“原来你就是鲁斯塔姆，
你居然杀死我，这样狠毒。
我曾想方设法向你探询，
但你咬定牙关毫不动心。
现在你可以把我铠甲解开，
使我的身体裸露出来。
你会看到你的玉符戴在我手臂，
看我承受你这父亲什么恩惠。
当初金鼓齐鸣我率军出征，
母亲泪流满面忧心忡忡。
她因我出征而痛苦哭泣，
把这玉符系在我的手臂。
她说这是父亲的信物，
珍藏在身边日后定有用处。
如今它可以为证但又有何益，
儿子在父亲面前眼睁睁死去。”

① 萨姆之子指扎尔，鲁斯塔姆之父。

鲁斯塔姆解开铠甲看到玉符，
顿时悔恨交加撕碎自己的衣服。
他说："军中勇士人中的英雄，
万想不到你竟在我手中丧生。"
他悲痛得乱扯自己的头发，
血泪合流抓土往头上抛撒。
苏赫拉布说："一切已于事无济，
遇到这事何必落泪悲泣。
切不要这样枉然摧残自己，
过去的事就让它成为过去。"
当光灿灿的太阳已然西坠，
鲁斯塔姆尚未从战场返回。
军中派出二十名勇士前去打听，
打听战场上的经过情形。
只见两匹战马在战场伫立，
马浑身是土却不见鲁斯塔姆踪迹。
这二十人在战场寻找勇士，
不见鲁斯塔姆在马上奔驰。
他们料想鲁斯塔姆已然牺牲，
勇士们低垂下头悲痛充满心胸。
于是拨转马头去给卡乌斯报信，
说只见坐骑不见鲁斯塔姆本人。
霎时间军营中哀声四起，
人们心头充塞着悲痛与焦急。
卡乌斯国王下令鼓角齐鸣，
统帅图斯闻讯走出大营。
国王卡乌斯向军士传下命令，
说速去战场查看实际情形。

快去看是否苏赫拉布占了上风，
他若得手必将危及我们都城。
如若勇士鲁斯塔姆死于敌手，
伊朗还有什么人去与他拼斗。
我们要像贾姆席德一样逃亡，
一起向荒野与山冈四出流浪。
现在我就应该集合全军，
出其不意倾全力袭击敌人。
当伊朗军中众人乱作一团，
苏赫拉布对鲁斯塔姆开言：
“现在，我的寿命已濒临终点，
土兰军士面临风云骤变。
愿你能发善心劝阻国王，
不要派兵穷追把我军杀伤。
他们跋涉奔袭全是受我鼓动，
是我统领他们到伊朗远征。
我曾以胜利前景赋予他们以希望，
鼓励他们使他们始终斗志昂扬。
著名的勇士啊，我何曾承想，
在生身父亲手下魂飞命丧。
我希望他们从此地平安撤军，
愿你们以礼相待不视为敌人。
我曾抛起套索把一名勇士捕获，
关在监牢至今也未放出。
我多次向他打听你的踪迹，
我猜想当时看到的是你。
可是他却胡编了一通谰言，
让他世人唾弃遗臭万年。

他的话使我完全失望，
青天白日登时一片昏黄。
他是个忠心耿耿的伊朗将军，
你不必找他计较去报仇雪恨。
临出征时母亲给了我个信物，
我虽收下但没有看重这个玉符。
这也是际遇命运在冥冥中写就，
我注定要命丧自己的生父之手。
我来如闪电去似一阵轻风，
或许天堂之上再与你欢乐相逢。
我从痛苦中解脱气绝身亡，
眼中含着热泪心中充满悲伤。”
鲁斯塔姆猛地跳上马鞍，
心中充满悲戚嘴里一声长叹。
他因自己的行动而深感痛苦，
高声嘶叫着冲向自己的队伍。
当伊朗将士见到鲁斯塔姆，
他们都以额触地俯首行礼。
他们都称颂造物主的恩惠，
赢得一场恶战平安返回。
但是见他那副模样满头灰尘，
无精打采撕破了战袍与衣襟，
不禁发问:“搏斗结果如何?
因何心绪不佳如此闷闷不乐?
他于是说出发生的这幕惨剧，
他搏斗中亲手把爱子击毙。
众人一听惊奇得一片喊声，
这时,大军统帅立即人事不省。

苏醒来他向众将表明心迹，
说："如今我已经力竭神疲。
你们不要再与土兰人交战，
我今天所作所为已够令人心寒。"
这时扎瓦列来到鲁斯塔姆近前，
他也全身衣服撕破疲惫不堪。
鲁斯塔姆见兄弟如此悲痛，
立即向他讲述杀子的详情：
"我深深痛悔自己的所作所为，
这是遭到报应惩罚我的大罪。
人到暮年杀死爱子自己的亲人，
亲手断了自己之后斩草除根。
我一刀刺破年轻孩子的心肝，
苍天也为之垂泪他死得好惨。"
鲁斯塔姆这时向胡曼发出信息，
说让我们都把钢刀收藏到鞘里。
他对扎瓦列说你去照应对方队伍，
要警惕谨慎切不可大意疏忽。
事已至此还有什么话可说，
只愿从此不再厮杀两罢干戈。
他用心险恶未对苏赫拉布讲明，
才使我陷入烈火烧灼的悲痛。
鲁斯塔姆又嘱咐自己的兄弟，
说聪明的勇士请你立即前去。
你护送胡曼直送到河边，
对任何人也不要发作不满。
扎瓦列闻言立即动身前去，
向胡曼转达了鲁斯塔姆的本意。

胡曼听了他的话这样回答：
“不承想苏赫拉布惨死刀下。
都怪哈吉尔这个歹毒小人，
他不讲真话欺骗了将军。
苏赫拉布曾向他打听父亲行踪，
他用心险恶不把事实讲明。
是哈吉尔害了我们促成了悲剧，
应该把他开刀问斩使他身首异地。”
扎瓦列听了又来见鲁斯塔姆，
把胡曼之言对他一一叙述。
说怪只怪哈吉尔隐瞒了实情，
这才致使苏赫拉布的生命告终。
鲁斯塔姆闻言大吃一惊，
两眼发黑登时天地晦暗不明。
他举步离开战场把哈吉尔找到，
一把揪住他的衣领把他摔倒。
随即抽出一把寒光逼人的匕首，
想手起刀落割下他的人头。
众将一拥上前为他求情，
苦苦哀求总算救他一命。
鲁斯塔姆从那里又回到战场，
赶到被刺死的儿子身旁。
众将官都跟随在他身后，
图斯、古达尔兹和古斯塔哈姆。
众人见状都想方设法解劝，
为使他宽心他们一一开言。
说事到如今只得求上苍保佑，
求上苍使你逢凶化吉为你解忧。

鲁斯塔姆顺手又抽出匕首，
想用匕首割下自己的头。
众将见此情状一拥上前，
拖住了他，他们也哭得血泪斑斑。
古达尔兹说："如今纵让你随他而去，
但你此举又有什么真正意义？
你就是把自己砍得遍身伤痕，
也丝毫无助于那惨死的贵人。
如若命运不把他置于死地，
你们父子还能够生活在一起。
如若命中注定他命丧身亡，
请睁眼细看谁能永生在世上？
不论戴着头盔还是头戴王冠，
你我都是猎物到时无一幸免。
大限一到人人都要离开人世，
离开以后一切情形便一无所知。
将军啊，人生于世有谁能获永生，
我们倒是要为自己而垂泪悲痛。
我们是同路人不论路短路长，
一时结伴，分手后各奔他乡。"

四十一　鲁斯塔姆向卡乌斯求药

这时，鲁斯塔姆请求古达尔兹，
说："我的光荣而明智的勇士，
请代我给卡乌斯转达信息，

就讲我这里遭到了什么打击，
鲁斯塔姆用匕首把儿子心肝刺破，
这样的人本不应再在世上生活。
望念我一生效忠朝廷，
体谅我此刻的悲痛心情，
请赏我宝库中的一剂灵丹妙药，
那妙药有起死回生的功效。
万望把良药一剂与清酒一杯，
交与派去之人给我带回。
托陛下洪福我儿或许再生，
那他会像我一样为陛下效忠。”
古达尔兹闻言后如一阵迅风，
把他的话说与卡乌斯听。
卡乌斯闻听对古达尔兹开言，
说：“鲁斯塔姆乃军中上将一员。
我不忍心见他遭此不幸，
因为他赢得了我的尊敬。
但我若把灵丹妙药送到他手中，
妙药救了那剽悍勇士的性命。
鲁斯塔姆便不再把你放在眼里，
他也肯定会把我置于死地。
既然终有一天他会给我带来灾难，
他遭此横祸我们何必多管？
你没听他说图斯有什么了不起，
连卡乌斯国王我也不放在眼里。
那送了命的苏赫拉布也气势汹汹，
以王冠宝座发誓率兵出征。
他曾对我说我让你枪下命亡，

我把你的头颅吊在绞架之上。
世界虽大但容不下他的气焰，
他肩宽背厚又兼身手不凡。
他岂愿在我宝座前躬身侍立，
他怎能听从皇家命令低声下气。
不管是保国的忠良还是英勇的将军，
我可不愿对他妄发善心。
不久以前他对我谩骂无礼，
使我在军士面前颜面扫地。
如若他儿子性命能够得救，
我所得到的仅仅是黄土一抔。
你没有留心苏赫拉布的狂言，
便没有饱经征战大将的真知灼见。
他扬言断送成千伊朗人性命，
要对卡乌斯活活施以绞刑。
如若此人性命得以保全，
那就给朝野贵贱带来灾难。
在世上谁若是对敌人宽纵，
便会在人间永远留下骂名。”
古达尔兹听了国王这番议论，
去见鲁斯塔姆似疾风一阵。
他说:“国王禀性恶毒不肯救助，
他的心似一枚毒果结在毒树。
他性格粗暴乖戾不得人心，
见人遇难不肯伸手助人。
你应亲自前去向他当面求情，
这样也许能把铁石心肠说动。”

四十二　鲁斯塔姆痛哭苏赫拉布

鲁斯塔姆对左右传令一道，
说速去取来一袭绣花锦袍。
铺好锦袍安置好年轻人躯体，
然后亲自去到卡乌斯营地。
要面见国王他刚刚启步动身，
后面便有人追上报告厄讯。
说苏赫拉布已最终离开人间，
他的归宿已是棺材而不是宫殿。
鲁斯塔姆闻听痛抓自己面颊，
捶打自己胸膛抓断自己头发。
不由自主地长吐一口冷气，
悲痛心焦双眉紧紧拧到一起。
他似一阵旋风赶回下马，
抓一把黄沙往自己头上抛撒。
军中将士个个不能自已，
人人都失声落泪悲伤哭泣。
鲁斯塔姆哭诉:孩子啊,你无比英勇，
出身名门,你在战场上凛凛威风。
日月经天,从未见过你这样的勇士，
但你却抛下盔甲王冠王座永远辞世。
谁像我如此不幸遭此厄运，
垂暮之年亲手杀死骨肉亲人。
你是天下勇士萨姆的后人，

你的母亲也是皇家之后出自名门。
论勇气没有一个勇士能与我相比，
但在他面前我却软弱无力。
我罪孽深重理应砍断我的双臂，
把我埋入深深的阴暗的地底。
我亲手把爱子苏赫拉布断送，
他乃是一位前无古人的勇士英雄。
萨姆、戈尔沙斯帕、格乌都略逊一筹，
他有大丈夫气概比他们高出一头。
我该怎么办，怎么告诉他的母亲，
我该派什么人去给她送信？
我有什么可说？因何把他无辜残杀，
为什么断送了他的锦绣年华？
天下哪个父亲竟如此狠心，
理应众口谴责我这十恶不赦的罪人。
世界上有谁把儿子生命断送，
他聪明勇敢是盖世的英雄。
他的外祖父乃是一国高贵的国君，
我有何面目去见公主，他的母亲？
人人都会齐声咒骂我这萨姆后人，
骂我不近人情责我做事心狠。
谁能承想你这名门贵族的后代，
你身躯高大有如挺拔的翠柏，
居然率领千军万马前来出征，
使我光明日月登时晦暗不明。
他吩咐人们取一块皇家织锦，
用织锦覆盖死去儿子的尸身。
他兴兵前来心想的是城池与宝座，

但得到的却是一具狭小的棺椁。
人们从战场把棺材抬起，
直奔鲁斯塔姆扎营的营地。
大营中点燃了一堆熊熊烈火，
上上下下都为这事而悲痛难过。
那营帐以及那绚烂的锦缎，
还有那描金绘彩的铺豹皮的宝座，
都一一投入火中被大火吞没，
天下无双的勇士泣不成声泪雨纷落。
他哭诉说世上再也见不到你这英雄，
再看不到你战场搏杀抖擞威风。
你的勇敢与谋略再也无法施展，
可惜你膀厚肩宽身手不凡。
这是多么撕裂人心的惨剧，
告别母亲却命丧在父亲手里。
他眼中流血一把把手抓土地，
全身的战袍已撕成凌乱的丝缕。
他说父亲扎尔不会饶恕我的罪过，
贤母鲁达贝也会把我痛加谴责。
他们会说鲁斯塔姆搏斗中占了上风，
一刀便刺到肝脏结束了他性命。
这件事我怎能得到他们饶恕，
说什么能够使他们感到信服？
当人们得知我在园中拔掉一棵劲松，
当这不幸的消息传到他们耳中，
当他们身边的勇士将官得知经过，
他们对此事会如何议论评说？
这时卡乌斯手下的众位将官，

都席地而坐围在鲁斯塔姆身边。
他们都纷纷开口把他劝慰，
但鲁斯塔姆悲痛得心已成灰。
高悬的苍天对人本不一般，
向一人抛出套索赐另一个以王冠。
得到高冠的从此春风得意，
被套索套住便被拉下座去。
对人世变幻何必痴迷不悟，
最终人人都踏上远行的路途。
苍天悠悠回转世事纷纭变幻，
祸福吉凶使人眼花缭乱。
不论是国王、奴隶、学者与哲人，
最终遭到的都是同等命运。
世界把成千上万的人吞入地底，
它多少次要弄过这样的把戏。
你可屏心静气深深思量，
岂不是人人都要在地下埋葬。
不论命运是有意或无意对待世人，
毫无二致，它从来就是这么狠心。
这回转的苍穹怎么也捉摸不透，
茫无头绪世人无法细追根由。
我们对他之死不必哭泣，
这漫长的戏剧无人晓得它的结局。
当把苏赫拉布的死讯报告卡乌斯，
他立即率军来见鲁斯塔姆。
卡乌斯也开言把鲁斯塔姆解劝，
说："小至苇叶大到厄尔布尔士山，
都要被回转的苍穹劫掠而去，

对这人世何必过于动情痴迷。
世人或迟或早都要撒手而走，
众人一路，一死万事皆休。
他已走了你不必过于悲痛，
望你把智者的忠告记在心中。
纵然你能摇撼大地撕破青天，
纵然你能在世界上燃起烈焰，
你也无法使死去的人复生，
他的灵魂已飞逝到另一世界之中。
我从远处看到过他的身形，
他膀大腰圆大棒挥舞在手中。
我说过此将不似土兰之人，
他器宇不凡一定出自名门。
命运驱使他率领军队远征，
如今性命断送在你手中。
哪里有回天之策，事已酿成，
如此痛哭难道能使死者复生？”
鲁斯塔姆说：“他已长眠不醒，
战场上还有胡曼率领的一支重兵。
军中还有土兰和中国的将军，
陛下千万不要把他们视为敌人。
扎瓦列禀承天神旨意国王成命，
前去他们兵营安排及早撤兵。”
国王闻言说：“天下知名的英雄，
如今你还把他们记挂在心中。
虽然他们兴兵前来对我侵犯，
虽然他们入侵伊朗肆虐凶残，
但因你无心与他们再战，

我与他们便不再计较纠缠。
你的悲痛也使我的心充满悲痛，
因此再也无心与他们进行战争。”
这时，哈吉尔从对方营中赶到那里，
报告对方军队已班师而去。

四十三　鲁斯塔姆返回扎别尔斯坦

国王率领大军启程返回伊朗，
留下鲁斯塔姆还守在战场。
他等待扎瓦列从对方返回，
报告他土兰军队是否撤退。
黎明时分扎瓦列报告土兰退兵，
鲁斯塔姆也下令立即启程。
一千匹马的马尾均已割断，①
全军将士一个个都灰尘满面。
大队人马直奔扎别尔斯坦，
早有人把消息报告了达斯坦。
全锡斯坦的人都出动迎灵，
人们心头压抑着沉重的悲痛。②
灵榇前面走着一队人马，
将官们都把黄土往头上抛撒。

① 割断马尾是伊朗古代一种表示哀悼的行为。
② 这里锡斯坦实即指扎别尔斯坦，这是两个相邻地区，锡斯坦在扎别尔斯坦西南。

一匹匹战马都截去了马尾，
一个个铜鼓都已断裂破碎。
萨姆之子达斯坦一见死者之灵，
连忙俯身下马弃了金镫。
鲁斯塔姆紧抢几步赶上前去，
心痛欲碎，似撕碎了的征衣。
众将官解开腰带走到灵柩跟前，
以头叩地个个心中惨然。
他们面带悲痛个个撕碎衣裳，
表示哀悼与沉痛把土扬到头上。
人们俯身对着灵柩观看，
为这勇士惨死深深感到遗憾。
鲁斯塔姆掀开盖棺的绣金织锦，
他声声哭诉把经过禀告父亲：
“看啊，这就是一个骑士萨姆，
但他竟委屈在这狭窄的去处。”
达斯坦血泪从眼中涌流而出，
他开口向引导人的天神哭诉。
他说道：“勇士啊，你名满乾坤，
你去了留下我这垂暮可怜的老人。
苏赫拉布的作为令人吃惊，
手挥沉重大棒阵前抖擞威风。
众将中的精英他勇冠三军，
哪位母亲养育了他这样的后人。”
他口中不住呼唤苏赫拉布，
睫毛上挂着溢流出的泪珠。
当鲁斯塔姆来到自己的厅堂，
人们便把灵柩轻轻地在那儿安放。

当鲁达贝看到苏赫拉布的棺材，
泪水便止不住从眼中涌流出来。
她见年轻的勇士倒卧在狭窄棺中，
不由得呼叫我的壮士，我的英雄。
我骄傲的英雄啊，她边哭边诉：
请你从棺中抬起你的头颅。
她越哭越痛悲痛摧人心肝，
又从心底发出一声凄凉的长叹。
她说你是猛狮之后盖世英雄，
像你这样的勇士世上从未诞生。
你还未及向祖母倾诉衷肠，
诉说玩耍嬉戏心情多么欢畅。
你青春年少就被锁进这监牢，
这可悲的去处局促而狭小。
你也未告我父亲对你如何，
因何如此无情把你心肝刺破？
她阵阵哭诉之声直达天庭，
普天之下处处听到她的哭声。
鲁达贝心情沉痛进入后宫，
脸上流露出悲戚的表情。
鲁斯塔姆一见不禁又痛又悔，
此时，眼中又迸流出血泪。
到处是哭嚎之声有如末日来临，
欢乐无影无踪喜悦消逝净尽。
人们又一次把雄狮的木棺，
抬到众位将官的面前。
启起棺上的铆钉打开棺盖，
解开尸衣把他遗体显露出来。

让人们再一次瞻仰他的遗体，
这时，又响起一片震天动地的哭声。
在场的人不论男女老少，
一个个痛楚失声，一片哭嚎。
他们的衣服撕烂面色铁青，
垂头丧气用黄土撒向头顶。
整座大殿似乎变为一具木棺，
雄狮般的勇士安睡在里面。
睡着的勇士长得像萨姆般的身躯，
饮恨疆场如今已一眠不起。
人们纷纷瞻仰他的遗容，
不禁发出阵阵慨叹与嘘声。
然后，又给他披上黄色锦缎，
把他结结实实禁锢在棺材里面。
鲁斯塔姆说我要用黄金为他修墓，
在他墓穴四周撒上麝香。
因为我死了他的墓也会被遗忘，
瞻前顾后，我这是为来日设想。
我要想尽办法使他不被遗忘，
让人们永远记住他万世流芳。
为他修的墓穴呈现马蹄形，
普天下之人都为之痛哭失声。
他用沉香木打造了一具棺材，
棺材外面扎上织金的缎带。
天下风传着这一幕惨剧，
亲生儿子竟死在父亲手里。
谁听到这事都感到痛心，
普天下的人都为之而悲愤。

就这样又过了一段时光，
鲁斯塔姆郁郁不乐无心欢畅。
心情无法平静只有忍受痛苦，
除此之外，他看不到别的出路。
人世上发生了多少这样的悲剧，
在人们的心底烙上痛苦的印记。
谁在世上如若明智清醒，
他便不受欺骗，不过于痴情。
全伊朗百姓得知这个不幸的事件，
他们的心痛苦得火燎油煎。
在对方，那胡曼回到了土兰，
向国王报告了他所闻所见。
土兰国王听了感到十分惊异，
从中也汲取了几许教益。

四十四　苏赫拉布之母惊悉勇士被杀

从土兰传来一个凶险的消息，
说苏赫拉布已战场捐躯。
当这消息传到萨曼冈国王耳中，
人们都撕碎衣裳痛不欲生。
有人把这消息传给苏赫拉布之母，
说父亲的刀杀死了苏赫拉布。
她听到儿子尚未成年竟遭此毒手，
失掉爱子撕衣哭泣，痛在心头。
她一把撕掉自己的上衣，

袒露出她的洁白如玉的身体。
她痛哭幼子大声呼叫哭嚎，
一阵紧似一阵，失却知觉。
她伸出手指要挖掉一双眼睛，
想把双眼投到烈火之中。
她生着一头套索般黑发，
她把头发挽到指尖根根拔下。
她哭得鲜血流到了面颊，
血和着泪又从面颊点点滴下。
她抓把沙土撒上自己的头，
张口咬下自己手臂上的肉。
她吩咐人们点燃起一个火堆，
她要用烈火把乌发烧毁。
她边哭边诉说："儿啊，娘的心肝，
你地底何处栖身，黄沙血染？
我本等你的信息，望眼欲穿，
希望能得知你们父子平安。
我还以为你此番率队远征，
左冲右突到处抖擞威风。
我还以为你已经寻到生父，
正匆匆忙忙奔驰在归途。
孩子啊，我怎能想到传来的是凶信，
鲁斯塔姆手起刀落杀死亲人！
他毫不吝惜你青春的容颜，
也不吝惜你坚强的臂膀与躯干。
他竟忍心把锋利的钢刀举起，
刺穿你的心肝置你于死地。
儿啊，我日日夜夜把心血耗尽，

耗尽心血抚养你成人，
不曾想你如今倒卧在血地，
尸布缠身装裹成了你的外衣。
现在，我还能拥抱谁的身躯？
如今，还有谁能给我以慰藉？
我呼唤亲儿有谁上前应声？
有谁能了解我此刻的心情？
多么令人痛惜，你的青春闪光的生命，
告别了园林华殿在地下土掩尘封。
你勇冠三军率兵千里寻父，
寻父不成，等待你的竟是一座坟墓。
你满怀热望如今俱成泡影，
如今长眠地底孤苦零丁。
当他伸手抽出匕首的瞬间，
当他用匕首刺向你的躯体与心肝，
你因何不把妈妈交给你的信物，
展示出来，拿给他观看？
那信物本是父亲交给母亲，
你若拿出他怎么会不相信？
如今，妈妈失去了你我的亲人，
悲哀与沉痛充塞我的内心。
为什么我当初不随军出征，
我若在军中你怎会遭此不幸？
要认出鲁斯塔姆我只消远远一望，
而你现在也会陪伴在我身旁。
认出后，他会把尖刀抛到一边，
孩子，你的心肝也不会被刺穿。”
她一边哭诉一边撕捋头发，

还不住地用手劈打自己面颊。
她说你的心肝被尖刀刺破,
抛下妈妈可怜无告备受折磨。
听到她的哭声人们从四面围拢,
一个个也哭出血泪被她哭声震动。
她声声哭诉,痛楚摧人心肝,
人们也悲从中来,泪流满面。
她痛苦难忍突然昏倒在地,
人们见她如此,内心无限焦急。
像死人一般倒地一动不动,
血液似已凝固,全身挺直僵硬。
当苏醒来时重又抽泣呻吟,
哭自己的儿子,死去的亲人。
哭到痛处着实是血泪合流,
把苏赫拉布的王冠高举在手。
她面对着王冠宝座痛哭,
哭亲生儿子,皇家的大树。
然后命人牵过那千里神驹,
出征前苏赫拉布选中的坐骑。
她轻轻把那马头揽在怀中,
如今世上只有她与马相依为命。
她时而吻马头,时而吻马的面颊,
不多时一条血泪痕迹出现在马蹄下。
马蹄下的土被她血泪染红,
马的四蹄深陷在血染的土中。
她又吩咐拿来儿子的征衣,
一把抱紧,似把亲儿抱在怀里。
又吩咐人们拿弓箭与甲胄,

拿来他的大棒长枪与匕首。
她用沉重大棒捶打自己的头，
看见大棒便想起儿子的躯体身手。
又叫人取来马鞍、盾牌与缰绳，
一见盾牌与缰绳血便涌上头顶。
又吩咐取过他的七十肘长的套索，
看着盘绕起的套索心里万分难过。
又命人取过他的锁子甲与头盔，
说雄狮啊，你有力敌万夫的神威。
她一把抽出苏赫拉布的钢刀，
用刀把一半马鬃马尾割掉。
她把这些贵重物品分赠给贫人，
还赠送许多马匹黄金与白银，
然后她吩咐把宫廷大门紧闭，
撤去宝座把它掀翻在地。
又命令把座座宫门涂成漆黑，
把宫殿与回廊全部拆毁。
又令人拆除举行欢宴的大殿，
苏赫拉布行前在殿中曾举行盛宴。
然后她为自己换了一身黑衣，
黑衣上流满血泪她不住地悲泣。
她日日夜夜哭声不曾间断，
儿子死后她在世上又活了一年。
最后不胜悲痛辞世亡故，
她的灵魂飞升去投奔苏赫拉布。
贤者巴赫拉姆之言多么中肯，
世人不应眷恋死去之人。
谁在世上能够长生不老，

应珍惜光阴切勿韶光虚耗。
人世从来就是这样一番格局，
谁也休想探寻它的根底。
父亲一朝赋予你以生命，
而这生命总有一天完结告终。
既然无人能探求人世秘密，
又何必冥思苦想寻根问底？
看着面前两扇门儿紧闭，
何必年华空耗妄图把门开启？
纷纭万物一切出自偶然，
事出偶然但有造物主安排指点。
不必倾心这世上的五日三天，
倾心这五日三天空使自己愁烦。
这段故事凄凉悲惨催人落泪，
心软的人都把鲁斯塔姆责备。
现在，这段故事已经讲完，
让我把夏沃什的故事开篇。

卡乌斯得子夏沃什。星相术士为王子算命后,认为王子命运不济,将遭横祸。国王把王子托鲁斯塔姆抚养。鲁斯塔姆把王子抚养成人,并教授他文韬武略、各种知识和交往应对之礼。然后送回宫廷。

国王卡乌斯见王子成人,欣喜异常,宠爱有加。王妃苏达贝见王子年轻美貌,不禁动情。几番挑逗,都遭到夏沃什的严词拒绝。王妃诬称王子对其行为不轨,向国王告状。王子有口难辩,乃接受考验,骑马穿过火堆,这是一种古老的伊朗习俗,穿过火堆不受伤者证明其清白无罪。王子表明自己清白以后,土兰国王阿夫拉西亚伯率军进犯伊朗。夏沃什请兵抗敌,同时,也有远离宫廷,免遭王妃暗算的考虑。

夏沃什初战大胜,与敌人罢战订约。但国王卡乌斯不准言和,督其再战。夏沃什不愿负约,乃致信土兰国王,借地暂避。阿夫拉西亚伯利用这一形势,招夏沃什为驸马。后终因内讧而把夏沃什杀害。鲁斯塔姆闻讯后,赶到王宫,杀死王妃苏达贝,率军出征土兰。

四十五　夏沃什出生

日月如梭这样过了一段时光,
那妃子的面颊上渐渐泛出红光。
妃子怀胎九月终至一朝分娩,
生了个男孩美得似太阳一般。
左右连忙报告了卡乌斯国王,
如月的美人带给你如意吉祥。

她为陛下生一贵子,贵人贵命,
陛下的宝座该高耸入天庭。
这王子的面颊似天仙般漂亮,
他的脸上闪烁着火样的红光。
普天下都传说这男孩好看,
夸赞他的美发及面颊眉眼。
国王取夏沃什为王子之名,
愿苍天佑助保佑他一生。
国王下令宣召经验丰富的占卜之人,
晋见后先向他致意表示慰问,
请他预卜星相推测吉凶,
看此子一生途程际遇穷通。
术士细察星相发现命中主凶,
不禁心中犯难默不作声。
他见此子一生顺境不多逆境难免,
只有靠造物主保佑赐他事事平安。
他把王子命运对他父王一一讲明,
详详细细描述了他的前程。
事有凑巧这日正值鲁斯塔姆晋见,
他有事面君来到国王殿前。
他说王子天生俊秀乃皇家后裔,
请交我抚养我定然竭尽全力。
既然宫中找不到照料此子之人,
请交我抚养,我定然尽力尽心。
国王闻言半晌沉吟不语,
心想这大概是可行之计。
于是向勇士托付了宝贝心肝,
愿他长大成人主宰社稷江山。

鲁斯塔姆把他带回扎别尔斯坦，
在一座花园中为他修了座宫殿。
教他骑马射箭及套兽的技艺，
教他拢缰认镫驾驭坐骑。
教他交往仪礼宴饮应酬，
教他捕捉猎物放鹰驱狗。
教他断狱判案处理国务军机，
率军布阵以及对人的言谈话语。
桩桩件件一一把他教导，
他也用心苦学付出巨大辛劳。
夏沃什日有所进迅速成长，
这样的王子堪称举世无双。
随着日月飞逝他已长大成人，
勇敌雄狮两臂强劲膂力万钧。
他对尊敬的鲁斯塔姆这样开言，
说我如今想见我父王一面。
你千辛万苦终于把我培养成人，
教我般般技能使我成为国君。
如今，父王应该召我入宫，
看巨象般勇士教我什么本领。
雄狮般勇士为他备办行装，
又派出信使传告四面八方。
从各地调集仆人与马匹金银，
筹集钢刀王冠腰带与印信。
筹集各种衣物各种被服地毯，
以及各色礼品一一备办齐全。
凡是鲁斯塔姆的仓库中缺少之物，
都派人筹办一切准备充足。

然后，送他启程登上大路，
还派了兵马沿途照料卫护。
鲁斯塔姆也随王子一道前去，
以免国王担心挂念忧虑。
国内城乡到处悬灯结彩，
悬灯结彩迎接王子到来。
人们把香料与黄金搅拌在一起，
兴高采烈地向王子头上撒去。
普天之下到处欢声雷动，
处处喜气洋洋把王子欢迎。
阿拉伯良种马的蹄下撒满金币，
伊朗一片欢腾不见一人垂头丧气。
人们用酒调和藏红花与麝香，
涂在马鬃上表示如意吉祥。

四十六　夏沃什从扎别尔斯坦返回

当人们把消息报告卡乌斯国王，
说王子夏沃什已经走在回程路上。
国王传旨格乌、图斯率领军士兵丁，
欢迎王子，并吩咐鼓角齐鸣。
于是所有的勇士都遵旨会齐，
图斯与皮尔坦[1]在两边肃然侍立。
一行人缓缓来到大殿之上，

① 皮尔坦意为大象般勇士，是鲁斯塔姆的绰号。

陪青松般的王子叩见父王。
这时,卡乌斯国王来到殿上,
只听一声高呼众人闪到两厢。
大殿上的仆役手执香炉熏香,
手抚前胸向他送去崇敬的目光。
每个角落都有三百名仆役,
一个个体如劲松挺胸恭立。
只见黄金珠宝抛撒满地,
齐声欢呼向王子表示敬意。
夏沃什见卡乌斯端坐在象牙宝座,
头上的王冠红宝石晶莹闪烁。
连忙伏身施礼向父王致意,
拜倒在父王面前久久不起。
施礼已毕起身来到父王身边,
国王把他的头揽在胸前。
与他谈起鲁斯塔姆教导不易,
示意让他坐在一个翡翠宝座里。
见他这身躯臂膀,见他仪表堂堂,
见他谈吐不俗,气宇轩昂。
不禁心中赞赏,暗暗称奇,
口中夸赞流露出称心满意。
看他虽年龄尚幼并未成年,
但却聪明伶俐心有主见。
连忙伏身跪倒感谢造物主,
感谢真主对他的关怀佑助。
他一面称谢一面向主祈祷,
主宰理智之主啊,爱情之主!
一切善意都是你的意志的体现,

愿你永赐王子遂意平安。
全国的公卿贵胄都携带礼品，
兴高采烈赶来朝见国君。
一见夏沃什皇家气派个个称奇，
他们齐声称颂这是造物主的赐予。
国王传旨三军的将士兵丁，
戎装列队对王子表示欢迎。
在花园大殿在月台前厅，
里里外外人们一片欢腾。
到处是一派热闹的节日景象，
摆酒设宴响起丝竹弹唱。
国王传旨开宴隆重庆祝一番，
皇家酒宴着实是盛况空前。
喜庆的酒宴整整持续七天，
到第八天打开库门犒赏银钱。
国王下令拿出库中一切财产，
诸如印信钢刀宝座与王冠。
阿拉伯骏马配上白杨木马鞍，
防身的甲胄和征战的衣衫。
一个个钱袋盛满金币银币，
绫罗绸缎世上的珠宝珍奇。
除了王冠,赐予一切金银财宝，
要授予王冠,他年龄尚小。
一切都赏给夏沃什祝他如意称心，
愿造物主降恩保佑他万事遂顺。
国王一连考验他整整七年，
证明他正直高尚是合意人选。
第八年才下令给他准备金冠，

绣金的腰带和赤金的项链。
在白绫上书就一份诏书，
一切都依照皇家成例与习俗。
国王交付给他古老的“山地”，
让他配戴王冠，主宰社稷。
“山地”乃是当年那里的名称，
如今此地称作河中地区。

王子夏沃什率兵抗敌,卡乌斯国王派鲁斯塔姆辅佐。得胜后与敌签订和约。国王责备鲁斯塔姆同意停战,派大图斯去代替他,并把他撤回到扎别尔斯坦。王子投奔土兰被杀后,鲁斯塔姆赶来质问卡乌斯,并率军为夏沃什王子报仇。

四十七　鲁斯塔姆晋见卡乌斯

早有消息传到尼姆鲁兹[①],
向威镇天下的将军报告此事。
说伊朗已经全国上下举哀,
全国被一层愁云惨雾笼盖。
卡乌斯心中悲痛跌下了王座,
他不住地把自己的衣服撕捋。
夏沃什的头颅被悲惨地砍下,
王子身首异处头颅滚落黄沙。
鲁斯塔姆一听便失去了知觉,
扎别尔一片哭声响彻云霄。
扎别尔人悲痛难忍抓破面颊,
伸手抓把黄土往自己头上抛撒。
一连七天扎别尔在悲痛中煎熬,
第八天响起大军启动的号角,
从克什米尔和喀布尔调来大军,
大军齐集在鲁斯塔姆的府门。

① 尼姆鲁兹是锡斯坦的古称。

英雄率领大军直奔卡乌斯宫廷，
双眼含血心中充满仇恨与悲痛。
鲁斯塔姆率军逶迤行进来到伊朗，
一路撕捋征衣心中悲伤。
他向造物之主这样表明心迹，
我愿永远搏战，永远手执兵器。
主保佑我不要黄沙掩面，阵阵平安，
但为报此仇血染黄沙也心甘情愿。
保佑我永远头戴战盔手执战刀，
挥动套索使顽敌无处遁逃。
保佑我杀死黑心的土兰人，
为年轻的王子雪此仇恨。
当他赶来朝见卡乌斯国君，
全身上下覆盖着一路征尘。
他对卡乌斯说："你种下毒草，
如今你的江山遭到恶报。
你宠着苏达贝这恶妇，昏庸无道，
这是你亲手把自己头上的王冠摘掉。
如今事态已然完全分明，
你这是身坐在波涛汹涌大海的浪峰。
国王行事刚愎自用，反复无常，
如今给伊朗招来大难一场。
谁若是治理国家主宰社稷，
无论如何不能听信妇人的言语。
一个妇人的谗言断送了夏沃什性命，
贤明正直的女人从未在世上出生。
夏沃什这样的王子可谓并世无双，
他如此果敢仁义如此正直善良。

多么令人心痛,他那身躯臂膀,
多么令人惋惜,他那腰身和强劲的手掌。
他在酒宴上满面春风,
永远是注意的中心,贵人中的精英。
两军对阵他永远冲锋在前,
战场之上他决不落在后面。
我发誓只要我活在世上一息尚存,
我拼死争斗也要为夏沃什报仇雪恨。
我要叫任何敌人都有来无回,
放一把火,让世界像我的心焦灼成灰。”

四十八　鲁斯塔姆杀死苏达贝后兴兵出征

卡乌斯注视鲁斯塔姆的面孔,
见他哭得双眼充血,悲恸动情。
国王羞愧难当对他无言对答,
滚滚热泪顺着面颊流下。
鲁斯塔姆转身离开国王,
他迈步去内苑找苏达贝算账。
把她拖出帐外抓住她的发辫,
登时手起刀落平地血染。
他把苏达贝一刀斩为两段,
转身又来到卡乌斯的前殿。
他满心悲恸又来到王宫,
面色焦黄,双眼哭得血红。
伊朗全军上下悲恸地举丧,

他们都痛苦地聚在鲁斯塔姆身旁。
全军上下整整七天时间,
都满怀悲痛坐在王宫门前。
到了第八天鼓角响彻云霄,
古达尔兹、图斯也前来报到。
报到的有巴赫拉姆、格乌、法尔哈德,
还有古尔金、沙浦尔和米拉德。
有卡乌斯之子菲里波尔兹
和鲁哈姆与勇将古拉兹。
鲁斯塔姆对众将如此开言,
说为报此仇我决意拼死一战。
世界上找不到像夏沃什这样的勇士,
这样的勇士尚未出现在人世。
这样的事简直是愚蠢荒唐,
结下这样仇恨,多么歹毒的心肠。
将军们现在应敌忾同仇奋勇杀敌,
让血似阿姆河水冲洗大地。
向造物主发誓:只要我一息尚存,
我就不能忘记杀死夏沃什的仇恨。
那心肠狠毒的歹徒格鲁维[①],
竟然凶狠地使王子血染大地。
只要我心中记着杀死夏沃什的仇恨,
我就不会拭去我面颊上的泪痕。
除非有人把我捉住,把我臂膀捆绑,
一根绳索捆到我的颈上。
像一只羊一样把我掀翻在地,

① 格鲁维是土兰人,杀死夏沃什的凶手。

把我双手用绳索牢牢绑起。
否则我就手执战刀与长枪，
挑翻这个世界，着着实实大干一场。
我要战斗，让眼前永远迷漫战场狼烟，
我终生决不再举杯欢饮出席盛宴。
他身旁还围绕着许多勇士将军，
他们都听到了鲁斯塔姆表白的决心。
这时众人不禁都同情地高喊，
呼喊之声把脚下大地震颤。
战士们把金属球投入合金盘，
随即一个个抽出复仇的刀剑。
这时一阵号角声突然响起，
号角声中还合奏着黄铜短笛。
到处都听到对阿夫拉西亚伯的声讨，
似一片大海掀起愤怒的狂涛。
兵多将广大地之上已无立足之地，
刀枪多似丛林把头上青天掀起。
连天上的星星也准备决一死战，
大地之上滚动着杀气腾腾的烈焰。
伊朗的勇士们为战斗而摩拳擦掌，
卡维军旗在军前高高飘扬。
扎别尔的鲁斯塔姆军前点兵，
挑选了喀布尔的兵将多名。
从伊朗从纳隆莽林大军启动，
发出十万勇士十万精兵。

四十九　苏尔赫出战鲁斯塔姆

土兰方面早有报信人前去通报，
把前线战况报与统帅知晓。
说鲁斯塔姆召集伊朗精兵良将，
为报仇雪恨来犯我边疆。
瓦拉扎德已然惨败，被砍掉头颅，
边境一带已经变为一片焦土。
敌人冲锋我军被完全冲散，
他们在边境一带点燃起熊熊烈焰。
当阿夫拉西亚伯闻听战况，
心中不快也感到过去做事稍欠妥当。
于是下令召集众位谋士前来商量，
也请星相家祭司们拿出主张。
下令从全国召来贵胄公卿武将高官，
打开库门赏赐财宝银钱。
田野平原上看不到兽群，
牧人把兽群统统驱赶上阵。
要过司库人的钥匙打开库门，
把金银钱币取出任凭众人去分。
送给人们的东西中还有宝石珍珠，
贵冠项链织金腰带也一一取出。
当把礼品分赠给上下全军，
就可准备一战军心大振。
把黄铜鼓和印度答腊鼓敲响，

骑士们列队大军奔赴战场。
领兵的统帅把大军领出冈格城，
人到原野感到天宽地阔心情轻松。
国王从勇士群中召唤出苏尔赫，
向他提到鲁斯塔姆，仔细述说。
吩咐说："你选执战刀的精兵三万，
率领三万精兵前去一战。
你要领兵火速开到斯潘贾布[①]，
要兼程赶路千万不得停步。
法拉玛兹[②]率军在斯潘贾布驻扎，
你前去对阵，要把他的头砍下。
你要防备扎尔之子的险恶用心，
我看你的对手除他以外再无别人。
你是我的孩子，我的骨肉至亲，
你是我军的支柱我的最亲的亲人。
你若是全神贯注，谨慎小心，
便无人是你的对手与你对阵。
现在你可出发领兵走上战场，
要保护战士，不要被鲁斯塔姆杀伤。"
苏尔赫告别父亲启程发兵，
黑旗高高飘扬在原野的上空。
他率兵急进到了斯潘贾布，
一心渴求拼争，全然无心旁顾。
当前头队伍见前面出现烟尘，
就冲上前去，冲击法拉玛兹的中军。

① 斯潘贾布是河中地区古城名。
② 法拉玛兹是鲁斯塔姆的儿子。

这时伊朗军中早已战鼓击响，
军队调动的烟尘遮得日月无光。
队伍之中响起马嘶和人的呐喊，
马嘶声和人喊声直薄云天。
手中的战刀发出闪闪寒光，
长枪枪头沾满浓稠的血浆。
人间好像一口大锅，冒着热气，
战斗的烈焰在燃烧，蒸汽直冲天际。
战场上到处都散落着死者的头，
尸体覆盖尸体，堆积成了山丘。
苏尔赫见双方如此搏杀激战，
见法拉玛兹手执长枪如此勇敢。
他一抖马缰便朝英雄之子进攻，
手执长矛行动迅猛如同狂风。
法拉玛兹这时已冲出中军，
挺枪直取苏尔赫一心报仇雪恨。
他猛然刺出一枪，疾如闪电，
几乎把苏尔赫掀下马鞍。
这时土兰的将军一拥而上，
他们也一个个气势汹汹分毫不让。
法拉玛兹单独迎战战斗奇惨，
他手中的长枪都已折为几段。
这时苏尔赫知体力已过度消耗，
他心中担忧，脸上表情焦躁。
但那法拉玛兹却如一头怒象，
挥舞着印度战刀越战越强。
土兰的骑士们大声呐喊助威，
一个个高声叫喊像一群恶鬼。

法拉玛兹紧紧盯住苏尔赫不放,
二马临近像豹子一样迅捷探出手掌。
抓住对方腰带把他从马鞍之上,
一拖一摔就把他摔到地上。
他用力抓住苏尔赫猛力拖向大营,
把他从战场拖到自己军中。
这时鲁斯塔姆的战旗在前方闪现,
人声与象的叫声响成了一片。
法拉玛兹快步上前晋见父亲,
当面向父亲报告胜利的佳音。
他把苏尔赫的双手紧紧绑牢,
再次把瓦拉扎德的下场向父亲报告。
漫山遍野到处都堆集着尸体,
敌人兵将早已吓得狼狈逃匿。
全军兵将人人称赞年轻的将军,
称颂他勇冠三军杀敌破阵。
鲁斯塔姆也对他表示嘉许,
把金银财宝给贫苦人庆祝胜利。
鲁斯塔姆说:大凡一将出人头地,
他定然有些长处无人能够相比。
他应武艺高强,出身名门,
他还要聪明机智,见识过人。
当一个人有这四种长处集于一身,
此人便无往不胜,牢牢站稳脚跟。
火的本性就是熊熊燃烧,
万物临火都被烧得枯焦。
法拉玛兹出人头地不令人感到意外,
纯钢定然是在烈火中锻造出来。

当把矿石放到熊熊烈焰之上，
自然从矿石中炼出上好的纯钢。
这时鲁斯塔姆向苏尔赫望了一眼，
见他生得体格端庄仪表不凡。
他身躯魁梧如同雄狮，面如阳春，
一头黑发，衬托出他面如傅粉。
鲁斯塔姆命兵士把匕首大盆准备停当，
立即把苏尔赫拉到旷野之上。
让人把他的双手牢牢捆绑，
把他推倒在地像推一只绵羊。
要像他们杀死夏沃什一样，
也砍下他的头颅让兀鹰为他举丧。
这时图斯将军听到有人报告，
他急忙上前观看快步赶到。
苏尔赫见他来了，对他哭诉，
我本无辜为何要砍下我的头颅。
夏沃什与我同年我们曾是好友，
他死后我日日为此而忧愁。
我也悼念他，终日以泪洗面，
谴责杀人者残酷无情心狠凶残。
我也日日诅咒杀死王子之人，
他杀死王子时也是手执匕首准备大盆。
见这位王子即将惨遭大祸杀身，
图斯将军不觉动了恻隐之心。
他赶紧找到鲁斯塔姆陈述了一番，
转述了这位王子对他所说之言。
鲁斯塔姆答道："如若说我们的国王，
因丧子而悲痛不已黯然神伤，

那也不能放过阿夫拉西亚伯，
让他以泪洗面，亲自尝一尝苦果。
此子乃是那不义之王的后人，
他这是花言巧语迷惑你的心。
当初他们把夏沃什按倒在地，
一刀砍下使他倒在血泊血染大地。
卡乌斯是伊朗尊贵的国王，
以他的头颅和生命发誓，祷告上苍：
只要我鲁斯塔姆活在世上，
捉到敌人，不论是士兵还是国王，
我就定然要砍下他的头颅，
我要把他们的土地变为一片焦土。”
这时，他看了扎瓦列一眼，
示意他立即动手不要再多迟延。
扎瓦列把那年轻人交给士兵，
拿过匕首和大盆随时备用。
兵士们立即把苏尔赫的头砍下，
他大喊一声，全身抖动挣扎。
苍天啊，你的儿子可有什么罪过，
为什么使他们出生又把他们折磨？
士兵把砍下的头高高挂在杆顶，
尸体被提起双脚就地一掷。
这样还不解恨，用刀剁碎尸体，
然后撒上沙土掩埋不留痕迹。

五十　鲁斯塔姆在土兰为王

鲁斯塔姆在土兰为王，
他率军队来到了阿姆河上。
土兰的臣属贵胄和列位王公，
都来朝见英雄表示服从。
鲁斯塔姆在土兰登基为王，
土兰国的命星一蹶不振，国家灭亡。
据说古代传下一段至理名言，
说人不去故意树敌求个身心两安。
有人无故来攻，就让他就地灭亡，
但穷寇勿追，省得自家到处流浪。
鲁斯塔姆下令清点土兰大库，
左右人等向他一一报告财宝数目。
大库中存有金币和珍贵的宝冠，
有象牙宝座和锦衣绸缎。
那宫中有差役奴仆和马匹，
还有许多面貌姣好的宫女。
冈格大库中储存着无数财宝金银，
他拿这些财宝给兵将们去分。
全军上下分到财产个个心满意足，
他们分得了宝冠、高帽和手镯。
他赠给图斯象牙宝座、项链和手镯，
此外向他颁发文书，派他治理冈格。
他说："如若有人反抗你的统治，

如有人仍要推行阿夫拉西亚伯的旧制，
你就不要留情，立即让他身首异地，
为兀鹰庖制一桌丰盛的宴席。
有的人安分守己求个平安，
他们不轻举妄动无端造反。
那你就应当爱护他们视同子民，
保障他们的衣食充足，不使他们贫困。
对不惹是生非的顺民不应惊扰，
你应该秉公治理，办事公道。
这人世转瞬即逝，不会长驻永恒，
谁也没有贾姆席德那种气派和威风。
但是命运也使他跌倒在地，
又使另一人为王把他代替。
命运赠给王者一顶高贵华美的王冠，
赠给他王座，上有珠玉宝石镶嵌。”
他让古达尔兹去治理斯潘贯布。
也颁下一文书，并且叮咛嘱咐。
未入正题先把古达尔兹赞扬，
说他人品高尚武艺高强。
说众将都知道你战阵之上行动如风，
朋友间酒席宴饮你谈笑风生。
最根本的是本领，本领胜过高贵门第，
本领高强之人门第高贵才有意义。
你出身高贵本领高强又理智谨慎，
因此你去治理一方我信任放心。
你是人中精英，看到你就想到先辈贤人，
我对你的叮嘱劝告请谨记在心。

从斯潘贾布到古尔扎里云[①]之地，
请你前去把这片土地治理。
又赏给卡乌斯之子菲里波尔兹一顶王冠，
还赠给他珠宝玉石和许多金钱。
对他说："你出身高贵是王族后裔，
你是夏沃什王子的胞弟。
兄长的血仇你要永远记在心里，
马鞍鞒上要永远系牢刀枪武器。
你要摈弃安逸舒适的生活，
要不忘血仇，时时记住阿夫拉西亚伯。
你生在人世之上行事应谨遵正义，
主持正义之人永远立于不败之地。"
鲁斯塔姆在土兰登基为王，
消息飞传，传遍了秦和马秦[②]城乡。
四面八方表示祝贺献上赠礼，
礼品有大颗的珍珠，也有金币。
他们都表示我们服从将军命令，
是将军的奴仆，一切按命令行动。
统帅见他们诚心诚意表示服从，
便不加惊扰，饶他们一命。
他在土兰日日前去狩猎携鹰带犬，
就这样悠闲安逸过了许多天。

① 古尔扎里云为今塔什干以北一带。

② 伊朗古代把中国称为"秦"和"马秦"，"秦"指西北边疆一带，"马秦"指内地。《列王纪》中多把土兰与中国混同，实际与历史情况不符。

伊朗王子夏沃什到土兰避难被害时,他的妻子法兰吉斯已经身怀有孕。后产一子名霍斯陆。阿夫拉西亚伯也要加害他们母子。土兰主将皮兰力保,并获准把他们母子带回自己的驻地看管。霍斯陆长大后,阿夫拉西亚伯要看一看此子是否有为父报仇之心。皮兰教霍斯陆如何应付,于是骗过了阿夫拉西亚伯。后伊朗派大将格乌把他们母子接回。卡乌斯年老,让位给霍斯陆。霍斯陆登基后,为父报仇,兴兵攻土兰。伊朗大将图斯为帅。初战不利。土兰联合印度国王和中国大汗协力包围伊朗军队。鲁斯塔姆率军前去支援。

五十一　卡姆斯死于鲁斯塔姆之手

阿尔瓦阵亡,鲁斯塔姆心中悲伤,
他从马鞍韂上解下套索准备走上战场。①
他一手执套索,一手执大棒,
就像他战斗在马赞得朗。
他挥舞着大棒,把套索搭在肩头,
随后像怒象一样高声怒吼。
卡姆斯说:“你那套索虽有六十环,
但六十环的套索吓不住英雄好汉。”
鲁斯塔姆说:“雄狮见到猎物,
就自然会发出高声怒吼。
是你先下毒手与我们结下仇恨,

① 阿尔瓦是扎别尔的一员将官,平日为鲁斯塔姆扛枪。

是你杀死了我们伊朗的将军。
是你招来我执套索上阵，
你这是自取灭亡套索缠身。
库沙人啊，这是命运使你来到此地，
命中注定这里就是你的葬身之地。”①
卡姆斯见对手高声吼叫气势逼人，
他一催战马向前逼进。
他高举起寒光闪闪的战刀，
想一刀劈去把对手的头砍掉。
他一刀砍中了拉赫什的颈项，
但只砍到战马颈项的护甲上，
没有伤到拉赫什战马的身躯，
而大象般的勇士早把套索扬起。
鲁斯塔姆把套索抛到空中，
双腿一夹催促战马前冲。
那套索正好套住了卡姆斯的腰，
战马并未停步，仍然继续飞跑。
鲁斯塔姆在马上双腿用力，
抖开马缰，任凭战马向前冲去。
卡姆斯拼命挣扎用力挣脱，
使尽浑身之力想挣断套索。
他终未挣脱，自己反而失去知觉，
鲁斯塔姆这时才勒住马缰，那马也不再跑。
鲁斯塔姆拨转马头，把对手擒下马鞍，
把他头朝上脚朝下抛到地面。
然后用绳索把他捆绑，

① 库沙是锡尔河以北的一座古城。

口中还说:“如今看你再逞狂。
今后你已不能再行凶作恶,
我要把你交给恶鬼让你受恶鬼折磨。”
鲁斯塔姆绑紧卡姆斯双手,
然后又提起套索的一头,
英雄用力把对手挟在腋下,
大步流星奔向伊军兵营。
他对伊朗兵将说:“他自恃武艺高强,
胆敢与我在战场拼杀较量。
他不知这使人捉摸不定的世道,
有时使人飞黄腾达,有时使人穷愁潦倒。
它时而对人满意,时而不满,
时而把人按到地底,时而把人抬上青天。
你们看这个骄傲的勇士,
他力大无穷足以战胜雄狮。
他发誓要把伊朗夷为平地,
使伊朗国土变为狮虎横行之地。
他要踏平扎别尔斯坦和喀布尔斯坦,
不留一幢楼阁不留一座花园。
他发誓鲁斯塔姆不命丧疆场,
他就决不放下手中的大棒。
现在他的铠甲头盔成了他的尸衣,
兵败战场就要黄土为穴葬身地底。
这位好汉的寿命已然到了终点,
不知对此事诸位有何高见?”
他说着就把卡姆斯抛到地面,
伊朗的兵将便一拥上前。
他们举起战刀肢解了他的身躯,

鲜血涌流染红了山石与土地。
人生的道路千回百转，
从来就是欢乐伴随着愁烦。
忧愁与痛苦般般早就已经注定，
挣扎也是徒劳既不能减也不能增。
世人啊，你生来就注定忍受折磨，
注定的苦难只能忍受，无法解脱。
命运决定你的穷通祸福，
你绝然无法摆脱，只能屈服。
在世上你应尽心竭力积德行善，
造物主引导世人你应把主颂赞。
勇士卡姆斯的生命到此告终，
他本是取人性命的勇士，如今反而送命。
现在要叙一叙中国大汗①，
把另一场厮杀恶斗描绘一番。
聪明人啊，请听我之言，
开篇就应把耶兹丹颂赞。
是耶兹丹指引人避恶趋善，
是耶兹丹创造了宇宙尘寰。
耶兹丹造就了智慧与灵魂，
除了耶兹丹不应赞颂别人。
你的生命在渐渐消亡，
除了尘世你另有个栖身之乡。
我说此话望你首肯认可，
自古德赫甘就如此述说。
且说早有人向中国大汗报告信息，

① 这里的中国大汗显系指活动于中国西北部边疆一带的突厥人。

说今日一战卡姆斯一命归西。
库沙人、沙坎[1]人及巴尔赫的好汉，
由于卡姆斯被杀感到天昏地暗。
他们面面相觑彼此探询，
说这位无敌勇士是什么人。
他是哪方人士，姓甚名谁，
这世上可有人能够与他敌对？
胡曼将军这样告诉皮兰：
“从今以后我已不愿再战。
连卡姆斯都已在战场身亡，
我们这些人还怎么能上战场？
我看这世上再没有谁比这位勇士更强，
他身强力壮魁梧得像头大象。
至于你我更不是他的对手，
勉强上阵岂不是自寻苦头？
他在战场居然抛出套索，
把英雄卡姆斯活生生擒获。
如若他真的与大象厮斗，
那大象也肯定不是他的对手。”
众兵将一齐去找中国大汗，
他们痛哭卡姆斯眼泪尚未擦干。
皮兰内心沉痛，他向大汗问安，
说：“大汗至高无上位比青天。
大汗从头至尾参加今日之战，
整个战斗大汗都在军前。
如今我们应想一个制胜的方策，

① 沙坎在今阿富汗喀布尔和我国喀什之间。

要秘密行动不能公开述说。
我们应找一个机敏干练之人，
找一个机敏干练之人前去侦察探询。
要调查清楚这位好汉是何人，
看我们军中哪位将军能与他对阵。
然后我们同仇敌忾一鼓作气，
走上战场齐心协力对敌。”
中国大汗闻了这话对皮兰说：
“我也为此事忧虑,此事颇费琢磨。
此将力敌雄狮武艺高强，
这样的身手勇士究竟来自何方？
世上之人面对死亡一筹莫展，
祈求挣扎一切都是徒然。
自从母亲把我们生到世上，
就注定有朝一日会走向死亡。
有人身强艺高,能把大象扳倒，
但注定的天命他也无法脱逃。
卡姆斯将军今日阵上牺牲，
你不必为此而过分悲痛。
我也要用自己的这副套索，
把杀死卡姆斯之将捕捉。
我要坚决支持阿夫拉西亚伯，
让整个伊朗土地血流成河。”
中国大汗从军中选出一队兵将，
他们都手执短刀本领高强。
对他们说:“你们在阵上要留意探询，
看这位万夫不当的勇士是何方之人。
看这位将军在何地扎营，

看他左翼右翼都是何地之兵。
要问清姓甚名谁他来自何方，
问清这一切再与他比武较量。”

中国大汗与鲁斯塔姆对阵，鲁斯塔姆力促其投降，让他交出王冠王座，中国大汗拒绝。

五十二　中国大汗被俘

这方中国大汗开口大骂，
说："无耻匹夫少说昏话。
我乃一国之主，怎会祈求你们国王，
居然让我对你们国王投降。
你这个锡斯坦人，无耻匹夫，
你怎么胆敢小觑我这中国之主。"
正说之际土兰军中射出了乱箭，
似阵阵秋风穿过枝叶之间。
那箭突然射来又急又密，
带着苍鹰羽毛的利箭充满空际。
古达尔兹见一阵阵利箭射来如同急雨，
担心鲁斯塔姆危险心中焦急。
他吩咐鲁哈姆说："要立即行动，
要催马上前，带上二百名兵丁。
备好黄杨木箭和恰奇①强弓，
在鲁斯塔姆身后配合他的进攻。"
他又对格乌说："快催军前进，
催军前进去袭击敌人。
这时候可不能犹疑不前，

① 恰奇是塔什干的古称。

容不得迟疑布置容不得半点迟延。
你带领兵力去冲击右翼，
注意皮兰和胡曼就在那里。”
鲁斯塔姆在正面力战中国大汗，
战斗激烈惨苦直杀得天昏地暗。
鲁哈姆似一头怒狮直扑向前，
他跟随鲁斯塔姆奋力搏战。
这时鲁斯塔姆对鲁哈姆说道：
“我担心这拉赫什马已过度疲劳。
敌军像蚂蚁蝗虫，一帮乌合之众，
但你冲击时对象队象驮手下留情。
我们要将这些战利品交霍斯陆国王，
这些来自善冈[①]和中国的战利品向他献上。”
说完他便震天动地大吼一声：
“土兰人、中国人，你们是中了魔神志不清。
你们难道失败得还不够凄惨？
死伤累累陈尸疆场又哭又喊。
难道不知鲁斯塔姆是何许人？
为什么你们如此糊涂如此麻木不仁？
鲁斯塔姆可以把巨蛇斩为两段，
战场上他可与大象拼斗搏战。
你们既不识时务要与我较量，
对付你们我只有战刀和大棒。”
鲁斯塔姆从马鞍后座上取下套索，
把套索的一端在鞍鞒上绑牢。
他一催战马震天动地一声大喝，

① 善冈指何处不详。

这一声吼能把巨蟒的耳膜震破。
他把套索频频抛向四方，
被套住的兵将免不了命丧身亡。
他长舒双臂紧蹙眉头抛出套索，
把敌人个个套住，心中充满战斗的饥渴。
每当他抛出套索那套索的扣环，
把一个敌方之将擒下马鞍。
军中图斯将军便立即下令，
击鼓吹号立时响起一片鼓号声。
这时伊朗兵士便绑起这将官双手，
押他上山，拖起来便往山上走。
中国大汗在象背上举目观看，
见战场弥漫浓密的黑烟。
一个大汉身如巨象，胯下好像一座高山，
把一个个将军套住，从马上打翻。
这简直就是为云端兀鹰准备宴席，
见这场面连天边的星星也感到惊奇。
中国大汗从本军中找了一员将官，
此将能说伊朗人的语言。
他命此将："你去见这如狮的将军，
要他说手下留情不要太狠。
石汗那人、沙坎人、威赫尔[1]人，
都没有卷入这场仇恨。
赫特兰[2]国王、中国国王都是局外之人，
他们置身于外与将军你素无仇恨。

① 威赫尔在何地不详。
② 赫特兰是撒马尔罕地区的一城市。

怨只怨土兰国王阿夫拉西亚伯,
他心胸狭窄掀起了风波。
他从各地搬来支支救兵,
掀起仇恨自己走到了绝境。
这边人也都有身份地位非公即王,
依我看终归是和比战强。”
使者匆匆找到了鲁斯塔姆,
他开口劝说,但心中不免踌躇。
他对鲁斯塔姆说:“尊贵的将军,
不要凶杀恶斗了,愿你摆宴款待客人。
将军过去与这位中国大汗,
素无来往彼此无仇无冤。
他已不想再战,望你也下令,
让军队撤出战斗结束这场战争。
卡姆斯将军已在你手下阵亡,
多位将领命丧在你的手上。”
鲁斯塔姆闻听他的话,对他这样说:
“你们要交出象队、王冠、象牙宝座。
你们本意出兵去把伊朗掠夺,
现在又拿这番花言巧语骗我。
他知道这支军队按我命令行动,
我说战就战,说停就停。
我留下他的人头,他得把项链王冠交我,
还要交出象队和象牙宝座。”
使者回答说:“拉赫什的主人,
没到手的猎物先不要送人。
你看这战场上到处是兵丁和战象,
中国大汗也实力雄厚是头戴王冠之王。

如再战谁知战争是何等结果，
哪方得胜哪方失败还很难预测。”
鲁斯塔姆一听立即一催拉赫什战马，
说:“某家勇如雄狮打遍天下。
我膂力过人套索无人能敌，
我不受欺骗也不听信花言巧语。
我不管他是什么雄狮也不管是中国大汗，
当我抛出套索他就得俯首在我面前。
在战场上当我抛出我的套索，
便会套住对手,他便被我捕获。”
当鲁斯塔姆接近了中国大汗的白象，
中国国王感到此命休矣,没有了希望。
这时萨姆和扎尔之后鲁斯塔姆，
向中国国王把手中的套索抛出。
只见套索从鲁斯塔姆手中飞出，
登时就把国王的颈项套住。
他一把把中国大汗从象背拖下平地，
然后上前把他双手牢牢绑起。
绑好后就把他拖到舍赫德河边，
中国大汗失掉大象,也失掉了王座与王冠。
随后把中国大汗交给图斯的兵丁，
这时图斯下令擂鼓大庆功。
这人世逆旅本来就是这样，
有时使人失意潦倒,有时使人腾达飞黄。
天长地久,这种局面将永存人间，
人有时体尝毒药苦味,有时享受蜜糖的甘甜。
它会把一个人送上云端，
它也会把另一个人抛下九泉。

它会把一个人扶上王座登基称王，
而使另一个人在地底埋葬。
他对你不分外爱也不格外恨，
要知道他只是冥冥中决定你的命运。
主啊，人世沧桑完全决定于你之手，
这世事的变幻我始终无法猜透。
你使人欢乐，你也使人悲愁，
使一个人春风得意，使另一个人失意烦忧。
你使一个人荣华富贵王权在握，
你把另一个人抛入鲸口，葬身洪波。
愿你关怀一人，也佑助另一人，
不要让人与人之间充满仇恨。

五十三　鲁斯塔姆致信霍斯陆

鲁斯塔姆召来经验丰富的文书，
让他写信，他本人对文书口述。
文书按照鲁斯塔姆口述内容，
笔沾龙涎香写上一块白绫。
信的开头照例把造物主赞颂，
这是写信的规矩，永远遵从。
造物主创造了土星创造了太阳和月亮，
造物主给人以洪福、王冠和力量。
造物主把宇宙万物和天地创造，
造物主创造了灵魂、理智和宗教。
赞颂了造物主又向国王问候，

“愿天下之主永远鸿运当头。
我遵照王上旨意率兵来到两山之间，
敌人搬来王国之兵连成一片。
估计敌方有手执战刀的精兵十万，
在战场上排开与我作战。
库沙人、沙坎人、中国人、印度人，
一字排开，从中国直排到信德河。
从克什米尔到舍赫德山，
到处是营帐到处是象队和驮篮。
仰仗陛下洪福我并不惧敌，
在战场上向敌人猛烈进击。
双方战争持续四十日，
到后来敌人力尽渐渐不支。
敌方率军之人都是一方之王，
他们都身居宝座，王冠戴在头上。
直打得两山之间的平地，
死伤累累，尸体到处堆积大地血洗。
战场延伸到四十法尔散格之远的地方，
大地片片殷红血迹似红花从地下生长。
终于仰仗陛下齐天的洪福隆运，
我们战胜敌人这才向陛下报信。
现在我把给这些王公贵人上绑，
把他们再绑到大象背上。
让人押解他们去见王上，
把礼物与大量战利品也一起带上。
我还要率领大军继续前进，
要严惩格鲁维，他是杀害夏沃什之人。
愿天下人人把陛下赞颂，

愿青天也俯首向陛下致敬。”
书信写完加盖上自己的印章，
然后交到菲里波尔兹手上。
他押解着众王公和三千牲畜，
离开战场启程，去给霍斯陆下书。
如象的将军也前来上路相送，
其他众位将军也一道来送行。
鲁斯塔姆与他拥抱送他远去，
眼中热泪不住地颗颗下滴。
送走菲里波尔兹他们便回到营帐，
这时夜之枭垂下黑发暮色苍茫。
命左右摆开酒宴，宴上丝竹弹奏，
欢庆胜利开怀畅饮美酒。
酒席宴罢各自返回自家营帐，
他们因胜利而得意洋洋。
当太阳的金黄色光辉闪现，
第一道光芒照彻澄清的蓝天。
这时只听从营帐的外廊，
响起唢呐的高亢的声响。
鲁斯塔姆穿好出战的征衣，
跨上他如同小山般的坐骑。
下令军士们带上辎重粮秣，
准备长途行军艰难跋涉。
他率领大军浩浩荡荡前行，
越过田野经过漫长的路程。
他告诉图斯、古达尔兹和格乌等人，
说：“你们都是勇士出名的将军。
我现在率领大队再次出征，

决心要把罪魁祸首严惩。
谁想得到这个诡计多端的匹夫，
从中国、萨格拉布[①]、印度搬兵求助。
他绝对逃不过我的严惩，
我要把他埋到夏沃什墓，祭奠英灵。
让他再不能要求中国、善冈、印度和萨格拉布，
派出大军前来把他援助。”
随着一阵鼓声大军启动尘土飞扬，
灰尘飞上天空田野上到处是兵将。
将军们出征情致甚高，
一路欢声笑语直达云霄。
他们离开那片战场行了两站之遥，
见尸陈累累充塞在旷野荒郊。
但见前面不远处有座小林，
命令停下来休息暂停前进。
大队人马在小林中休息一段时间，
恢复体力整顿队伍好继续向前。
有的人开怀畅饮对酌把盏，
有的人躺下休息借机小眠。
四面八方王公贵胄都派来下人，
赶到此地慰问开来的大军。
王公们送来礼金和各色礼品，
献上礼品给鲁斯塔姆收存。

① 萨格拉布在君士坦丁堡(伊斯坦布尔)以北，保加利亚一带。

为抵抗伊军，土兰国王请妖怪普拉德万德助战，普拉德万德连挫数员伊朗大将。

五十四　鲁斯塔姆大战普拉德万德

鲁斯塔姆听到古达尔兹长叹，
也极感同情，全身不由得抖颤。
他催马来到普拉德万德面前，
见这妖怪像是一座大山。
那败阵的四将感到丧气，
对手如同雄狮他们好像野驴。
这时战场上敌兵还在进攻，
自己人却死伤累累，阵不成形。
他心中自忖，这可是一场大灾大难，
众多的将军也一筹莫展。
这阵势说明我军严重受挫，
眼前死伤无数真是天不助我。
他心里想着便一催战马，
催马向前决心与敌手厮杀。
口中说道："不识时务的妖魔，
恶有恶报，我现在就让你尝苦果。"
这时那四将听到鲁斯塔姆的声音，
鲁斯塔姆也看到四位伊朗将军。
他不由得向造物主透露心声，
说：主啊，你洞悉人间一切情形。
我宁愿在战场受伤双目失明，

我也不愿看到这种情景。
我们的将军与敌人力战，
他们苦战妖魔苦战胡曼和皮兰。
格乌、鲁哈姆、图斯将军，
还有比让那力敌雄狮之人。
他们一个个都被打于马下，
被打到马下，徒步仍与敌人厮打。
他这么想着已然接近普拉德万德，
一扬手便抛出手中的套索。
他想趁其不备把他活捉，
但对手一伏身把他的套索躲过。
普拉德万德对鲁斯塔姆喊道：
“雄狮般的勇士饱经战阵的将军，
你虽然能把凶猛的大象吓跑，
但是你却未见识过尼罗河的波涛。
今天就让你开开眼界见识一番，
见识一番我的膂力和我的手段。
今后你再也见不到你们的国王，
见不到你们的勇士和兵将。
你连做梦也再梦不到故乡，
我要押解你的兵将去见土兰国王。”
鲁斯塔姆回答普拉德万德说：
“何必拿这些豪言壮语来吓我，
真的英雄决不靠豪言壮语，
只靠豪言壮语就不免人头落地。
纵使你身手不凡艺高自负，
但你并不是萨姆，也不是戈尔沙斯帕。”
当普拉德万德听到此言，

他想起了一句古老的箴言：
谁若是师出无名强打不义之战，
他一定会身败名裂下场凄惨。
不论他是敌是友，如若他多行不义，
就要坚决反抗，一切凭理。
眼前来的正是那个鲁斯塔姆，
他在马赞得朗的暗夜把大棒挥舞。
他对鲁斯塔姆说道：“我说来将，
何必呆站着，让我们来比武较量。”
说着，两个怒象般的好汉，
你来我往，动手打成一片。
突然，鲁斯塔姆照对手的头打了一棒，
战场上的兵将都听到声响。
这一棒打得普拉德万德眼冒金星，
震得他虎口发麻，不由得松了缰绳。
他疼痛难忍拨马向右，
心想今天可是大难临头。
鲁斯塔姆想这还不打得他脑袋开花，
等着他的脑浆迸裂顺肩头流下。
但是见普拉德万德离都没离马鞍，
鲁斯塔姆口中祷告对主开言：
主啊，你主宰宇宙天地万物，
你洞察一切是世界之主。
如若我进行的是不义的战争，
到了彼世我的灵魂也会受到严惩。
那就让我败在普拉德万德手上，
在他手上一死命丧疆场。
如若阿夫拉西亚伯是不义之徒，

请求主不要使我送命，请主把我佑助。
如若我真的在他手上阵亡，
那伊朗便再无人与他较量。
那时不会再有伊朗的农夫工匠，
连伊朗这个国家也一起消亡。
然后他问普拉德万德：
“大棒打在你头上感觉如何？
我见你的双手都拢不住马缰，
你及早罢战下马，俯首投降。”
普拉德万德一听，这样回答：
“你这一棒不在话下。”
他们斗着嘴，又扑打到一处，
双方斗红了眼谁也不愿服输。
普拉德万德突然抽出一把短刀，
他想用短刀挑开对手的战袍。
但是短刀挑不开勇士的战袍，
见此情景妖怪心头好恼。
眼见鲁斯塔姆不惧怕他的兵器，
他心中恼怒独自生气。
这时他又想出一个主意，
对鲁斯塔姆说：“有一事与你商议。
你把你的头盔铠甲抛到一边，
把这倒霉的战袍丢掉，换上另外一件。
请你立即换上另一副披挂，
我也把全身披挂换掉，然后我们再打。”
鲁斯塔姆对他说：“这简直是岂有此理，
我穿什么战袍铠甲怎能由你？
两军作战我为什么要换装？

你也穿你原来的，别痴心妄想。”
说完此话，妖怪普拉德万德，
又与鲁斯塔姆扭打到一起。
普拉德万德见这样占不了上风，
他又心生一计设法克敌制胜。
他对鲁斯塔姆提出两人摔跤，
一个对一个看谁把对手摔倒。
他说：“你如果自以为勇如雄狮，
让我们二人，换个样儿比试。
我们二人在战场上摔跤，
彼此把对方腰带抓牢。
看这场比试中命运把谁佑助，
看谁能占到上风把对手制服。”
鲁斯塔姆回答：“你这个无耻的恶鬼，
勇士们进攻，你已无路可退。
你这是又在耍弄狐狸的诡计，
摔跤你也不能取胜，只得束手待毙。
你妄想用摔跤来骗人，
耍弄花招借此脱身。”
他们二人彼此做出了约定，
双方都做出了严格的保证：
两人搏斗较量不许另外的人上场，
不应来人相助，完全是一对一的较量。
约定后二人滚鞍下马，站在平地，
有一会时间你看着我，我看着你。
两个人心怀仇恨都向对方进逼，
转眼间两个骄傲的对手厮打到一起。
按照约定双方的任何兵将，

不得上场把一方相帮。
这时两军相距有半个法尔散格，
天上的星星也看着这二人相搏。
一个是普拉德万德，一个是鲁斯塔姆，
像两头狮子互相扭打到一处。
双方都长舒手臂，抓住对方，
彼此把对方的腰带抓到手上。
席德见鲁斯塔姆的身躯膂力，
不由得倒吸了一口凉气。
他对父亲说："你把他称为擒魔的鲁斯塔姆，
这条大汉可谓身手不俗。
就凭他的这把力气，凭他的武艺，
那妖怪恐怕讨不到便宜。
怨不得苍天，这也是命运不济，
我们的兵将哪个不逃，哪个能与他为敌？"
阿夫拉西亚伯对席德开言：
"你越这样说越使我不安。
你去看看那普拉德万德，
看他斗鲁斯塔姆结果如何。
你用土兰语给他出个主意，
让他设法把鲁斯塔姆打倒在地。
你去说打倒之后不让他走脱，
一刀砍下去把他性命结果。"
席德说："双方在军前有约在先，
约定双方不应再有人出战。
这样你是背信弃义自食其言，
于事无补反而使自己丢脸。
我劝你不要再把水搅浑，

不要错上加错,误事害人。”
国王一听儿子此言怒气难忍,
开口大骂蠢才,口出不逊。
他说道:“你可知这个妖怪,
如若被鲁斯塔姆打败,
那我们的兵将就一个别想逃脱,
而你只会在此摇唇鼓舌。”
他说着话便催马抖缰,
像头狮子一样来到战场。
在战场看这两头狮子搏斗,
搏斗时发出雷鸣般的怒吼。
阿夫拉西亚伯对普拉德万德说:
“你如果压倒他不要放他走脱,
你要一刀砍下去致他死命,
不要空口吹嘘,要的是坚决行动。”
这时格乌看了看阿夫拉西亚伯,
感到奇怪他为何这样说。
这分明是破坏约言背信弃义,
于是格乌一催战马奔上前去。
他对鲁斯塔姆说道:“将军,
你有何吩咐,请告诉我们。
阿夫拉西亚伯见他们一方不利,
便违背约定,背信弃义。
他竟跑上前来教唆这妖怪,
让他搏斗时拔出刀来。”
鲁斯塔姆对他说:“我在与敌人交手,
我在此正与对手摔跤搏斗。
你们何必为我如此着急,

你们完全不必如此为我忧虑。
我这就把这普拉德拉德，
打翻在地让他尝一尝苦果。
如若没有足够的膂力与本领，
我何必前来斗这个妖精？
假如这妖怪背信弃义破坏约言，
在耶兹丹面前，失信食言，
你们何必担心何必为此焦虑，
我看他这是自己置自己于死地。”
说完，如狮的将军探出手臂，
一把便把对手身躯抱起。
然后猛然出力把他提到空中，
好像是倒拔起一棵梧桐。
他口中感谢造物主赐他神力，
把对手高高举起摔到平地。
伊朗兵将一见发出欢呼，
为将军喝彩高奏起战鼓。
唢呐声高亢激越声入云端，
铙钹和答腊鼓也高声相伴。
普拉德万德倒在地上像一条死蛇，
他一动不动，身体弯曲蜷缩。
鲁斯塔姆心想这妖怪全身被打散，
骨碎筋折，全身都已脱环。
他的全身的骨架都已散落，
脸色焦黄得如同胡萝卜。
天下无敌的英雄把对手彻底打翻，
打得他跌倒在地，魂飞魄散。
这时鲁斯塔姆举目四望，

看见战场上还有不少兵将。
于是他两腿一夹催马向前，
把普拉德万德甩在后面。
当鲁斯塔姆回到本军之际，
普拉德万德的上身居然慢慢竖起。
然后他从地上一跃跳上马背，
催马猛跑，那马奔跑如飞。
他奔驰到阿夫拉西亚伯近前，
心中无限懊恼，泪流满面。
原来普拉德万德是失去了知觉，
他躺在地上好像是睡了一觉。
鲁斯塔姆见普拉德万德还活着，
他手下的兵将也没有后撤。
心中一震，他又催军向前，
又把经验丰富的古达尔兹召到面前。
他下令让兵士们射出排箭，
利箭如同云间落下的暴雨一般。
一边是比让，一边是格乌，
还有打遍天下的古尔金及鲁哈姆。
一齐催军前进刀光闪闪，
好像燃起冲天的烈焰。
这时普拉德万德对兵士们说道：
“这一战我丢了宝座，丢了名誉，丢了财宝。
我们为什么来打这场战争，
何必跑到这里来白白送命？”
说完他率领军队退出战场，
免得在鲁斯塔姆手下命丧身亡。

五十五　鲁斯塔姆回到伊朗王宫

伊朗大军从土兰启程回国，
带着他们的战利品金银和宝座。
这次战胜他们收获颇丰，
鲁斯塔姆率军班师启程。
他们俘获了成群的大象，成群的马匹，
战利品丰富，全军人人满意。
人们的呐喊声伴着唢呐声，
马匹的铃声伴着答腊鼓声。
这是一支浩浩荡荡的大军，
向着伊朗城的方向前进。
当鲁斯塔姆班师的消息报告给国王，
王宫人马与城中百姓激动欢畅。
伊朗国中战鼓声直达云端，
人们都说虎皮战袍的主人凯旋。
伊朗全国人民欢声雷动，
欢庆胜利的有公卿贵人也有平民百姓。
国王心花怒放欢欣鼓舞，
不住地连声感谢造物之主。
他下令牵过他乘坐的大象，
他要前去迎接凯旋的兵将。
全城都装饰得美如天庭，
到处饮酒奏乐巷巷笑语欢声。
大鼓声高奏，伴着唢呐声，

宣告国王要把大军欢迎。
人们用香料涂抹大象前身,
涂料是麝香和藏红花,先用酒浸。
牵象人的帽子上珠宝镶嵌,
他的耳朵垂下一副耳环。
到处喷洒酒浆抛撒藏红花和金币,
空际中充满麝香、龙涎香的气息。
鲁斯塔姆听到了全城笑语声喧,
他远远看到了国王的王冠。
连忙滚鞍下马上前行礼问好,
国王问路上的情形说:一路辛劳。
然后国王紧紧把他抱在怀中,
君臣拥抱多时,表达殷殷之情。
国王开口称赞将军出战全胜,
说:"这是如狮的勇士之功。"
国王令鲁斯塔姆也坐上象背,
手拉着鲁斯塔姆的手一路返回。
他对鲁斯塔姆说:"将军为何如此迟延?
迟迟到来让我们望眼欲穿。"
鲁斯塔姆开口回答国王,
说:"不见王上我们无一刻欢畅。"
说话间已经看到王宫和屋顶,
君臣携手来到国王的王宫。
到了王宫国王端坐在王座之上,
天下闻名的勇士鲁斯塔姆坐在一旁。
在座的有图斯、菲里波尔兹和古达尔兹,
法尔哈德、古尔金和鲁哈姆勇士。
这时,国王问起这次战斗的经过,

说:“我军力战土兰军情形如何?”
古达尔兹上前忙说:“我的王上,
这次战斗经过说来话长。
王上似应先为将军们摆酒接风,
然后再询问战斗的详情。”
国王一听也笑了,忙吩咐摆宴,
转眼间摆上一席佳肴美餐。
君臣边谈边饮丝竹弹唱助兴,
这时国王才开口动问战斗详情。
问到阿夫拉西亚伯和普拉德万德,
问到二将搏斗也问到双方的套索。
问到中国大汗、卡姆斯和阿什克布斯,
问到那些拥有象队和战鼓的大军。
古达尔兹说道:“我的王上,
像鲁斯塔姆这样的勇士真是盖世无双。
不管是狮子、毒蛇还是鬼怪妖魔,
遇到鲁斯塔姆休想走脱。
我们要向王上欢呼,这是王上洪福,
阶前有举世无双的名将鲁斯塔姆。”
国王听了这话心中得意,
他骄傲地把头高昂到天际。
他对鲁斯塔姆说:“将军,
你力敌雄狮你是明智之人。
谁若是以理智指导行动,
凭理智观察这人世祸福吉凶。
他就会祝将军永不遭灾难,
永远健康幸福,日日欢宴。”
君臣们一连欢庆了一个月,

饮酒作乐欢庆他保卫社稷江山。
歌手弹起弦琴唱起鲁斯塔姆的事迹，
唱鲁斯塔姆勇士天下无敌。

有一个妖怪阿克旺化作野驴扰乱伊朗牧场,伊朗国王命鲁斯塔姆去除妖。

五十六　鲁斯塔姆去寻妖怪阿克旺

鲁斯塔姆像雄狮一样出行,
跨下战马,套索拿在手中。
他来到牧人放牧的草原,
据说妖怪就在那里出现。
他在那沼泽地一直寻了三天,
在马上寻求猎物,但未曾寻见。
到第四天他终于发现了妖精,
突然而至,似一阵掠过田野的北风。
那妖怪全身发出黄光,
样子极其丑恶,其貌不扬。
鲁斯塔姆连忙催动拉赫什战马,
接近妖怪时他暗自思量:
看样子很难于把这东西掀倒,
要制服它还是用套索来套。
我也不能先用刀把它砍伤,
要活生生地抓它去献给国王。
他这样想着便抛起套索,
想套起妖怪的头把它捕捉。
当那野驴看到抛出的套索,
便立即在鲁斯塔姆面前隐没。
鲁斯塔姆明白它并不是野驴,

和它厮斗只能智取不可凭力。
鲁斯塔姆认定已把阿克旺找到,
知道要制服它必须用快刀。
他听有经验的人说,妖怪在这一带出没,
它披一身驴皮,把世人迷惑。
别无他策,如今只好用刀,
让殷红的鲜血染污它的黄袍。
正想间那妖怪又一次出现,
将军连忙再一次催马向前。
他随手上好强弓的弓弦,
想在疾如迅风的马上射出一箭。
但当他撑开皇家的硬弓,
那野驴又一次在他面前隐形。
鲁斯塔姆无奈只得继续寻找,
骑在马上三天三夜到处奔跑。
他人困马乏又饥又渴,
头抵在马鞍鞒上几乎睡着。
他口渴难耐急于找到水源,
这时在前方竟出现了一泓清泉。
他弃鞍下马先给马饮水,
极度疲倦喝完水便昏昏欲睡。
他的套索仍然缠在臂膀上,
虎皮战袍也穿在身上。
他把拉赫什战马鞍上的绳索解开,
为自己找个枕头解下马肚带。
在泉边马鞍下把毡毯铺好,
放出拉赫什在附近吃草。

五十七　妖怪把鲁斯塔姆抛到了海中

阿克旺远远看到了鲁斯塔姆睡着，
他一阵疾风一般赶到。
扒开他身边的土把他抓起，
然后把他高高举到空际。
鲁斯塔姆醒来发现已被紧紧抓住，
挣扎也是徒然心中无限痛苦。
他开口说道："你这卑鄙的恶魔，
设下恶毒的圈套把我活捉。
可惜啊，凭我这身手力气，
凭我这战刀大棒诸般武器。
这样土兰国王可称心如意，
我们国家将要变成一片废墟。
再不会有古达尔兹、图斯和霍斯陆国王，
再不会有王座、王冠、鼓乐、大象。
我在此被执，这是一场灾难，
整个世界都会随之陷入一片混乱。
此后还有谁与这恶鬼争斗，
哪个能够是这妖怪的对手？"
当鲁斯塔姆正在拼命挣扎，
那恶魔阿克旺对他讲话：
"鲁斯塔姆你可自己选择死地，
今天看我把你抛到哪里？
把你抛到大海还是抛到高山，

反正注定一死,再也见不到伙伴。”
鲁斯塔姆寻思恶魔的话语,
知道陷入魔掌挣扎也于事无济。
他心想如若我被抛到高山,
定然被野兽吃掉,尸骨不全。
这恶魔他也不会遵守信义,
你对他说东,他偏会向西。
我要说,你把我抛到海里,
宁可被抛到海里去喂鱼。
那他一定把我抛到高山,
抛到高山喂兽,骨断肢残。
我现在一定要想一条妙计,
设法让他把我抛到水里。
他这样想着,随口回答,
说:“可知中国的智者有过这样的话,
如果一个人在水中丧身,
天使在天上便看不到他的灵魂。
那此人的灵魂便永留水中,
便无法达到彼世,登上天庭。
你最好把我抛到高山,
搏狮斗虎我还有这强劲的双拳。”
妖怪阿克旺听到鲁斯塔姆之言,
便发出海啸一般一声高喊,
说:“我偏要把你抛到一个地方,
让你永世不能出现在两世之上,
就让你栖身在那里,永生永世,
你休想走脱再达到彼世。”
于是把鲁斯塔姆抛到波涛汹涌的海里,

让他的身体去喂海中的大鱼。
当鲁斯塔姆刚一陷身于波涛，
他立即抽出自己腰间的战刀。
一群鲨鱼见他逼人气概，
一个个都调转头去，远远游开。
他用左手和双腿划水游动，
右手准备应付意外的进攻。
鲁斯塔姆在波涛中奋力搏击，
英雄好汉决不会束手待毙。
如若一个人斗志昂扬誓死拼搏，
命运对他也无可奈何。
当然谁也猜不透这悠悠苍天，
时而给人以毒药，时而让人体尝果实的甘甜。
英雄海中漂游，终于看到了海岸，
他用力前去，上到了岸边。
上岸后先把造物主颂赞，
是造物主使奴仆摆脱大难。
他解开全身的衣带松一口气，
把虎皮战袍放在泉旁平地。
把湿漉漉的弓和武器也放到地上，
但锁子甲仍然穿在身上。
他这时又来到那泓泉的旁边，
就在那里恶鬼给他带来灾难。
但是此时泉边拉赫什已然不见，
英雄又急又气心中焦躁不安。
他一气之下抓起马鞍和马镫，
按脚印找战马，觅迹寻踪。
这人生逆旅从来就是这样，

人有时端坐马鞍,有时马鞍要由人扛。
鲁斯塔姆边寻边走,慢慢前进,
忽然面前出现一个沼泽小林。
那小林中清澈的流水淙淙有声,
松鸡和斑鸠在林中啼鸣。
阿夫拉西亚伯的牧马人,
正在小林中睡得香甜深沉。
战马拉赫什正在马群中,
一边奔跑,一边扬颈嘶鸣。
鲁斯塔姆忙抛出套索,
套住马头把自己的战马捕获。
放好马鞍他抚摸着马身,
感谢耶兹丹佑助的深恩。
为马套上笼头骑到马背上,
一把锋利的战刀拿在手上。
他口中感谢耶兹丹,挥舞战刀,
把在那里的马匹统统赶跑。
牧马人听到马的嘶叫声,
这才抬起头来,他突然被惊醒。
他立即召唤来他牧马的伙伴,
让他们都骑到战马上面。
他们每人手中一张强弓一条套索,
看谁敢到此地招灾惹祸。
这是什么人胆敢来到此地,
居然不把我们这些牧马人放在眼里。
牧马人催马紧紧追赶,
就是狮子也把它的皮撕烂。
当鲁斯塔姆一看到牧马人骑马奔跑,

他连忙抽出腰间的战刀。
突然一声狮子吼通名报姓：
“我是鲁斯塔姆，达斯坦的后生。”
他挥舞战刀砍杀了三成中的两成，
剩下的牧人立即拨马逃命。
鲁斯塔姆把自己的弓往肩上一背，
催马前冲，在牧人后面紧追。

五十八　阿夫拉西亚伯视察马群，鲁斯塔姆杀死妖怪阿克旺

阿夫拉西亚伯启程动身，
他要去视察放牧的马群。
带上美酒、乐工，率领众位将军，
见马群平安无事他才放心。
他来到牧人们牧马的地方，
年年牧人牧马在那片牧场。
当他来到那片丰盛之地，
竟不见牧人与马群的踪迹。
只是时而能见到一两匹马奔跑，
时而也能听到一两声马叫。
在马蹄下腾起的烟尘中间，
似乎拉赫什战马也忽隐忽现。
这时牧人们见到了土兰国王，
向他报告眼前发生的情况。
说：“鲁斯塔姆单枪匹马来闯马群，

他横冲直撞杀死很多牧人。”
土兰的将军们闻言议论纷纷，
我们损失如此惨重，而他只有一人。
我们应该拿起武器上阵迎敌，
敌人都到了眼前这可非同儿戏。
他来攻我，竟然是匹马单骑，
根本不把我们放在眼里。
我们怎么会落到如此田地，
对方一人来战，我们不敢迎敌。
这事对我们简直是奇耻大辱，
我们决不能放过这个鲁斯塔姆。
土兰国王率领兵士和象队，
在鲁斯塔姆后面紧追。
当他们一行人接近了英雄，
鲁斯塔姆早已准备好了硬弓。
英雄向土兰人射出一支支利箭，
如同云中落下的钢铁的雨点。
一排箭就射死了敌人六十名，
然后像雄狮一样挥舞大棒前冲。
大棒下又打死四十个对手，
土兰国王心中惧怕转身败走。
鲁斯塔姆掠获了四头白象，
土兰军队也随国王败阵逃亡。
鲁斯塔姆仍然在后面紧追不舍，
他一直追出两个法尔散格。
他的大棒似冰雹一样落下，
把敌人的头盔打得开了花。
然后他又抽身收拾战利品，

牵住大象,拦住到手的马群。
当他又慢慢回到那泓泉水旁边,
意犹未尽,心中仍燃烧着战斗的火焰。
恰巧这时又遇上了妖怪阿克旺,
妖怪对他说:“看来你还想再战一场。
你逃离了大海躲过了鲨鱼,
像一头斑豹来到了旱地。
再战等待你的还是同样结果,
你还会受到上次同样的折磨。”
鲁斯塔姆听到妖怪之言,
发出雄狮般的怒吼,吼声震天。
他忙从马鞍鞒上取下套索,
抛出套索便把妖怪的腰套着。
鲁斯塔姆催马挥舞大棒紧追,
像是铁匠高举起打铁的铁锤。
他猛地把大棒打到妖怪头上,
只这一棒就打出了妖怪的脑浆。
然后英雄下马,抽出一把钢刀,
用刀割下阿克旺妖怪的头。
鲁斯塔姆向造物主表示谢意,
是造物主佑助他取得胜利。
其实所谓妖怪无非就是坏人,
坏人从不存敬畏耶兹丹之心。
谁若心肠狠毒丧失了人性,
那便是妖怪而不能算人。
谁若是自以为聪明不信这番话语,
他其实是不了解这话的真正含意。
阿克旺像是一个壮士,坚强有力,

他有强壮的臂膀和高大的身躯。
不要称他妖怪，应称他好汉，
应该用语言把他颂赞。
你意下如何，我的年长的朋友？
你饱经沧桑，度过许多冬夏春秋。
谁能预测这漫漫的长年，
带给人的是几多沉浮，几多冷暖。
只有时光不舍昼夜，舒缓而又漫长，
它把一切都留在它的后方。
谁知晓这悠悠回转的苍穹，
给人安排多少欢乐，带来多少悲痛。

伊朗为王子夏沃什报仇之后，鲁斯塔姆又消灭了妖怪阿克旺。正在王宫庆贺之际，有北方边民报告，边境一带野猪为害，毁坏良田，咬死牛羊。国王派小将比让前去消灭野猪，将军古尔金协助。他们完成使命后，古尔金告诉比让土兰国王阿夫拉西亚伯之女玛尼日正在郊外设营郊游。比让自己前去观看，被玛尼日请入营帐，并偷带回土兰王宫，后被阿夫拉西亚伯发现，欲杀比让。大将皮兰劝说国王，救了比让。但国王阿夫拉西亚伯把比让囚于一口枯井中，并把女儿玛尼日逐出王宫。鲁斯塔姆扮成商人到土兰救回比让。

五十九　鲁斯塔姆到和田[①]去面见皮兰

早晨，鲁斯塔姆迈步走出大门，
见到早已恭候在此的各位将军。
大队人马在后，勇士走在前面，
去赴汤蹈火，此行极其危险。
勇士们人人身上都暗藏兵器，
争取马到成功，生死全不顾虑。
平明时分报晓的雄鸡高声鸣叫，
王宫中战鼓声声直冲云霄。
鲁斯塔姆身躯挺直似一棵劲松，
马鞍鞒上挂着套索大棒拿在手中。
他率领大队人马从王宫启程，

① 和田是土兰大将皮兰镇守之地。

告别国王,发出高亢的呼声。
当他们一行来到土兰的边界线,
他把众位将军召唤到面前。
他说:“大队人马就在此地扎营,
等候消息不要再向前移动。
如若耶兹丹注定我命丧身亡,
你们再由此地开上战场。
你们在此地要时时提高警惕,
准备随时随地遭遇顽敌。”
他把大队人马安排宿营,
便与一些勇士继续前行。
他们一律换好商人的装束,
解开衣服纽扣身体外露。
他们的衣服都是粗毛布制成,
衣扣敞开,有意露怀袒胸。
这一行人俨然是一伙行商,
逶迤行来,直奔土兰方向。
这支商队中有八匹大马,
一匹马是拉赫什在英雄胯下。
有十峰骆驼驮的全是财宝珍珠,
一百峰骆驼驮的是军队的衣服。
商队的骆驼铃声叮当作响,
塔赫姆列斯①时传下的号角声激越高昂。
田野上充满商队人们的喊声,
前面不远处已经接近土兰的大城。
当商队来到土兰的大城和田,

① 塔赫姆列斯是伊朗传说中的国王。

城中男女人等都拥出来观看。
但是这时皮兰却不在城中，
他的府邸门前也不见一个人影。
后来，维塞之子皮兰打猎回府，
在路上正好遇到鲁斯塔姆。
鲁斯塔姆立即用丝绸把头包好，
取过一个金杯杯中装满珠宝。
又牵过两匹良马马上配上金鞍，
金鞍上都是珍贵珠宝镶嵌。
他把礼物送给皮兰的从人，
然后，紧随他们来到皮兰的府门。
鲁斯塔姆对皮兰说："天下闻名的将军，
在伊朗和土兰你都是尊贵的贵人。
有谁像你有如此高位，如此好运。
你是国家的中坚国王的重臣。"
这也是耶兹丹在暗中佑助，
皮兰竟未把鲁斯塔姆认出。
他问鲁斯塔姆："你是何人来此何干？
为什么风尘仆仆来到我土兰？"
鲁斯塔姆说："小人甘为将军效力，
靠耶兹丹保佑来贵地做些生意。
我是生意人从伊朗来到土兰，
我们长途跋涉来此山高路远。
我们卖些货物也买回些土产，
做些生意买卖赚些银钱。
我来贵方怀有一个希望和要求，
希望将军多多关照加以援手。
如若将军能够给予关照，

我就买些牲畜，卖些珠宝。
将军的恩惠如同春云降雨，
有将军的护庇我们不受人欺。”
说完，他就把盛满珠宝的金碗，
毕恭毕敬地端到皮兰面前。
他还牵过那两匹阿拉伯良马，
那马身油光闪亮，毛色鲜艳。
他连声道谢礼品向皮兰奉献，
打通关节，做好了事前的铺垫。
皮兰向那些财物礼品一望，
见那珠宝金玉闪闪发光。
他立即还礼，好言好语表示欢迎，
把鲁斯塔姆让到翡翠宝座之中。
他说：“欢迎你们来到本城贸易，
我吩咐左右给你们让出一席之地。
你不必担心你的财产货物，
来到本城谁也不会把你们欺侮。
你想卖什么只管放心去卖，
你想买什么只管放心去买。
你们可下榻在我的家里，
就好像是在我家做客的亲戚。”
鲁斯塔姆忙说：“多谢将军，
这样我们在贵国就有住处存身。
我就按将军吩咐在府上打扰，
我的财宝也就是将军的财宝。
我们的商队里还有一些奴仆，
他们在外面看守我们的货物。”
皮兰说：“你可选一个卖货的地方，

我会派兵为你们守卫站岗。
你也为奴仆找一个合适的地方，
既可住人，也可以把货物保藏。”
这时，在城中消息早已传遍，
说伊朗来了一支商队，已经见过皮兰。
说那商队带来好多财宝货物，
因此全城的人都纷纷前来光顾。
人们都争先恐后来到皮兰的王府，
都想买到锦缎毡毯珠宝货物。
当太阳升起，阳光普照大地，
商队的住处已经开始热闹地交易。

六十　玛尼日去见鲁斯塔姆

玛尼日听到了一个消息，
说有一支商队来到了城里。
这位阿夫拉西亚伯的公主，
双脚赤裸含泪来找鲁斯塔姆。
她用衣袖把眼上的血泪擦干，
上前问候施礼，随即开言：
“你们带来大批货物到这里，
愿你们不被人欺一切顺利。
愿苍天保佑你们生意兴隆，
但愿没有坏人破坏你们的营生。
你们来到这里贸易，抱有希望，
但愿你们不要白白辛苦一场。

愿你们永远以理智指导行动，
祝伊朗永远平安永世繁荣。
你们可认识伊朗的将军，
格乌、古达尔兹可有什么音信？
伊朗方面可有比让的消息，
可有人想设法把他救出此地？
好端端的古达尔兹家族的年轻人，
就这样悲惨地遭到囚禁。
他的双脚被钉上沉重的脚镣，
双手也被加上带穿钉的手铐。
全身上下被铁索牢牢锁住，
血透衣衫，心中无限凄苦。
听到他的呻吟我泪流满面，
见到他的惨状我夜不成眠。
你若有朝一日回到伊朗，
回到那威震天下的英雄之邦，
在霍斯陆的宫廷或许能见到格乌，
也许见到勇士鲁斯塔姆，
你告诉他们比让在这里遇难，
一步来迟也许再也不能相见。”
鲁斯塔姆听了她的话大吃一惊，
连忙向这姑娘大喝了一声：
“去去去，你赶快给我走，
我不认识什么将军什么鲁斯塔姆。
我不知道什么格乌和古达尔兹，
你说的是什么人我一概不知。”
姑娘看着鲁斯塔姆，泪湿衣襟，
流下含血的泪，哭得凄惨伤心，

她说道:“洞明世事的贵人,
你不应该这样冷言冷语伤人。
我的心现在已经完全伤透,
你不愿交谈也别把我赶走。
难道在伊朗都是这样对待别人,
冷言冷语刺伤他人的心?”
鲁斯塔姆说:“你说的是什么,
莫非末日来临,或者你着了魔。
你跑到这里扰了我的买卖,
因此我才把你从这里赶开。
你不应在我们这里悲伤哭泣,
我们关心的只是自己的生意。
你说到什么霍斯陆什么伊朗,
我们一概不知也没到过那个地方。
你还说到什么格乌什么古达尔兹,
他们是什么人?我们根本就不认识。”
他吩咐从人看有什么食品,
快拿出来周济这贫寒可怜之人。
这里其他人也上前来与她交谈,
问她日子为什么如此凄惨。
问她为什么要提起伊朗,
问她为什么要提起伊朗国王?
玛尼日说:“你们怎么还问,
你们还看不出我是个受难之人。
我心中痛苦万分我从那口井边,
跑来找你们请求你们支援。
我不过向你们打听一个消息,
问你们格乌、古达尔兹在哪里。

可是你们不惧天神不讲道理，
高声断喝，想把我驱赶出去。
我叫玛尼日是土兰国王之女，
平日不出宫门，循规蹈矩。
现在血泪合流，满腹悲伤，
居无定所，终日到处流浪。
这也是耶兹丹规定了我的命运，
使我成了一个向人讨饭的人。
更凄惨的是那被囚在枯井的比让，
那里黑得不辨昼夜，不见一丝阳光。
他全身被加上沉重的镣铐，
真不如请耶兹丹开恩，让他死掉。
见他这样，我心中苦上加苦，
终日热泪从双眼涌流而出。
如若你们有朝一日回到伊朗，
了解到古达尔兹的情况，
或者在王宫里见到格乌，
或许还能见到勇士鲁斯塔姆。
请告诉他们比让在此身陷绝境，
如果迟来一步他就可能遭到不幸。
他处境十分危险，已刻不容缓，
他脚下拖着铁链头上盖着石板。”
鲁斯塔姆听了她的话心中酸楚，
热泪从他的双眼涌流而出。
他说：“你们为什么不求大臣公卿，
让他们去向你父王阶下求情？
或许他们能把你父王说动，
唤起他对你的父女骨肉之情。

如若不是你父王把你驱逐，
我就没有顾虑给你足够的食物。”
随后鲁斯塔姆命令司厨，
让他为玛尼日找些食物。
吩咐为她准备一只烤鸡，
再准备些大饼和烤鸡包在一起。
鲁斯塔姆敏捷地取下自己的戒指，
悄悄地把戒指藏入鸡翅。
把鸡交给她说:“此鸡带给井中之人，
现在只有你对他照料关心。”

六十一　比让得知鲁斯塔姆来到土兰

玛尼日拿起烤鸡和大饼，
迅速赶回，又来到那口枯井。
到了井口便把讨来的食品，
递给比让，那井中囚禁之人。
比让见那食品甚觉惊异，
他从井底呼唤那位美女。
说:“姑娘你这是从何处讨到手中，
今天的食物为何如此丰盛?
你为我受尽了千辛万苦，
你为我到处奔波日夜忙碌。”
玛尼日对他说:“有一支商队来到城中，
商队里有一个带队的首领。
商队是从伊朗到土兰来做买卖，

贩来各色货物为的是赚些钱财。
商队中的首领经验丰富，
他手中有各种珠宝和各色衣物。
他们在这里租了一个宅院，
还有间小屋堆放他们的财产。
是他们给了我这包食品，
多谢造物主，他们可怜我这讨乞之人。
他们说把食品带给井中的囚徒，
如若再要他们还可以再给我食物。”
比让怀着希望与惊恐的心情，
打开那包烤鸡和大饼。
当他动手打开那包吃食，
便发现食物里面的戒指。
他拿起戒指看了看上面的姓名，
姓名是鲁斯塔姆，这使他感到吃惊。
这分明是鲁斯塔姆的翡翠戒指，
戒指上刻着鲁斯塔姆的名字。
这戒指向他传达了故人的情意，
他知道自己的苦难日子有了转机。
于是他在井下竟然笑出了声，
欢快的笑声飞出了枯井。
玛尼日突然听到了一阵笑声，
那笑声来自黑洞洞的枯井。
她不晓得这是什么花样，
井下被囚还笑，莫不是发了狂？
她不明究竟，开口问井下之人：
“此时此刻怎么会如此开心？
这中间可有什么不可告人的秘密？

请对我讲，莫不是事情有了转机？”
比让对她说：“看来是有了希望，
此事不易成功，说起来话长。
我若告诉你你可不能泄露机密，
你若要听，应对天盟誓表明心迹。
等你发过郑重的誓言之后，
我再对你细说事情的始末根由。
你要守口如瓶，决不可泄露机密，
女人的嘴巴很难守住秘密。”
玛尼日一听心中十分恼怒，
说：“你这是对我的一种侮辱。
我白白为你受了这么多苦，
白白为你伤心为你流泪痛哭。
我对你一片赤诚，以身相许，
而你却对我如此歧视怀疑。
为你我失去了财产宝座和凤冠，
如今落得两手空空一筹莫展。
为你我失去了父爱失去骨肉亲情，
无遮无盖到处奔波孤苦伶仃。
我把心交给你但你却使我失望。
我眼前一片黑暗，你令我如此悲伤。
造物主啊，你洞悉人间的奥秘，
他居然对我还要保守秘密。”
比让对她说：“你说得不错，
你为了我吃尽了苦头受尽了折磨。
我亲爱的聪明的姑娘，
此话的确不应对你言讲。
但此事来得突然，我方寸已乱，

我想听一听你的想法和意见。
你可知道那个给你烤鸡的人,
那个来此贩卖珠宝的商人,
他是为了救我才来到土兰,
否则珠宝财产与他何干?
这也是造物主施恩保佑,
我或可得救,苦日子算熬到了头。
我有可能从这漫长的痛苦中解脱,
你也可以不必再焦急地到处奔波。
你现在就去找他传达我的口信,
你对他说:凯扬王朝的将军,
你情深义重,远道赶来救人。
请告诉我你可是拉赫什的主人?”
玛尼日像一阵旋风一样立即回身,
去把比让的原话转告那位商人。
鲁斯塔姆见姑娘又来到住地,
向他转达了比让传来的话语,
他知道这的确是比让传达的信息,
是比让叫她转告他目前所处的境地。
鲁斯塔姆立即改变态度说:“姑娘,
愿你二人永远幸福,地久天长。
这些天你为他忍受了百般磨难,
他被关押,你也因此不得平安。
你去对他说这是造物主保佑,
派拉赫什的主人来把他搭救。
从扎别尔到伊朗,从伊朗到土兰,
为救出他我不惧山高路远。
这些话千万不要告诉别人,

到夜晚听有无动静等着我们。
趁白天到树林里去拾些柴禾，
天黑下来时在地里点起一堆火。
借着火光我们就可以找到枯井，
借着火光我们就能分辨出路径。”
玛尼日听了他的话异常兴奋，
一席话驱散了她心头的愁云。
她又飞身迅速跑回枯井旁，
那井中囚禁着伤心人比让。
她对比让说:“你嘱咐我的话，
我已如实向那著名的老将转达。
他对我说我正是你要找的人，
我正在把比让的下落找寻。
你多日劳碌奔波痛在心头，
终日以泪洗面,热泪横流。
你对比让说我们像是一群山豹，
如何救人我们早已准备好。
现在我们已经知道他在何地，
且看勇士们上阵奋力把战刀举起。
我们要浴血奋战让大地抖颤，
把压在井口的石头抛到天边。
他告诉我等到天色昏黑，
太阳落下,大地夜幕低垂，
要设法点起一堆熊熊大火，
把田野和井旁照得如同白昼。
那样他们就容易分辨路径，
看着火光就能找到这口枯井。”
比让在井下听了这些传言，

乐不可支，从心里感到喜欢。
他仰面朝天向着造物主，
说：“主啊，你圣洁慈爱是世人之主。
愿你在患难中把我佑助，
把利箭射到歹徒心上把他们惩处。
你知道我被人坑害囚禁在此处，
你知道我在此所受的一切痛苦。
请助我摆脱这厄运与灾难，
助我回到我的故土和家园。
姑娘啊，你为我尝尽人间辛酸，
你对我以身心相许，情意缠绵。
你为我终日到处奔波劳碌，
你默默忍受我给你带来的痛苦。
你为我舍弃了宝库财产和凤冠，
你为我断绝了父母亲朋的情缘。
如若一旦我能逃出这虎口，
我还年轻，如若我能得救，
我就要像一切敬主的奴仆，
爬也要爬回我的国家，我的故土。
我要拜倒在王座前请求国王，
报答你这番恩情给你重赏。
现在请你再费心辛苦一番，
辛苦劳碌会换来幸福和甘甜。”
玛尼日转身去收集柴禾，
她像只鸟儿在树枝头上下穿梭。
当她看着当空的太阳渐渐下落，
已经积了一堆小山一样的柴禾。
太阳已经收敛了最后一道光芒，

大地之上渐呈昏暗,暮色苍茫。
这时,整个世界陷入一片宁静,
此时的景象和白天完全不同。
真好像黑夜向白日派出大军,
光照环宇的太阳也吓得逃遁。
这时,玛尼日点起一堆烈焰,
烈火登时驱散了夜的黑暗。
此刻,她心中似乎响起鼓声,
原来从远处来的是骑拉赫什的英雄。

六十二　鲁斯塔姆把比让救出枯井

鲁斯塔姆把罗马铠甲穿着在身,
把铠甲的纽扣牢牢扣紧。
他请求主宰日月的造物主,
请主开恩施惠把他佑助。
他发出愿望,让恶人瞎了眼睛,
让他救出比让,不辱使命。
然后他命令勇士们整装,
把防身的铠甲穿在身上。
他们拉过战马备好鞍鞯,
做好一切准备去迎接激战。
鲁斯塔姆在前率领众人,
跨马向着火光闪亮处前进。
他们一行人来到盖井的石上,
鲁斯塔姆向枯井中张望。

然后他对七位勇士这样吩咐：
“你们动作要快,我们还要赶路。
现在我们先得打开井盖,
你们七个人去把盖井的石板搬开。”
那七人奉命下马上前用力,
想把那块盖在井口的石板搬起。
但是他们用尽了浑身的力气,
也无法把那井盖石搬起。
七位勇士累得满面热汗,
但就是搬不动那盖井的石板。
雄狮般的勇士下马立在平地,
伸手把下身的护甲在腰间挽起。
他向创造力量的耶兹丹祷告,
然后探出手把那石板搬掉。
搬起石板抛入中国的树林,
石板落地,大地都轰然一震。
他开口动问比让感觉如何:
“这苦难的日子你如何天天挨过?
你从来就享受荣华富贵,
今天难为你受这种苦遭这种罪。”
比让在枯井中回答鲁斯塔姆:
“将军,多亏你们赶来,一路辛苦。
听到将军你的这番话语,
再苦的毒药对我也甘甜如蜜。
将军可以看到这里就是我的家,
头上盖着石板,铁索锁在脚下。
我受了这么多痛苦与折磨,
我的心已厌倦了人世的生活。”

鲁斯塔姆听到比让的回应之言，
说："愿天地主宰保佑你平安脱险。
我的正直和明智的勇士，
我提出一个要求求你答应一件事：
你要原谅米拉德之子古尔金，
你要宽赦他，对他不怀仇恨。"
比让在井下回答说："我的亲人，
你是勇搏雄狮的将军，
你不知道古尔金做下的好事，
他所作所为你全然不知。
只要他在我的眼前出现，
我就要对他的罪行进行清算。"
鲁斯塔姆说："你如此记恨，
对我的劝告竟充耳不闻。
我就让你永远被囚在井底。
我就骑上拉赫什从这里立即回去。"
比让听到鲁斯塔姆的这番话语，
他表示不愿再这样被囚在井底。
他回答说："怨只怨我自己的命，
怨只怨我们的家族的人不幸。
古尔金对我如此不仁不义，
而我还不得不忍下这口气。
我虽然受尽了痛苦但我不再追究，
我对他宽容谅解不再记仇。"
这时鲁斯塔姆才把套索投入井中，
用套索把比让拉出枯井。
比让的指甲很长光头赤脚，
他心中无限凄苦，满腹懊恼。

他面黄肌瘦,满脸都是血污,
身上的铁索和镣铐都生了黄锈。
鲁斯塔姆一见比让大吃一惊,
见他全身都被封锁在铁索之中,
立即为他解开缠身的铁索,
然后又把他的脚镣解脱。
他们一行人回到住的地方,
他一边是玛尼日,一边是比让。
这两个年轻人心中无限痛楚,
他们把经历向鲁斯塔姆倾诉。
鲁斯塔姆安排二人净身梳洗,
又给他们二人都换上了新衣。
这时古尔金才上前来见过比让,
他伏身以额叩地,诚恐诚惶。
他曾施计害人现在请求原谅,
说自己一时做错请比让宽容。
这时比让仍然愤愤不平,
但他并未报复,宽恕了他的罪行。
鲁斯塔姆全身披挂准备一战,
吩咐在骆驼背上装好行囊驮篮。
英雄和众位勇士都跨上战马,
抽出战刀和大棒准备上场厮杀。
伊朗人安排启程赶着驼队回国,
就像是商队回程驮着手上的财货。
干练的勇士阿什卡什押送货物,
一路上要设法避开敌人的队伍。
临行,鲁斯塔姆这样吩咐比让:
“你与玛尼日随队返回伊朗。

今夜，我要对付阿夫拉西亚伯，
不会安宁，因此也不再安排吃喝。
我要趁着夜色袭击他的王宫，
让土兰人嘲笑他惨败的情景。
要杀得阿夫拉西亚伯天昏地暗，
割下他的头颅去向国王奉献。
你与玛尼日一同返回伊朗，
当我战刀高举土兰就要倒海翻江。
你在井下被囚已经很长时间，
照理不应让你再参加此战。”
比让听了鲁斯塔姆这番语言，
要他与玛尼日在一起不叫他参战。
他说道：“战斗时我比让一向在前，
何况这次是因我比让而开战。”

六十三　鲁斯塔姆夜袭阿夫拉西亚伯王宫

几位勇士与鲁斯塔姆留下战斗，
辎重物品统统交阿什卡什运走。
勇士们一个个抖开战马的缰绳，
明晃晃的战刀出鞘，提在手中。
他们趁敌人还在睡梦之中，
赶到阿夫拉西亚伯的王宫。
鲁斯塔姆手起棒落打开宫门，
像猛狮一样冲了进去，奋不顾身。
双方遭遇，箭如飞蝗刀光闪闪，

条条路上都杀声震耳打成一片。
英雄们手起刀落杀得人头滚滚，
勇士们口吐血沫，满身灰尘。
鲁斯塔姆冲入内殿一声高喊：
“老贼你死到临头还睡得香甜。
你把比让囚在井下自己酣睡高堂，
难道你这王宫有铁壁铜墙？
我是扎尔之子扎别尔的鲁斯塔姆，
你死到了临头还不觉悟。
我打开了你牢狱的洞口，
我搬开你盖井的石板。
我打开了比让手脚上的镣铐，
什么人对自己女儿如此残暴？
你已经把夏沃什王子杀害，
老贼，我早就记下了你这笔血债。
如今你又要结果比让的性命，
我看你心肠狠毒，头脑昏庸。”
这时比让上前一声高喊：
“土兰匹夫，你生了好狠毒的心肝。
你一心要保住你的江山社稷，
命令左右用铁索把我牢牢锁起。
我本来准备与你们比武较量，
但你却让人把我牢牢捆绑。
现在就以这片空地作为战场，
看你们哪个上前来与我比武较量？”
阿夫拉西亚伯听到了喊声，
知道敌人已然攻入了王宫。
他立即向卫士们高声呐喊：

“不要再睡了，快起身前去迎战。
谁若想得到戒指和王冠，
快去把住各个入口奋力作战。”
王宫中到处都在激烈地拼搏，
王宫的门口已然血流成河。
凡是出现在王宫的土兰人，
都毫无例外地送命丧身。
伊朗勇士全力冲杀心怀仇恨，
阿夫拉西亚伯眼看不敌抽身逃遁。
拉赫什的主人攻下了土兰王宫，
把宫中的财产分给了各位英雄。
勇士们还分到了骏马和杨木马鞍，
马鞍上面都是珍珠宝石镶嵌。
他们一行人急于离开土兰，
收拾行囊物品不愿再多迟延。
一路上紧催驮着物品的马匹，
怕多耽搁对他们撤离不利。
鲁斯塔姆一路上感到疲劳困顿，
头上的战盔都显得分外发沉。
马匹长途跋涉勇士们一场恶战，
身上似乎断了筋，全身瘫软。
鲁斯塔姆对他们发出警告，
越到这种时候越要弓上弦，刀出鞘。
我断定那阿夫拉西亚伯，
会布置兵力拦阻我们过河。
于是他们一行人强打起精神，
边走边密切警惕不敢大意分心。
还派出观察哨去观察敌情，

严密监视土兰军队攻来的路径。
勇士们都高举起长矛长枪，
准备敌人袭来时再战一场。
停驻时，玛尼日坐在帐篷之中，
一路上伺候她的有使女和随从。
鲁斯塔姆对玛尼日好言安慰，
说美酒洒到地上也不失原味。[①]
这世界的格局从来就是这样，
有时使你幸福欢乐有时使人失意悲伤。

六十四　阿夫拉西亚伯劫袭鲁斯塔姆的队伍

当太阳升空，天色已然放亮，
土兰的勇士们个个起身整装。
他们赶回阿夫拉西亚伯王宫，
宫中侍从列队恭候在门庭。
城中遭劫到处一片混乱，
好像是世界末日来到面前。
土兰的公卿贵胄都来到王宫，
他们伏身施礼对国王表示欢迎。
他们庆幸总算躲过一场灾难，
但不知如何收拾这局面。
他们说这比让无端来我国作乱，
这一仗只打得我主惨败受辱无颜。

① 这句是安慰玛尼日的话，指她虽离开土兰，仍不会失掉公主身份。

在伊朗人眼中我们不是好汉，
他们会把我们看作女人不敢应战。
土兰国王一听此话怒气填膺，
下令军队准备再次向敌人进攻。
他命令皮兰准备好战鼓，
说伊朗人对我们竟如此侮辱。
王宫中响起激越的号角声，
土兰都城处处动员群情沸腾。
勇士们都排成整齐的战斗队形，
队伍伴着鼓号声启程出动。
大队人马迅速赶到了边境，
远远看见前面河水翻滚奔腾。
伊朗方面观察敌情的哨兵，
见一伙人赶来似波涛汹涌。
哨兵把敌情报告给鲁斯塔姆，
说看到路上骑兵扬起尘土。
鲁斯塔姆高喊："不要惊慌，
要准备迎接来敌,手握刀枪。"
他命令运货队伍带玛尼日先行一步，
他自己则穿好迎敌的战服。
他跨上战马见敌人已经逼到跟前，
他像一头雄狮,发出一声高喊。
勇敢的骑士在马上开言：
"狐鼠之辈怎配与雄狮开战!"
他向骄傲的勇士们也高声呼喊：
"战斗打响了,人人要奋勇向前。
你们手执战刀和杀敌的长枪，
你们手执匕首和牛头大棒。

有本领的如今应该一显身手，
两军对阵时要勇敢与敌人搏斗。”
这时田野上响起了号角声，
鲁斯塔姆跨上拉赫什带头冲锋。
他从一座高山冲到平原，
两军遭遇，展开一场血战。
田野上布满了双方的兵力，
四面如同钢围铁帐双方刀枪并举。
鲁斯塔姆命令勇士们布成阵形，
马蹄下扬起灰尘遮得日月不明。
阿什卡什和古斯塔哈姆守住右阵，
他们手下还率领骑士多人。
鲁哈姆和赞格守住左阵，
他们在左阵抗击着敌军。
鲁斯塔姆及比让坐镇中军，
他们指挥战斗，也是为了稳定军心。
所有的兵力都部署在第一线，
阵后纵深处却无人掩护支援。
阿夫拉西亚伯阵上观察敌军，
见鲁斯塔姆是率军战斗之人，
不免心中一惊，他立即穿好甲衣，
并下达命令让兵士们稍安勿急。
他这边也急忙布署阵形，
马蹄踏起灰尘天地昏暗不明。
土兰方面指挥左军的是皮兰，
指挥右军行动的是勇士胡曼。
格西乌和席德受命指挥中军，
土兰国王策马奔向前沿观阵。

鲁斯塔姆也出现在阵前，
他威严得像一座黑压压的铁山。
他对土兰王大喝一声：“土兰匹夫，
你为国王是对你们国家的侮辱。
你没有为将的韬略和肝胆，
你率军上阵兵士们也感到羞愧无颜。
此前你我已经过几次较量，
你几次与我交手在战场。
每当双方兵将刚刚交手，
你就拨转马头转身败走。
难道你就没有听说过一段名言？
这名言从古代就交口相传：
雄狮见到遍地野驴也毫不慌张，
繁星万点也抵不过一个太阳。
一只山羊，它无论多么高大健壮，
遇到了狼它的心中就失去了主张。
狐狸根本没有勇气走上战场，
野驴根本不配与雄狮拼搏较量。
你这种鼠辈根本不配成为国王，
哪国由你为王哪国就注定灭亡。
今天既然你前来与我开战，
我定叫你命丧战场有来无还。”

六十五　阿夫拉西亚伯败于伊朗人手下

当土兰国王听到这番话语时，

全身一震,不禁倒吸一口凉气。
他被激怒厉声高喊:“土兰将军,
眼前就是战场,前面就是敌人。
你们要奋勇战斗人人争先,
我定有重赏为你们提升封官。”
土兰将军听到国王的号召,
突然发出震天动地的喊叫。
战场上尘土飞扬天昏地暗,
整个世界好似堕入海底深渊。
战象身上的战鼓声直冲云霄,
声声尖叫的是牛尾形号角。
全身穿着铠甲的兵卒列队在战场,
真好似一道道铁壁铜墙。
大地在震颤,高山也在震颤,
双方兵将发出一声声高喊。
旌旗阵中箭如飞蝗战刀闪亮,
刀光闪闪穿透乌云的阳光。
大棒挥舞,棒棒打中敌人头盔,
箭中甲衣似冰雹迸溅横飞。
只见在阳光照耀下的晴空,
鲁斯塔姆的大旗飞舞旗上画着条龙。
双方的利箭乱飞蔽日遮天,
羽箭多得遮住太阳光线。
鲁斯塔姆策马奔驰在战阵,
他到何处何处就人头滚滚。
他手中提着一根牛头大棒,
似一匹惊马狂奔在战场。
他又似一只凶狠的狼冲入中军,

一批批地驱散中军的敌人。
在右军的阿什卡什也奋勇力战，
他冲向格西乌要把血债讨还。
左边有鲁哈姆、法尔哈德和古尔金，
他们齐心协力冲击土兰国王的大军。
比让战斗在中军，他身手不凡，
到了战场他就有机会把本领施展。
战场上恰似一阵肃杀的寒风掠过，
敌人的头颅如同树叶一样纷纷滚落。
大地上积尸累累，血流成河，
土兰国王的大旗也被砍折。
土兰国王见命运不济出师不利，
土兰的勇士被一个个击毙。
他抛掉手中的印度的战刀，
跨上一匹战马掉头便逃。
土兰人不是伊朗人的对手，
国王与兵将向土兰方向败走。
鲁斯塔姆率队在后紧紧追赶，
他挥舞着大棒放射出利箭。
鲁斯塔姆气势汹汹似一条巨龙，
他追出两站之地，虎跃龙腾。
他们活捉了足有一千土兰士兵，
把这一千多俘虏带回军营。
他们从战场撤回到自己的营帐，
把财物战利品在军中分赏。
然后又在象背上捆好行囊，
凯旋后，去朝见伊朗国王。

六十六　鲁斯塔姆朝见霍斯陆

早有人向伊朗国王霍斯陆报信，
说勇士此番大获全胜打败了敌人。
比让也摆脱了那毒蛇之手，
被从井下拉上来脱险得救。
土兰追兵被打得落花流水，
他们的大队人马被杀得有来无回。
霍斯陆高兴地向造物主表示谢意，
他伏下身去以头叩地。
古达尔兹和格乌也已知道前方得胜，
他们也急急忙忙来到王宫。
只听一片欢腾人声嘈杂喧闹，
听到信息的兵将也都纷纷赶到。
人马齐集在国王王宫之前，
全城一片欢腾，鼓乐喧天。
全城的贵胄公卿都已聚齐，
大象也似乎高兴它用嘴拱地。
人们排成队伍，前面大象驮着战鼓，
图斯在后，他身后大旗迎风飞舞。
一边是铁索锁着山豹和狮子，
另一边是英勇善战的勇士。
他们按照国王下达的命令，
列队出发去把英雄的队伍欢迎。
大队人马浩浩荡荡启程，

威武雄壮，大军脚下山摇地动。
当他们看到得胜归来的队伍，
古达尔兹和格乌下马向前紧行几步。
伊朗的将军贵人都弃马离鞍，
口中祝贺胜利，徒步向前。
鲁斯塔姆也下马向前举步，
众人向他道乏说："将军一路辛苦。"
古达尔兹、格乌对他备加赞扬，
说："将军威武神勇名震四方。
你取得的胜利使日月生辉，
愿耶兹丹永远把你保佑护卫。
你率领的勇士所向无敌，
你的丰功伟绩感天动地。
你忠心耿耿一切都是为了朝廷，
你把失去的儿子①交到我们手中。
我们决心与将军休戚与共，
我们决心对将军尽力效忠。"
伊朗的将军们重又骑到马上，
缓缓行来，一起去晋见国王。
当他们一行人来到王宫，
鲁斯塔姆紧催战马快步前行。
世界之主对鲁斯塔姆热烈欢迎，
他乃是军中主帅，英雄中的英雄。
鲁斯塔姆见王旗迎风招展，
知道天下之主已经来到面前。
他急忙下马上前施礼请安，

① 比让是格乌之子，古达尔兹之孙。

这时他才感到疲乏和此行的艰难。
世界之主拥抱鲁斯塔姆，
说："将军你是勇士的依靠，武坛之主。
你的功勋业绩可以比作太阳，
到处都能感受到你的勇士之光。"
这时，鲁斯塔姆拉过比让，
拉比让见过父亲并晋见国王。
他拉比让交给国王和他的父亲，
救他出险，扶他挺直了腰身。
然后他把土兰一千战俘个个捆绑，
押他们上殿来晋见国王。
霍斯陆对鲁斯塔姆极表称赞：
"将军的功业永存可比地比天。
将军在危难之时犹如坚强的盾，
将军身手不凡无人能敌将军。
愿将军永远健康永远欢畅，
愿将军的丰功伟业与日月同光。
这也是扎尔将军对国家的贡献，
使你生在世上作为纪念。
他造福扎别尔，他是雄狮般的将军，
是他培养了你这英勇超群之人。
这也是伊朗之幸，勇士之福，
有了你这样的将军鲁斯塔姆。
我觉得自己最为幸运与幸福，
我主宰江山社稷有你辅佐佑助。"
然后，国王转身对着格乌，
说这乃是造物主冥冥中把你佑助，
造物主通过鲁斯塔姆之力，

把你有作为的儿子交还给你。
格乌马上开口称颂国王,
说:“祝我王心情欢畅福寿绵长。
祝愿鲁斯塔姆永远平安,
祝扎尔永远心情愉快喜笑开颜。”

六十七　霍斯陆设宴庆功

霍斯陆下令摆宴为英雄庆功,
邀请的贵客都是名流公卿。
侍宴官前后招呼来回忙碌,
安排合适的摆宴庆功的去处。
乐队乐工齐奏出优雅的清音,
酒宴豪华丰盛,来往的是侍酒之人。
他们的头上都戴着贵重的高帽,
高帽是黄金制成上面嵌着珠宝。
他们的脸色如罗马锦缎般殷红,
天仙般的美女弹奏出动听的琴声。
黄金托盘中满盛着麝香,
瓶中的玫瑰水散发出幽香。
国王兴高采烈,满面红光,
神采奕奕,似十四的月亮。
宴罢,一个个忠心保国的勇士将军,
都已醉醺醺地走出宫门。
黎明到来,鲁斯塔姆心满意足,
他又整装上殿晋见天下之主。

他开口向霍斯陆表示心意，
说他打算启程回家乡去。
国王吩咐赐英雄一件锦袍，
还赐一顶高帽，袍上缀满珠宝。
赐他一个满盛大颗珠宝的大碗，
百匹良马百峰骆驼，还有满载的驮篮。
赐他十名美女个个貌似天仙，
赐他十名使女，个个头戴金冠。
左右把这些御赐的美女和礼物，
都请天下之主一一察看过目。
然后把这一切都赐给如狮的将军，
鲁斯塔姆伏身吻地敬谢皇恩。
然后他戴上凯扬王朝的贵冠，
把凯扬王朝的腰带系在腰间。
他告别国王躬身施行大礼，
启程上路，直奔锡斯坦而去。
那些随鲁斯塔姆出征的将军，
都与他休戚与共，历尽艰辛。
国王对他们也一一有所封赏，
他们离开王宫时也都喜气洋洋。
国王见勇士们都已离开宫廷，
这才独自坐下得到片刻宁静。
他下令传比让上殿来相见，
让他把被困脱难经过讲述一番。
比让把自己被囚禁的经过，
原原本本地对国王一一述说。
他把那日日夜夜所受过的苦，
都详详细细对国王描述。

国王听了比让所说的话语，
表示深深同情那不幸的少女。
立即下令取出百件罗马锦袍，
袍上都缀满各色珍贵珠宝。
还取过一顶凤冠十个装着金币的钱袋，
准备一应什物和骏马，也把使女领来。
国王对比让说：“这些使女和礼物，
你全部带给那不幸的公主。
你不要惹她烦恼，不要使她伤心，
你要对她体贴关怀尽力尽心。
你要与她相亲相爱和睦相处，
在世上把日月年华美满地欢度。”
这世界时而把一个人抬到天上，
使他无忧无虑，幸福欢畅，
但时而又把他从天上打入地底，
那地底充满磨难痛苦，使人惊惧。
它时而对一个人体贴关怀充满情意，
时而又一把把他打落井底。
它也会使一个沦落井底的人为王，
把一顶金冠戴到他的头上。
人世本来就凶狠恶毒，无耻厚颜，
谁在这世上也休想得到幸福平安。
人的穷通祸福全由它来裁定，
有谁曾从它手中讨得过公平？
这就是人世之上的成规定理，
人的穷通祸福都得由它之意。
为人不必忧虑自己与利禄无缘，
淡泊豁达之人时时喜地欢天。

现在这个故事我已经结束，
我怎么从传说中听来就如实叙述。

霍斯陆祈祷时得到天启,说他寿命已不长,于是他传位给国王哥巴德的后人卢赫拉斯帕,后卢赫拉斯帕又让位给儿子古什塔斯帕。这时土兰国是阿尔贾斯帕为王。

古什塔斯帕立琐罗亚斯德教为国教,阿尔贾斯帕借反对此举,兴兵攻伊朗。开始伊军不敌土兰军,后国王让王子埃斯凡迪亚尔出战,并答应得胜后让位给王子。埃斯凡迪亚尔击败土兰军后,向父王要求继位时,古什塔斯帕让王子去扎别尔把鲁斯塔姆捉到宫廷(因他对国王不敬),然后让位。

六十八　古什塔斯帕对儿子的回答

国王听了此话对儿子这样说:
“为人确实应言必信行必果。
你也的确没有夸大自己功绩,
愿造物主佑助永远与你在一起。
现在在世界之上你的敌人,
不论是公开作对还是暗中藏身,
听到你的名字莫不闻风丧胆,
岂止闻风丧胆简直要魂飞魄散。
当今世界你可谓举世无双,
当然那扎尔之子也手段高强。
他雄踞一方镇守在扎别尔斯坦,

统治包斯特、伽色尼[①]与喀布尔斯坦。
他趾高气扬把头高昂到天上，
不论在谁面前他都要抢先占上。
他平日就从不把我放在眼里，
他对我竟敢抗命不遵违背旨意。
他在卡乌斯国王面前称臣，
到霍斯陆国王时他也效力献身。
他竟说古什塔斯帕是位新君，
而他则是功勋卓著的朝廷老臣。
他在世上也可谓无人匹敌，
罗马与土兰的勇士无人能比。
你可听说当年霍斯陆国王，
把江山交到卢赫拉斯帕手上，
殿上群臣都向他象牙宝座抛撒黄金，
鲁斯塔姆却不以为然心中郁闷。
那心怀恶意的人竟在骄傲的国王面前，
声嘶力竭地大声吵嚷叫喊。
说哪个若把卢赫拉斯帕尊为国王，
让灾难降落到他的头上。
他对卢赫拉斯帕都如此愤恨，
对我的旨意当然更抗命不遵。
他对我们怀有深深的仇恨，
这岂不是自立为王自封孤家寡人？
不见阿尔贾斯帕向巴尔赫进兵，
我们的四面八方出现了险情。

① 包斯特是阿富汗境内赫尔曼德河上古城。伽色尼为一古城，在今阿富汗中心地区的北部。

他竟率军后退不去迎战，
似乎他耻于保卫我的江山。
他认为这是他的准则与本分，
可是这种行动与敌人有何区分？
现在，你应到锡斯坦走上一遭，
施展本领前去把他征讨。
你应手执大棒，钢刀出鞘，
把扎尔之子鲁斯塔姆捉到。
把扎瓦列和法拉玛兹也要捉住，
不让他们再在马上扬威耀武。
以赋予人勇力的造物主的名义宣誓，
以给日月星辰光芒的造物主宣誓，
以赞德[1]，琐罗亚斯德和圣教的名义。
以努什阿扎尔火坛、火神和灵光宣誓，
如若你再把这一功勋成就，
我就决不再提出任何理由。
那时，我将授予你宝座与王冠，
我主持你登基为王让你主宰江山。”
埃斯凡迪亚尔闻言如此回答：
“英明的父王，远近闻名的陛下，
你这样做岂不背离了古礼？
为人做事说话都应遵守规矩：
你竟想挑起一场与中国国王的战争，
让他们的勇士在战场上丧生。

① 赞德是解释琐罗亚斯德教圣经《阿维斯塔》的巴列维语文字本，在古代波斯人心目中具有神圣意义，琐罗亚斯德是该教创始人，据传生活于公元前15世纪到公元前6世纪的某一时期。努什阿扎尔火坛在巴尔赫城。

你为什么要借故反对一名老臣，
卡乌斯曾赞他是力降雄狮之人。
从玛努切赫尔直到哥巴德，
是他保卫伊朗百姓安宁康乐。
人们赞他是骏马拉赫什之主，
是王冠的捍卫者，能把雄狮降伏。
他并不是一个新人刚刚崭露头角，
霍斯陆早已封他为王他地位崇高。
即使他没得到过去诸王的分封，
他的地位也不取决于陛下的命令。”
国王这样回答埃斯凡迪亚尔：
“孩子，你是名扬天下的骄傲的勇士，
如若一个人行为违背了造物主旨意，
就是受到诸王分封也毫无意义。
卡乌斯国王的经历你可知道，
他想入非非被鬼迷住了心窍。
他居然想凭借鹰翅飞上天空，
可悲的是一下子落入萨里①水中。
他从哈马瓦兰娶回了个妖精，
竟让这妖精②主宰自己后宫。
夏沃什之死全起因于她的折磨，
王子被害皇家巨星突然陨落。
一个人做事如若违背天意，
与这样的人便不应再讲什么道理。
如若你真想登基为王主宰江山，

① 萨里是波斯北方里海南岸一城名。
② 妖精指哈马瓦兰国王之女苏达贝。

就应率领大军前去出征锡斯坦。
到那里高高抛出你的套索，
把鲁斯塔姆给我生擒活捉。
扎瓦列、法拉玛兹及萨姆之子扎尔，
要谨防他们的奸计，将其一一捉住。
要用马拖，把他们拖到宫廷，
让全军将士见识见识你的威风。
由于你备尝辛苦北战南征，
那时天下便无人再不听令。”
大军统帅不由得眉头耸起，
他对国王说：“为人行事不能不顾大义。
你感到扎尔与鲁斯塔姆不肯就范，
就想利用埃斯凡迪亚尔去排除困难。
你不愿让出王位不愿我为王，
才把我打发到遥远的地方。
你尽可称君为王做天下之尊，
我可择一隅之地权且栖身。
但是，我是你阶前一名奴隶，
我应该忠实地执行你的旨意。
我现在就领兵征讨锡斯坦，
我好战的陛下，我领命前去作战。
可是我若出师不利有三长两短，
到复活日造物主可要找你清算。
现在我已横下心来一切在所不计，
去与鲁斯塔姆搏斗一番比试高低。”
古什塔斯帕说：“你何必生气，
且不要发怒，这是你建功立业的时机。
你要在军中选择众多的骑兵，

一个个都要饱经战阵善战能征。
你现在手中有资财，麾下有大军，
忧虑愁烦的应该是你的敌人。
没有你，我要军队与王冠何用？
这宝座与金色王冠还不是一场虚空？
此刻，你心中因何如此不安，
快率军去扎别尔斯坦万勿迟延。
你去后放把烈火把锡斯坦烧光，
让那里的人只有黑夜不见阳光。"
听了此话埃斯凡迪亚尔回答：
"空有军力决定不了我的命运。
如果命中注定我的大限来临，
军力何用？它不能阻挡我的厄运。"
他郁郁不乐告别父王而去，
心求王位，但终归话不投机。
他来到自己的王宫垂头丧气，
心中怀着悲戚唇边挂着叹息。

六十九　卡塔本对埃斯凡迪亚尔的劝告

姣美如同太阳的卡塔本内心不满，
她双眼含泪来到儿子面前。
她对高贵的埃斯凡迪亚尔说道：
"你是历代国王之后，是他们的骄傲。

巴赫曼[①]说你要从都城这明媚的花园，
启程前去扎别尔斯坦。
你要前去制服扎尔之子鲁斯塔姆，
他可是武艺高强枪棒纯熟。
你要记取母亲的良言相劝，
切勿为非作歹不要心生恶念。
他是一位将军能勇斗怒象，
他火起时能扭转尼罗河的流向。
白妖的身躯他能一刀刺穿，
太阳见他刀光也收敛起光焰。
他一刀结果了哈马瓦兰之月[②]的性命，
哪个敢对他说这是不义的暴行。
有位勇士名字叫作苏赫拉布，
他没有搏斗经验因他初出茅庐。
他与生身之父在战场凶杀恶斗，
结果在战场死于父亲之手。
在战场他能打翻坚强劲敌，
抛出套索把勇士套到索里。
你可曾听说当初妖怪阿克旺出现，
鲁斯塔姆发出一声震天动地的高喊。
他以套索活捉了卡姆斯国王，
拖回来用绳索把他牢牢捆绑。
他与珊古尔[③]有场搏斗你可听说？
你可知他用短刀如何把那勇士结果？

---

① 巴赫曼是埃斯凡迪亚尔之子。

② 哈马瓦兰之月指国王卡乌斯王妃苏达贝。

③ 珊古尔是印度的一位国王，曾支援阿夫拉西亚伯，被鲁斯塔姆所杀。

为夏沃什报仇他曾力斗阿夫拉西亚伯，
杀人如麻把大地变成了血泊。
我提到的这勇士武艺高强能征善战，
要说他的本领三天三夜也说不完。
你切莫把与鲁斯塔姆的搏斗视若等闲，
何必以身躯以性命前去冒险。
你不要因追求王冠倒赔一颗头颅，
谁也不是头戴王冠离开母腹。
父王已年迈力衰你正年富力强，
你英勇无畏全身充满力量。
全军都对你寄予厚望心悦诚服，
你不要一气之下走上灾难的道路。
锡斯坦之外天地仍辽阔宽广，
不应意气用事不要轻率鲁莽。
你不要做出事来使我两世[①]不幸，
做娘的好言相劝你应用心聆听。”
埃斯凡迪亚尔对母亲这样回答，
说：“妈妈也请听为儿的知心话。
你所提到的鲁斯塔姆手段高强，
你像唱诗一样把他夸赞颂扬。
他为伊朗建立了巨大的功勋，
这样的有功之臣找不到第二个人。
我本不应为捉他而大举兴兵，
国王颁下此令实在有欠高明。
但是，事已至此你不要再刺伤我的心，
我的心被刺伤，我会一蹶不振。

① 两世指今世和彼世。

我不能对国王陛下抗命不遵，
我也不能对江山社稷漠不关心。
这次征扎别尔如若我气数该尽，
也是天意如此并不怨他人。
如若鲁斯塔姆听从我的命令，
那我决不会对他桀骜不敬。”
此时，母亲的睫毛上滴下血泪，
胸中充塞痛苦心已成灰。
母亲对他说：“勇士啊，你似雄狮般英勇，
人若只凭血气之勇往往送掉性命。
你不如大象般勇士手段高强，
不带上千军万马切勿走上战场。
你不应去向怒象般勇士挑战，
你不应拿自己的生命前去冒险。
他不会对你的意旨表示遵从，
他不会低头服从你的命令。
他担心人们会把他非难指责，
会更加骄傲放肆不计后果。
自恃是盖世英雄不向任何人低头，
论家门世系他还是贾姆席德之后。
他对卡乌斯国王也从不迁就，
一言不合站立起身拂袖便走。
勇士图斯那也是尊贵无比，
但他一巴掌就把图斯打倒在地。
他曾对卡乌斯说我本皇族王亲，
我本应主宰江山我勇武过人。
他说是我保哥巴德登基为王，

我完全不介意你对我忌恨还是封赏。①
他年轻时就敢于这样粗暴无礼，
顶撞卡乌斯国王不顾君臣之礼。
如今他已到暮年闯荡一生，
怎么会轻易屈从他人不惜英名。
我对你是苦口婆心良言相劝，
你反责我鬼迷心窍心受羁绊。
但人生于世哪怕是只早一日，
他也比晚来者多懂多知。
你要用心听取母亲的忠言，
听取母亲劝告不要前去冒险。
如若你执意要去扎别尔征讨，
那才真是被魔鬼迷住了心窍。
你也不要把自己的儿子们② 推入地狱，
明智人都晓得此举既蠢且愚。”
勇士听了此话这样回答母亲：
“不携子上阵可是无颜面见人。
年轻人如若终日困守家门，
就会变得心胸狭窄格调低沉。
男子汉应在战场上真刀真枪，
那样才能四海钦佩名扬八方。
在战斗时让他们去搏斗较量，
我只是从旁指点压阵助场。
因此我并不需要重兵保卫，
我带领的只是几名卫士与亲随。”

① 这两句诗是卡塔本引鲁斯塔姆对卡乌斯说的话。第二句中的你指卡乌斯。
② 埃斯凡迪亚尔有三个儿子，即巴赫曼、努什阿扎尔和梅赫尔努什。

七十　埃斯凡迪亚尔领兵赴扎别尔

黎明时分一声雄鸡报晓，
从王宫响起的鼓声直冲云霄。
埃斯凡迪亚尔似大象一样跨上战马，
大军威威赫赫启程出发。
当大队人马走到一个交叉路口，
王子与队伍停住脚步不向前走。
前方一条路通共巴得要塞，
另一条路直达扎别尔斯坦。
突然，前面发现了一峰骆驼，
席地而卧与茫茫黄沙混成一色。
不管赶骆驼的人如何棒打它的头，
它就是纹丝不动不肯往前走。
埃斯凡迪亚尔认为这是不祥之兆，
他下令左右把那骆驼的头砍掉。
砍掉骆驼的头可以改变厄运，
这样，神的灵光不致从他身上隐遁。
勇士们依命而行砍下骆驼的头，
顿时铲除了遭逢厄运的因由。
但是埃斯凡迪亚尔仍闷闷不乐，
总是摆脱不开那不吉祥的骆驼。
他心想若一人处处顺心如意吉祥，
那定是命运相助吉人自有天相。
祸福穷通一切取决于上天，

人应冷静对待面带笑颜。
随后，他们继续前行奔向赫尔曼德河①，
小心谨慎以免出现闪失招致横祸。
行至一处他们照例扎下大营，
何处扎营要听命于统帅大军的英雄。
王子下令扎营，左右摆好了宝座，
正交好运的王子在宝座中落座。
埃斯凡迪亚尔下令摆酒奏起乐曲，
王子身边坐着帕舒坦他的胞弟。
优美的乐曲令人心情欢畅，
众勇士开怀畅饮神采飞扬。
饮下陈年老酒脸儿红涨心中欢乐，
一张张面孔似阳春催开的花儿朵朵。
埃斯凡迪亚尔对众将陈述心情，
说我这次遵王命勉力率军远征。
国王命我此去把鲁斯塔姆捉住，
把他绑来回宫不必顾虑踌躇。
但我并不想按父王指示行动，
那老将勇似雄狮是盖世英雄。
鲁斯塔姆为了诸王的江山，
手执一条大棒常年南北转战。
伊朗座座城池都靠他之力繁荣昌盛，
上自国王下至百姓都承受了他的恩情。
现在，我要选派一人前去见他，
此人要聪明博学敏于应答，
需要选派一名出身高贵的勇士前去，

① 赫尔曼德河在今阿富汗中部。

才可不辱使命不为鲁斯塔姆所欺。
假若他愿意前来我们大营，
不啻是给我们忧郁的心带来光明。
他若双手让我捆绑伸将过来，
那便是明智之举我不会把他伤害。
如若他的头脑中不充塞着傲气，
我定然谦恭接待待他以礼。
帕舒坦说这才是正道与上策，
何必树敌结怨,恨自己敌人不多。

七十一　埃斯凡迪亚尔派巴赫曼去见鲁斯塔姆

埃斯凡迪亚尔召见巴赫曼，
对他叮咛嘱咐万语千言。
对他说你骑上那匹黑色坐骑，
穿上你的中国的锦缎绸衣。
要把一顶王冠戴到头上，
有皇家气派让王冠宝石闪光。
要显得器宇不凡尊贵大方，
人们一看就知道你是皇家儿郎。
要让他知道你是当今陛下的王孙，
让他赞颂造世主创造了你这皇家后人。
你要随身带上五名优秀的骑士，
还要带上十名出众的博学的祭司[①]。

① 祭司本为琐罗亚斯德教神职人员,这里可作文官解。

你们一行人前去鲁斯塔姆的王宫，
要相机行事切不可草率鲁莽。
你要待他以礼以我名义致意，
要恭谨尊重对他要好言好语。
对他说谁若地位崇高功绩显赫，
他就会雄踞天下不受灾难折磨。
世人应该衷心感谢上天，
上天佑助世人恩惠无际无边。
一个人如若决心一生行善，
那他定然性情温和不暴躁凶残。
那他就会广有财产福寿康宁，
在欢乐与幸福中度过一生。
由于他在这个世界没有恶行，
去世后定然向天堂飞升。
人若明智便会把世事看清，
穷通际遇是水月镜花终成泡影。
谁到头来都要在地下长眠，
纯洁的灵魂会飞向苍天，
世上之人只要诚心尊敬天神，
他也不会与国王作对不会轻慢国君。
现在我们要求你遵守礼法尊重国王，
不是要你卑躬屈膝但不要藐视王上。
有道是岁月悠悠光阴似箭，
你度过许多年头效力在诸王阶前。
只要你凭自己理智仔细思量，
就懂得实不应如此对待当今国王。
你如今如此显贵有这么多的财产，
有无数良马，有军旅与王冠，

这一切都是我们先人所赐，
因你是臣属辅佐他们稳坐江山。
卢赫拉斯帕国王品尊位显，
但你从不登他的殿堂前去叩见。
他后来把江山让给古什塔斯帕，
对古什塔斯帕你更加无礼轻薄。
你不愿居他之下尊他为王，
你甚至未向他上过一次奏章。
你不愿在他面前俯首低头，
尊他一声陛下你都羞于出口。
从胡山、贾姆席德直到法里东，
他从佐哈克之手把江山夺到手中。
代代下传直至哥巴德国王，
他也是一国之主王冠高戴在头上。
王权传到古什塔斯帕之手，
他精于狩猎饮宴能征善战腹有良谋。
他接受了纯洁而神圣的宗教，
四海升平邪恶顿时全消。
那以后阿尔贾斯帕率兵进犯，
他的兵丁凶恶如同虎狼一般。
他兵卒不计其数人多势众，
闻名天下的国王[①]陛下率众亲征。
直杀得尸横遍野悲凉凄惨，
一具具的死尸覆盖了地面。
这乃是一场令人永不忘记的恶战，
到复活日提起仍令人胆战心寒。

① 这里的国王指古什塔斯帕。

如今他统治着东方与西方，
雄狮都在他面前俯首尊他为王。
从土兰、印度直到罗马，
都俯首称臣统归他的治下。
甚至那荒原中的执矛的英雄，
也派了使者数骑[①]来到他的宫廷。
他们向他缴纳本土的贡物，
以此表示不想交战甘愿臣服。
我上面已对你提示了一番，
对你的桀骜不驯他很不以为然。
你从来不去他的宫廷晋见，
从来就不去向他致意问安。
你表示十分矜持尽量回避，
显然是有意与他保持距离。
可是王公贵人怎能把你遗忘，
除非他们的心已不在胸腔。
你一生建功立业完成赫赫功勋，
执行国王命令成为贵人中的贵人。
如若有人能历数你的业绩辛劳，
多么优厚的封赏也嫌太轻太少。
很少有国王得到你这样的忠臣，
保卫江山社稷表现出如此耿耿忠心。
国王陛下曾经这样对我说过，
说鲁斯塔姆坐镇扎别尔财广粮多。
他镇守在扎别尔骄傲自满，
骄傲自满便目空一切举步不前。

① 指阿拉伯人。

需他出战时他却退步抽身，
平日也不见面从不陪我宴饮。
一天他突然火起竟然起誓发愿，
起誓发愿时愤怒得指地问天。
他说除非是去人把他绑上拖至殿前，
军中上下谁别想见他一面。
现在我从伊朗来到这里，
国王命令立即行动无需迟疑。
你最好暂忍一时避其锋芒，
你深知他发怒是什么模样。
你应前来，应服从他的命令，
受些委屈，他要求的权且答应。
我以太阳，以扎里尔[①]的纯洁灵魂，
以我尊贵的父王性命发誓，
我一定劝说我的父王息怒，
千方百计使他胸中怒气平复。
帕舒坦在此可以为我作证，
他给我出谋献策，他机警聪明。
为了你我曾数次劝父王息怒，
但平心而论你也有你的错处。
父王是一国之主我不过是他的子民，
他的王命我岂可抗拒不遵？
你们全族之人应该集中在一起，
众人议论个良策有道是集思广益。
扎瓦列，法拉玛兹和萨姆之子扎尔，
还有鲁达贝她名闻遐迩。

① 扎里尔是国王古什塔斯帕之弟，伊朗勇士，在对土兰之战中阵亡。

万请你们接受我这一番良言，
接受我这一片好心的规劝。
你们的家园不应被破坏摧残，
变为狮豹横行无忌的荒滩。
如若能把你双手捆绑送到宫廷，
向他报告你的桩桩错误与罪行，
从此以后只要我侍奉在他殿前，
定使他消除怒气捐弃前嫌。
我出身皇族行事说到做到，
我保你平安决不损你一根毫毛。

七十二　巴赫曼会见扎尔

巴赫曼听了王子殿下的嘱咐，
便整理行装启程上路。
他身穿皇家人的织金锦袍，
头上戴一顶皇家人的高帽。
他庄重举步走出军中大营，
身后一杆将旗轻拂微风。
他青春年少在高头大马上端坐，
来至河边渡过了赫尔曼德河。
这边早有瞭望的哨兵发现了他，
哨兵一声高喊向扎别尔方向传话。
说对面来了一位勇敢的骑手，
他胯下一匹黑马金丝绳的笼头。
在他身后还见有一伙随从，

他们不慌不忙渡河态度镇静。
这时正值扎尔巡视骑在马上，
他的套索放在鞍鞒，手执大棒。
当扎尔在瞭望哨看到巴赫曼，
不由得一惊他内心里盘算。
心想一看来者便知是皇族后人，
因为他从上到下是皇家衣服在身。
这定然是卢赫拉斯帕的后人，
他来此地或许是给我们带来福音。
他离开瞭望哨径直奔赴王宫，
在马上陷入沉思内心翻腾。
正思虑之际巴赫曼已来至近前，
他洋洋得意昂首直向青天。
原来这年轻人与扎尔并不熟悉，
但他仍表尊敬对他彬彬有礼。
巴赫曼来至近前呼一声："贵人，
我看你世系高贵是尊贵出身。
贵方主帅达斯坦之子他在何方？
看起来最近他的命运不强。
埃斯凡迪亚尔来到扎别尔斯坦，
他的大营就扎在赫尔曼德河边。"
扎尔对他说："我踌躇满志的小将，
请下马饮一杯酒何必如此匆忙？
不巧鲁斯塔姆打猎前去围场，
带了扎瓦列、法拉玛兹及随身兵将。
来吧，既然你与这些高贵勇士前来，
请你们开怀畅饮我们用美酒款待。"
巴赫曼回答："埃斯凡迪亚尔有言在先，

让我们来此不是休息也不是参加饮宴。
请你找一名兵士他要熟悉道路，
让他带领我们奔上去猎场的路途。”
扎尔对他说：“你如此匆忙有何事情？
照理你应先行通报自己的姓名。
我猜想你准是古什塔斯帕的后人，
与卢赫拉斯帕一定带故沾亲。”
巴赫曼说：“刀枪不入的王子[①]是我的父亲，
我名叫巴赫曼是王子的后人。”
扎尔闻言立即向他致意，
下马向他深深敬施一礼。
到处人们都对他十分热情，
不论遇到的人年老还是年轻。
巴赫曼此时早已滚鞍下马，
向对方探问情况双方有问有答。
扎尔对巴赫曼挽留欢迎，
说实不应如此来去匆匆。
巴赫曼说埃斯凡迪亚尔捎话，
此事不便拖延宜及早回答，
于是立即挑选了一名识路的勇士，
带领他们一行人前赴猎场。
这位勇士之名就叫作席尔洪，
他充作向导带领他们登程。
走近猎场就遥遥用手示意，
然后就告辞顺原路回去。

① 刀枪不入的王子指埃斯凡迪亚尔，据传说是祆教教主琐罗亚斯德给了他一个石榴，吃后即全身刀枪不入。

七十三　巴赫曼传话给鲁斯塔姆

年轻人眼前出现一座大山，
他不禁心情振奋催马向前。
再往前行就到达了猎场，
大军主帅就驰骋在猎场之上。
见一位勇士身躯如比斯通山一样雄壮，
他手执一根树枝,不,这是一根木杠。
有一只野驴挂在木杠之上，
身边放着大棒和他的衣裳。
那勇士手上还端着一杯美酒，
身边一个童子侍立躬身垂手。
河边的牧场上长着青草与树木，
他的骏马拉赫什在牧场上踱步。
巴赫曼自忖此人定是鲁斯塔姆，
要不就是黎明的太阳把光焰喷吐。
且不说这样的英雄世上从未出现，
就是关于这样勇士的传说也未闻流传。
我真为勇士埃斯凡迪亚尔担心，
担心他无法战胜这么强的敌人。
我何不以一块大石结果他的性命，
让扎尔与鲁达贝心中充满悲痛。
于是从山上他把一块巨石掀翻，
那巨石被掀翻便滚滚下山。
这一切扎瓦列早已发现，

巨石滚动的隆隆声也传到耳边，
他高声呼叫那马上征战的勇士，
小心从山上滚落的一块巨石。
鲁斯塔姆纹丝不动野驴都未放下，
扎瓦列可真为他担惊害怕。
眼看巨石滚滚落下高山，
整个山峦变得天昏地暗。
鲁斯塔姆飞起一脚把巨石蹬到一旁，
扎瓦列不禁为之欢呼欣喜若狂。
巴赫曼见自己此举已被人发现，
不由得心虚害怕惭愧无颜。
心想埃斯凡迪亚尔高贵的英雄，
如若一旦与这样的勇士较量交锋，
那肯定不是这样的人的对手，
不如我与他应付对他曲意奉承。
谁若想统治整个的伊朗，
在战场上必须武艺比此人高强。
他忧心忡忡坐在战马上，
那马缓步前行走下山冈。
他与随行的祭司议论刚才的情景，
循着一条平缓的路走下山峰。
当他们一行人向猎场走近，
鲁斯塔姆也看到了山路上的来人。
他对身边祭司说这一行是何人，
我猜想这些人一定出自古什塔斯帕家门。
鲁斯塔姆与扎瓦列会见了他们，
过来见礼的还有其他亲随下人。
巴赫曼慌慌张张滚鞍下马，

躬身施礼上前寒暄搭话。
鲁斯塔姆说你应先通报姓名，
然后我们才能对你表示欢迎。
巴赫曼说埃斯凡迪亚尔是我父亲，
我名巴赫曼，人称我是贵人中的贵人。
鲁斯塔姆连忙上前把他拥抱，
说有失远迎不合敬客之道。
于是这二人走到一旁席地坐定，
他们旁边是两方的亲随人等。
坐定之后巴赫曼先开口寒暄，
传达国王及群臣致意问暖嘘寒。
然后说埃斯凡迪亚尔来到此地，
他从王宫出发前来十万火急。
他在赫尔曼德河边扎下大营，
这一切行动全是遵从国王的命令。
埃斯凡迪亚尔叫我前来捎话，
他要我把他的话向勇士传达。
鲁斯塔姆说："王子你跋涉漫长路途，
长途跋涉定然十分劳累辛苦。
让我们拿现有的吃食权且充饥，
然后再说什么一切随你。"
说完他命人铺好餐布进餐，
接待客人一切按照他的习惯。
餐布上摆好松软可口的大饼，
然后端上油煎的驴肉热气腾腾。
左右招待巴赫曼把餐布铺在他面前，
鲁斯塔姆与他应酬说地谈天。
为陪客人他也叫过了自己的兄弟，

其他人等都一律没有入席。
然后，人们把驴肉端到他面前，
他每餐都要把一只整驴吃完。
他在肉上撒盐一块块品尝，
巴赫曼在旁看他吃肉的模样。
这驴肉巴赫曼却吃得甚少，
连鲁斯塔姆的十分之一还都不到。
鲁斯塔姆见了不觉微微一笑，
说："王子啊，拿了肉来就是请你吃饱。
你吃起饭来如此斯文，细嚼慢咽，
战斗时怎么可能去连闯七关？[①]
王子啊，进餐时如若食量过少，
战斗时怎有力挥舞得动长矛？"
巴赫曼对他说："王子出身皇家，
可不是酒囊饭袋，应酬时却敏于对答。
不要看吃喝少搏斗时却不惧敌人，
勇敢向前进击时奋不顾身。"
这时，鲁斯塔姆一笑对他高声说道：
"大丈夫心怀坦荡此言甚好。"
说着此话他在金杯中倒满美酒，
一饮而尽说此杯为怀念高贵的朋友。
然后又倒满一杯递给巴赫曼，
说也请你饮这杯把你故人怀念。
巴赫曼见那杯酒内心踌躇，
扎瓦列见状自己举杯先喝。
鲁斯塔姆对他说："皇家的后人，

① 鲁斯塔姆和埃斯凡迪亚尔都有连闯七关的事迹。

愿这酒使你高兴开怀舒心。”
巴赫曼这时才顺手端起酒杯，
放心大胆地品尝了美酒滋味。
他见鲁斯塔姆的饭量豪兴与身躯，
不禁在内心感到十分惊奇。
当他们在一起把野餐吃罢，
便令人牵过他们各自的战马。
他们二人并马前行信马由缰，
巴赫曼骑马走到鲁斯塔姆身旁。
这时才把埃斯凡迪亚尔要转达的话，
一五一十详细向鲁斯塔姆转达。

七十四　鲁斯塔姆对巴赫曼的回答

鲁斯塔姆听了巴赫曼的传话，
老人陷入沉思未立即回答。
过了一会儿他说:“见到你我满心欢喜，
我也听清了你所传达的信息。
请以我的名义向埃斯凡迪亚尔致意，
他是雄狮般勇士英勇无比。
一个人如若他睿智聪明，
定然会把事情的原委弄清。
他英勇无畏又兼功勋卓著，
拥有无数的财产及宝库。
在天下英雄贵人的心目之中，

你[1]是位可敬的勇士享有盛名。
像你这样的一位尊贵的英雄,
不应具有不良的品格禀性。
让我们恪守敬主之道和公正真理,
我们谁对谁都不得粗暴无理。
那些说不出口的无礼之言,
如同果树结出涩果不给人以甘甜。
如若你一心贪求贪得无厌,
那在今后会给你带来无穷麻烦。
不闻智者曾说人出言应思量斟酌,
出言若不与人为善宁可不说。
当然你赞我是无双的勇士无人可比,
我还是喜在内心无限感激。
你说我勇敢文雅聪明干练,
处处超过先人胜过祖先。
你的名声已在印度传遍,
也传遍了中国、罗马和贾都斯坦[2]。
对你的劝告我是衷心感谢,
我为你祈祷祝福日日夜夜。
我过去就向真主表示过一个愿望,
这愿望得以满足我心才欢畅,
我要有幸一睹你的端庄的容颜,
你是那样厚道仁义豪爽与勇敢。
我愿我与你一朝欢乐聚首,

① 这里的你指埃斯凡迪亚尔。

② 贾都斯坦是鬼蜮横行之地,从其他故事中所描写的内容看,此处可能指伊朗北部马赞得朗地区。

祝愿当今陛下高举一杯美酒。
如今看来我祈求的一切都可如愿，
我定然赶去候命快马加鞭。
我一定到你那里去不带人马，
为的是听你传达国王的话。
从霍斯陆到哥巴德都颁发分封文书，
我要拿这些文书一一请你过目。
王子啊，请你仔细检视我的行止，
看一看我忍受过多少辛苦做过什么事。
你应该了解我完成的业绩与建树，
知道我付出的辛苦与遇到的艰难。
我对历代国王都恭谨服从，
对过去国王与当今陛下都衷心尊敬。
但想不到我的忠心与辛劳，
竟换来伊朗国王的一副手铐。
早知有这些坎坷最好不生在世上，
生在世上也不要生活得久长。
我定然前来向你倾诉心曲，
我以我的行动在世上赢得荣誉。
如若我真做了坏事存有歹心，
就请把我惩处让身首两分。
那我就用一条绳索绑牢双臂，
用豹皮拧成的绳绑住我的双腿。
我曾经砍下怒象的头，
把它抛到尼罗河的洪流。①
请不要对我讲不中听的语言，

① 鲁斯塔姆并无把象抛到河中之举，但是他幼年曾战胜过大象。

也不要坏事做尽令魔鬼[1]惭愧汗颜。
不合乎礼貌的话请不要对我言讲，
要凭勇力锁住狂风那是妄想。
有见识的人决不会钻入烈火，
不会游泳的人不要投身滚滚洪波。
明月的皎洁之光岂能遮起，
狐狸与狮子岂能共居一地？
你不要在我这里挑起纠纷，
我这人与人争执从不肯让人。
还没有人看到我的脚上戴镣，
雄狮怒吼也决然不能把我吓倒。
你的行为举止应符合王子身份，
不要施展鬼蜮伎俩作恶害人。
你要心胸广阔不要无故树敌结怨，
年轻人入世不深做事见解浮浅。
你应抛弃芥蒂渡河到我对岸，
我们一定热情款待按照造物主的意愿。
请你光临我们的寒舍家门，
不要刺伤热情主人的心。
我曾是哥巴德国王阶前的近臣，
今天能与你见面也喜在内心。
你既然率领人马来到这里，
权且停留两月在这里休养生息。
让大队人马休息整顿养精蓄锐，
让敌人锐气受挫意冷心灰。
这里水有游鱼，兽走荒滩，

① 指人做坏事魔鬼也自愧不如。

何必来去匆匆应该打猎消遣。
也让我们趁此机会见识你的身手，
手执钢刀与狮子豹子斗上一斗。
当你想率军回程赶赴伊朗，
赶回伊朗去面见勇士之王，
我这里有一座凭钢刀积攒起的宝库，
你走时我便给你打开大库之门。
大库中有我多年辛劳积下的财产，
你需要什么东西只管任意挑选。
你喜爱的自己留下其余分赏众人，
好来好走不要叫我们日日忧心。
金币赏赐部下不要生气动怒，
你乘兴来到这里满意离开此处。
当你想要返回伊朗之日，
当你想要面见国王之时，
我决不会拒绝与你同行，
我要与你同去到国王宫廷。
我要求他原谅请他息怒，
吻他的头与脚，我是他的奴仆。
我要问一声做事不公的国王陛下，
因何下令把我的手脚戴上锁枷？
我说的这一切你都牢记在心，
把这话告诉埃斯凡迪亚尔贵人。”

七十五　巴赫曼返回埃斯凡迪亚尔大营

听了鲁斯塔姆回答巴赫曼连忙启程，
身边的正直的祭司与他同行。
鲁斯塔姆骑着马站在路边，
他把扎瓦列、法拉玛兹叫到近前。
说："你快快前去见达斯坦，
快去告诉扎别尔斯坦的明月[①]：
埃斯凡迪亚尔已到河对岸，
野心勃勃要总揽天下大权。
让他们在高堂安放好黄金宝座，
宝座上的垫饰等物按皇家规格铺设。
仪礼要像接待卡乌斯国王，
甚至比接待卡乌斯还要富丽堂皇。
请烹制各色的佳肴美馔，
数量要富裕充足随吃随添。
他乃是王子亲自来到我们这地方，
善者不来他可能要挑起恶战一场。
他不仅是王子还是勇猛的壮士，
在田野上他足以力敌雄狮。
我对他发出邀请他若肯赏光，
那就是好兆表明有了希望。
如若我见他通情达礼与人为善，

① 扎别尔斯坦的明月指鲁斯塔姆之母鲁达贝。

我就用红宝石镶嵌他的王冠。
我对他根本不吝惜金银财宝，
还有诸般武器刀枪长矛。
但是如若我从他那里失望而返，
那么，我们之间就会有一场凶杀恶战。
你们可知当他抛出长长的套索，
怒象也要就范被他所捕获。”
扎瓦列对他说：“此事你不必多虑，
谁无冤无仇也不会轻易树敌。
我看天下的一个个君主国王，
论才略与勇气无人比他更强。
聪明大智之人岂会行事失算，
我们从来也没有招致他的不满。”
这时扎瓦列去找扎尔报告消息，
鲁斯塔姆这才催马向前走去。
他催马来到赫尔曼德河岸，
感到心绪不宁情绪不安。
他在河边把马缰揽紧，
等着巴赫曼去后带来回音。
再说当那巴赫曼赶回大营，
来至父亲面前轻轻站定。
尊贵的埃斯凡迪亚尔问他，
那名闻遐迩的英雄有何回答？
巴赫曼见父亲发问屈身坐定，
一五一十把那番话对他讲明。
他先向父亲转达了鲁斯塔姆的致意，
然后提起他们的谈话和那边的消息。
他向父亲报告眼见的情形，

也报告了眼见不到的隐情。
他说鲁斯塔姆生得膀大腰圆，
这样的人物在勇士群中我还未见。
他生了颗雄狮之心巨象之体，
他能一把从尼罗河中拖出头鲸鱼。
现在，他已来到赫尔曼德河边，
未带兵马也未穿铠甲未拿套杆。
他说他愿与父王见上一面，
我也不知他心中有何话要谈。
埃斯凡迪亚尔一听勃然大怒，
他当众把巴赫曼挖苦羞辱。
他说凡是高贵的明智之人，
从不把秘密告诉女人。
如若把国家大事委托给孩童，
他决不会审谨勇敢不辱使命。
你见识过多少武艺超群的英雄，
你听到过多少战马奔腾的蹄声？
你竟然把鲁斯塔姆与怒象相比，
徒然长他人威风灭自家志气。
他说完此话便悄声对着帕舒坦，
说那高贵的雄狮饱经阵战，
目前，他还精力充沛筋强体壮，
虽然年老但却无垂暮老朽的迹象。

七十六　鲁斯塔姆会见埃斯凡迪亚尔

埃斯凡迪亚尔命人备好乌骓马，
马背上备好黄金色的马鞍。
在军中挑选精壮骑手百人，
高贵的勇士来与鲁斯塔姆会面。
他急匆匆赶到赫尔曼德河边，
他的马鞍鞒上挂着一副长长的套杆。
河对岸的拉赫什引颈长啸，
这岸的勇士的骏马回报一声高叫。
鲁斯塔姆翻身下了拉赫什骏马，
站到地上向勇士致意与他搭话。
他说道："我早就向造物主表达过心愿，
希望能与你早日见上一面。
如今你光临此地精神振奋，
随你前来的还有人马大军。
让我们坐在一起叙谈一番，
让我们亲耳聆听你妙语高见。
造物主作证，我这话是出于真心，
我讲这话是理智把我指引。
我从不自夸炫耀故弄玄虚，
从不说谎骗人，我事事真心实意。
如若我与夏沃什相逢，
也不会如此欣喜这样高兴。
夏沃什是保卫江山的王子，

只有他才与你有些相似。
值得庆幸的是王上有你这样好的后人,
你的身躯相貌让父亲感到自豪称心。
你将主宰伊朗不久就要登基,
你鸿运当头万民膜拜顶礼。
谁若与你为仇作对那准是发了疯,
他会处处碰壁命星晦暗不明。
让你所有的对头都对你心怀畏惧,
让歹人之心时刻都颤抖惊悸。
愿你时时鸿运当头无往不胜,
愿你在暗夜身边也一片光明。”
埃斯凡迪亚尔一听他讲的话,
连忙翻身下了骏马跨到地下。
他上前拥抱鲁斯塔姆巨象般身躯,
一再频频地向他表示问候致意。
说:“信仰天神的勇士英雄,
我见你如此开朗这样高兴。
你的确值得我们夸奖称赞,
你曾击败过许多天下好汉。
可庆幸的是你也是门庭有后,
你是枝他是果挂在你这枝头。
可庆幸的后人似你一样雄壮,
不会遭逢灾难身体永远健康。
看到了你我把扎里尔忆起,
他是雄狮般的统帅英勇无比。”
鲁斯塔姆这时对他说:“王子殿下,
你睿智圣明你据有天下。
殿下容告我有一桩心愿,

今天见到殿下是难得的机缘。
请殿下屈尊到我们寒舍草堂，
殿下光临定为我们敝舍增光。
我们虽缺珍馐美味供殿下进餐，
但我们也会加意经营全力备办。”
埃斯凡迪亚尔开言回答鲁斯塔姆，
说：“你是世上的英雄人间的翘楚。
谁若是似你这样天下闻名，
整个伊朗都要仰仗他的名声。
人们怎可违抗这样勇士之命，
过他的家门不入，岂不是不敬？
但是，当今陛下有圣旨在先，
我领王命在身不便独行自专。
陛下令我来此不准耽误迟延，
说对扎别尔的勇士也勿轻易开战。
请你自己选择一个合适的时间，
按国王之命去把陛下朝见。
请你在你双脚加上脚镣，
这也不算丢丑，其实是敬王之道。
我再把你绑好带上国王大殿，
到大殿再把你的错处陈述一番。
当然把你捆绑我的心也被刺痛，
在你的面前我只是个仆从。
我保证你手铐脚镣不戴到夜晚，
我保证你平安不遭任何危险。
壮士啊，这都是你离心离德之故，
否则国王不会如此不满与震怒。
国王已亲口许给我社稷江山，

连同王冠和宝库中的财产。
只要我有朝一日能登基为王,
我保证把江山交到你手上。
这样造物主面前我并无行止不当之处,
我所做的一切全是国王的吩咐。
如若当阳春到来园中群芳争艳,
你若想回你的扎别尔斯坦,
我将奉赠给你巨额财产,
请你拿那财产把扎别尔装扮。"
鲁斯塔姆回答:"勇士,你四海名扬,
与你欢会正是我向造物主表达的愿望。
我有幸与你相见心中极为高兴,
听了你的话更是喜在心中。
你我一老一少都是骄傲的英雄,
我们是两个勇士同样眼亮心明。
我怕的是我们遭逢毒眼陷于不幸,①
霎时间惊破一场美妙的好梦。
也许魔鬼作祟鬼迷了心窍,
让你那心中只想着王冠与皇袍。
但对我来说这可是个耻辱,
天长地久我会把此事牢牢记住:
像殿下这样的统帅这样的英雄,
你举世无双有雄狮般勇猛,
来到这里竟然未进我的家门,
未来做客也未在一道畅叙共饮。
如若你从心中排除了对我的敌意,

① 按波斯民间传说,有一种人眼光不吉,看到什么人,被看的人即陷于不幸。

那就是战胜了魔鬼的险恶心机。
让我们招待你一番使我们感到荣幸，
你来做客我决不违抗你的命令。
当然，对我决不能手足捆绑，
那是奇耻大辱令人心情不畅。
我这个人禀性脾气从来就是这样，
世上人谁也不会看到我手足被绑。
纵让我的头埋藏在乱石丛中，
也不能辱没与败坏我的名声。”
埃斯凡迪亚尔闻言这样回答：
“你是真正的英雄举世无双。
你讲的是真情句句是实话，
大丈夫心口如一不弄虚作假。
但是帕舒坦可以作为见证，
我临行时国王如何嘱咐叮咛。
他说你此去哪怕与他拼争开战，
也要把鲁斯塔姆绑到我的大殿。
如若我现在随你到家中做客，
与你在一起开怀畅饮对酌取乐，
那便是违背了我父王的意愿，
朗朗白日会立时变为一片昏暗。
如若今后我与你二人厮杀较量，
如狼似虎拼命打倒对方，
那岂不是受人之恩又恩将仇报，
那乃是不义之举有违忠厚之道。
此外，如若我行为举止有违王命，
怕到彼世也要落到火狱之中。
如若你从内心里有此要求，

愿你我二人同坐共饮美酒。
但谁知明天会发生什么事情，
还是不去猜测吧谁也解释不清。”
听到这些话鲁斯塔姆说：
“容我换身衣裳到你这里做客。
我已整整七天滞留在猎场，
七天我只吃驴肉未尝到小羊。
进餐时，当你与亲随在一起围坐，
请召唤一声我到你这里做客。”
说完他便飞身跨上拉赫什战马，
忧心忡忡思虑万千心绪如麻。
他紧催战马很快来到自己王宫，
见萨姆之子扎尔已把他久等。
他开口说道：“闻名的老将父亲，
我去见到了埃斯凡迪亚尔那位贵人。
他骑在骏马上风度翩翩，
仰承皇恩国运，正处于锦绣华年。
他真像那勇士国王法里东，
他承袭了法里东的学识与襟胸。
常言道见面胜似闻名，
他确实器宇不俗面带皇家人神情。”

七十七　埃斯凡迪亚尔未邀鲁斯塔姆前去做客

当鲁斯塔姆从赫尔曼德河边离去，
埃斯凡迪亚尔心中十分忧郁。

帕舒坦平日常常把他开导，
说来凑巧此时帕舒坦正好赶到。
埃斯凡迪亚尔说："我遇到个难题，
但这难题被我轻轻应付过去。
我无论如何不能去拜访他的宫殿，
也不宜邀他前来这里赴宴。
知他无诚意不必请他前来，
如若双方言语冲突反而把事情破坏。
双方若有一死，生者便心似油煎，
到那时才悔恨在这时见面。"
帕舒坦说道："埃斯凡迪亚尔，兄弟，
你我本是手足亲密无比。
以造物主名义发誓我看到你们见面，
彼此并无仇恨双方悦色和颜，
我的心快乐得似三月阳春，
为他高兴为你高兴，为你们二人。
但我见你们不和气氛紧张，
我感到这是魔鬼作祟邪恶逞狂。
你深晓圣主正道与交往之礼，
理智之光照耀着你的心底。
你应谨慎不要枉然送掉性命，
兄弟的忠告你要仔细聆听。
我听说鲁斯塔姆仗义重诺，
他心怀仁爱襟怀广阔。
他的双脚决不会戴上你的脚镣，
你的王子地位决不会把他吓倒。
萨姆之孙扎尔之子是盖世英雄，
他决不会轻易落入你敷设的陷阱。

我担心此事会惹出许多麻烦，
两位勇士相斗定然是一场凶杀恶战。
你心胸宽广见识在国王之上，
厮杀征战治国安邦都比他强。
一个要开怀对饮一个要战争与杀戮，
试看谁的主张更令人信服。”
埃斯凡迪亚尔闻言如此回答：
“我行事不能违背国王的意愿。
若违反他的意愿今生会受到责备，
到来日清算也要因此而问罪。
我不能把两世抛弃而讨他心欢，
谁也不愿用钢针刺穿自己的心与眼。”
帕舒坦说：“如若他人劝告你善于听取，
那对你的身心都大有裨益。
我只是提出劝告你可择善而从，
只是行事不要刺伤别的勇士英雄。”
统帅命人到厨下取来酒饭，
但他并未派人去请鲁斯塔姆赴宴。
他吃罢大饼又高举一杯美酒，
边吃边回忆青铜堡①的战斗。
忆起过去征战中勇敢豪强，
又举杯敬颂父王陛下身体健康。
那边鲁斯塔姆还在宫中等待，
他与埃斯凡迪亚尔约好派人前来，
过了很长时间并无任何音信，

① 青铜堡的战斗指埃斯凡迪亚尔与土兰国王阿尔贾斯帕在该地的战斗，在这场战斗中阿尔贾斯帕战败被杀。

他引颈向路上张望并不见来人。
进餐的时间过了很久，
烦躁与恼怒充满英雄心头。
他淡然一笑说："兄弟，备饭，
请各位贤士王公一同进餐。
如若这就是埃斯凡迪亚尔的作风，
这种行为有辱我们的名声。
我已与他约好但他不派人来请，
对他不能抱有希望他徒令我久等。"
说话时左右早已备有餐饭，
众人一齐落座共同进餐。
餐毕鲁斯塔姆让法拉玛兹传话，
请他传下话去左右赶快备马。
把战马拉赫什牵到他面前，
那战马还要备好中国鞍韂。
他说："我要去对埃斯凡迪亚尔讲明，
他若是真正的王子此理并不难懂。
如若许诺而不做那便是食言，
食言毁约就是把信义抛到一边。"

七十八　埃斯凡迪亚尔由于未邀鲁斯塔姆赴宴而向他致歉

勇士胯下的拉赫什似巨象一般，
一阵飞奔已跑出二个米尔之远。
他很快来到赫尔曼德河岸边，

这边的驻军早已把他发现。
军中士卒看到他的仪容风采，
人人赞叹个个心中喜爱。
大家众口一词描绘谈论，
说这样的英雄只像萨姆一人。
他端坐马上如同铁铸的好汉，
他胯下的拉赫什颇似阿赫里曼①。
假若他的战场上对手是一头怒象，
他也会猛力一击让象头鲜血流淌。
国王陛下不够明智有欠思虑，
把灵光佑助的勇士置于两难之地。
为了满足他登基为王的愿望，
把明月似的勇士推向死亡。
人真是越老越贪得无厌，
越老越爱权越老越舍不得江山。
当鲁斯塔姆来到高贵王子面前，
埃斯凡迪亚尔施礼与他相见。
鲁斯塔姆对埃斯凡迪亚尔说道：
“你风华正茂是皇家后起之秀。
我想来做客难道不值你一请？
难道这就是你行事的习惯与作风？
我说的话请你句句牢记在心，
你因何与我这老朽纠缠争论？
你尽管自视甚高自鸣得意，
在臣僚之中自认出人头地，
你自认比我勇敢把我轻视，

① 阿赫里曼意为恶魔。

你认为我比你缺少见识与知识。
天地间举世无双的好汉是鲁斯塔姆，
我的先人乃是高贵的尼拉姆。
黑色魔鬼见了我也退缩畏惧，
我力战妖魔把他们抛到井里。
多少名将一见到我的盔甲，
一听到我的狮子般的吼声，
都不战而退纷纷败阵逃命，
吓得把弓箭往战场上乱扔。
那能征善战的卡姆斯和中国可汗，
心怀仇恨的骑士与马上的儿郎，
我曾用套索从马后把他们捕获，
然后从头到脚把他们牢牢捆绑。
我是伊朗国王的卫士，江山靠我支撑，
我是勇士的依靠，率领他们厮杀拼争。
我要求赴宴你可不要有何错觉，
万勿自鸣得意自视比天还高。
我见你有灵光保佑是皇家之后，
因此才提出到此赴宴的要求。
我并不愿看到你这样的王子王孙，
在战斗中在我手上亡命丧身。
英雄萨姆那才是真正的勇士，
他在世上这片林中留下一头雄狮。
我是他留在世上的纪念与身影，
王子埃斯凡迪亚尔也是这样的英雄。
我曾长年在世上抖擞威风，
从来没受过委屈未忍受苦痛。
是我把世上的敌人一一清除，

我一生征战备尝艰辛劳苦。
感谢真主过了这漫漫长年,
终于看到一根强劲枝条出现。
他厮杀拼斗消灭邪恶的敌人,
天下之人都称颂他的功勋。”
埃斯凡迪亚尔一笑对鲁斯塔姆说:
“我的英勇的骑士,萨姆的后人,
你责我骄傲未派人去相请,
但事不由我,我也不是以此与你争名。
且请息怒,天气暑热路途遥远,
我不想使你为此劳累困倦。
我们今早还在此议论交谈,
我准备前去向你赔礼道歉。
若去府上我会见到达斯坦老英雄,
见到老英雄我心中感到荣幸。
现在你不避辛劳把我们拜访,
你离开家门来到这荒原之上。
让我布置一番我们共饮一杯美酒,
共饮一杯美酒,驱除怒气与忧愁。”
说完他便命人摆上美酒,
把鲁斯塔姆让在自己的左首。
饱经世事的英雄说:“这里我不落座,
要我落座那地方就应与我身份符合。”①
王子吩咐巴赫曼在右首设座,
他愿坐何处可由他去坐。
这时,巴赫曼不满地站立起身,

① 按伊朗古代习惯右首为上,左首为下。

心中不快不由得两道眉毛拧紧。
鲁斯塔姆发现他满面怒容，
不禁也心中不满开始激动。
他怒气冲冲地对王子这样说：
“请你睁开双眼仔细看一看我，
我一身本领，我出身自名门，
勇士萨姆那是我的先人。
而萨姆的先祖乃是贾姆席德，
那贾姆席德地上当政又代表天上日月。
如若我到此都没有落座的地方，
那有何可虑，助我的自有灵光。”
王子听了以后连忙吩咐巴赫曼，
快把一把黄金宝座搬到他面前。
对鲁斯塔姆说现在请你落座，
但愿这宝座与你身份符合。
鲁斯塔姆这时才坐在宝座里面，
满面怒容手执着一个香橼。

七十九　埃斯凡迪亚尔斥责鲁斯塔姆出身不正

王子对鲁斯塔姆这样说道：
“我的心似雄狮的高贵的英雄，
我曾听说祭司们中间流传一个说法，
一些名流贤士也都这样传说。
他们说达斯坦乃是魔鬼所生，
世界上还有谁比这更出身不正？

当那婴儿出生时人们对萨姆隐瞒，
都认为对萨姆那是一场灾难。
那孩子全身发黑面孔头发呈白色，
萨姆一见心中便感到十分恼火。
立即下令把此子抛到海边，
让鱼与鸟把他身体啄碎撕烂。
这时神鸟展翅飞到他头顶上，
看不出他出身高贵也不见有灵光。
于是那鸟便把婴儿叼回鸟巢，
心想这或许能够自己一餐。
叼回之后便抛给了幼鸟，
叫它们进食时把他吃掉。
但小鸟不愿以他为自己餐饭，
一见就心生厌倦不愿上前。
它们把他抛到一边不再理睬，
转身离他而去再也不愿回来。
虽然神鸟腹中饥肠辘辘，
但它见扎尔之肉不洁也不光顾。
于是众鸟便把他抛到鸟巢之旁，
平日无人上前也无人前去看望。
他日日吃的都是死兽的尸体，
赤身裸体全身上下无遮无衣。
这神鸟可谓对他恩重如山，
日月穿梭这样过去了多年。
他就吃着死兽尸体度日，
然后众鸟把他赤身拖到锡斯坦。
此时萨姆竟然又把此子收留，
也许是由于老年昏庸膝下无后。

还多亏我们家族中的祖先，
那些先王他们都心地良善。
赏赐许多衣物关怀他的生活，
许多年头他都平安度过。
他恰如柏树上一根未经修剪的荒枝，
而正是在这根枝头鲁斯塔姆出世。
他自恃勇敢聪明敬主虔诚，
所以才在世上横行傲气直冲天庭。
他作福作威时时发号施令，
自吹自擂处处霸道横行。
直闹到不听从国王陛下的命令，
行为不轨为人也不正大光明。
你岂能忘掉你父得生乃神鸟之助，
吃死尸长大，有何颜面对造物主？”

八十 鲁斯塔姆回答埃斯凡迪亚尔并历数自己的世系及功勋

鲁斯塔姆回答：“请勿喋喋不休，
你语无伦次也无任何理由。
你现在完全是鬼迷住了心窍，
显然这是中了魔走上邪魔歪道。
你讲话应符合王子的身份，
皇家人讲话决不应信口胡云。
国王知道萨姆之子达斯坦的名声，
他是伟大的勇士，博学而有广阔的心胸。

萨姆本是纳里曼之后，
纳里曼又是卡里曼的后人。
这样上溯可追溯到戈尔沙斯帕，
再由他上溯就应是贾姆席德[①]。
你们家族的先人为王还靠我家辅助，
否则有谁愿意对他们表示臣服？
那贤明的哥巴德是我从厄尔布尔士山，
把他寻到领到勇士们中间。
他原来不过是一位虔信佛教之人，
两手空空一无钱财二无大军。
你想必也听说过萨姆的名声，
在世上可有哪个能与他齐名？
他在图斯[②]曾经力斩毒龙，
那龙十分凶恶谁在它爪下都会丧命。
山野里的狗和海中的鲸，
遇到它再也休想保命逃生。
下海它敏捷地活抓游鱼，
高扬起手能捉住飞鸟的羽翼。
它大吼一声能吓退巨象，
对头们一想起它就黯然神伤。
这条恶龙平日藏在大海深处，
海水都黑浪翻滚因为此龙放毒。
他用大棒把那毒龙击毙，
天下人都为此而向他欢呼。

---

① 戈尔沙斯帕是《列王纪》中所写到的神话中的第一大王朝俾什达迪王朝最后一位国王，即第十位国王，贾姆席德为这一王朝第四位国王。

② 图斯是伊朗霍拉桑的古城。

另外,还有一个恶魔逞凶,
这恶魔脚踩在地上头顶苍穹。
中国海中的波涛只没及它的胸腹,
由于太阳当头照射它十分痛苦。
这恶魔从海中生擒活鱼,
伸一伸头,头顶便达到月宫天际。
它在阳光下把活鱼烤干,
苍天对它都是一筹莫展。
但萨姆把这恶魔拦腰斩断,
从此世界免除此害永享平安。
就这样除此两害它们不再肆虐逞狂,
勇士萨姆手起刀落两害皆亡。
我母亲本是梅赫拉布之女,
梅赫拉布本统治信德地区。
他乃是佐哈克的五代重孙,
门庭显赫,也是一位皇族中贵人。
试问哪还有比这更光荣的门庭世系,
聪明人做事明白世情事理。
更何况普天之下的众位武士英雄,
都要向我学习武艺与本领。
开初我受到卡乌斯国王的分封,
谁人不知? 国王亲封情深恩重。
后来加封我的是公正贤明的霍斯陆,
凯扬王朝的诸王中他的功勋卓著。
我四处征战走过许多地方,
手起刀落结果不少不仁的国王。
当我率兵渡过阿姆河,
阿夫拉西亚伯就从土兰逃往中国。

那卡乌斯国王不听达斯坦的规劝，
一意孤行率军去征讨马赞得朗。
你或曾听说魔鬼逼得他身陷绝境，
弄瞎了他的眼睛要杀害他的性命。
是我只身奔赴马赞得朗，
不顾路途遥远也不怕夜色茫茫。
我没放过阿尔让也未放过白妖，
三吉、甘迪乌拉德及比德一个也未跑掉。
我甚至为国王杀死了自己的亲人，
我的爱子英勇无比聪明过人。
苏赫拉布这样的勇士我还未曾遇到，
他膂力过人胸怀武略文韬。
自从我脱离父体①来到这世上，
已经足足有五百个年头以上。
我从来就是世界上的好汉英雄，
行事心口如一磊落光明。
我的举止作为好像高贵的法里东，
他把伟大的王冠戴上自己头顶。
他把那佐哈克推下王座，
把他王冠抛到地下把他江山夺过。
还似一位英雄萨姆我的先人，
他博学多闻精通法术与战阵。
第三个英雄就是我忠心耿耿，
效力朝廷国王才不必劳师远征。
那些日子真是国泰民安天下太平，
邪恶之徒根本不敢侵略入境。

① 脱离父体指精子授胎。

那时我打遍天下无往不胜，
一把战刀一条大棒抖擞威风。
我历数这一切就是让你知道，
你是王子而勇士如同你放牧的羊羔。
你是皇家之后但你是刚出场的新手，
虽然你可依仗灵光保佑。
在世界上你看到的只有你自己，
不晓得天下还有许多不宣之秘。
恕我赘言，让我们饮一杯美酒，
用美酒洗涤心头的忧愁。”

八十一　埃斯凡迪亚尔夸耀自己的出身

埃斯凡迪亚尔听了这番语言，
不禁一笑，这时他感到高兴与心安。
他说：“我知道你所经历的战斗，
也知道你付出的辛劳吃过的苦头。
现在也请你听听我做过什么，
我也是英雄好汉中的佼佼者。
我立志为保卫圣教[①]而献身，
把世上的邪教徒铲除净尽。
世上还未见过有哪位勇士，
像我一样杀人众多遍地陈尸。
古什塔斯帕是我的父亲，

① 圣教指琐罗亚斯德教。

而他又是卢赫拉斯帕的后人。
欧兰德沙是卢赫拉斯帕之父，
他名扬天下是一方之主。
再往上溯可以追溯到帕申，
父辈都夸帕申是皇家可靠的后人。
帕申又是哥巴德之后，
哥巴德乃是公正贤明的国君。
这样直向上溯可追述到法里东，
他是国家的根基社稷的明灯。
我母亲之父乃是罗马恺撒，
恺撒是一国之主统辖罗马。
恺撒原本是萨勒姆[①]之后，
萨勒姆也曾有正义与灵光保佑。
那萨勒姆乃是法里东的后人，
他本属皇族也是高贵的皇家出身。
我对你所说句句都是实情，
世上正直人少，到处坏人横行。
你和你的先人为我先人效力，
我的先人尊贵伟大有纯洁的心地。
你和你的先人在我祖辈阶下称臣，
说这样话并无意傲视于人。
你的地位全是由于我的先王荫庇，
因你曾辛劳奔走为朝廷效力。
请听我说，我还要告你许多实情，
不实之处请你不吝指正。
当王位传到古什塔斯帕手中，

① 萨勒姆是法里东长子，被法里东分封到罗马。

我就成了一名臣子在朝中效命。
不论是谁凡是违抗圣教的邪教之徒，
在土兰与中国我都一概铲除。
后来由于古拉兹姆进了谗言，
父王便把我囚禁不准外出赴宴。
由于我被囚卢赫拉斯帕遭难，
他在土兰人手下命丧黄泉。
后来贾玛斯帕这位饱经世事的贤臣，
他曾率军到共巴得要塞把我探询。
他到了要塞见我全身被捆绑，
也看到我因此而志丧神伤。
于是他下令找来几名铁匠，
让他们为我快快开镣松绑。
那些铁匠动作缓慢手脚无力，
我又急于解脱内心焦急。
我心中不快向他们大喝一声，
请他们后退这纯属劳而无功。
我站起身来用尽全身之力一挣，
挣断了镣铐及全身上的粗绳。
但我并没从囚禁地奔赴战场，
命运使古什塔斯帕迷途逃亡。
阿尔贾斯帕率军在我面前逃窜，
因此我这才重又整军参战。
这时我重振军威又赴战场，
依然所向无敌像雄狮一样。
想你一定耳闻我连闯七关，
狮子与鬼怪在我面前哪个能拦？
我用计攀登上鲁因碉堡，

我把那碉堡从根基上掀倒，
我在土兰战场上勇建功勋，
我在土兰战场也备尝苦辛。
豹爪下的野驴也没受那番折磨，
水手捕获的鲸鱼也没我受的苦多。
我还到过一个要塞，堡垒筑在山巅，
这建在野岭荒山的要塞远离人烟。
当我攻上去时见很多异教徒，
他们神情惊愕好像是喝醉了酒。
这法里东之子土尔时的要塞已无人记起，
这么多年人们早已把它忘记。
我奋勇作战终于把要塞攻陷，
攻陷碉堡便把偶像全都打翻。
我放一把圣火把那里的一切烧光，
那圣火乃是以火盘取自天上。
靠唯一的天神的荫庇佑助，
我战斗之后又回到伊朗国土。
那时已经宇内升平没有敌人，
从一切庙宇中清除了婆罗门①。
我此次出征乃是只身拼搏，
在战斗中并无士卒兵将前去助我。
说来话长我说这些已嫌啰嗦，
你如口干请饮一杯美酒解渴。”

① 婆罗门是婆罗门教祭司，是古印度的第一种姓，偶像崇拜者。

八十二　鲁斯塔姆夸耀自己的业绩

鲁斯塔姆对王子说:“我有个心愿,
愿我们的功勋业绩在后世流传。
现在请你耐心听我讲述一番,
请听一听我这年迈体衰的老汉之言。
如若我不随身携带我的大棒,
如若我不奔赴马赞得朗,
图斯、古达尔兹与格乌都要双目失明,
那名闻天下的国王[①]也不能死里逃生。
谁能挖出白妖的心挖出它的脑髓?
哪个凭力气敢与白妖为仇作对?
是谁救出卡乌斯使他免于灾难?
是谁辅佐他使他再主江山?
我把他救出监牢保他重新登基,
伊朗人喜笑颜开人人满意。
我把那些妖怪尽行斩首,
他们并无尸布裹身也不知葬身何处。
在那些战斗中骏马拉赫什是我的助手,
我一把钢刀走遍天下并无敌手。
在那以后国王又去哈马瓦兰,
他又一次被困只因他前去冒险。
我又一次从伊朗率兵出征,

① 名闻天下的国王指卡乌斯。

那里也有名臣名将也是艰难的征程。
我在哈马瓦兰杀死了那里的国王，
把他们的国土踏平扫荡。
卡乌斯国王被全身捆绑，
劳累受辱不由得心情沮丧。
这时伊朗又遭阿夫拉西亚伯入侵，
他率军入侵伊朗,军中颇有名将高人。
我赶快从囚禁中救出卡乌斯，
还有古达尔兹、格乌以及图斯。
我把这些公卿贵胄以及国王，
从哈马瓦兰护送到伊朗。
然后,连夜赶到前方去作战，
我爱护自己名誉不图舒适安闲。
当敌人看到我的光辉的帅旗，
我的拉赫什长嘶传到他们耳际，
他们便赶忙逃出伊朗直奔中国，
这时才宇内升平人人庆贺。
如果卡乌斯被杀身亡，
那夏沃什王子怎可能生到世上。
那霍斯陆便也不可能出世，
因此,他也不能让卢赫拉斯帕为王。
我父亲那勇敢而高尚的勇士，
由于封他为王而感到羞耻。[①]
卢赫拉斯帕并未扬名世上，
为什么要封这样的人为王？
听取我的劝告吧我的勇士，

① 扎尔曾反对封卢赫拉斯帕为王。

不要过于倾心这变幻无常的人世，
不要自视年轻力壮正处华年，
你也应听取老者的语言。
你不要按古什塔斯帕的话做，
他本胸无珠玑腹无良策。
他禀性不好从父亲手中索取江山，
真令人不齿此举真是无耻厚颜。
父亲见他不堪重任有一副贪婪心肠，
自己选了条退路乃是祈拜上苍。
父亲见他性格不好禀性劣顽，
便退步抽身自己去了拜火祭坛。
他自己奔赴了扎别尔斯坦，
把父亲抛在巴尔赫身遭横祸。
最后，敌人从中国方向扑来，
狠毒地把卢赫拉斯帕杀害。
一个人对自己父亲如此漠不关心，
对儿子怎会是个慈爱的父亲？
他这是在对你耍弄阴谋诡计，
古什塔斯帕的心对你充满敌意。
他从心里盼着看到你一命呜呼，
因此他才促使与鲁斯塔姆冲突。
这是由于他心中对你存有畏惧，
所以才踏上歧路陷入污泥。
这真是怪事一桩完全不可想象，
你怎能把我伤害把我捆绑。
王子啊，听我劝告不能只凭意气，
古什塔斯帕才是你的死敌。
他不愿交给你江山与王位，

因此才挑动你与我为仇作对。
让他永远为王,让他永主社稷,
让他把王冠伸入乌云带到地狱。
如若一个父亲不愿把江山交给后人,
那他心中就像长了把刀一样凶狠。
一个父亲亲手把儿子推向死亡,
那怎么是父亲,简直是豺狼。
有扎尔作你我的亲人何必认这个豺狼,
而且,我手中还有大棒与长枪。
我保你坐江山成为伊朗与土兰之王,
谁反对你我定然叫他身亡命丧。
如若你执意要把我捆绑,
即使绑起我也不会给你增光。
我建立如此功勋天下闻名,
卢赫拉斯帕还不过是个叙利亚骑兵。
我拥有这样多的财富雄踞一方,
古什塔斯帕还曾在罗马做过铁匠。
他头戴王冠有什么值得骄傲,
这王位还不是从卢赫拉斯帕手中讨要。
他居然说要给鲁斯塔姆上绑,
连上苍对鲁斯塔姆也不会这样。
我从年轻时到如今已至暮年,
还从未听说过有人出此语言。
我从不屑于对人低声下气,
低声下气有损我的荣誉。”
埃斯凡迪亚尔含笑开言,
他还伸出手去抓住他的手与双肩。
他说:“鲁斯塔姆,巨象般的勇士,

我听人谈起你,你的名声尽人皆知。
你的强劲的手臂像狮腿一样,
身躯与背腹胜似一条巨蟒。
你的腰身很细如同斑豹,
战斗时刻左旋右转全得用腰。”
他说这话时手上开始用力,
但那老将神色自若全不在意。
他握得鲁斯塔姆的手指黄水滴落,
但那英雄依然丝毫不显露声色。
这时,鲁斯塔姆拉起王子的手,
对他说:“我的信仰圣教的王子,
这真是古什塔斯帕国王的幸运,
有埃斯凡迪亚尔你这样的后人。
他得了你这样杰出的后人,
普天之下都仰承他的福荫。”
说话时他也紧紧把王子的手握在手中,
他一阵阵发力王子脸涨得通红。
王子的手指也鲜血欲滴,
脸色难看面部肌肉扭曲。
埃斯凡迪亚尔强露出笑容,
对鲁斯塔姆说:“你天下闻名。
你今天在此吃酒明天就要开战,
两军阵前不要忘记今日酒宴。
当我给我的黑马备好马鞍,
头顶上戴好我皇家的缨冠。
我就会用枪尖把你挑到平地,
那时便不再搏斗厮杀也不再动气。
我要绑上你双手押到国王宫廷,

但我要对他说你无任何罪行。
我一定在国王殿上为你进言，
促成你们和解不要再为仇结怨。
我一定不使你受到责备感到痛苦，
受了委屈之后定让你获得财富。”
鲁斯塔姆听罢放声大笑又一次开言：
“我看你这样似乎是厌战。
你哪里见识勇士们搏杀争斗，
你怎么见过大棒呼啸高举过头。
假如命运注定早晚有这一场，
两人反目走上拼斗的战场，
到那时再也无需红色酒浆，
那时派用场将是仇恨与弓箭刀枪。
那时我们的战鼓乃是赫尔曼德河的涛声，
刀来枪往传递我们彼此问候之情。
我高贵的勇士你应该明白，
什么才是捉对厮杀把战场摆开。
明天让我们在战场会面交锋，
以武相会好汉对着英雄。
我会一把把你从鞍上抱起，
把你直带到高贵的勇士扎尔那里。
我请你坐在皇家的宝座里面，
请你戴上朝思暮想的王冠。
这王冠乃是哥巴德国王留在世上，
愿他在天堂心情永远舒畅。
我要打开我的宝库的大门，
赠你不计其数的珠宝金银。
我要丰盛地犒赏你的三军，

我要十分敬你使你王冠高耸入云。
然后,我再前去面见国王,
高高兴兴上路启程整装。
我义不容辞,要给你戴上王冠,
当然也要感谢古什塔斯帕的恩典。
你为王以后我要恭谨地效力宫廷,
就像我对过去国王一样一片赤诚。
我心中欣喜将获得新生,
把一切恶人从大地上铲除干净。
你登基为王我保定你的江山,
世上哪个不服还敢造反?”

八十三　鲁斯塔姆与埃斯凡迪亚尔对饮

埃斯凡迪亚尔对鲁斯塔姆说:
“人要是话说多了就显得啰嗦。
你我饿着肚子讲了半天,
所说的都是战场上的征战。
快传话下去把饮食酒席料理,
谁喋喋不休不请他入席。”
酒席摆好鲁斯塔姆进餐,
旁边的人都惊愕地观看。
埃斯凡迪亚尔与众位勇士,
命人把小羊摆在鲁斯塔姆两边。
鲁斯塔姆狼吞虎咽一扫而光,
王子与其他人等惊奇看他吃羊。

王子此时又呼唤人备酒，
斟满红色美酒请他品尝。
他心想且等鲁斯塔姆美酒入肚，
看他如何议论卡乌斯，看他有何谈吐。
于是左右立即端上美酒，
本是陈酒佳酿经过许多年头。
鲁斯塔姆举杯痛饮佳酿，
饮这杯酒恭祝国王陛下健康。
侍酒童子又拿过美酒一杯，
那杯乃是皇家器物无比华贵。
鲁斯塔姆对童子轻轻地说：
“这酒中请千万不要掺水。
酒中掺水是出于什么原因，
酒力大减完全破坏了佳酿甘醇。”
帕舒坦对童子连忙吩咐，
说去取一杯无水的纯酒。
端上美酒又请过琴师乐工，
人们都为英雄的饭量酒量感到吃惊。
当酒足饭饱到了告辞时分，
鲁斯塔姆这才起身推杯不饮。
埃斯凡迪亚尔对他相送以礼，
说：“祝你生活愉快一切如意。
愿今日酒宴有益你的健康，
愿这酒宴启迪你心智增添你的雅量。”
鲁斯塔姆对他回答说：“王子，
愿指引你的是你的理智。
你我都饮了此酒都有益健康，
愿这酒是开启人心智的佳酿。

如若你从心中排除对我的仇恨，
那定会大大增加你的身份与威信。
请你越过荒原去到我家宫殿，
有劳尊体请到舍下做客几天。
我一定一切都按我说的去做，
我是以理智把你启迪劝说。
你歇息数日千万不要铤而走险，
要聪明懂事就要接受人劝。”
埃斯凡迪亚尔听后这样回答：
“不发芽的种子请勿往田里抛撒。
你明天就要领略我们勇士的身手，
我要束装催马与你厮杀拼斗。
请你在这里再勿炫耀夸口，
权且回府准备明天的搏斗。
你可以看到我走马出入战阵，
轻松愉快似酒席宴上陪客畅饮。
你在战场上不是我的对手，
接受劝告吧,不要与我拼斗。
你可以听出我的话满含善意，
请不要激起我胸中的怒气。
我说的这些请千万接受，
按国王意旨见面时绑起双手。
当我们从扎别尔动身去伊朗，
奔赴伊朗去晋见伊朗国王。
国王的意旨遵循圣教之人都应遵从，
国王的旨意也就是天神的指令。”
这时,鲁斯塔姆心中千头万绪，
他眼前的世界变为一片荒地。

心想要么就是我被他捆绑，
要么就是在战场上我把他打伤。
这两种结果都不应出现，
这是开了个坏头后果不堪设想。
我若被捆绑就会丑名远扬，
我杀死了他自己也得不到好下场。
为今之计怎么做才是出路？
哪种结局出现都令人为之一哭。
若被捆绑就会令人羞耻汗颜，
天下勇士就会把此事传为笑谈。
说鲁斯塔姆败在后生小子手下，
束手就擒在扎别尔被人擒拿。
那我就一夜之间名声扫地，
我这勇士之名从此再无人记起。
如若在战场他为我所杀，
那国王问起我有何言语对答？
人们会说他把王子置于死地，
就因为王子讲话对他失礼。
那我在世上也会永留骂名，
说我心无信仰做事有欠权衡。
如若我在战场死于他手，
那扎别尔斯坦岂不群龙无首？
那萨姆之子扎尔就会失却后人，
从此,扎别尔斯坦再也无人。
其实,我劝他的都是金玉良言，
我死后这些话也会交口相传。
就算是他杀死我夺走我的生命，
我在世上也总算留下个理智的善名。

这样寻思,然后对高贵的王子开言:
“请看,思虑使我满面愁颜。
你何必坚持定要把我上绑,
这样坚持下去你不会有好下场。
如若这是天意那自然又当别论,
万事取决天意半点不会由人。
你要做的似乎都是魔鬼的主意,
别人的良言相劝一概不睬不理。
你毕竟是年齿尚幼缺乏经验,
国王的欺骗你未能看穿。
你入世不深缺乏人生经验,
你可知你这是自己在寻求灾难。
虽然古什塔斯帕占有宝座头戴王冠,
但他对已有的一切仍深感不满。
他还是把你派遣到遥远地方,
迫使你南征北战辛苦备尝。
他总用尽心机算计别人,
他的聪明智慧似刀枪一样伤人。
他留心世上有哪位英雄勇士,
敢与你在战场较量比试。
最好是那位勇士能把你击毙,
这样王冠与王座还留在他的手里。
我们真应齐声诅咒这顶王冠,
宁愿长眠地下也不要为此而开战。
你为什么反反复复把我责备,
而从来就不思量事情的原委?
你这真是自讨苦吃自找麻烦,
而敌人倒未必能把你打翻。

王子啊，你不要如此盛气凌人，
不要自寻烦恼自己埋下祸根。
王子啊，你不要刺伤我的心，
你伤害我的心也祸及你的躯身。
你要按天神意志听取我的规劝，
不要再自找苦吃再徒然冒险。
你根本无此必要与我作对为仇，
你我何苦战场拼杀势同寇仇？
这乃是命运驱使你领兵来到这里，
假我之手把你置于死地。
那样我的骂名便会长留人间，
但是古什塔斯帕下场也会十分悲惨。”
当骄傲的埃斯凡迪亚尔听了此话，
叫了声天下闻名的鲁斯塔姆后这样回答：
“你可知古圣先贤如何教导？
他们睿智聪明出言高妙。
老年人往往骗人自作聪明，
即使一时得手也不算怎么高明。
你几次三番对我花言巧语，
最终还是为了解救你自己。
你总是让别人相信你的蜜语甜言，
轻信了你的话为你所欺骗。
人们会说鲁斯塔姆高兴前来好语好言，
把埃斯凡迪亚尔几番规劝。
人们会说我不近人情，
说你是清醒的男子汉有广阔心胸。”
统帅听了他的话心中不快，
看来一场凶杀恶战躲也躲避不开。

他的和解的要求被认为是软弱，
王子出语伤人真是不由分说。
王子说："我只服从国王的命令，
我服从他的命令不是为了王位与前程。
我在世上祸福穷通全都由他，
上天堂下地狱也取决于他一句话，
你在这里吃了酒祝你健康，
谁心怀恶意叫他不得好下场。
请你现在返回你的宫廷，
把我的话讲给你们的人听，
你回去调兵遣将准备开战，
切勿再拖延应付巧语花言。
明早请你前来比试高低，
从今以后不应再延误迟疑。
你明天在战场上就会发现，
你眼前的世界会是一片黑暗。
你应该知道英雄好汉比武较量，
那就是要压倒对方分毫不让。"
鲁斯塔姆说："王子啊，
如若你这样坚持定要开战，
那我的战马拉赫什要跨过你的尸体，
我要用长枪大棒让你懂些规矩。
在国中流传着关于你的传言，
而你自执此言不虚为自己壮胆。
说埃斯凡迪亚尔有金钟罩铁布衫，
战场上敌人枪矛无法把他身体刺穿。
明天请看我的战马奔驰在战场，
请领教一番我刺出的一枪。

从那以后我敢保你再也无力
在战场上与对手比试高低。”
年轻的勇士不禁微露笑容，
从笑容中看出他藐视这位老英雄。
他对鲁斯塔姆说：“我的英雄，
你口出此言未免把别人看轻。
明天你我相会在两军战场，
你才会知道强手之中更有高强。
且不说我，我胯下战马也似高山，
明日不靠兵将我只身一人出战。
要制服我除非是请来天神，
凭你那刀剑丝毫也无法伤我躯身。[①]
可是如若你的头碰上我的大棒，
我保你母要哭儿悲痛心伤。
如若你战场上不死于我手下，
我就把你捆绑起来去见国王陛下。
也叫你这样不驯的人臣，
再不敢挑衅犯上反对国君。”

八十四　鲁斯塔姆回到自己宫中

当鲁斯塔姆从大帐中迈步出门，
他在帐门边停留了一阵。
他面对营帐说：“给人以希望的大帐，

① 埃斯凡迪亚尔得神助全身刀枪不入。

贾姆席德坐镇时你多么肃穆辉煌。
法里东当政时你也充满皇家气派，
玛努切赫尔时你也不乏风采。
哥巴德时你是仁德的大帐，
他把仁德之政在世上播扬。
卡乌斯时你有八面威风，
霍斯陆时期你也繁荣昌盛。
可是如今你的吉祥之门已然关闭，
坐镇你帐中之人[①]不仁不义。”
勇士埃斯凡迪亚尔闻听此言，
他迈步出帐来到鲁斯塔姆面前。
他对鲁斯塔姆说：“勇士，你磊落豪爽，
但这番气话为什么对帐篷言讲？
我看你这治地扎别尔斯坦，
在有见识的人看来却荒凉而又杂乱。
主人即使对来客心存芥蒂，
也不应指桑骂槐发泄怒气。”
他也对大帐说：“过去确有一段时间，
是贾姆席德主宰社稷江山。
他恭行天神之道严整朝纲，
但那时也不是幸福时日也不是天堂。
后来轮到了法里东临政，
命运不济，阴霾布满他的头顶。
从玛努切赫尔到哥巴德当政，
并无一人把天神记在心中。
自从王位轮替传到卡乌斯手中，

① 这里鲁斯塔姆以大帐比喻国家，坐镇你帐中之人暗指国王古什塔斯帕。

这大帐的确变成了一座兵营。
他哪里想到履行天神之道，
他想的是飞升到天际去摘星，
他主政以后便天下大乱，
到处是厮杀劫掠到处是混战。
当今的国王乃是古什塔斯帕，
阶下有贤臣贾玛斯帕辅佐。
他的一侧坐着琐罗亚斯德，
他从天堂携来了神圣的赞德。
另一侧坐着勇士帕舒坦，
他经历了许多世事有丰富的经验。
埃斯凡迪亚尔主持他的中军大帐，
有这高贵的勇士在天地都感欢畅。
他对善良之人是一个鼓舞，
邪恶之辈在他刀下成了俘虏。”
话到此时，英雄跨马而去，
王子在背后看着他渐渐远离。
回来后他与帕舒坦议论，
说：“他真乃大丈夫豪气咄咄逼人。
这样的战马与勇士我还从未见过，
谁知明日这一战结果如何？
他真似冈格山上的一头大象，
如若他手执武器走向战场，
只看他身躯就透露出凛凛威风，
但是我还是预感他会败在我手中。
我见他满面容光心里就不安，
但国王的命令我又不能违反。
明天当他去到厮杀的战场，

我也只能使他眼前世界昏暗无光。
也许他会结果了我的性命，
两军战场上什么意外都会发生。”
帕舒坦闻言说：“你应听取我的规劝，
不要无缘无故与他开战。
我已对你讲过如今还要对你说：
为人做事不可偏离正理对人过苛。
你不应把正直高尚之人欺侮，
高尚正直之人从不奴颜婢膝人前受辱。
今夜你睡上一觉到明天天亮，
你不要带兵将只身到他宫中造访。
到他宫中化敌为友握手言欢，
他问什么我们对以善意的语言。
你想他功高位显保定江山，
上下臣民都把他功德感念。
他不会完全不理会你的主张，
他也会妥协前去安抚国王。
你何必对他如此仇恨这样苛刻，
应驱散心中仇恨眼睛不再喷射怒火。”
埃斯凡迪亚尔听了连忙答话：
“这真是花园之中花草混杂。
凡是信仰纯洁的圣教之人，
都不会发出你这种谬论。
如若你是伊朗的策士谋臣，
如若勇士们都接受你的言论，
如若你认为你说的是唯一出路，
那便是丧失理智，招致国王愤怒。
那我半生辛劳岂不一概付诸东流，

琐罗亚斯德教义再也无人遵守。
有一条教义说谁违反国王旨意，
他来日容身之处定是地狱。
你这是几次三番教我犯下罪行，
唆使我无端违背国王命令。
你这样说但我决然不能实行，
你的这番见解恕我不能遵从。
如若这样说是出于对我生命的担忧，
我现在劝你万勿为此而发愁。
人生在世大限不到不致死亡，
横死暴卒之人名声不会长留世上。
你明日战场上看我身手，
看我如何与鲨鱼般勇士搏斗。”
帕舒坦对他说:“我著名的英雄，
为什么你口中总离不开厮杀战争?
过去,只要你拿起大棒长枪，
妖魔鬼怪都不敢接近你身旁。
如今你似乎是鬼迷了心窍，
无论如何也听不进良言劝告。
我看你心智不明脑中充满仇恨，
见你如此我实在痛苦为你担心。
如今,我真不知什么才是上策良计，
我无论如何也摆脱不开我的忧虑。
两位壮士,两头雄狮,两位英雄，
天晓得明日谁占上风谁居下风。”
埃斯凡迪亚尔对他一句未答，
他虽十分自负但又心乱如麻。

八十五　扎尔对鲁斯塔姆的劝告

当鲁斯塔姆来到自己的宫殿，
心中已料到一场恶战势不可免。
这时扎瓦列来到他的面前，
见他心中不悦满面愁颜。
鲁斯塔姆对他说你去取来印度钢刀，
还有铠甲以及头盔下的衬帽。
取来弓、马护甲及取来头盔，
取来套索大棒及虎皮战袍。
扎瓦列把命令传下，按他吩咐，
从库中把战斗武器一一取出。
当鲁斯塔姆看到诸般武器，
挥了挥手从胸中叹了口气。
他说道："战斗的伙伴，我的铠甲，
这一阵你颇得了几日闲暇。
如今不免一战而且是凶杀恶斗，
吉凶祸福只能凭命运保佑。
这是一场两头怒吼的雄狮的拼斗，
两个勇士谁都想战斗中压倒对手。
事到如今且看他如何行动，
看他在战场上显示出什么身手。"
当达斯坦听到鲁斯塔姆自言自语，
老人心中不禁充满烦愁与忧虑。
他说道："我天下闻名的英雄，

你因何愁闷因何如此忧心忡忡？
难道你不是一跨上战马的马鞍，
就一心一意想的是冲锋向前？
难道不是一旦领受了国王的命令，
便把一切杂念排除出心胸？
你不惧怕雄狮也不畏巨蟒，
连魔鬼也休想逃过你的大棒。
这次我担心你的气数已到尽头，
命星陨落到头来万事皆休。
这也是注定我达斯坦丧子无后，
你的妻儿头上也笼罩着忧愁。
如若你在那两军厮杀的战场，
在那年轻的勇士手中命丧，
扎别尔斯坦就成了无王之邦，
巍峨的殿堂会变得一片荒凉。
如若你在战场上把他杀害，
那你的恶名就会迅速传开。
那时人们中就会流传各种说法，
破坏你的名誉说着你的坏话。
说你把年轻的王子置于死地，
因王子出言冒犯对他失礼。
你不如现在去向他请罪赔礼，
要么就找一个地方权且躲避。
找一个冷僻去处秘密藏身，
隐姓埋名从此不再出世见人。
这位王子一来你就黯然神伤，
不如暂时躲开避其锋芒。
无论如何你应接受我的规劝，

不要用斧头去砍中国的绸缎。
你要以财物犒赏他的三军，
这也就是以钱财从他手中赎身。
当他们离开赫尔曼德远去，
那时你再跨上你的坐骑。
当你确信双方不会再开战，
你就屈尊一次自己去见国王。
当他见你前去还怎能对你谴责，
他再追究便与国王的身份不合。”
鲁斯塔姆开口回答:“父亲，
事情做起来并不像说的这么容易。
我南征北战常年闯荡在各地，
人间酸甜冷暖我都一一经历。
我在马赞得朗曾与妖魔作战，
到哈马瓦兰把他们勇士打翻。
我曾与卡姆斯和中国的哈冈激战，
大地也惊悸地在我马蹄下抖颤。[①]
我若畏惧埃斯凡迪亚尔只身逃走，
你在锡斯坦便不能身居广厦高楼。
对古什塔斯帕及他那王子我有何畏惧，
自有天神佑助遇难自能逢凶化吉。
我虽已年迈但当我置身于战场，
仍能探出手去一把拽住月亮。
当我身披虎皮战袍走上战场，
管他对手是人中好汉还是百头怒象。
你说去求情，我已恳求再三，

① 哈冈是伊朗人对突厥王(可汗)的称谓。

做小服低说话时悦色和颜。
但他对我说的一概充耳不闻，
断然拒绝我对他的劝告与指引。
如若他愿低下昂到天际的头，
如若他能懂些礼貌做些迁就，
金银财产对他我决不吝惜，
还有长枪大棒铠甲与画戟。
我苦苦劝说唇舌费尽，
他蛮横无礼一切充耳不闻。
如若明天双方战场交锋，
请你不必担心他的性命。
我可不必使用锋利的战刀，
我徒手足以把这著名勇士打倒。
我不在战场上与他马来马往，
也不使用大棒不使用尖枪。
我要在战场上突然拦住去路，
伸出双手一把把他的腰抱住。
我用力把他擒下马鞍抱在怀里，
他是古什塔斯帕的王子我待之以礼。
我把他安置在一个舒适的宝座，
然后大开库门以财物馈赠宾客。
我把他作为贵客招待三天，
第四天当东方泛白朝日喷吐红焰，
当青空中支起光明的篷帐，
当天际展现金杯那橙色的朝阳，
我便与他一起整理行装，
一同去朝见古什塔斯帕国王。
我保他坐上象牙宝座主宰江山，

戴上那顶朝思暮想的王冠。
我在他殿前效力俯首称臣，
保他稳坐江山如意称心。
当年我在哥巴德殿前效力，
多么威风体面，这你不会忘记。
可是如今你竟劝我隐避起来，
或者束手就擒听从他的安排。”
扎尔听了他的话不觉好笑，
心中不以为然他的头左右频摇。
扎尔说：“孩子，此话有欠思量，
信口说来听了感到荒唐。
不知内情的人听了你这番宏议，
也许会感到你说的有理。
哥巴德不过是山中的一个平民，
并无王冠宝座，是你保他为君。
如今你是与伊朗国王为仇作对，
他有计谋有财产也有军队。
像埃斯凡迪亚尔这样的英雄，
中国皇帝也要在戒指上刻写他的姓名。①
你说你要把他从马鞍上生擒，
生擒后把他带入扎尔的宫门。
人上了年纪说话还这么不沉稳，
你这是自寻烦恼制造自己的厄运。
我只是向你讲出我的嘱咐，
你是勇士之首一切由你做主。”
他说完此话便以头叩地，

① 在戒指上刻写一个人的名字表示尊敬。

以此向天神表达自己的诚意。
他说:“太空茫茫宇宙之主,
请你排除厄运赐我们幸福。”
他就这样祷告直到太阳从山后升起,
虔诚地祈祷一刻也未停息。

鲁斯塔姆与埃斯凡迪亚尔开战

当天际启明鲁斯塔姆穿好战袍,
他又披上虎皮征衣作为外罩。
套索挂在马鞍的鞍带,
跨上高头大马好一副勇士风采。
他传下命令,令扎瓦列上前听令,
对他详详细细吩咐了大队的行动。
说你赶快前去把大军集合,
集合后带到那碎石堆的后坡。
扎瓦列连忙去集合军士兵丁,
然后带上战场准备上阵冲锋。
鲁斯塔姆手执长矛出现在阵前,
他胯下骑着战马稳坐在雕鞍。
军士兵丁见了他一片欢呼,
欢呼这步兵骑兵队伍之主。
鲁斯塔姆在前扎瓦列随行,
鲁斯塔姆是军中主将扎瓦列是随从。
他们就这样来到赫尔曼德河边,
心中笼罩着愁云口中一声长叹。
他叫队伍与兄弟停止在一地,
他只身单骑向伊朗王子队伍走去。

临行对扎瓦列轻声嘱咐：
说："今日的对手是顽劣之徒。
我要在战斗中打败此人，
让他心里明白世理从中汲取教训。
但我又担心在搏斗中出现闪失，
两人厮斗谁知会发生什么事。
你与队伍停在此观察战场情形，
看那战场上会有什么事情发生。
假如我见他仍然是怒气冲冲，
我们扎别尔就无需另外派兵。
那我就只身上前与他交手，
军中别人就无需也投入战斗。
如若他们是全军掩杀一齐进攻，
那时你应率队支援切勿贻误军情。
谁若光明磊落行事公正，
在战场上他也会占据上风。"
吩咐已毕催马向前一声高喊，
风驰电掣地来到赫尔曼德河边。
他只腰身一挺便轻易地渡河，
旁边的人们都感到诧异惊愕。
他叫道："埃斯凡迪亚尔，勇士，
你的对手来也，请上阵较量比试。"
当埃斯凡迪亚尔听到这叫声，
这老英雄的狮吼有如铜钟。
他淡然一笑说我今天起了个大早，
一切战斗厮杀早已准备好。
说着下令拿铠甲头盔披挂戴上，
手中拿定长矛及牛头大棒。

转眼之间已给他披挂完毕，
把头盔给他戴上全身整齐。
又吩咐人牵过黑色战马，
牵来战马准备王子跨上去厮杀。
王子一见战马心中就充满激情，
全身滚热不禁热血沸腾。
他用枪把往地上轻轻一点，
飞身一跃就跨上战马雕鞍。
他坐在马上似一头豹子骑着野驴，
骑着野驴向前奔跑驰驱。
战场上的军士都纷纷喝彩，
见王子出阵充满勇士风采。
当王子催马来到鲁斯塔姆面前，
见他只身一人稳坐在雕鞍。
于是他马上向帕舒坦传令，
我们也是将来将挡不必调兵。
他只身一人我也与他只身对阵，
你把队伍带到山头后布阵。
这时帕舒坦率队伍登上了山，
在山上布阵为主帅助战。
鲁斯塔姆看到远处似驰来一座高山，
那山转眼之际便到了他面前，
说话之际二人扭斗在一团，
凶杀狠斗，似乎世上再无欢宴。
老少二人厮杀迎面相向，
这是两头怒狮两员虎将。
二人都在马上拼命嘶吼，
大地在那吼声中断裂颤抖。

这时鲁斯塔姆高叫了一声：
“幸运的王子啊，请你听清。
我们最好还是不要这样争战，
请你仔细听一听我的肺腑之言。
如若你决意要厮杀一场，
如若你决意要双方拼斗鲜血流淌，
那我就调动扎别尔的勇士出阵，
让他们把喀布尔的铠甲披挂在身。
你也命令伊朗的勇士们出场，
比试一番看哪方身手高强。
你我双方都派出勇士作战，
我们二人则在旁留意观看。
这满足了你的愿望，也是厮杀，
枪来刀往两方军士激烈对打。”
埃斯凡迪亚尔闻言立即回答：
“你这是无用之言全是废话。
你大清早起身领兵出战，
从那陡峭的山头把我呼唤。
为什么把我叫来又不愿拼斗，
是不是已经看到了失败的苗头？
这不是我本人与扎别尔之战，
这是伊朗与喀布尔斯坦之战。
你说的打法不合我的习惯，
我从不愿这样出现在两军阵前。
我岂能驱使伊朗将士为我卖命，
而我则头戴王冠坐享其成？
不管是与何人开战我都冲锋在前，
哪怕是与凶猛的豹子搏斗我也毫无惧颜。

如若你要派别人上场悉听尊便，
而我则决不派遣他人上前。
在战场上我身边有天神佑助，
胜败输赢一切由天神做主。
你善战能征我勇于拼斗，
让我们不带兵卒一对一交手。
看是埃斯凡迪亚尔的战马，
丧失了主人跑回了马厩，
还是能征善战的鲁斯塔姆的战马，
丧失了主人跑回他的宫殿。”
于是这两位勇士彼此约定，
战将对战将双方都不派援兵。
讲定之后双方这才真正交手，
有来有往好一番龙争虎斗。
双方的长枪无数次绞在一起，
浑身鲜血渗流染红了二人的征衣。
二人奋力拼杀杀得枪头折断，
只好拿起战刀把长枪往旁边一抛。
两位勇士在战场上都昂首挺胸，
二匹战马一来一往左突右冲。
勇士力大无穷又砍钝了刀锋，
刀刃上处处缺口只好弃置不用。
两位勇士探身抓起大棒，
狼牙大棒紧紧抓到手上。
两条大棒重重在一起碰撞，
似山崩地裂发出轰然声响。
二人发起怒来都似雄狮，
身躯上伤痕累累但仍奋力支持。

后来,两条大棒也打得把手震裂,
武器用尽,只剩下赤手空拳。
于是双马并排纠缠到一起,
双方各自揪住对方腰带与征衣。
这边是埃斯凡迪亚尔勇士,
那边是鲁斯塔姆天下闻名的英雄。
他们都用力狠狠拉住对方,
两位骄傲的勇士恰似两头巨象。
这边用力拉那边用力扯,
两头狮子在马上谁也动弹不得。
后来两位勇士终于在战场分开,
他们都筋疲力尽两匹马也无精打采。
血沫混着尘土挂在二人唇边,
豹皮及虎皮征衣都已撕成碎片。

八十六　埃斯凡迪亚尔的两个儿子死于扎瓦列与法拉玛兹之手

两位勇士搏斗了许多时间,
鲁斯塔姆无法脱身被死死纠缠。
扎瓦列此时连忙遣将调兵,
全体兵将都仇恨充塞心中。
此时鲁斯塔姆对伊朗人高声叫喊,
说你们为何临战又不发一言?
你们前来找鲁斯塔姆作战,
如同自投鲸鱼之口活得腻烦。

你们莫不是要把鲁斯塔姆双手捆绑？
因何自己垂手而立躲闪在一旁？
此时，扎瓦列也在一旁帮腔，
骂骂咧咧目的是刺激对方。
埃斯凡迪亚尔的一子早被激怒，
他也是著名的勇士战场上左冲右突。
努什阿扎尔是这勇士之名，
他是军中佼佼者战斗时无往不胜。
他听锡斯坦人叫骂勃然大怒，
认为这是有意把人羞辱。
他开口说你们这批锡斯坦蠢汉，
你们哪里懂得文明人的规矩习惯。
我们军纪严整决不个人行动，
我们训练有素一切凭主帅的命令。
埃斯凡迪亚尔没给我们下令，
我们看到锡斯坦人也不向前冲。
我们军中无人会违反他的将令，
谁也不会不听他指挥独断独行。
如今你方违反了双方约定，
战场上你方军队抢前冲锋。
你们会遇到我军战士的抵抗，
迎接你们的有刀枪及狼牙大棒。
正在此时扎瓦列下令冲锋，
要把对方将士消灭干净。
扎瓦列一马冲到两军阵前，
扎别尔人十人一队奋勇向前。
伊朗兵士被杀不计其数，
努什阿扎尔见状忙从军中冲出。

他胯下骑着一匹黄骠骏马，
手中挥舞着一把印度的钢刀。
对方军中也冲出一员大将，
他也是有名的将官武艺高强。
这名将官名字叫作阿尔瓦依，
他自视身手不凡骄傲无比。
努什阿扎尔见他从远处来到，
便从腰间抽出一把钢刀。
手起刀落从他头上砍下，
来将便滚鞍落马尸横黄沙。
此时扎瓦列忙把战马催动，
他对着努什阿扎尔大喝一声：
把他打落马下你自己也要当心，
阿尔瓦依还不算我军中能人。
他说着话向对方猛刺一枪，
努什阿扎尔不防此着落马命丧。
当努什阿扎尔被人打倒在地，
伊朗军中人人恐惧惊异。
梅赫尔努什是努什阿扎尔的兄弟，
见兄长牺牲他不禁落泪悲泣。
他手执钢刀上阵心中悲痛，
一催战马奋勇向前冲锋。
力斗雄狮的勇士见对手杀死哥哥，
愤怒得气喘嘘嘘口吐白沫。
对面的法拉玛兹如怒象一头，
一把印度钢刀紧执在手。
他与梅赫尔努什扭打在一团，
两边军士扬威助阵高声叫喊。

两个愤怒的青年都是高贵出身，
一个是皇家之后一个是皇亲贵人。
他们似两头雄狮扭打在战场，
每个人身上都有对方砍下的刀伤。
梅赫尔努什此时异常激动，
因此法拉玛兹便渐占上风。
他不慎一刀砍到了自己的马头，
好端端的骏马竟被砍断了头。
法拉玛兹见他此时已经落马，
便手起刀落登时血染黄沙。
巴赫曼见战场上又一个兄弟丧命，
脚下黄沙被染得一片殷红。
他飞身来到埃斯凡迪亚尔身边，
那王子与鲁斯塔姆鏖战正酣。
他说道："我心地纯洁的父亲，
锡斯坦人派出了参战大军。
锡斯坦人杀死了你的两个爱子，
努什阿扎尔与梅赫尔努什。
我们处境岌岌可危而你只顾厮杀，
凯扬王朝之后已尸横黄沙。
我们家族将永蒙耻辱之名，
受小人算计年轻的王子已然牺牲。"
明智的王子闻言勃然大怒，
心中悲痛泪水从双眼涌出。
他向鲁斯塔姆高喊："喂，你这妖魔之后，
两军约定你因何把信义抛到脑后？
你不是说过别人不来参战，
想不到你竟如此鲜耻寡廉。

就算你不惧我，但你连造物主也不惧怕，
你不怕世界末日要你做出回答？
你不晓得大丈夫如若背信弃义，
众人面前就落得名声扫地。
两个锡斯坦人杀了我两个爱子，
他们还在得意扬扬不知羞耻。”
鲁斯塔姆一闻此言怒上心头，
全身似风中树枝簌簌发抖。
他以国王性命起誓发愿，
让太阳、钢刀与战场作为明鉴：
“他们这场争斗不是我下的命令，
胆敢如此行动的人我也决不宽容。
我要把我兄弟的双手牢牢捆绑，
他是始作俑者导致血战一场。
还有我儿法拉玛兹也不放过，
我带他前来请你笃信天神的王子发落。
杀此二人为高贵王子们报仇，
万望王子为此事不必悲痛心忧。”
埃斯凡迪亚尔闻言如此回答：
“蛇血不应往孔雀血上滴洒。
孔雀血上洒上蛇血又有何益，
此举并不符合高贵的皇家仪礼。
你这卑鄙小人还是想想自家下场，
我马上就叫你命丧身亡。
我要用箭把你的腿钉在马身，
让人腿与马腹再不能分。
从此以后天下臣民不论何人，
再也不敢如此虐杀王子王孙。

如若侥幸你不命丧战场，
我就把你绑上去面见国王。
要是我一箭能致你于死命，
那也就报了仇，安慰我二子英灵。”
鲁斯塔姆说：“你这些废话胡言，
只能证明你自己无耻厚颜。
还是一切听凭天神做主，
只有天神才引导人走上正途。”
说完他又催动拉赫什战马，
高声吼叫着向着王子冲杀。

八十七　鲁斯塔姆逃到山上

两位勇士都执弓在手放射利箭，
血战一场直至太阳收敛了光焰。
箭头射处立即火花四溅，
箭头锋利几番把铠甲射穿。
埃斯凡迪亚尔心中闷闷不乐，
双眉紧皱似两条打结的绳索。
平日，只要他双手张弓搭箭，
便注定无人能从他手下幸免。
他选中一支利箭箭镞坚如钻石，
坚硬的铠甲在这箭下如一张薄纸。
他张弓射出此箭箭飞带风，
鲁斯塔姆与拉赫什双双被射中。
但是他却骑马在战场盘旋，

轻松地躲过鲁斯塔姆之箭。
他的箭却支支中的，
拉赫什战马受伤鲁斯塔姆也力不能敌。
鲁斯塔姆的箭射不中对方，
他真是束手无策非败即亡。
只有这时鲁斯塔姆才真正清醒，
王子浑身刀枪不入有神助的硬功。
拉赫什频频中箭身虚体弱，
勇士失去战马只得徒唤奈何。
当骑士再不能靠战马战斗冲锋，
他只得另思他计摆脱绝境。
此时勇士翻身下马弃马而行，
他快步上山登上山的高峰。
拉赫什身受重伤离开主人，
它从战场上直跑入自家宫廷。
鲁斯塔姆浑身上下血往下滴，
比斯通山一样的身躯也耗尽了体力。
这时埃斯凡迪亚尔放声大笑，
说："我的天下闻名的好汉，
你怒象般的体力为何消减？
几支箭如何能削弱一座铁山。
你英雄气概何在？还有你大棒的威风，
你满心的骄傲与战斗的豪情？
当你听到愤怒的狮吼，
你因何只身逃上山头？
难道你不是力敌妖魔的英雄？
多少凶猛的野兽在你刀下送命。
你这战象如今变得狐狸般怯懦，

战场交锋经不起几个回合。”
且说那拉赫什奋蹄一阵狂奔，
很快便怏怏地逃回本阵，
扎瓦列一眼看到拉赫什跑来，
战马浑身伤痕累累无精打采。
顿时他感到眼前一片昏暗，
他高呼着冲到两军阵前。
他见鲁斯塔姆受了重伤，
浑身上下鲜血向外流淌。
他对鲁斯塔姆说：“请上我的战马，
让我为你报仇助你厮杀。”
鲁斯塔姆说：“你快去向达斯坦禀明，
说萨姆的家门遭到不幸。
你看如今还有什么办法，
我这遍体鳞伤岂不令人笑话。
如今埃斯凡迪亚尔射得我遍体鳞伤，
如果我能忍过今夜熬到天亮，
到那时你再让父亲扎尔得知，
我获重生，犹如母亲再次使我出生于人世。
你快快回去把战马拉赫什照料，
我歇息一会之后也随后赶到。”
扎瓦列离别兄弟寻找骏马而去，
一路上行来搜寻拉赫什的踪迹。
埃斯凡迪亚尔在山下等了一阵，
他高叫一声：“鲁斯塔姆，请你听真，
你在那山上还要停留多久，
让我给你出个主意救你下山头。
你抛下你的弓箭解开你的战袍，

还要从腰间解下你的佩刀。
你要承认错误双手让我捆绑起来，
从今以后你不会受到我的伤害。
我就这样带你去见国王，
我一定为你开脱让他把你释放。
如果你还要再战应留下遗言，
看你死后谁把这片国土掌管。
你犯过罪行但你不必恐惧，
只要请求天神赦免天神定然赦你。
当你动身离开这人生逆旅，
一切都靠天神把你指引启迪。”
鲁斯塔姆说：“你这全是一派谰言，
何劳你为我权衡是恶是善。
你如今最好是率兵回营，
我们已无法再战天色晦暗不明。
现在我也要返回我的宫殿，
略为喘息在家中休息一晚。
我要洗净与包扎身上的箭伤，
我要与我的家人议论商量。
扎瓦列、法拉玛兹还有达斯坦，
我把他们都唤到我身边。
我要说服他们按你主意行事，
说按你的主意便万无一失。”
刀枪不入的埃斯凡迪亚尔说：
“你这诡计多端的老汉不要骗我。
你是能征善战的大丈夫英雄，
但许多阴谋诡计也藏在心中。
我已经领教过你的阴谋诡计，

现在我就要把你置于死地。
今晚我就把你的把戏一一揭穿，
你也别再妄想回你的宫殿。
若接受条件就应立即执行，
如若违抗你我以后再不会相逢。”
鲁斯塔姆说:“我就依从你的主张，
但我现在得去包扎我的箭伤。”
说完他就转身离开王子身边，
王子看着他不知他有何打算。
他居然渡过河去带着满身箭伤，
那王子的利箭支支射到他身上。
当鲁斯塔姆像一条船一样回到对岸，
感谢天神保佑他身脱灾难。
他仰面对天说:“圣洁的造物主，
如若我箭伤发作一命呜呼，
谁去为我力战强敌报仇雪恨?
我这里便江山难保,后继乏人。”
这时埃斯凡迪亚尔向前观看，
他看到鲁斯塔姆平安游到对岸。
他赞叹说这哪是普通凡人，
他是头战象武艺出众超群。
他见这景象心中暗暗吃惊，
心中祷告赞颂天神圣明。
说:“天神啊,你按自己意志创造万物，
你创造了时光以及这大地黄土。
感谢天神创造了人的生命，
创造了大地与创造了时空。
万幸没赋予他战胜我的力量，

让我把他打败我身手高强。”
他自言自语说完就直奔大营，
未到营中早已听到一片哭声。
努什阿扎尔与梅赫尔努什遭人暗算，
帕舒坦失声痛哭哭得声声凄惨。
整座大营一片愁云笼罩，
将士们痛苦得撕碎征衣战袍。
埃斯凡迪亚尔连忙翻身下马，
在战死的烈士身前把头低下。
他也落泪道：“两位年轻的英雄，
你们的灵魂离开躯体向何处飞升？”
他又对帕舒坦说：“不要再哭泣，
悼念死者痛哭流泪毫无意义。
流血流泪也完全于事无益，
总不能生者也随死者而去。
不论年老年幼终不免一死，
但愿人走时都保持清醒与明智。”
他吩咐打造金棺与柚木的椁，
把灵椋送给国王启运回国。
同时他给父王修书一封，
说你种下的树如今已结果。
你无事生非起意妄动刀兵，
你出个主意非要鲁斯塔姆服从。
看到努什阿扎尔与梅赫尔努什的棺椁，
你不必伤心也不必十分难过。
埃斯凡迪亚尔的事尚无进展，
谁知命运带给我的是成功还是灾难。
他内心悲痛独自稍事歇息，

鲁斯塔姆的话又在头脑中忆起。
然后他对帕舒坦这样开言：
“狮子遇上这样的好汉也是一场灾难。
我今天对鲁斯塔姆仔细端详，
看他的腰身也看他的臂膀。
我衷心赞扬天神心怀敬意，
天神给人以希望又令人畏惧。
我们真应感谢创造世界的天神，
赞美天神的创造,造就了这样的异人。
他完成了壮举创造了英雄业绩，
他向中国海扩展了自己的势力。
他探出手去从海中拖出鲸鱼，
他提起豹尾把山豹拖离平地。
我用利箭射得他遍体鳞伤，
他浑身鲜血下滴血染沙场。
他胯下无马居然也能登上高山，
身披铠甲佩带武器也游到对岸。
他上得岸去带着遍体伤痕，
处处箭伤滴血,鲜血淋淋。
我深信即使他平安回到宫中，
他的灵魂今夜定然升空。”

八十八　鲁斯塔姆与家人共商对策

且说鲁斯塔姆回到自己宫殿，
达斯坦见他浑身伤得这样凄惨。

扎瓦列与法拉玛兹落泪失声，
见他伤痕累累心中悲痛。
鲁达贝悲痛得扯断自己的头发，
她哭叫着往自己脸上乱抓。
扎瓦列上前忙给他解开腰带，
然后又帮他把虎皮战袍解开。
国中凡是闻听此事之人，
都簇拥到宫门前来慰问。
鲁斯塔姆下令拉过战马拉赫什，
看谁有办法为它把箭伤诊治。
见过世面的达斯坦也抓耳挠腮，
见儿子遍体箭伤不禁伤怀。
他说:“我已老朽,但我这一生，
还从未见儿子伤得如此严重。”
鲁斯塔姆对他说:“叹息何用，
一切都由上天决定于冥冥之中。
更为艰难的考验还在后头，
说不定我在他手下一命全休。
我虽走遍天下身经百战，
但是刀枪不入的人从未遇见。
我走南闯北踏遍世界各地，
深晓人情世态与各地消息。
我曾擒住白妖把它腰斩，
消灭了白妖似把一根柳枝折断。
我的利箭也能穿透铁砧，
再厚的盾牌我也能射穿。
我也曾对准他的头盔射中数箭，
但如同干草碰上石头,草弱石坚。

我也曾紧紧抓住他的腰带，
但左拉右拽就是拉不起来。
豹子如若见我举起了钢刀，
也要吓得往乱石丛中遁逃。
但我却无法扯断他的铠甲征袍，
也撕不开他头上戴的丝绸衬帽。
我也曾屡次对他好言相劝，
希望好言好语使他心肠变软。
但他对我始终充满敌意，
与我交谈时心中充满怒气。
我真感谢天神撒下夜幕，
夜幕降临令他眼前模糊。
我这才趁夜色摆脱了这条毒龙，
但我不知今后怎么不落到他手中。
我看事已至此已别无良策，
只有明天骑上拉赫什远走躲过风波。
我要到一处地方他根本寻觅不到，
只好任他进军扎别尔杀掠焚烧。
最后他会感到力竭心疲，
虽然太迟但只要他能回心转意。”
扎尔对他说：“孩子，你听我说，
让我们从长计议再寻良策。
凡世上难事都有道门儿解脱，
除了死亡，但死亡本身也是门儿一个。
我如今倒是看到一条出路，
我们可请神鸟降临相助。
如若神鸟愿扶危济难，
我们国土便可保完整平安。

否则从此我们将国无宁日，
祸根就是埃斯凡迪亚尔这狠心的勇士。”
当父子二人认为此计可行，
扎尔便率人登上一座山峰。
他从宫里带去三个烧着火的香炉，
还有三名精壮的武士卫护。
能施法术的扎尔登上山头，
便从绸袋中抽出一根羽毛。
用一个香炉之火把羽毛点燃，
眼看着羽毛着火与冒烟。
入夜之后过了一个时辰，
天空中一片漆黑夜色深沉。
扎尔在山头向上仰望，
见神鸟悠然出现在天际上方。
此时，神鸟也在向下观看，
见有点点火花在下方频闪。
扎尔正忧心忡忡坐在香炉火旁，
这时神鸟便慢慢降落到地上。
扎尔在山头见神鸟真的降临，
便为它祈祷感谢它不忘故人。
他面前三个香炉香烟袅袅，
他两眼流泪忧虑心焦。
神鸟说：“大王啊，出了什么不幸，
你点火唤我，满面愁容？”
扎尔说：“愿我们的敌人遭到厄运，
如今有个顽敌欺上了家门。
我那勇如雄狮的鲁斯塔姆遍体受伤，
见他那累累伤痕我心中悲伤。

他身上累累伤痕或许致命，
从未见有谁受伤这样严重。
拉赫什因箭伤也会性命难保，
箭箭射中要害它疼得就地跳跃。
埃斯凡迪亚尔来到我们家乡，
一再挑战毫无和解希望。
他一不要王冠社稷二不要宝座，
他要刨我树根掠我树上之果。”
神鸟对他说：“我的勇士，大王，
为此事全不必忧心悲伤。
请把拉赫什牵到我身边，
也请高贵的鲁斯塔姆来见上一面。”
扎尔立即派人去找鲁斯塔姆，
告诉他绝处逢生已有出路。
并吩咐赶快牵来拉赫什，
请神鸟看他伤痕为他诊治。
当鲁斯塔姆匆匆登上山坡，
神鸟见他开口便对他说：
“喂，我如同大象的尊贵的好汉，
是谁打得你浑身伤痕这样凄惨。
你因何与埃斯凡迪亚尔开战，
这乃是自焚，烧身之火自家点燃。”
扎尔插言说：“我善良的神鸟，
你从天而降望你把我们协助。
如今如若我们失去鲁斯塔姆，
那世界上就再无我们安身之处。
他们会把锡斯坦毁坏踏平，
这里会变为狮虎之乡兽类横行。

他们要彻底消灭我们家族，
我们有苦可能到何处去诉？”
神鸟仔细审视鲁斯塔姆的伤痕，
一块块粘合他身上断裂的部分。
它用鸟嘴吸血吮吸受伤之处，
从受伤之处把脓血全都吸出。
然后以羽毛在伤口轻抚，
鲁斯塔姆感到有了力气浑身舒服。
神鸟告他这伤口应该密封，
七天以后就不会再感疼痛。
并说：“你要以牛奶浸泡我的一根羽毛，
然后把你身体上的箭伤敷好。”
随后，又让人们牵过拉赫什，
如法炮制也为骏马疗伤医治。
马颈上中了六支利箭，
支支取出毫不拖延时间。
箭刚取出那马便一声长啸，
保卫江山的英雄也放声大笑。
这时，神鸟对鲁斯塔姆说：
“大象般的勇士，你是人中的骄傲。
你为什么偏与埃斯凡迪亚尔交锋，
他乃刀枪不入天下知名。”
鲁斯塔姆回答：“如若他不绑我，
我也不会动怒一切都好说。
虽然与他交锋我不能得胜，
但我宁拼一死战也不愿辱没名声。”
神鸟答道：“即使你在他面前低头，
也不能算作辱没了名声。

他是国王之子又英勇善战，
有神威相助他的意志谁敢违反？
我有一策不知你是否认为可行，
我劝你不要再进行这场拼争。
当你与埃斯凡迪亚尔拼斗在战场，
万不要以为你比他手段高强。
你明天去向他道歉认错，
说你的身家性命听凭他发落。
如若他真的气数已完，
他就决然不接受你的道歉。
如若是这样我便授你一计，
使你昂首云天扬眉吐气。”
鲁斯塔姆听完心中暗喜，
再不为目前的战斗而心中焦急。
他回答：“哪怕天上降下钢刀利箭，
我也遵你命而行忠心不变。”
神鸟说：“我这样做是出于对你的关怀，
把冥冥中的秘密对你公开。
谁要是把埃斯凡迪亚尔杀害，
命运决不轻饶，此人必定遭灾。
就是他杀死对手保全了生命，
也要受到惩罚贫困潦倒一生。
今生今世他要连遭厄运，
到了彼世也定然磨难当头事事不顺。
你如今得知我讲的秘密，
你就会信心倍增力克强敌。
今晚我就把秘密对你讲明，
但我仍然望你对王子谨言慎行。”

鲁斯塔姆说:“我一定谨守秘密,
现在就请授我以秘计。
世界将永远存在,我们都要离去,
人走后留下的是他的声誉。
我即使战死也要留下好的名声,
躯身任他朽化为人名声最重。”
神鸟说:“你骑上拉赫什战马,
选一把淬火的匕首腰间悬挂。
你要虔诚地祈祷赞颂天神,
骑马径直向中国海方向行进。
你万勿顾及此行山高路遥,
我定然设法使你今晚赶到。
那里有座小林林中有棵柽柳,
是葡萄的汁液浇灌世上罕有。
我指给你这珍贵的坚硬的树木,
要用这树枝制箭才能使强敌屈服。”
鲁斯塔姆一听就束衣准备前往,
纵身一跃就端坐在拉赫什马上。
他逶迤行来一直达到海岸,
见神鸟翅膀把天空遮暗。
高贵的神鸟也飞到海岸近旁,
然后便轻轻降落到地上。
见那片地上有一棵挺拔的柽柳,
神鸟就降落在那柽柳近旁。
它把接近柽柳的道路向勇士指明,
清风徐来把柽柳的异香飘送。
它让鲁斯塔姆上前靠近那树,
然后以自己的羽毛在他前额轻抚。

它对勇士说:“你要选一个挺直的树枝,
那树枝要生长得又细又直,
这树枝要致埃斯凡迪亚尔死命,
因此决不应把它价值看轻。
你用火燎烤把树枝扳直,
再找箭镞装上那树枝。
在那树枝上装箭镞两支,羽毛三片,
然后我再教你如何伤他如何用箭。”①
当鲁斯塔姆把那柽柳枝杈折断,
便从海边反身回到自己宫殿。
他从海边返回仍按神鸟指引的方向,
神鸟也返回一直飞在他头顶上方。
神鸟说:“如若埃斯凡迪亚尔,
再次前来找你无理挑战,
你就以好言请求罢战言和,
惹人愤怒的言词什么也别说。
你对他只应以好言相劝,
要不就与他提起往日的征战。
就说你过去在世上到处奔波,
为王家事业也曾赴汤蹈火。
如若你如此请求他悍然不理,
认为你讲这些是软弱可欺,
那时你就把这柽柳之箭搭上弓弦,
而事先当然以药酒浸泡这箭。
然后双手发力把这箭向他双眼射去,

① 从这句诗中可见所需树枝为一杈枝,可装两个箭头,用以射伤埃斯凡迪亚尔双眼。

就像柽柳前双手抬起深施一礼。[①]
命运驱使那箭射向他的眼睛，
一箭射中立即使他双目失明。”
神鸟与扎尔彼此意厚情深，
扎尔长大多亏神抚养他成人。
神鸟兴高采烈地飞上天去，
等鲁斯塔姆抬头时它已飞到天际。
鲁斯塔姆请它赐一团火烤那树枝，
借助神火把树枝扳直。
然后他在树枝上装上箭头，
羽毛也装在那柽柳箭杆之后。

八十九　鲁斯塔姆与埃斯凡迪亚尔再次开战

当山头后透露出黎明晨曦，
沉沉夜色只好悄然隐去。
鲁斯塔姆披挂上盔甲征袍，
又频频向天神不断祷告。
然后他跨上巨象般战马的马鞍，
像是尼罗河中一艘大船。
当他来到埃斯凡迪亚尔军前，
为报仇雪耻来向他搦战。
鲁斯塔姆端坐马上挺直身躯，
高声断喝挑战威风无比。

① 有的人崇拜柽柳，所以向柽柳施礼。

他说："勇士啊，你要高睡到什么时辰，
鲁斯塔姆已跨马来到你的辕门。
不要再高枕酣睡快快起身，
起身来与鲁斯塔姆对阵。"
埃斯凡迪亚尔听到了他的叫喊，
连忙起身披挂准备上阵迎战。
他对帕舒坦说："即使是雄狮，
也要畏惧勇敢而有法术的勇士。
我看昨天鲁斯塔姆受伤中箭，
夜晚他并未回到自己的宫殿。
你看他胯下之马拉赫什，
身上中的箭已经没有一支。
我听说达斯坦可是个妖人，
伸出手去他能摘取日月星辰。
他若一怒比妖魔鬼怪还凶，
妖人妖术无法以理智判断权衡。"
这时，帕舒坦眼含热泪对他说：
"让你的敌人不幸遭受折磨。
我看你今早精神有些不振，
是否昨夜未睡有事在心？
你们二人都是世上罕见的英雄，
因何为仇作对彼此不容？
我不懂因何命运对你如此苛刻，
时时煽起仇恨把你捉弄折磨。"
这时埃斯凡迪亚尔已披挂整齐，
他来到鲁斯塔姆近前准备迎敌。
他见到鲁斯塔姆便大喝一声，
说："愿天下永不提起鲁斯塔姆之名。

昨日一战你全身布满箭伤，
难道今日你已把那利箭遗忘?
昨天在我箭下你落得遍身伤痕，
直斗得你神志不清筋疲力尽。
但是扎尔的妖术使你得到恢复，
否则怕你早已身躯埋入黄土。
你昨晚回去施行了妖术妖法，
因此今早又来此处挑战叫骂。
我今天要用利箭把你射穿，
让扎尔无法再与你见面。"
鲁斯塔姆对王子如此开言:
"你真是穷兵黩武生性好战。
你应遵循纯洁的天神的教谕，
应尊重理智不应依仗武力。
我今天本意不是向你挑战，
今天的目的实在是来致歉。
你对我行事确实不公，
有东西迷住了你理智的眼睛。
我发誓，以圣教及圣教天神的名义，
以努什阿扎尔火坛、火神和灵光的名义，
还有日月星辰、《阿维斯塔》与《赞德》，①
应捐弃前嫌握手言和。
我对你的好话真是万语千言，
旁人听了都要感动心都会变软。
请你前来，请到我家做客，

① 《阿维斯塔》是伊朗琐罗亚斯德教古经;《赞德》是《阿维斯塔》的阐释，在信徒心目中，具有神圣意义。

我一定殷勤招待衷心祝贺。
我要打开多年不动的库门,
那里有我长年积攒的金银。
我要下令马匹驮上财宝金银,
交给司库押送给你的大军。
我还愿随你上路登程,
如若你愿带我去面君入宫。
到了王宫如何处置听凭发落,
国王要杀要绑我决不反驳。
你且听古圣先贤如何教导,
说人怕就怕不祥之星在头上照耀。
我想方设法等待终有一天,
你对厮杀争斗感到厌倦。
为什么你天生一副铁石心肠?
天天梦想厮杀日日离不开战场?
以天神名义发誓,你若讲和罢战,
从此你的美名便会在天下流传。”
埃斯凡迪亚尔闻言立即回答:
“两军阵前我怎能听信你这胡话。
你还啰里啰嗦邀我到你家做客,
还喋喋不休要我罢战言和。
今日一战如若你有幸生存,
那也应俯首降服束手就擒。”
鲁斯塔姆再次开言相劝:
“王子啊,为人行事不能把公道抛在一边。
你不应辱没我名声也不要断送自己性命,
这场搏斗结果我对你不说自明。
我要赠你成千颗巨大的珍珠,

还赠你王冠、耳环与手镯。
我要给你物色成千美貌少年,
让他们服侍你日夜陪伴。
我还为你选上成千哈尔希[①]美女,
朝朝暮暮在你身边形影不离。
我还要打开萨姆与扎尔的库门,
向你献上库中的全部财宝金银,
我把所有一切全都奉献给你,
我还派精壮之人充实你的军旅,
选派之人都要听从你的将令,
上阵消灭敌人奋勇冲锋。
然后,我到你帐下领你将令,
去面见心怀仇恨的国王,随你入宫,
王子啊,你应从心中驱散仇恨,
不要让魔鬼占据你的身心。
只要不把我上绑,一切听从你安排,
你就是我的王上我的主宰。
如若把我上绑我就名声扫地,
你破坏了我的名声于你何益?”
埃斯凡迪亚尔对鲁斯塔姆说道:
“你如此喋喋不休也太无聊。
你要我背离天神指引的途程,
要我违背征服世界的国王的命令。
谁要是背离违抗国王的命令,
这样的人天神也决不见容。
要么你束手就擒要么你我一战,

① 哈尔希是古代塔里木河下游一城名,以出美女著称。

不要再重复这些无稽之谈。”

九十　鲁斯塔姆射中埃斯凡迪亚尔双眼

最后鲁斯塔姆终于发现，
埃斯凡迪亚尔根本不理会他的良言。
他厉声喝道:“你去叫帕舒坦，
让他作为这场纠纷的见证。
我可是三番五次忍气吞声，
我未做亏心之事但仍向你赔情。
让他明白不是我要挑起争斗，
天理正义始终占据我心头。”
埃斯凡迪亚尔闻言哈哈大笑，
说:“我天下闻名的英雄,你应知道，
战场之上本应是龙争虎斗，
你何必花言巧语护短遮丑?
帕舒坦就在离此不远的阵中，
你我之战就属他了然知情。”
然后他下令召帕舒坦来到阵前，
帕舒坦来到鲁斯塔姆端详细看。
他说:“勇士啊,你高贵正直天下景仰，
在下有句肺腑之言愿对你讲。
我三番五次请求王子罢兵，
但他对良言相劝竟悍然不听。
你亲眼看到我多么低声下气，
但他充耳不闻,开战他定死无疑。

如若他真的死在我的手下，
那就请你作证晓谕天下。
说鲁斯塔姆可是一再请他宽容，
但王子不为所动坚决不听。”
这时，埃斯凡迪亚尔一声断喝，
说：“两军阵前因何如此啰嗦？
来！来！看你有什么高强手段，
都使出来让自己美名天下流传。”
鲁斯塔姆一听王子再次挑战，
知道时辰已到再不能拖延。
于是他便把柽柳之箭搭上弓弦，
那箭本以毒药所浸是支毒箭。
当他张弓发力就待发射，
不由得仰天长叹向苍天诉说：
“苍天啊！天神，是你主宰日月星辰，
你创造知识与力量，主宰人的命运。
愿上天明鉴我纯洁的心地，
愿上天洞悉我的灵魂与我的膂力。
我苦苦劝说埃斯凡迪亚尔罢战言和，
万勿刀兵相见有事心平气和论说。
你亲眼所见他多么蛮横无礼，
死死迎战把我逼迫到绝地，
这无论如何不是我的错误，
苍天呵！你在上明鉴，你这日月火星之主。”
当埃斯凡迪亚尔见他还在迟疑，
在战场上仰天长叹喃喃自语，
又高叫了一声：“天下闻名的鲁斯塔姆，
你是不是怯懦畏战害怕冲突？

看箭！这乃是国王古什塔斯帕之箭，
是卢赫拉斯帕之箭，是勇士的宝箭！”
这一箭射在鲁斯塔姆的头盔之上，
毕竟是勇士的身手箭法高强。
这时，鲁斯塔姆也迅即把箭射出，
一切都按照神鸟的嘱咐。
这一箭正好射中王子的双眼，
他眼前的世界登时一片昏暗。
两个箭头正中他的两只眼睛，
熊熊的仇恨之火熄灭在他胸中。
他翠柏般的身躯已然扭曲，
心神散乱神志已然昏迷。
他头向下垂眼看要翻身落马，
恰巧硬弓也撒手抛在地下。
他急忙伸手抓住马鬃，
战场上的土地被鲜血染红。
这时鲁斯塔姆对王子说：
“如今仇恨结出了毒果。
你曾夸口说自己刀枪不入，
说自己伸手能撕开青翠的天幕。
昨天，我虽然身中你八箭，
但是我苦苦忍受闭口不言。
如今只有一箭把你射中，
你便翻身落马忍不住疼痛。
你就要一头栽到这战场之上，
慈母为此要痛断肝肠。”
正说话间那天下闻名的王子，
从黑马上一头栽到了地上。

跌倒在地过了片刻略为清醒，
他坐在地上侧耳细听动静。
他一把抓住利箭用力拔出，
那箭头箭尾都沾满了血污。
这时巴赫曼也得到报告，
说皇家鸿运已然阴霾笼罩。
巴赫曼连忙把消息告诉帕舒坦，
说我们已然战败后果令人心寒。
巨象般王子已跌落在平地，
大难当头，世界变成了墓地。
他二人急匆匆跑到阵前，
穿过队伍来到王子身边。
见王子全身沾满了血污，
手执一箭，鲜血染红箭杆与箭镞。
帕舒坦一见痛撕自己的衣衫，
抓起黄沙撒向自己的头和脸。
巴赫曼一见便一头栽倒在地，
他脸上沾满和着血的污泥。
帕舒坦叹道："人间祸福情由，
这些王公贵人几人能够参透？
主宰宇宙万物的只有宇宙之主，
太阳之主，土星与火星之主。
当埃斯凡迪亚尔为了宗教，
挥舞钢刀去南征北讨，
那时他清除的是异教之徒，
理直气壮无何可指责之处。
但如今，他年纪轻轻丧失了性命，
应戴王冠的头颅栽到了土中。

他使天下为之不安,错还在他自己,
他把正直善良之人逼入绝地。
过去他勇冠三军身经百战,
无往不胜从未败在对手面前。”
巴赫曼、帕舒坦二人把王子的头扶起,
轻轻地把他头上脸上血污揩去。
帕舒坦心中悲痛脸上沾满血污,
他见此情状不禁放声大哭。
他哭诉:“埃斯凡迪亚尔我的勇士,
你本应继承王位,你是王子,
是谁掀倒这座巍峨的高山?
是谁把这怒狮般的勇士打翻?
你洁白如象牙,是谁把这象牙打断?
打断后又抛到尼罗河的波澜?
是谁遮掩了灿烂的太阳的光焰?
是谁使高贵的王子丢尽颜面?
是谁扑灭了这熊熊高烧的火烛?
是谁使王族全家焦心痛哭?
这一家族遭到多么不祥的毒眼,
恶人恶报让恶人遭逢灾难。
到何处再去寻你的心灵、智慧与信仰,
以及你对神的虔诚你的旺运与力量?
到何处再去寻你那龙腾虎跃的战斗?
如何才能再听到你欢宴上嘹亮的歌喉?
你横扫了世上一切卑劣之辈,
你不惧怕雄狮也不畏惧魔鬼。
如今你正应享受你胜利的成果,
可是造物主却令你面伏黄沙备受折磨。

见鬼去吧,那王冠与王座令人丧气,
我本不愿再把这些东西提起。
你是勇士和王子,你尊贵无比,
王冠宝座本不屑一顾应弃之于地。
惹出这场祸事全是由于倒霉的王座王冠,
这都是古什塔斯帕生性太贪。”
埃斯凡迪亚尔深明世理,
他说:“勇士啊,我的博学多闻的兄弟!
你不要为哭我哭坏了自己身体,
我命该绝这一切都是天意。
人死之后大地便是眠床,
你不必因我被杀而如此悲伤。
试看法里东、胡山与贾姆[①]安在,
他们已返归虚无因本自虚无而来。
比如我那心地纯洁的祖辈,
我的骄傲高贵的先人,
他们都已长逝把我们留在此地,
谁能长生不死永驻不去?
我在世上曾奋力拼搏历尽艰险,
我曾排除万难南征北战。
刚刚扫清了天神指引的道路,
以理智探索人间的路途。
由于我奔波劳碌树立起正气,
邪恶的魔鬼也无所施其诡计。
这时,命运却探出狮子的利爪,
把我像野驴一样抓住不肯轻饶。

① 法里东、胡山和贾姆都是传说中的伊朗古代国王。

如今我只希望死后在天堂过活，
享受自己在世上种下的善果。
我并非死于鲁斯塔姆之手，
请看我手中所执的这枝柽柳。
是这枝柽柳断送了我的性命，
这乃是神鸟授计鲁斯塔姆实行。
一切阴谋诡计都是扎尔的主意，
这些鬼蜮伎俩他最熟悉。”
听了埃斯凡迪亚尔这番话，
鲁斯塔姆心中悲痛泪如雨下。
他举步来到埃斯凡迪亚尔面前，
为他即将辞世而痛悲愁容满面。
然后他遗憾地对帕舒坦说：
“他确实是一位英雄好汉。
我听到他讲述的战斗历程，
他确凭勇力遏制了邪恶势力逞凶。
我当年也曾勇战凶顽的恶魔，
忍受艰难困苦备受折磨。
我也是时时征袍在身一生征战，
在战场上与我交手的都是英雄好汉。
但像埃斯凡迪亚尔这样的勇将，
我一生一世还从来未曾遇见。
他箭法精熟又如此英勇，
我与他较量确已败在下风。
我虽战败但我并未投降，
我无计可施时曾到处设法想方。
我张弓射箭一箭将他射中，
这也是命中注定他死在我手中。

如若命运冥冥中把他佑助，
我那柽柳箭便会毫无用处。
我们不能在此久留应立即撤离，
要迅速离开这块不祥之地。
这一惨剧乃是命运假我手造成，
我射出这柽柳之箭便永留骂名。”

九十一　埃斯凡迪亚尔对鲁斯塔姆的劝告

埃斯凡迪亚尔对鲁斯塔姆说道：
“如今，我的气数已临近尽头。
请上近前来不要再躲避，
如今战斗已完你我不再为敌。
我有几句忠言还要相托一事，
我不放心的就是我这爱子[①]。
请你设法把他带到一处地方，
请加意指引用心抚养。”
鲁斯塔姆唉声叹气走到他近前，
侧耳细听王子对他的叮嘱之言。
这时，鲜血还从王子双眼外涌，
身旁仍然听到轻轻的哭泣之声。
那边扎尔听到了战场上的消息，
他立即从宫中飞快赶到这里。
扎瓦列与法拉玛兹也落魄失魂，

① 爱子指巴赫曼。

赶到战场把经过探询。
这时,战场上响起一阵喊声,
日月失去光辉白日晦暗不明。
扎尔对鲁斯塔姆说道:
“孩子,我倒更为你的命运担心。
因为我早就听祭司们说过,
在贤士智者与星相术士中有此传说。
谁若把埃斯凡迪亚尔置于死地,
天地不容他也是必死无疑。
如若他能侥幸逃脱一死,
那也是处处碰壁再无宁日。”
这时埃斯凡迪亚尔对鲁斯塔姆说:
“其实,并不是你之手杀死了我。
命运注定就是这样的结果,
莽莽苍天的定数哪个能够躲过?
不是鲁斯塔姆也不是神鸟与利箭强弓,
在战斗中结果了我的性命。
这全是古什塔斯帕造成的结果,
他的面目如今我全然识破。
他对我说:你快去把锡斯坦烧光,
连半天我也不愿迟延,不要它留在世上。
他这是想自己掌握军队稳坐江山,
而使我东奔西走处境艰难。
如今我在世留下一子巴赫曼,
他聪明伶俐是我助手是我心肝。
请多关照请你们把他收留,
这是我的请求万望你们能够接受。
让他在扎别尔斯坦愉快生活,

不使他受到心怀歹意的人的折磨。
请教授给他两军战阵搏击征战，
请教授他狩猎出游饮宴言谈。
教他待客酌饮与马球游戏，
教他应对之策与来言去语。
贾玛斯帕曾经这样说过，
人若一事无成便是虚度一生。
我留下巴赫曼在世上作为纪念，
他是皇族之后应保持皇家尊严。
日后巴赫曼若也有了子孙，
那也是尊贵的皇家后人。”
鲁斯塔姆一听立即站起，
他用右手捶打着自己的身体。
他说：“你的托嘱我定然从命，
你吩咐什么我一定忠实执行。
我要保他登上宝座主宰江山，
我要保他戴上他期望的王冠。
我听从他的吩咐为他效力，
我称他为王是他的奴隶。”
埃斯凡迪亚尔听了鲁斯塔姆的话，
立即说：“勇士啊，你真称得上是古道热肠。
让天神明鉴为我作证，
让圣教指引我的途程。
如今世上可能传播你的坏话，
说你亲手把埃斯凡迪亚尔残杀。
听到这些你会感到激动愤怒，
这乃是天神旨意天神主宰吉凶祸福。”
他此时又对帕舒坦倾诉心意，

说:“此刻我除一块裹尸布别无希冀。
当我离开人世身亡命丧,
你应统率队伍奔回伊朗。
你到伊朗去告知父亲经过,
你代我说:‘现在你如愿以偿还有何可说!
命运助你使你称心如意,
你可放心地为王主宰江山社稷。
我本对你抱有极大的期望,
但这场惨剧正出于你歹毒的心肠。
我平定了天下凭我这正义之刀,
天下邪恶之人被我为之一扫。
在伊朗神圣的宗教已经确立,
还有皇家的威严和井然的秩序。
你当着群臣的面将我规劝,
但暗地里把我推向死亡深渊。
如今你的愿望得到满足,
心满意足地做天下之主。
你现在可以放心地稳坐江山,
在你皇家宫廷应大设酒宴。
你发号施令我四处奔波劳碌,
你高戴王冠我被装入棺木。
古圣先贤早有箴言在先,
天下人谁也逃不过死亡之箭。
你不要以为从今后宝座无虞,
我死后我的双眼也紧盯着你。
当你也前来我们一同见到天神,
我告他经过看他有何评论。
当你离开父亲去见母亲,

就告诉她挑衅的勇士已然阵亡。
他的利箭能贯穿铠甲，
铁石山崖也全然不在话下。’”
你说：“妈妈，望你也早日来相聚，
不要为我的死而过分悲痛哭泣。
当着众人不要展示我的颜面，
我不愿你看到我裹着尸布的容颜。
我知道你见我会痛哭失声，
但明智者主张抑制悲痛。
我的那些姐妹还有我的嫔妃，
还有深居后宫的那些宫女，
她们都多才多艺聪明伶俐，
请代我告别此生再难相聚。
我身遭此祸全是由于父王的王冠，
牺牲了我的性命保护了他宝库的安全。
如今人们把我尸体运到他面前，
他的卑微的心应该感到羞惭。”
说完此话他长长叹了一口气，
又说：“这完全是古什塔斯帕置我于死地。”
这时，他的纯洁的灵魂飞离了躯体，
受箭伤而死躯体横卧在土地。
鲁斯塔姆痛苦得撕碎了衣衫，
灰尘与黄土撒了自己满头满脸。
他哭诉呼叫：“我英勇的骑手！
你祖父与父亲都是国王你是皇家之后。
我在世上本有美好的名声，
但是古什塔斯帕要把我生命断送。”
他悲悲切切死去活来地痛哭，

叫一声:“王子啊,你在世上寂寞孤独。
但愿你灵魂飞上天堂享乐,
你的仇敌播种什么就收获什么。”
扎瓦列对鲁斯塔姆说:“兄长,
对他你不应抱有这样软的心肠。
难道你没听到贤士哲人说过,
自古以来人们都这样传说:
如若你发善心喂养小狮,
终有一天小狮会变得坚牙利齿。
当它身躯长大有了觅食之力,
它第一个就向喂养它的人扑去。
如今是世上两强拼死相争,
谁胜谁负灾难都落在伊朗人的头顶。
埃斯凡迪亚尔王子死于战场,
从此后你的日子也不会如意吉祥。
巴赫曼定然会给扎别尔带来灾难。
喀布尔斯坦的百姓会遭受苦难。
你记着当他成为一国的国君,
他定然要为埃斯凡迪亚尔雪恨。
当你死后,我们的扎别尔斯坦,
他肯定要把它合并到伊朗。”
鲁斯塔姆听完这样回答他的劝喻,
说:“人做事是善是恶都不能违逆天意。
我认为我选择的道路切实可行,
凭理智做事会给我带来善名。
巴赫曼日后或有可能生事发难,
但你现在也不必有不祥之感。”

鲁斯塔姆的一个异母兄弟沙卡德被招为喀布尔的驸马,喀布尔国王因年年缴纳岁贡而对鲁斯塔姆不满。沙卡德与国王设计陷害鲁斯塔姆,在鲁斯塔姆从扎别尔去喀布尔的路上挖了陷阱,鲁斯塔姆中计落入陷阱,但他要求给他弓箭,以防野兽(按古老传统,受害人的最后的要求不应拒绝)。当沙卡德把弓箭给他后,他一箭射死沙卡德后身亡。

九十二　鲁斯塔姆与沙卡德的故事开端

埃斯凡迪亚尔的故事已完,
紧接着新的故事就要开篇。
现在讲鲁斯塔姆如何被害,
我讲的这故事都根据记载。
艾哈迈德[①]当政时期的木鹿,
有个老人名叫阿扎德萨尔夫。
他有本写着国王事迹的书,
书中记载了不少英雄人物。
他知识丰富而且娴于辞令,
讲述古代的故事极为生动。
论血缘他同萨姆同属一系,
鲁斯塔姆的战斗故事他很熟悉。
我讲的就是从他那里得来,
得到后我又重新做了编排。

① 艾哈迈德是伊朗萨曼王朝(公元875—999)木鹿的行政官。

如果我在尘世多活些时候，
智慧之光能照亮我的道路，
我一定要把这个故事写完，
让它在我死后能继续流传。
我要把它敬献给世界之主，
玛赫穆德国王，阿布尔卡赛姆，
伊朗之王、土兰之王、印度之王。①
他的圣光让世界放出光芒。
他把财产已分光，慷慨大度，
名声已成了他宝贵的财富。
一个伟人，纵然多少年过去，
聪明的人永不会把他忘记。
记住他战时勇敢，宴上风采，
乐善好施和对世人的慷慨。
谁有幸见到他的王宫与军队，
谁会觉得这是人生一大快慰。
我现在腿脚不便，两耳失聪，
又穷困潦倒，已是老态龙钟。
身心都陷入了可悲的境地，
常常为不幸的命运而哭泣。
我却从未停止过我的歌吟，
赞颂当今这位公正的圣君。
国人都加入了这个赞颂的队伍，
自然不包括那些不逞之徒。
自从他当了国王，继位登基，

① 阿布尔卡赛姆、玛赫穆德是伽色尼王朝国王，公元999年占领伊朗东部霍拉桑地区，这时正是菲尔多西创作《列王纪》之时。

为非作歹仇杀斗狠已然绝迹。
贪得无厌的人再不敢横行，
虽然他们多年都作恶行凶。
谁聪明克制而无非分之想，
又每每得到他慷慨的奖赏。
我要为他书写不朽的碑文，
让碑文的光芒永远照耀后人。
这部书写到许多往昔的国王，
也写到许多勇士和良将。
这里有沙场、酒宴和唇枪舌战，
有古战场惊心动魄的画面。
这里知识信仰操守与计谋，
都指引你往彼世该如何走。
有些诗行也许得到他的称赞，
并且成为他生活中的借鉴。
这里有对往昔深情的纪念，
如同他生活中的挚友一般。
我对这本书怀有极大希望，
希望国王以金币作为奖赏。
若得至尊厚赏，心愿得以满足，
我将以这赏金为人间造福。
现在我们再回到原来话题，
从萨尔夫保存的故事讲起。

九十三　鲁斯塔姆去喀布尔看望兄弟沙卡德

回头再说那位智慧的老人，
老人才辞富有记忆力超群。
他说扎尔的后庭有个女仆，
她既工于弹奏又擅长歌舞。
某日她为扎尔生下了一子，
此子美貌能和天上明月相比。
长相同老英雄萨姆很相似，
成了勇士门庭的一大喜事。
在克什米尔、喀布尔等地
有许多名人和占星的术士。
他们学识渊博又虔诚敬主，
带着历书前来为婴儿占卜。
他们两眼望天，观察天象，
看这漂亮的男婴命星怎样。
占星家发现他的命相有异，
你看看我，我看看你相对不语。
终于对英雄扎尔开口说道：
“来自上天的英雄听我们报告。
我们从天上获得了秘密，
苍天对这个孩子没有多少情意。
说他像小鸟一旦长硬了翅，
由一个婴儿变成一个勇士，
必会灭掉萨姆家族的后代，

甚至会把王宫都彻底破坏。
整个锡斯坦都会哭声震天,
全伊朗都会闹得地覆天翻。
所有的人因他而大吃苦头,
他本人在世上也不会久留。”
这番话深深刺痛了达斯坦,
他对着创世主大声地呼喊:
“主啊,是你为我们指引路程,
是你掌握着转动着的苍穹。
遇到什么事依靠的都是你,
给我们照亮道路的也是你。
你创造了天地和日月星辰,
愿你拯救我们这些不幸的人。
愿你给我们带来安宁福祚。”
这孩子的名字就是沙卡德。
他是每天吮吸着母亲的奶
日渐长大,善于谈吐又有风采。
而且是膀大腰圆,仪表堂堂,
一天扎尔送他见喀布尔国王。
他挺直的腰身长得像青松,
既擅长骑射又谙棍棒刀弓。
喀布尔国王抬头向他一望,
看他确长得一副王者之相。
国王顿觉这青年十分称心,
便将女儿许给他结为姻亲。
还把许多财产记在他名下,
就作为女儿出阁时的陪嫁。
待他像把一只鲜果捧在手中,

不让他着雨也不让他受风。
这时不论是印度还是伊朗，
鲁斯塔姆都享有很高威望。
每一年的岁贡已成了惯例：
从喀布尔收取一皮袋金币。
喀布尔国王对此心中不乐：
心想鲁斯塔姆不应继续这样做。
不应继续再向我收取贡赋，
我已经成了沙卡德的岳父。
收取贡赋的季节转眼又到，
喀布尔又被弄得鸡鸣狗跳。
沙卡德对兄弟此举很感愤怒，
但他却未在人前轻易吐露。
只对喀布尔国王悄悄说道：
“我厌恶这个是非颠倒的世道。
既然他同我不讲兄弟情意，
我也不厚着脸认这个兄弟。
不管他是兄是弟是亲是疏，
也不管他是高尚还是卑污，
我们要想办法使他落入陷阱，
这样，我们也就会从此出名。”
两人嘀嘀咕咕就这样说定，
简直比登上月亮还要高兴。
你可听说有个智者这么讲：
有道是恶有恶报分毫不爽。
那一夜直到太阳出来以前，
两人一直想主意彻夜未眠：
一定想办法让他名声扫地，

让那个老扎尔去为他哭泣。
沙卡德说:“我有个主意在心中。
如果陛下权衡认为此计可行,
你可以组织一个盛大的酒会,
把所有名人都邀请来聚会。
在席间你就对我冷言冷语,
言谈中佯装对我很看不起。
我装着受辱就去扎别尔斯坦,
以此来表示对你大为不满。
不论见了我兄弟还是老父,
我都骂你这个人一无是处。
鲁斯塔姆一定会替我出气,
一定会急急忙忙前来此地。
你就在猎场找个合适之处,
挖一些深坑在他必经之路。
坑要能容下鲁斯塔姆和拉赫什,
坑底部要放置尖锐的利器。
刀剑、尖矛都可以往坑里安放,
一定要刀把朝下,刀尖朝上。
坑多多益善,保证万无一失,
能挖一百就不要只挖五十。
挖坑的人需要一百个左右,
这件事对月亮都不能透露。
挖好后用东西往坑口一蒙,
对谁都不能说,要守口如瓶。”
国王不管这样做是否体面,
就按他的诡计摆设了酒宴。
喀布尔各界名流尽行邀来,

按座次一一做了相应安排。
先进正餐接着是欣赏歌舞，
一面听歌乐一面纵情饮酒。
那沙卡德御酒多喝了几盅，
当着高贵的宾客大发酒疯。
对着喀布尔国王若嗔若怒：
“你们这些人简直不值一顾。
鲁斯塔姆之弟，达斯坦之子，
这高贵的身份你们谁能比？”
喀布尔国王一听拍案而起：
“我不许你在这里胡言乱语。
你不像出自萨姆、尼拉姆家族，
也不像是有个哥哥鲁斯塔姆。
萨姆从未讲起过你的情形，
鲁斯塔姆也没提过你的姓名。
你只配给鲁斯塔姆当差役，
他母亲也不会把你当他兄弟。”
沙卡德一听此言大为恼怒，
一气之下登上去扎别尔之路。
另有几个喀布尔人随他同去，
他们都心中不满满腔怒气。
到了扎别尔进了父亲的家门，
满脑子诡计心里充满仇恨。
老扎尔一见到儿子沙卡德，
见他躯体修长又英气勃勃，
问长问短说不尽父子亲情，
又立即亲自带他去见英雄。
鲁斯塔姆一见兄弟十分高兴，

看他机智敏慧又精力旺盛。
赞道:“好一副雄狮萨姆气派,
如不是英雄哪能有如此后代?”
又问:“喀布尔那里如何待你?
我的名字是否也不断提起?”
沙卡德听了将手向上一扬:
“你再也别提那喀布尔国王。
起初他对待我总还算客气,
见了面总是说不完的赞誉。
现在却大吃大喝大谈战争,
根本就不把你我放在眼中。
还当着满席宾客把我嘲笑,
完全露出了他丑恶的面貌。
对我说:‘我们年年要交纳贡赋,
我们对锡斯坦没这个义务。
别老拿鲁斯塔姆把我恫吓,
论勇气品行我都不比他弱。
我看你也不是老扎尔之子,
就算你是也没什么了不起。’
他当众辱我让我下不了台,
我一怒之下跑到扎别尔来。”
鲁斯塔姆听此言怒不可遏:
“对他这种人没什么话可说。
对他和他的国家不必多虑,
我让他国家灭亡王冠落地。
让他为他的狂言付出生命,
让他的整个家族遭受不幸。
而且要让你坐上他的宝座,

让他命丧身亡人头滚落。”
一连几天鲁斯塔姆对兄弟
关心备至,尽量能使他满意。
然后从军中挑出一批精壮,
这些人都个个骁勇善于打仗。
说:“你们要准备从扎别尔出发,
喀布尔将来就是你们的家。”
出发打仗的事全准备就绪,
鲁斯塔姆这才算松了口气。
沙卡德忽然走到兄弟面前说:
“你对喀布尔无需大动干戈。
你的名字只要往水上一画,
整个喀布尔都会惊恐害怕。
现在有什么人敢同你作对?
你往前一站谁敢不往后退?
我想喀布尔国王已有悔意,
也许现在正考虑退身之计。
也许他会带着喀布尔英雄,
前来向你请求对他们宽容。”
鲁斯塔姆答道:“你说得有理,
我不需要大举领兵进击。
有扎瓦列和百名骑兵跟在身后,
再有百名步兵我看已经足够。”

九十四　喀布尔国王在猎场挖陷阱，鲁斯塔姆和扎瓦列双双落入陷阱

国王离开喀布尔前往野地，
到猎场将合适的地方寻觅。
随后又挑选出一些兵丁，
让他们到野地里为他挖坑。
只要觉得人马会从此经过，
陷阱便挖了一个接着一个。
陷阱里放了各种利剑尖刀，
以及复仇用的长矛和梭镖。
然后用遮盖物往坑上一罩，
这陷阱不论人马都看不到。
这边鲁斯塔姆刚刚动身，
沙卡德便派了快骑回去送信：
“鲁斯塔姆出发没有带军队，
你要赶快去迎接向他请罪。”
喀布尔国王马上从城里离开，
样子一本正经却满腹鬼胎。
当他一眼发现眼前这位壮士，
立即翻身下马离开了坐骑。
从头上忙将印度缠巾解下，
把那一颗光头深深地低下。
又从脚上脱下了那双皮靴，
眼泪滚滚滴下就像是滴血。

然后将脸贴着阴湿的土地，
为对沙卡德失礼深表歉意：
“是你的奴隶一时丧失理性，
失去理智后往往容易冲动。
这是我的罪过请英雄宽恕，
别同我计较放我一条生路。”
说罢便赤着双脚走上前去，
心里怀着仇恨，脑子想着诡计。
鲁斯塔姆给了肯定的回答，
不但饶了罪而且敬重有加。
让他们穿上靴子，戴上头巾，
给马备上鞍韂便立即动身。
在喀布尔城郊有一个去处，
那里碧草如茵令人赏心悦目。
树木成阴又有丰足的水草，
于是高高兴兴地把餐布铺好。
国王带来许多美味佳肴，
大家纵情欢乐热热闹闹。
备足了美酒奏响了弦乐，
让尊贵的客人坐上雅座。
这时国王询问鲁斯塔姆：
“你可愿意去猎场走一走？
我有块宝地与山丘相邻，
到处是猎物一群追逐一群。
山上有野羊，平地有野驴，
只要你身边有一匹快骑，
野驴、羚羊很快就能捕到，
这种良机千万不可失掉。”

鲁斯塔姆一听非常高兴，
不禁为野羊、野驴而心动。
人若是遇事不深思熟虑，
不幸的命运就无可逃避。
回转的世界从来就很离奇，
它不向我们公开这层秘密。
海中的鲸鲵山中的豹子，
还有那长着利爪的狮子，
蚊虫蚂蚁都在死神的爪中，
不管它是什么都不会永生。
鲁斯塔姆吩咐人备马架鹰，
把鹰隼一只只放飞到空中。
凯扬强弓在手，箭袋装满利箭，
沙卡德也走在人群的里面。
鲁斯塔姆与扎瓦列走在前面，
还有三五勇士身边相伴。
你看那猎场上到处是人，
人们正奔向陷阱奔向死神。
扎瓦列和鲁斯塔姆沿路前进，
步步投向隐在陷阱中的命运。
拉赫什闻到了新翻土的气味，
像球一样弓起了自己的后背。
闻不惯湿土气味又蹦又跳，
马蹄把地刨得一道一道。
然后又纵身往前猛一蹿，
恰好蹿到了两个陷阱中间。
鲁斯塔姆对拉赫什十分生气，
是可怕的命运把他双眼蒙蔽。

他怒气冲冲地将马鞭一扬，
重重地抽打在拉赫什身上。
拉赫什早被两边陷阱卡住，
只能向命运寻求一条生路。
一挣扎两条前腿陷到阱中，
后身半悬没什么可以支撑。
陷阱底部放置有各种利器，
马有劲使不上，出又出不去。
这时拉赫什早已伤痕斑斑，
也弄伤了英雄的腿和双肩。
它终于使足劲一下跳将出来，
同时也把英雄给带了上来。

九十五　鲁斯塔姆射杀沙卡德后身亡

鲁斯塔姆满身伤痕睁开双眼，
一下看到沙卡德丑恶嘴脸。
知道这全是沙卡德的阴谋，
一个大骗子，一个无耻之徒。
“好个无耻匹夫，”英雄怒骂道，
“大好河山将会被你葬送掉。
你早晚会有一天受到报应，
像你这种坏人绝不会善终。”
沙卡德对他同样恶言恶语：
“这乃是老天赠给你的厚礼。
你曾经让多少人鲜血流淌，

你所到之处又是杀又是抢。
你现在终于也面临着大限，
致你死命的乃是阿赫里曼。”
就在这时候喀布尔国王，
来到狩猎场，走到英雄身旁，
看到鲁斯塔姆伤痕满身，
伤口都露在外面鲜血淋淋。
国王说道：“英雄啊，军中的上将，
你却为何躺在这个狩猎场？
我要去叫医生来为你疗伤，
看我为你难过得眼泪汪汪。
愿你早早伤愈身体康健，
千万不能再让我血泪洗面。”
鲁斯塔姆说道：“别跟我啰嗦，
你这个诡计多端的老家伙。
我自己知道我的大限已至，
收起你的眼泪，别装腔作势。
别管你活多久，你也有死期，
没有一人能活着登上天梯。
我不如贾姆席德活得久长，
他却终被皮瓦尔[①]锯开了膛。
比起法里东、哥巴德众贤王，
我的寿命也不如他们久长。
当夏沃什走到生命的大限，
格鲁维用尖刀把他喉管割断。

① 皮瓦尔是伊朗传说中的有阿拉伯人血统的暴君佐哈克的别名，他杀死伊朗国王贾姆席德。

伊朗前后多少伟大的国王，
到了战场都如同狮子一样。
都先后相继而去，我却仍在，
仍然是一副雄狮般的气概。
我有一个儿子法拉玛兹，
我坚信他为父亲报仇雪耻。”
然后又斥责卑鄙的沙卡德：
“你如此待我，你实在无义无德。
你要把我的弓拿来交给我，
或许多少会减轻你的罪过。
把弓弦上紧放在我的前面，
以免一旦有一只猛狮出现。
发现我以后它会伤我的身，
手中有弓箭我就可以防身，
以免活生生地被吞入狮口，
我现在还不想就进入黄土。”
沙卡德走过来拿起那张弓，
把弦调整好定得不紧不松。
笑着递给了眼前这位壮士，
心里暗盘算他的死期将至。
壮士接过弓来用手握紧，
强忍着伤痛向沙卡德瞄准。
沙卡德见这架势十分恐惧，
忙躲到一棵树的后面隐避。
原来在他身边有一棵梧桐，
这棵老树已有很长的树龄。
树干已经长空枝叶尚称茂密，
这歹徒见势不好便躲了过去。

鲁斯塔姆一见赶忙举起手，
端着待开的弓强忍着痛苦。
再一次瞄准梧桐树和兄弟，
就在他跑时一箭射了出去。
沙卡德尖叫一声十分凄厉，
倒也未受多少苦便断了气。
鲁斯塔姆说道："多谢创世主，
都因为我多年来一直敬主。
在我生命面临终结的时节，
现世现报此仇当夜就此了结。
主就助佑我将这不义之徒，
在临死之前亲自予以铲除。"
英雄刚一说完便气绝魂断，
只听人群中顿时哭声一片。
扎瓦列在另一陷阱里丧命，
英雄中年老年少一个未剩。

九十六　扎尔得知鲁斯塔姆身亡，法拉玛兹为父亲举行殡葬

有一个伊朗勇士得以幸免，
先步行后骑马奔回扎别尔斯坦。
到了扎别尔即向人们报丧：
那盖世英雄如今已经身亡。
扎瓦列也和全军一起覆灭，
那么多英雄没有留下一个。

扎别尔得知噩耗怒气沸扬，
恨死了那坏蛋和喀布尔国王。
扎尔悲痛欲绝往身上撒土，
抓得胸前脸上一道道伤口。
他哭道："大象般的英雄已然身亡，
我还有何心情活在这世上。
他是骄傲的勇士，翻腾的巨龙，
扎瓦列也是雄狮般的英雄。
沙卡德这令人诅咒的坏蛋，
他把王家的大树连根砍断。
谁想那老狐狸对鲁斯塔姆
会那么凶狠，会下如此毒手。
这大难能不让人刻骨铭心？
何人听了这噩耗会不伤心？
狮子般的英雄如此不幸，
因狐狸进了谗言溘然丧命。
为什么他竟然死在我之前，
倒让我一个老朽留在人寰。
我还要什么生命，什么名声？
萨姆之后达斯坦之子已然丧命。
搏狮的好汉、高贵的勇士，
夺取天下的英雄，无敌的壮士。
在我的心中像乌云乱翻，
你的结局为何如此悲惨？
我现纵然是把高山铲平。
把阿姆河水用鲜血染红，
这是血的仇恨，仇恨比海还深，
毁灭整个世界也难慰我心。

有你在，我的世界后继有人，
如今在这个世界我依靠何人？
你是带着遍体伤痕而走，
世界在我眼中已不值一把黄土。”
他立即派遣法拉玛兹，
向喀布尔国王大举兴师。
将勇士尸体从陷阱搬出，
让整个世界为他们痛哭。
法拉玛兹到了喀布尔，
看不到一个勇士的影子。
全城的人跑了一个精光，
英雄身死全城气氛也凄惨悲凉。
法拉玛兹赶到了狩猎场，
那到处挖着陷阱的地方。
吩咐在那里将灵床安排，
灵床边放块名贵的木材。
然后先解开英雄的腰带，
接着将他的衣服脱下来。
用温水轻轻地为他擦洗，
先洗须发又洗整个身体。
焚烧起藏红花燃起麝香，
缝合好身上绽裂的刀伤。
先用玫瑰香水往盔上轻喷，
又将纯净的樟脑遍撒全身。
尸体层层裹好洁白的锦缎，
上面撒满麝香和玫瑰花瓣。
擦干净身上的每一块血迹，
梳理好那一把银白的长须。

两张灵床对他们仍嫌不够，
装殓这个巨人需得整棵大树。
用上好柚树打了一口木棺，
用金钉加固再用象牙饰边。
棺板的缝隙处用焦油填抹，
焦油中用各种香料掺和。
又从陷阱里搬出扎瓦列的尸体，
把所有伤处做了精心处理。
先洗净全身再缠上裹尸布，
从一个地方砍来一棵榆树。
又将一个巧手的木匠请来，
打造了一口很厚的棺材。
洒上玫瑰水撒上樟脑麝香，
安置在一个清幽的地方。
又从陷阱中抬出了拉赫什，
将马身洗净后再披上马衣。
大家一起整整忙了两天，
最后把拉赫什抬到象背上面。
人马离喀布尔向扎别尔奔去，
整个大地仿佛都在哭泣。
沿路男男女女结队成群，
队里再难多插进一个人。
勇士们亲手抬着两口巨棺，
一连走了一整夜又两整天。
直到扎别尔未歇过一口气，
未曾一次把棺木放置在地。
连上苍都为死者感到伤痛，
好像整个大地都为之悲恸。

天地间已听不到别的声音，
只闻到处都是哭泣与呻吟。
在一个花园里挖了个墓坑，
高高的墓顶一直插到云中。
墓穴中并排摆进两口巨棺，
两个高贵的英雄安睡在里边。
人们纷纷前来表示敬意，
既有自由人也有不少奴隶。
悼念者把鲜花撒上麝香，
枝枝鲜花投向死者身旁。
人们心中怀着无限崇敬，
喃喃道：香料对你还有何用？
你无需再风度翩翩去赴宴，
不用身穿虎皮战袍去作战。
无需再把金币向人们赠送，
一切对于你都已无足轻重。
愿你幸福地活在天堂里面，
让主以天堂褒奖你真诚和勇敢。
墓穴封好后人们先后离去，
从此与英雄永诀，生死两地。
在这人世你何必苦苦奔走，
谁不是开局甜蜜结局痛苦。
就是铁铸的人最终也要归土，
不管是魔鬼还是虔诚信主。
在你活着的时候多行善事，
到了彼世你才能一切如意。

九十七　法拉玛兹出兵杀死喀布尔国王为父报仇

法拉玛兹办完父亲丧事，
便准备率领军队问罪兴师。
先行打开父亲宝库的库门，
将父亲的财产都分给军人。
黎明时分传来响亮的号声，
夹着铜鼓和印度答腊鼓声。
大军从扎别尔向喀布尔开去，
仿佛太阳已从世界上隐蔽。
这消息传到了喀布尔王宫，
知道扎别尔军队发动进攻。
立即把分散军队加以集中，
大地如铁，杀气弥漫在天空。
国王带着大军向来敌迎战，
空际日月无光天昏地暗。
双方的军队开始正面相向，
忽听喊杀声四起，甚器尘上。
密集的战马扬起尘土漫漫，
丛林的狮子也难把道路分辨。
突然刮起了夹着乌云的风，
天地混沌一片，让人无法分清。
法拉玛兹出现在最前方，
两眼紧紧盯住喀布尔国王。
突然间敌我双方战鼓齐鸣，

只听战场上到处人声喧腾。
法拉玛兹奋勇杀向敌军，
左突右冲直插入敌阵中心。
马蹄扬起的尘土犹似浓云，
喀布尔国王在混战中被擒。
失去首领的军队作鸟兽散，
伊朗的军队在后紧紧追赶。
他们到处对敌人设下埋伏，
又对逃跑的敌人死死追逐。
大量的敌军遭到他们杀戮，
印度人、信德人死伤不计其数。
战场上的土被血和成了泥，
活下来的敌人都仓皇逃离。
家园故土再也无心多顾，
丢下了父母抛舍了妻孥。
喀布尔国王全身血迹斑斑，
被推推搡搡绑到象背上面。
然后又被人们押到狩猎场，
那到处挖着许多陷阱的地方。
这死囚的双手被紧紧绑缚，
陪绑的有四十个崇拜偶像信徒。
国王的背用弓弦前后穿透，
连身上的骨头都已经外露。
把他人头朝下倒悬在陷阱中，
满身是泥土，血从口中外涌。
他的四十个亲人都被投入火里，
然后又搬来沙卡德的尸体。
这熊熊的烈焰火舌比天还高，

沙卡德和一棵树同时被焚烧。
全军胜利回师扎别尔斯坦，
这里的寸土都想带给达斯坦。
那个坏蛋很快在陷阱中死亡，
喀布尔又重新立了一个新王。
喀布尔的王族里一人未剩，
老老少少全都在刀下丧命。
离开喀布尔时大家都很伤心，
就像晴朗的天突然间变阴。
扎别尔、包斯特哭声一片，
无一人不是衣服破破烂烂。
人们围拢着法拉玛兹，
伤心得将衣服又扯又撕。

图书在版编目（CIP）数据

列王纪：勇士鲁斯塔姆 /（伊朗）菲尔多西著；张鸿年，宋丕方译 .—南京：译林出版社，2018.11（2019.6 重印）

（世界英雄史诗译丛）

ISBN 978-7-5447-7378-2

I. ①列… II. ①菲…②张…③宋… III. ①英雄史诗 - 伊朗 - 中世纪 IV. ① I373.23

中国版本图书馆 CIP 数据核字（2018）第 105242 号

列王纪——勇士鲁斯塔姆 ［伊朗］菲尔多西 / 著 张鸿年 宋丕方 / 译

责任编辑 叶宗敏 金 薇
装帧设计 韦 枫
校 对 张 萍
责任印制 颜 亮

出版发行 译林出版社
地 址 南京市湖南路 1 号 A 楼
邮 箱 yilin@yilin.com
网 址 www.yilin.com
市场热线 025-86633278
排 版 南京展望文化发展有限公司
印 刷 江苏凤凰新华印务有限公司
开 本 850 毫米 × 1168 毫米 1/32
印 张 16.125
插 页 4
版 次 2018 年 11 月第 1 版 2019 年 6 月第 2 次印刷
书 号 ISBN 978-7-5447-7378-2
定 价 108.00 元